新☆ハヤカワ・SF・シリーズ

5041

トム・ハザードの止まらない時間

HOW TO STOP TIME

BY

MATT HAIG

マット・ヘイグ

大谷真弓訳

TOKYO
HAYAKAWA
BOOKS

A HAYAKAWA
SCIENCE FICTION SERIES

カバーイラスト　青井 秋
カバーデザイン　川名 潤

アンドリアへ

トム・ハザードの止まらない時間

「また誰かを好きになることなんて、まずないでしょう」

　ぼくの返事に、ヘンドリックは悪魔のようなほほえみを浮かべた。「よろしい。もちろん、食べ物や音楽やシャンパンや十月の貴重な晴れた午後を愛するのは、かまわない。見事な滝の眺めや古い本の匂いを愛でるのはいいが、人に愛情をそそぐのは厳禁だ。聞いているか？　人を慕うな。出会う人間には、できるだけどんな感情も持たないようにしろ。さもないと、ゆっくりと正気を失っていくことになる……」


　ヘンドリックに言われたことを、しばしば考える。一世紀以上前に、ニューヨークの彼のアパートメントで言われたことだ。

「第一のルールは、恋に落ちないこと。ほかにもルールはあるが、最大のルールはそれだ。恋に落ちないこと。恋愛にひたらないこと。愛を夢見ないこと。このルールを守っていれば、ほぼ安全だ」

　彼の葉巻からゆらゆらとたちのぼる煙を透かして、ぼくはセントラルパークに目をこらした。ハリケーンで根こそぎにされた木々が倒れている。

第一部　カゲロウに囲まれた人生

ぼくは年寄りだ。

それを最初に伝えておきたい。まず信じてもらえないだろう。おそらく四十歳くらいに見えるだろうが、まったく違う。

どれくらい年寄りかというと――木や、アイスランドガイや、ルネッサンス時代の絵画と同じレベルの年寄りだ。

こう言えば、わかってもらえるだろうか。ぼくが生まれたのは、今から四百年以上前、一五八一年三月三日。場所は、かつて自宅だったフランスの小さな城の三階にある両親の寝室。その時季にしては暖かい日だったのだろう。母は看護師にすべての窓を開けさせた。「神さまがあなたにほほえみかけたのよ」母は言った。しかし、こうつけたしたかったのではなかったかと思う――神さまが存在しているのだとしたら。あれ以来その笑顔はずっとしかめっ面のままだと。

母ははるか昔に亡くなった。いっぽう、ぼくはまだ生きている。

まあ、病気みたいなものだ。

ずいぶん長いあいだ、これは病気だと思っていたが、それでは正しい表現とは言えない。病気というのは、具合が悪くなり、体が弱っていくことだ。ぼくの場合は、ある種の症状を抱えていると言ったほうがふさわしい。滅多にかかることのない症状だが、珍しいものではない。発症した者しか知らないというだけだ。

正式な医学雑誌には載っていない。正式な名前もない。一八九〇年代に高名な医者が初めてその症状に名前——gをやさしく発音する〝遅老症《アナジェリア》〟——をつけたが、世間に広まることはなかった。その理由はいずれ明らかになる。

この症状は思春期頃に現れる。その後に起こることは、まあ、たいしたことはない。最初のうち、〝発症者〟はその症状に気づかない。それもそうだろう、毎日起床して鏡をのぞけば、昨日と同じ顔が映っているものだ。一日単位、週単位ではもちろん、月単位でさえ、それと気づくほどには変わらない。

だが時がたつにつれて、誕生日など、一年に一度めぐってくる記念日に、まったく年を取っていないことに周囲の人々が気づき始める。

しかし、実際のところは、加齢が止まったわけではない。発症者もちゃんと年を取っていく。ただ、そのスピードがとてつもなく遅いだけだ。アナジェリア発症者と一般人の加齢速度の比率は、わずかに変動はあるものの、だいたい1対15である。1対13や1対14という場合もあるが、ぼくの場合は1対15に近い。

というわけで、ぼくたちは不死身ではない。体と意識の時間が止まっているわけではない。それは、刻々と変わりつづける科学の最新情報によると、さまざまな加齢プロセス——分子の変性、組織の細胞間の架橋反応、細胞や分子の突然変異（なかでも、もっとも重大なのが、核DNAに起こる変異だ）——が、普通とは違う時間枠で起きているだけらしい。

ぼくの髪はいずれ白くなるだろうし、はげるかもしれない。変形関節炎をわずらったり、聴覚を失ったりする可能性もある。目は老眼になるだろう。最終的には、筋肉量が落ちて動けなくなっていく。

アナジェリアの不思議なところは、発症者の免疫システムを高める傾向があることだ。多くの（すべて、ではない）ウィルスや細菌の感染から発症者を守ってくれるが、それも最後にはだんだん失われていく。科学談義で退屈させたいわけではないが、人生でもっとも体力のある時期に、発症者の骨髄は普通より多くの造血幹細胞――白血球の生成につながる細胞――を作るらしいのだ。だからといって、これで怪我や栄養失調が防げるわけではないし、永久につづくものでもないことは、忘れてはならない。

だから、ぼくのことを、男盛りで時間が止まったセクシーなヴァンパイアみたいに思わないでほしい。しかし外見を見るかぎり、ナポレオンの死から人類初の月面着陸までがたった十年という尺度の時間に、永遠に閉じこめられている気分になる。

ぼくたちのことが知られていない理由のひとつは、人々にそれを信じる心の準備ができていないことだ。

人間は、一般的に、自分の世界観に合わない物事は受け入れようとしない。つまり「ぼくは四百三十七歳です」と言っても、返ってくる言葉はたいてい「頭、大丈夫か?」だ。

世間に知られていないもうひとつの理由は、ぼくたちが守られているからだ。ある組織によって。ぼくたちの秘密に気づいたり、その秘密を信じたりした者は、もともと短い人生がさらに短くなることになる。つまり、危険がもたらされるのは、一般の人からだけではない。

仲間からもたらされる場合もあるのだ。

三週間前　スリランカ

チャンドリカ・セネウィラトナは木の下に横たわっていた。寺の百メートルほど後ろの日陰で、しわの寄った彼女の顔の上をアリが這い回っている。チャンドリカの目は閉じている。頭上でかさこそと音がして上を向くと、サルが値踏みするような目でぼくを見下ろしていた。

ぼくはトゥクトゥクの運転手に、寺にサルを見に連れてきてもらったのだった。運転手の話では、このつるんとした顔の赤茶色のサルは現地の言葉でリレワ（トクモンキーのこと）というらしい。

「絶滅寸前のサルだよ」運転手は言った。「数はあまり多くない。ここはリレワの居場所さ」

サルはすばやく去っていき、木の葉のなかへ消えた。

ぼくは女性の手に触れた。冷たい。彼女がほぼ一日、見つかることなくここに横たわっていたところを想像する。ぼくは彼女の手を握ったまま、いつのまにか涙を流していた。激しい感情がなかなか抑えられない。後悔、安堵、悲しみ、恐怖が、波のように押し寄せてくる。悲しいことに、ここにいるチャンドリカはぼくの質問には答えてくれない。それでも、ぼくは彼女を殺さなくていいことに安堵を感じてもいた。彼女は死ななくてはならなかったのだ。

その安堵がべつのものに変わった。ストレスのせいか、陽射しのせいか、はたまた今朝食べたエッグホッパー（米粉のクレープに目玉焼きをのせたスリランカ料理）のせいだろうか、ぼくは嘔吐していた。そのとき、はっきり自覚した。もう、こんなことはできない。

寺は携帯電話の電波が届かないところだったので、

ホテルの部屋に戻るまで待った。古い城塞都市ゴールにあるホテルに着くと、熱気でべとつく蚊帳にもぐりこみ、無意味にゆっくりと回るシーリングファンをじっと見つめてから、ヘンドリックに電話した。

「するべきことはしたな？」とヘンドリック。

「はい」半分は真実だ。どっちにしろ、彼の求めるとおりの結果になったのだから。「女性は亡くなりました」そしてぼくは、いつもの質問をする。「彼女は見つかりましたか？」

「いいや」ヘンドリックはいつものように答える。「見つかっていない。まだ」

まだ。その言葉に、人は何十年も閉じこめられることがある。けど今回のぼくには、新たな確信があった。

「ヘンドリック、お願いがあります。普通の生活がしたい。こんなことはしたくないんです」

ヘンドリックは弱々しいため息をついた。「一度、会ったほうがいいな。ずいぶん長いこと会っていない」

二週間前　ロサンゼルス

　ヘンドリックはロサンゼルスに戻っていた。ここに住んでいたのは一九二〇年代までだから、戻ってもじゅうぶん安全だと考えたのだ。当時の彼のことを覚えている人間は、もう生きてはいない。ブレントウッドにある彼の所有する大きな屋敷は、アルバトロス・ソサエティの本部として使われている。ブレントウッドは、ヘンドリックにとって完璧な場所だ。ゼラニウムの香りが漂う土地に建ち並ぶ大きな屋敷は、高い塀や壁や生垣の奥にひっそりとたたずみ、通りには歩行者も何もいない。街路樹すらない。機密保持の観点からみれば完璧だ。

　大きなプールの横のデッキチェアで、膝の上にパソコンを載せてすわっているヘンドリックを見て、ぼくは大きな衝撃を受けた。いつもなら、ヘンドリックの外見はほとんど変わっていないが、今回はその変化に否応なく気づかされた。以前より若く見える。年寄りで関節炎をわずらっているのは相変わらずだが、明らかに、これまでの百年間より状態がいい。

「やあ、ヘンドリック。若々しく見えますね」

　ヘンドリックはべつに目新しいことでもなさそうにうなずいた。「ボトックスのおかげだよ。それと、額のリフトアップ」

　冗談を言っているわけではない。今度の暮らしでは、彼は元美容外科医という設定なのだ。引退後、マイアミからロサンゼルスに引っ越してきたことになっている。それなら、地元に自分の元患者がひとりもいないという問題を回避できる。ここでの彼の名前は、ハリー・シルヴァーマン。（「シルヴァーマン。いい名前だろ？　年寄りのスーパーヒーローみたいな響きじゃないか。実際、わたしはそんなようなものだし」)

ぼくはべつのデッキチェアに腰を下ろした。メイドのローゼラが、夕日色のスムージーを二杯運んできた。ぼくは彼の手に気づいた。ふたつの手は年老いて見える。たるんだ皮膚には老人斑が出て、青い血管が浮き上がっている。顔は手よりも簡単に嘘をつける。

「サジーのジュースだ。すごいぞ。とんでもない味だ。飲んでみろ」

ヘンドリックの驚異的なところは、常に完全に時代についていくところだ。これまでも遅れることはなかったと思う。確か一八九〇年代からそうだ。数世紀前にチューリップの球根を売っていた頃も、たぶんそうだった。奇妙なものだ。彼は仲間の誰よりも長く生きているのに、いつでもその時代精神の流れのど真ん中にいる。

「いいか」ヘンドリックが言った。「カリフォルニアでは、年を取っているように見せるには、だんだん若くなっていくように見せるしかないのだ。四十を過ぎても額を動かせたりしたら、逆に不審がられる」

彼は、サンタバーバラにいた二年間は少々退屈だったと言う。「サンタバーバラはいいところだ。少し交通量が多いが、天国だ。しかし、天国では何も起こらない。わたしは丘の上に住んでいた。毎晩、地元のワインを飲んだ。しかし、だんだん頭がおかしくなってきた。しょっちゅうパニック発作に襲われた。パニック発作など、七世紀以上も生きてきて一度もなかったというのに。戦争も革命も見た。なんともなかった。それがサンタバーバラに来たら、快適な屋敷で目を覚ますと、激しい動悸と自分のなかに閉じこめられる恐怖に襲われるようになったのだ。だが、ロサンゼルスは違う。ここは落ち着く……」

「落ち着けるんですか。それはいいですね」

ヘンドリックは少しのあいだ、じっとぼくを見た。まるで何かの意味が秘められた工芸品でも見るように。

「どうした、トム？　わたしが恋しくなったのか？」

「まあ、そんなところです」

「どうしたんだ？　アイスランドはそんなにひどかったのか？」

スリランカでのちょっとした仕事の前に、ぼくはアイスランドに八年間住んでいた。

「孤独でした」

「しかし、君はトロントで暮らした後、孤独を望んでいたんじゃないのか。真の孤独は、人々に囲まれていることだと言っていたではないか。それに、トム、わたしたちはそもそもそういう存在だ。一匹狼だ」

ぼくは水に潜ろうとしているかのように大きく息を吸いこんで、こう言った。「もう、ひとりぼっちはいやなんです。出ていきたいんです」

大きな反応はなかった。ヘンドリックは瞬きもしない。ぼくは彼の節くれだった手を見た。指の付け根の関節が腫れている。「どこへ出ていくというのだ、トム。わかっているだろう。君はアルバトロスだ。カゲロウではない。アルバトロスなんだぞ」

アルバトロスとカゲロウの喩《たと》えの意味は単純だ。アルバトロス（アホウドリ）は、昔、非常に長い寿命を持つ生き物だと考えられていた。実際はおよそ六十年といったところで、四百年生きるニシオンデンザメや、科学者に〝明《みん》〟と呼ばれているアイスランドガイには遠くおよばない。アイスランドガイにそんな呼び名がついているのは、この貝が五百年以上前の明朝の時代に生まれたからだ。ともあれ、ぼくたちはアルバトロスだ。略してアルバ。そして、ぼくたち以外の人間はみんな、カゲロウということになる。カゲロウは一生を一日、あるいは——その亜種の場合——五分で終える、短命の水生昆虫だ。

ヘンドリックは一般の人間のことを話すときは、カゲロウとしか呼ばない。ぼくには彼独特の言葉——これまで自分の頭にも深く刻みこんできた言葉——が、ますます馬鹿馬鹿しく思えてきた。くだらない。

アルバトロス。カゲロウ。

その年齢と知性のわりに、ヘンドリックはまったく成熟していない。ほとんど子どもだ。とてつもなく年を取った子ども。

ほかのアルバのことを知るのは憂鬱だ。これで、わかっただろう。ぼくたちは特別じゃない。スーパーヒーローでもない。ただ年老いているだけだ。しかも、ヘンドリックのような人間の場合、何十年たとうが、何百年たとうが何も変わらない。ただずっと、自分の人格という限られた世界のなかで生きているからだ。時間と場所がどれだけ広がろうと、それは変えることができない。人は自分からは逃げられない。

「正直言って、それは失礼じゃないか」ヘンドリックは言った。「君にはいろいろ尽くしてやったのに」

「あなたのしてくださったことには感謝しています……」ぼくは口ごもった。いったい彼が何をしてくれた？　彼がすると約束したことは、相変わらず果たされていない。

「現代社会がどういうものかわかっているのか、トム？　昔とは違うんだぞ。住所を移し、教区の戸籍簿に名前を加えてもらえばすむという話じゃない。君やほかのメンバーの安全を守るため、わたしがいくら金を使ってきたか知っているのか？」

「それじゃあ、この先、ぼくの分のお金を節約できると思います」

「わたしは常にはっきりと言ってきた。この道は一方通行で——」

「一方通行の道へ送りこんでほしいと頼んだ覚えはありません」

ヘンドリックはストローでスムージーを飲み、その味に顔をしかめた。「人生そのものだって、そうじゃないか。よく聞け、若造——」

「ぼくは若造ではありません」

「選択したのは君だ。君が自分でドクター・ハッチンソンに会うことを選んだ――」

「彼がどうなるか知っていたら、そんな選択はしませんでした」

ヘンドリックはストローで何度かかき混ぜてから、すぐ横の小さなテーブルにグラスを置き、関節炎に効くグルコサミンのサプリメントを飲んだ。

「となると、君を殺さなくてはならなくなる」ヘンドリックは冗談めかして、しわがれた声で笑った。だが、冗談ではない。もちろん冗談などではない。「では、妥協策としてこうしようじゃないか。君の望みどおりの生活――どんな生活でもかまわん――を送らせてやる。ただし、いつものように八年ごとに連絡を受け、次の身分を選ぶ。そのとき、わたしは君に仕事を頼む」

こんな話は、もちろん前にも聞かされている。〝君の望みどおりの生活〟なんて本心じゃない。ヘンドリックがいくつかの案を出し、ぼくがそのなかから選ぶというのが、いつものパターンだ。だから、ぼくの返事も彼にはすっかり耳慣れたものだった。

「彼女のことは何かわかりましたか？」これまで百回してきた質問だが、今ほどみじめで絶望的に聞こえたことはなかった。

ヘンドリックは自分の飲み物を見た。「いいや」

ぼくは彼の返事がいつもより少し早かったことに気づいた。「ヘンドリック？」

「いいや。なんの情報もない。しかし、聞いてくれ、新しい仲間が信じられない速さで見つかっている。昨年は七十人以上だった。始めたばかりの頃を覚えているか？　多い年でも五人だった。まだ彼女を探したいなら、今出ていくなんてどうかしている」

プールからポチャンという音がした。ぼくは立ち上がって、プールの端へ行ってみた。小さなネズミがプールから出られず、ウォーターフィルターに沿って泳いでいる。ぼくは膝をつき、ネズミをすくって出してやった。ネズミは完璧に手入れされた芝生のほうへすばやく逃げていった。

ぼくに勝ち目はなく、彼はそのことを知っている。外で生きていくすべはない。たとえあったとしても、ここにとどまったほうが楽だ。ここには安心がある――ちょうど保険のような。

「望みどおりの生活を送らせてくれるんですか？」

「ああ、どんな生活でも」

間違いない。ヘンドリックはヘンドリックだ。彼は、ぼくが高価で贅沢なものを要求すると思っている。例えば、アマルフィ沖のヨットで暮らすとか、ドバイのペントハウスとか。けど、ずっと考えてきたぼくは、言うべき答えを知っていた。「ロンドンに戻りたいんです」

「ロンドンだと？　わかっているだろうが、彼女はおそらくそこにはいないぞ」

「わかっています。ただロンドンに帰りたいだけです。そして故郷に帰ったような気分を味わいたいんです。そして教師になりたい。歴史の教師に」

ヘンドリックは声を上げて笑った。「歴史の教師ときたか。で、ハイスクールで教えるのか？」

「英国ではセカンダリースクールと言いますが、はい、そのくらいの年の子が通う学校の歴史の教師です。やりがいのあることだと思うんです」

するとヘンドリックはほほえみ、少しとまどった顔でぼくを見た。まるで、ぼくがロブスターの代わりにチキンを注文したかのようだ。「それは素晴らしい。結構。では、二、三、話し合って……」

ヘンドリックが話しつづけるあいだ、ぼくはさっきのネズミが生垣の下にもぐりこみ、暗い陰のなかへ、さらには自由へと旅立っていくのを見つめていた。

現在　ロンドン

ロンドン。ぼくの新たな人生の最初の週。

オークフィールド学園の校長室。

ぼくは普通の人らしくふるまおうとしている。この努力はどんどん難しくなる。過去が飛び出してこようとするのだ。

だめだ。

といっても、すでに飛び出している。過去は常にここにある。室内はインスタントコーヒーと消毒剤とアクリルのカーペットの匂いがしているが、シェイクスピアのポスターもある。

よく目にする肖像画だ。後退した生え際、青白い肌、酔っているような虚ろな目。あの絵はシェイクスピアにはまるで似ていない。

ぼくは校長のダフニ・ベリョに目を戻す。彼女はオレンジ色のフープイヤリングをつけている。黒髪にはわずかに白髪がある。彼女はぼくにほほえみかけている。もの言いたげな笑みだ。四十歳以上でなければ浮かべられないタイプの笑み。悲しみと反抗と楽しみを同時にたたえたタイプの笑みだ。

「わたしは長いこと、ここで暮らしています」

「そうなんですか」とぼく。

外では、遠いパトカーのサイレンがだんだん小さくなって消えていく。

「時間って奇妙なものだと思いませんか？」

校長はコーヒーの入った紙コップの縁を慎重に持って、パソコンの横に置いた。

「いちばん奇妙なものだと思います」ぼくはうなずく。

ぼくは校長を気に入った。この面接も気に入った。ここロンドンのタワーハムレッツに戻ってきたことも気に入っている。そして普通の職業につくための面接を受けていることも。たまに〝普通〟を味わうのは、じつに素晴らしい。

「わたしは教師になって三十年になります。この学園に来て二年。ほんと、いやになるわ。もう、こんなにたつなんて。すっかりおばあさんだわ」校長は笑顔でため息をついた。

普通の人がそんなことを言うと、ぼくはいつもおかしく感じる。

「そんなふうには見えませんよ」それが常識的な返答だから、ぼくはそう答えた。

「まあ、お上手ね！　ボーナスポイント獲得！」校長は二オクターヴも高い声で笑った。

笑い声が目に見えない鳥だったら、と想像してみる。セントルシア原産（校長の父親の出身地だ）のエキゾチックな鳥が、窓の向こうの灰色の空へ飛んでいくところを。

「若いっていいわね、あなたみたいに」

「四十一歳は若くはありません」ぼくは馬鹿げた数字を強調する――四十一歳、四十一歳、それが今回のぼくの年齢だ。

「とてもはつらつとして見えるわ」

「休暇から戻ったばかりなので、そのせいでしょう」

「どこか素敵なところへ行ってきたの？」

「スリランカです。ええ。いいところでした。ウミガメに餌をやったり……」

「ウミガメに？」

「はい」

ぼくは窓の外に目をやった。ひとりの女性が、制服を着た子どもたちを運動場へ連れていく。彼女が立ち止まり、ふり返って子どもたちに何か言った拍子に、顔が見えた。メガネをかけている。ジーンズをはき、ロングカーディガンを風に軽くなびかせている。彼女は髪を耳の後ろにかけた。今度は、子どもの言ったことに笑っている。ぱっと明るくなった彼女の顔に、ぼくは一瞬心を奪われた。

「ああ」校長が言った。恥ずかしいことに、ぼくの視線の先を見ている。「あれはカミーユよ。ここのフランス語の先生。彼女みたいな先生はほかにいないわ。子どもたちの人気者。カミーユはいつも生徒を外へ連れ出して、ええと……アウトドアのフランス語レッスンを行うの。ここはそういう学校なんです」

「こちらでは、すばらしい教育をなさっているんですね」ぼくは会話を本筋へ戻そうと言ってみた。

「そうしようと努力しています。職員全員が努力しているわ。とはいえ、ときどき勝ち目のない闘いになることもあります。あなたの採用に当たって、唯一の心配はそこです。あなたの推薦状は素晴らしい。推薦者全員に確認してみました……」

ぼくはほっとした。校長が推薦状を確認したからではなく、推薦状に書かれた連絡先で誰かが電話を取ってくれたこと、あるいはメールを返信してくれたことに安堵したのだ。

「……ですが、ここはサフォーク州の田舎の総合中等学校ではありません。ここはロンドンです。ロンドンのタワーハムレッツです」

「子どもは子どもです」

「素晴らしい子どもたちですよ。ただ地域が違います。ここの子どもたちは同じ恩恵を受けているわけではありません。心配なのは、あなたがこれまでかなり恵まれた人生を送ってきたことです」

「まあ、驚かれるかもしれませんね」

「ここの生徒たちの大半は、今現在の生活と懸命に格闘している状況で、歴史の勉強どころではありません。自分を取り巻く環境にしか関心がないのです。そんな子どもたちの注意をどう引きつけるか、それが肝心です。歴史を生き生きとよみがえらせる方法はおありですか？」

これほど簡単な質問はない。「歴史をよみがえらせる必要などありません。歴史はもともと生きています。ぼくたち自身が歴史です。歴史は、政治家や王さまや女王さまのことではありません。歴史とは、ぼくたちひとりひとりのことです。すべてが歴史なんです。そのコーヒーも。コーヒーひとつ取っても、資本主義と帝国主義と奴隷制の歴史を丸々語ることができます。ぼくたちがここにすわって紙コップでコーヒーをすするまでには、信じられないほどの血と苦難の歴史があるのです」

「そんなことを言われたら、飲めないじゃない」

「失礼しました。ぼくが言いたいのは、歴史はどこにでも存在するということです。歴史とは、それを人々に理解させることであり、その土地を理解させることなんです」

「そうですね」

「歴史は人々のことです。誰でも歴史を好きになりますよ」

校長は怪訝《けげん》そうにぼくを見た。あごを引き、眉を上げている。「本当にそう思いますか？」

ぼくは小さくうなずいた。「子どもたちに、こう理解させればいいだけです。自分たちの話すこと、すること、見るものすべてが、今そうあるのは、これまでに起きてきた事柄のせいです。例えば、シェイクスピアのせいでもあるし、これまで生きてきたすべての人間のせいなんです」

ぼくは窓の外を見た。ここは三階なので、ロンドンの曇った霧雨のなかでも見晴らしがいい。何度も通りすぎたことのあるジョージ王朝時代の古い建物が見える。

「あの場所、向こうに見えるあの建物です。いくつも煙突のある建物があるでしょう？　あそこはかつて精神障がい者の保護施設でした。それから、あっちは」――ぼくはもっと低いレンガ造りの建物を指さした――

――「古い食肉処理場でした。古い骨はボーンチャイナという磁器の材料になりました。もし二百年前にあの通りを歩いたら、いっぽうからは社会に頭がおかしいと判断された人々の泣き声が聞こえ、反対側からは牛の鳴き声が聞こえてきたでしょう……」

もし、もし、もし。

ぼくは東に見えるスレート葺《ぶ》きの平らな屋根を指さした。

「そしてすぐそこ、オールドフォード通りのパン屋のなか、あそこはシルヴィア・パンクハーストが東ロンドンのサフラジェットたち（婦人参政権運動の急進派）と会っていたところです。金色のペンキで〝女性に投票権を〟と書かれた大きな看板を掲げていたから、見落とすことはないでしょう。古いマッチ工場の近くです」

校長は何か書き留めた。「それから、楽器の演奏をなさるんですね。ギターに、ピアノに、ヴァイオリン」

リュートも弾きます――ぼくは心のなかで言う――それにマンドリンも。シターン（十六‐十七世紀に流行ったギターに似た弦楽器）も。ティンホイッスルも。

「はい」

「マーティンは惨敗だわ」

「マーティン？」

「ここの音楽教師よ。どうしようもない。絶望的。楽器の演奏なんて、トライアングルがやっと。それでも、自分はロックスターだと思っているの。残念なマーティン」

「そうですか、ぼくは音楽が大好きです。演奏するのが好きです。ただ、教えるのは難しいと思います。音楽を口で説明しようとすると、いつも難しく感じます」

「歴史のようにはいかない？」

「歴史のようにはいきません」

「現在の学習カリキュラムについては把握しているよ

うですね」

「はい」ぼくはなめらかに嘘をつく。「完全に把握しています」

「しかも、まだ若い」

ぼくは肩をすくめ、こういう場合に作るべき表情を浮かべる。

「五十六歳のわたしが言うのだから、四十一歳はまだ若いんです。信じなさい」

五十六歳は若い。

八十八歳は若い。

百三十歳は若い。

「それなら、ぼくはかなり老けた四十一歳です」

校長はぼくにほほえんだ。そしてペンの上部をはじいた。もう一度、はじいた。どっちもほんの一瞬だ。最初のカチッから一瞬置いて、次のカチッ。長く生きるほど、難しくなる。つかむことが。めぐってくる一瞬、一瞬をとらえることが。過去と未来以外の時間に生きることが。今ここにいる、ということが難しくなる。

永遠とは——エミリー・ディキンスンいわく——無数の今でできている。けど、どうしたら、今この瞬間を生きることができるのか？ それまでのすべての「今」の亡霊が侵入してくるのを、どうやって止めろというのか？ 端的に言えば、どう生きればいいのか？

ぼくはぼんやりと考えていた。

最近、こういうことがよくある。この現象については聞いたことがある。ほかのアルバたちが話していた。人生の中間地点に達すると、思考の数が過剰になるらしい。記憶の量がふくれ上がり、頭痛がひどくなっていく。今日はそれほどひどくないが、頭痛は確かにある。

ぼくは集中しようとした。数秒前のほかの今に、面接を楽しんでいた瞬間に、しがみつこう。さっきは比較的普通の時間を、あるいはその幻を、楽しんでいた。

普通など存在しない。

ぼくには。

集中しよう。ぼくは校長を見つめる。彼女は首をふって笑っているが、笑い声はやさしく、心に秘めた何かに対して笑っている。急にうるんだ目から、ぼくは悲しみを感じた。「さて、トム、あなたとこの履歴書には、とても感心したと言わざるをえません」

トム。

トム・ハザード《Hazard》。

ぼくの名前——本名——は、エチエンヌ・トマス・アンブロワーズ・クリストフ・アザール《Hazard》。それが出発点だった。その後、とてつもなくたくさんの名前を使い、とてつもなくたくさんの人物になってきた。だが初めて英国に来たとき、すぐ余計な飾りを取り、ただのトム・ハザードになった（トムはトマスの愛称）。

そして今、またその名前を使っていると、戻ってきたような気分になる。名前が頭のなかでこだまする——

——トム、トム、トム、トム。

「あなたはすべてのチェック項目に該当します。ですが、そうでなかったとしても採用になったでしょう」

「え、そうなんですか。それはまた、なぜ？」

校長の左右の眉が上がった。「ほかに応募者がいないから！」

その言葉に、ふたりとも少し笑った。

だが、笑い声はカゲロウより短命だった。

校長がこう言ったからだ。「わたしはチャペル通りに住んでいます。そこについても、あなたは何か知っているんじゃないかしら？」

もちろん、知っている。その質問は冷たい風のようにぼくの目を覚ました。頭のずきずきがひどくなる。オーヴンのなかでリンゴが破裂するところが頭に浮かぶ。ここに戻ってくるべきじゃなかった。ヘンドリックにこんなことを頼むべきじゃなかった。ぼくはローズのことを思った。最後に会ったときのこと、あの見開かれた切実な眼差しを。

「チャペル通りですか。さあ、わかりませんねえ、残念ながら何も出てきません」

「いいんです、気にしないで」校長はコーヒーをすすった。

ぼくはシェイクスピアのポスターを見た。シェイクスピアが古い友人のようにぼくを見ている気がする。肖像画の下にはこう書かれている。

〝われわれは今の自分のことはわかっても、この先の自分のことはわからない〟

「あなたからこんな印象を受けるのだけれど、トム。あなたって自分の感覚を信じているんじゃないかしら?」

「そうだと思います」ぼくは言ったが、自分の感覚はもっとも信用していない。

校長はにっこりした。

ぼくもにっこりする。

ぼくは立ち上がり、ドアへ向かう。「それでは、九月に」

「まあ! 九月。九月。きっと飛ぶように過ぎていくんでしょうね。もちろん、時間のことよ。年を取るにつれて起こるもうひとつの現象。時間のたつスピードが、どんどん上がっていくの」

「だといいのですが」ぼくはつぶやいた。

けど、校長には聞こえていない。なぜなら、こう言ったからだ。「それに、子どもたちも」

「どういう意味ですか?」

「子どもたちの存在も、人生のスピードを速める気がするの。わたしには三人いる。いちばん上は二十二歳。去年、大学を卒業したわ。昨日までレゴブロックで遊んでいたと思ったら、今日は新しいアパートの鍵を手に入れているんだもの。二十二年なんて、ほんの一瞬。お子さんは?」

ぼくはドアハンドルを握る。これも一瞬だ。この一瞬のなかで、無数のほかの一瞬が苦しくなるほどよみがえる。

「いいえ」本当のことを言うより楽だから、そう答える。「子どもはいません」

校長は束の間、気まずそうに見えた。この件について何かコメントするかと思ったが、結局こう言った。

「では、また。ハザード先生」

同じ消毒薬の匂いのする廊下に出ると、ふたりのティーンエイジャーが壁にもたれ、老いた神父が祈禱書を読むような熱心さで携帯電話を見つめていた。ふり向くと、校長はパソコンに向かっていた。

「はい。失礼します」

ダフニ・ベリョ校長の部屋を出て、学校を出た。ぼくは二十一世紀にいるが、十七世紀にもいる。

一キロ半ほど歩いてチャペル通り――私営馬券売り場と舗道とバス停とコンクリート製の街灯柱と雑な落書きの並ぶ通り――へ向かっていると、なんだか頭がぼうっとしてきた。道路が広すぎる気がする。チャペル通りに着くと、もちろんわかっていたとおりの景色が待っていた。かつてそこにあった家々はもうなく、代わりに一八〇〇年代後期に建てられた赤レンガ造りの高い建物が並んでいる。当時らしい簡素なデザインだ。

使われていない小さな教会――警備員付き――のあった角は、〈ケンタッキーフライドチキン〉になっていた。赤いプラスティックの文字が傷口のように脈打っている。ぼくは目を閉じて歩きながら、以前あの家があった場所までの距離を感覚で測ってみる。二十歩かそこらで足が止まった。目を開けると、二軒一棟タイプの住宅が見えた。何世紀も前に来たことのある家とは、物理的になんの関連もない建物だ。表示のないドアは、今では現代的なブルーになっている。窓の奥には、テレビを備えたリビングが見えた。そのテレビで誰かがテレビゲームをやっていて、画面でエイリアンが爆発している。

頭がずきずきする。ぼくは弱ってきて、思わず後ずさった。まるで過去が空気を薄くしたり、重力の法則に影響をあたえたりできるかのようだ。ぼくは車にもたれた。軽くもたれたつもりだったが、アラームが作動してしまった。

けたたましい音は、はるか一六二三年から響いてくる苦痛の叫びのようだ。ぼくはすばやくその家から離れ、通りを後にしながら、過去からもこれくらい簡単に歩き去れたらいいのにと考えていた。

一六二三年　ロンドン

人生で一度だけ恋をしたことがある。それはある意味、ぼくをロマンチストにしていると思う。ひとりだけ、本当に愛した人がいる。その人を失ったら、もうその人にかなう人はいない。甘美に聞こえるが、現実は恐怖そのものだ。愛する人を失った後、長く孤独な年月に直面する。大切な人が消えても、自分は生きている。

ぼくの大切な人は――しばらくのあいだだったが――ローズだった。

だがローズの死後、たくさんのいい思い出は、最後の思い出にかき消されてしまった。最後は恐ろしい始まりでもあった。彼女とすごした最後の日。なぜなら、ぼくが彼女に会いにチャペル通りへ向かっていたこの日が、それから数世紀にわたり、非常にたくさんのことを決定づけたからだ。

それで……。

ぼくはローズの家の前に立っていた。

玄関のドアをノックして、少し待って、もう一度ノックする。

すると、さっき通りの角に立っていた警備員が、こっちに歩いてきた。

「その家にはしるしがついているぞ、兄ちゃん」

「知ってます」

「入っちゃいかん……危険だ」

ぼくはいっぽうの手を突き出した。「下がってください。ぼくも感染者です。それ以上、近づかないで」

もちろん嘘だが、効果はあった。警備員は即座に後ずさり、ぼくから離れた。

「ローズ」ぼくはドアの外から呼びかけた。「ぼくだよ。ぼく。トムだ。さっき、グレースに会った。川のそばで。彼女から、君はここにいると聞いて……」

少しすると、なかからローズの声がした。「トムなの？」

その声を聞くのは、数年ぶりだった。

「なあ、ローズ、ドアを開けてくれ。会いたいんだ」

「無理よ、トム。わたしは病気なの」

「知ってる。けど、ぼくは感染しない。この数カ月間、たくさんのペスト感染者のそばにいたけど、風邪すらひかなかった。頼むよ、ローズ、ドアを開けてくれ」

ローズは開けてくれた。

現れた彼女は、大人の女性になっていた。ぼくたちはほぼ同年代だが、ローズはもう五十歳近い年齢に見えるのに、ぼくはまだ十代にしか見えない。

ローズの肌は灰色だった。顔には潰瘍が地図のような模様を描いている。彼女は立ち上がるのもやっとだった。そんな彼女をベッドから出させてしまったことに、ぼくは罪悪感を覚えたが、彼女はぼくの顔を見て喜んでくれているようだった。明瞭とはいえない口調で話す彼女を支え、ぼくはベッドに連れていった。

「まだ、すごく若く見える……あなたはまだ若者ね……少年と言ってもいい」

「額にうっすらしわがあるよ、ほら」

ぼくはローズの手を取った。彼女にそのしわは見えなかった。

「ごめんなさい。あなたに出ていけなんて言って、ごめんなさい」

「君のしたことは正しいよ。ぼくがいるだけで、君は危険だったんだから」

もし必要なら、これも言っておこう。ぼくはここに書いた言葉が、実際に口に出した言葉かどうか自信がない。ひょっとしたら、実際は言っていないのかもしれない。けど、これがそのときのぼくの記憶で、人ができることといえば、現実そのものにではなく、現実の記憶に忠実であることだ。そのふたつはとてもよく似ているが、正確にはけっして同じものではない。

だが、そのとき彼女の言ったことは、一語一語完全に覚えている。「何もかもが闇に縁取られてる。すごく不気味でうっとりする」そしてぼくは、彼女の抱えた恐怖に恐怖を感じた。たぶん、それが愛の代償なのだろう。相手の痛みを自分の痛みのように吸収することが。

ローズの意識はときどき混濁した。

病はほぼ分刻みで悪化していく。ローズは今や、ぼくとは正反対だ。ぼくの人生は永遠と言っていいほどの未来へつづいているが、ローズの人生は急速に終わりに近づいている。

家のなかは暗かった。窓はすべて板でふさがれている。それでも、湿った寝間着姿でベッドに横たわるローズの顔は白い大理石のように輝き、肌は赤とグレーのまだら模様になっているのが見えた。首ではリンパ節が卵ほどの大きさに腫れ上がっている。こんな姿になってしまった彼女を見るのは恐ろしく、がつんと殴られたような衝撃だった。

「大丈夫だよ、ローズ。大丈夫」

ローズの目は恐怖で大きく見開かれている。まるで頭蓋骨のなかにある何かが、目を後ろからゆっくり押しているかのようだ。

「楽にして、楽にして、楽に……全部、良くなるから……」

なんて馬鹿げたセリフだろう。何も良くなりはしない。

ローズは小さくうめいた。苦痛に身をよじる。

「帰って」彼女の声は乾いていた。

ぼくはかがみこんで彼女の額にキスをした。

「気をつけてね」

「大丈夫だよ」実際は、本当に大丈夫なのか確信はなかった。大丈夫だと思ってはいたが、四十二年生きてきた（ただし外見は、ローズに最初、十六歳くらいだと思われた）だけでは、わかるはずもない。けど、かまわなかった。ローズから離れていた数年間で、人生は価値を失っていた。

一六一七年からローズに会っていなかったのに、愛情は消えないどころか、明らかに強くなり、痛いくらいだった。身体的な痛みなど、とうていおよばない痛みだ。

「わたしたち、幸せだったわよね、トム？」ローズの顔にごくかすかな笑みが浮かんでいた。ぼくの頭に次々と思い出がよみがえる。ずっと昔の火曜の朝、ふたりでおしゃべりしながら、水の入った重いバケツを運んで納屋の前を歩いたこと。彼女の笑顔と体の喜び。痛みではなく喜びに身もだえながら、妹を起こさないように声を出すのをこらえていたこと。バンクサイド（テムズ川南岸。シェイクスピア時代の有名な劇場があった）からの長い帰り道、野良犬から逃げ、ぬかるみを滑りながら、家にたどりつけばローズがいる、もうすぐ会えるという思いだけに励まされたこと。

　あのすべての時間、すべての会話、何もかもすべてが、もっともシンプルで単純な真実に凝縮していく。

「ああ、幸せだった……愛してるよ、ローズ。心の底から愛している」

　彼女を起き上がらせて、ウサギのパイやサクランボを食べさせ、もう一度元気にしてやりたい。彼女はひどい苦痛を味わっていて、今すぐ死んでしまいたいと思っているのがわかった。けど、それが何を意味するのか、ぼくにはわからなかった。その先も世界がちゃんとあるとは思えなかった。

　ぼくにはもうひとつ、ほしいものがあった。どうしても彼女に知っていてほしい答えだ。

「ローズ、マリオンはどこ？」

　ローズは長いこと、ぼくを見つめた。ぼくは恐ろしい知らせを聞く心の準備をする。「逃げたわ……」

「え？」

「あの子はあなたと同じだったの」

　ぼくはその言葉を理解するのに、少し時間がかかった。

「年を取らなくなったのか？」

　ローズはため息と咳とすすり泣きの合間に、ゆっくり話した。ぼくは何も言わなくていいと言ったが、ローズは話すべきだと感じていた。「ええ。何年かたつうちに、あの子がぜんぜん変わらないことに人々が気づき始めたの。わたしはあの子に、また引っ越さなきゃならないと言ったんだけれど、あの子はそのことに苦しんでいて、やがてマニングが現れ——」

「マニングが？」

「そしてその夜、マリオンは出ていったのよ、トム。わたしは追いかけたけれど、あの子は消えてしまった。それ以来、二度と戻ってこなかった。あの子がどこへ行ったのかも、無事なのかもわからない。あの子を探して。あの子の面倒をみてやって……。祈りましょう、強くなるのよ、トム。あなたがマリオンを見つけるの。わたしなら大丈夫。兄弟たちのところへ行くだけだから……」

　このときほど自分を弱いと思ったことはなかったが、どんなものでも彼女にあたえる用意ができていた。たとえ、ぼくの強さと未来の幸福という神話でも。

「強くなるよ、ぼくのローズ」

彼女の息は弱々しい。「あなたは強くなるわ」

「ああ、ローズ」

ぼくは彼女の名前を呼びつづけ、その声を彼女に聞かせつづけずにはいられなかった。彼女には、ずっと現実に生きている存在でいてほしかった。

〝しょせん人は時の奴隷、時の命令には従うべきだ……〟

ローズはぼくにうたってほしいとせがんだ。「心に浮かんだ歌でいいから」

「ぼくの心には悲しみしかない」

「じゃあ、悲しい歌を」

ぼくがリュートをつかもうとすると、ローズはぼくの声だけを聞きたいという。伴奏なしのぼくの歌声は、たとえローズの前でもあまり自慢できるものではないが、彼女のためにとにかくうたった。

♪彼女の笑顔は、ぼくの喜びを育てる春
彼女のしかめっ面は、ぼくにとって悲哀の冬……

ローズはかすかに困ったような笑みを浮かべ、ぼくは全世界が静かに消えていくのを感じた。ぼくも一緒に消えてしまいたい。彼女が行こうとしているところへ一緒に行きたい。彼女がいないと、普段の奇妙で特別な自分でいられない。もちろん、努力はした。彼女を失ってからの年月も、ぼくはずっと生きてきた。だが、それだけだ。存在しているだけ。何も書かれていない本と同じだ。

「マリオンを探すよ」

ローズは聞きたかった最後の言葉を聞いたかのように、目を閉じた。

そして一月の空のように、灰色になった。

「愛してるよ、ローズ」

ぼくはローズの口をさぐった。水ぶくれのできた青白い唇のあいだの細い線が、かすかな曲線を描いていないか、かすかな反応がないかさぐってみたが、彼女はもう動かなかった。まったく動かないことが、怖かった。動いているのは、小さな埃だけだった。

ぼくは神に懇願した。お願いし、せがみ、交渉しようとしたが、神は交渉に応じてはくれなかった。神は頑固で、聞く耳を持たず、無関心。そしてローズは亡くなり、ぼくは生きているが、ぽっかり空いた暗い底なしの穴に落っこち、そのまま何世紀も落ちつづけている。

現在　ロンドン

まだ弱っている。頭がずきずきする。ぼくは歩いた。そのほうが、チャペル通りの記憶をやわらげてくれる気がする。中和剤代わりに歩く。ハクニー。ウェル小路。今ではウェル通りと呼ばれている。最初にローズと暮らした場所だ。まだ不幸と別離と疫病の数年間に見舞われる前のことだ。コテージ、馬小屋、納屋、池、果樹園はとっくになくなっている。もはや見慣れないものになってしまった街を歩き回り、舗装で塗りこめられてしまった思い出を探すのは、健全なことではないとわかっているが、見なければならない。

ぼくは歩きつづけた。このあたりはハクニーでももっとも交通量の多い場所に違いない。バスと買い物客があわただしく通りすぎていく。ぼくは携帯電話ショップと質屋とサンドウィッチ店の前を歩いていった。すると、道路の向こう側に見えてきた——あそこがきっとぼくたちの住んでいた場所だ。

今では、窓のない赤レンガの建物になっていた。建物の前には青と白の看板が出ている——〈ハクニー動物保護施設〉。自分の人生が消されたと感じるのは、気が滅入る。おかげでATMの近くの壁にもたれて休まずにいられなくなり、暗証番号を隠そうとしている老人に謝ってあなたの金を盗みたいわけじゃないと説明し、まだ信じてくれない老人から疑いの視線を向けられるはめになる。

建物からスタッフォードシャーテリアを連れた男が出てくるのが見えた。そのとき、ぼくはするべきことに気づいた。自分の過去とちょっとした仲直りをする方法を思いついたのだ。

通りを渡って、あの建物に入ればいい。

施設にいるすべての犬が吠えていた。だがこいつは、小さすぎるバスケットのなかでただ寝そべっている。サファイア色の目をした奇妙な灰色の生き物。その犬はこんな現代的な派手さにはそぐわない威厳がある、とぼくには感じられた。生まれる時代を間違えたオオカミ。ぼくの同族。

犬のそばには、手をつけられていないおもちゃが転がっている。明るい黄色のゴムでできた骨だ。

「犬種はなんですか?」ぼくはドッグ・シェルターのボランティア職員(名札には〈ルー〉と書かれている)に訊ねた。職員は腕の湿疹を掻いた。

「秋田犬です。日本原産のとても珍しい犬ですよ。ちょっとハスキー犬に似てません?」

「そうですね」

おそらく、ここだ。この美しい悲しげな犬のいる犬舎のある場所が、かつてあの部屋があったところだ。

ぼくたちの寝室が。

「この犬は何歳ですか？」ぼくはルーに訊ねた。

「おじいさんですよ。十一歳。それも、なかなか引き取り手が見つからない理由なんです」

「なぜ、この犬はここに来ることになったんですか？」

「拾われてきたんです。フラットのバルコニーにいるところを。鎖につながれて、ひどい状態でした。見て下さい」ルーは犬の太腿にある赤茶色の傷痕を指さした。そこだけ毛が生えていない。

「煙草を押しつけられた痕《あと》です」

「この犬はずいぶん元気がないですね」

「ええ」

「名前はなんというんですか？」

「元の名前はわかりませんが、ここではエイブラハムと呼んでいます」

「なぜ？」

「この子の見つかった高層アパートメントの名前がリンカーン・タワーだからです」

「ああ、エイブラハム・リンカーンか。ぴったりの名前だ」

エイブラハムは立ち上がった。ぼくに近づいてきて、明るいブルーの瞳でぼくを見上げる。何か訴えようとしているかのようだ。ぼくは犬をもらうつもりはなかった。今日の計画に、そんなことは入っていない。ところが、ここへ来て、ぼくはこう言っていた。「決めました。この犬を連れて帰りたい」

ルーは驚いた顔でぼくを見た。「ほかの子たちは見なくていいんですか？」

「はい」

ぼくはルーの腕の肌がまだらになっているのに気づき——真っ赤に荒れている——あの寒い冬の日を思い出した。ドクター・ハッチンソンの待合室で、ほかの患者に混じり、そわそわと診断を待っていたあの日のことを。

一八六〇年　ロンドン

猛吹雪だった。比較的温暖などということもない期間の後、一月のこの数日間で気温が一気に下がった。ぼくにとっては、一八一四年以来いちばんのロンドンの冷えこみだった。一八一四年は、ナポレオンの冗談と、金融スキャンダルと、最後の冬祭り《フロストフェア》の年。冬祭りでは、凍ったテムズ川の上に市が立ち、商人たちが自分の持ってきた品物を売っていたものだ。

その当時は、戸外に出ると、自分の顔もろくに動かせなかった。体をめぐる血が凍り始めるのが感じられるほどだった。ブラックフライアズ通りへ向かう三キロほどの道中、ほとんどあたりが見えず、ぼくは街灯柱をたよりに進んだ。優雅な黒い錬鉄製の街灯柱も、かつてはとてもモダンに見えた。ブラックフライアズ通りには、ドクター・ハッチンソンが当時勤めていた〈ロンドン非感染性皮膚疾患専門病院〉がある。ヴィクトリア朝時代の基準からすれば、かなり受けのいいネーミングだ。

もちろん、ぼくは皮膚病をわずらっていたわけではない。皮膚にはなんの問題もない。湿疹もない。悪いところがあるとしたら、二百七十九年物の皮膚なのに、二百数十年も若く見えることくらいだ。いや、それを言うなら、ぼくの体全体が実年齢より二百数十年も若く感じられる。これで心のほうも三十歳くらいに感じられたらいいのだが。

ドクター・ハッチンソンに接触した理由は、彼がぼくたちの症状とよく似た――といっても、正反対のものだが――〝プロジェリア症候群〟という病気を発見し、研究していたからだ。

プロジェリアという名前は、〝前〟と〝早期〟を意味するギリシャ語proと、〝高齢〟を意味するgerasに由来し、単に早老症とも呼ばれる。早すぎる高齢期。基本的に、そのとおりの症状だ。生まれて、まだよちよち歩きの頃に、奇妙な症状が現れ始める。そういった症状は、子どもが年を重ねるにつれてさらに驚くべきものになっていく。

その症状には、加齢に関連した症状も含まれる。抜け毛、しわ、骨粗鬆症、浮き上がる血管、関節のこわばり、腎不全、そしてしばしば失明も。患者は低年齢で亡くなる。

こうした不運な子どもは以前からずっと存在していたが、この病気はドクター・ハッチンソンが初めて報告するまで認知されていなかった。その報告は、皮膚委縮と抜け毛という症状を持つ六歳の男児に関するものだった。

というわけで、ドクターのところへ向かうぼくは、かなり楽天的だった。もしぼくを助けられる人がいるとしたら、それは彼だ。お気づきだろうが、実のところ、当時のぼくは苦しんでいた。その二百年間のほとんどを、マリオンを探してロンドンや英国じゅうを捜索していたのだ。ときどきマリオンに似た人を見かけたと思いこんで、恥をかくはめになった。よく覚えているのは、ヨークのシャンブルズ通りで、酔っぱらった靴の修理屋に殴られたときのことだ。男の妻に生まれた年を訊いたら、ナンパと勘違いされたのだ。ぼくは金がもらえればいつでも楽器を演奏し、人に疑われるたびに引っ越して素性を変えてきた。財産はできなかった。手に入れた金はいつも家賃やエール代で風のように消えていった。

　捜索に絶望したことは、何度もある。ぼくは行方不明の人間だけでなく、自分の失ったもうひとつのもの――意味――も探していた。核心を。ぼくはふと思った。人間が百年以上生きることがなかったのは、単にその気がなかったからではないだろうか。精神的な問題ではないか、という意味だ。人はエネルギー切れのような状態になる。それ以上やっていけるほどの自分が残っていない状態。自分の心にうんざりしてしまうのだ。人生がただのくり返しであることに。一定の年月が過ぎると、これまで見たことのない笑顔や身ぶりに出会うことはなくなることに。世界で起こる変化はすべて、これまで起きてきた変化のくり返しだ。こうして、ニュースは新たな知らせ《ニュース》ではなくなる。ニュースという言葉そのものがジョークになる。すべてはひとつの輪でしかない。ゆっくりと下へ転がっていく輪。そして人間としての忍耐心は、同じ過ちを何度も何度も何度もくり返すうちに、だんだんすり減っていく。同じ歌に閉じこめられているようなものだ。以前は好きだったコーラスも、今では耳を引きちぎりたくなる。

　実際、しょっちゅう自殺したくなる。ぼくはときどき、その欲望を行動に移すことを考えた。ローズが亡くなってからの数年間は、気づくと薬屋にいて、ヒ素を買おうかと考えていた。最近、またそんな状態になってきた。橋の上に立って、自分の存在を消すことを夢見ている。

ローズや母と交わした約束がなかったら、おそらく実行に移していただろう。

ぼくはただ自分の症状が気に入らなかった。

この症状は孤独だ。ぼくの言う孤独とは、砂漠に吹く風のように人の心のなかで響き渡るタイプの孤独のことだ。知っている人々を失うだけでなく、自分自身も失う。彼らと一緒にいた頃の自分を失うのだ。

というわけで、ぼくが生涯で本当に愛した人は、全部で三人いた。母、ローズ、そしてマリオン。そのうちふたりは亡くなり、ひとりは生きている可能性があるとしか言えない。愛という錨を失い、ぼくは漂流していた。海に出て、ふたつの航海をしているようなものだった。酒に溺れ、マリオンを見つけるという決意だけに衝き動かされ、ついでに自分自身も見つかることを期待してさまよっていた。

ぼくは吹雪のなかを歩いた。二日酔いだった。二日酔いになるにはかなりの時間がかかるが、ぼくはいつも努力した。街は雪のせいで半分ほどしか見えず、じきにモネが描くことになるぼやけたロンドンの景色のなかを歩いているようだった。あたりには誰もいない。ただし、クリスチャン・ミッション（プロテスタントの伝道慈善団体。一九七八年に救世軍と改称）の教会の前だけは、体に合わないぼろぼろのスーツを着て平たい帽子をかぶった男たちが食べ物を待っていた。男たちはじっと動かず、黙りこくり、元気のないようすで寒さに身をこわばらせていた。

どうやら、無駄足になる確率が高そうだ。ぼくは思った。けど、ほかに何ができる？　どうしても、ドクター・ハッチンソンに会いたい。この世にぼくの症状について教えてくれる人がいるとしたら、それは彼だ。

この天気では、ドクターが出勤しているかどうかもわからない。

看護師のところへ行くと、彼女――ミス・フォースター――がすぐに、ドクター・ハッチンソンはいつでもここにいますと請け合ってくれた。

「先生はこれまで一度も仕事を休んだことがないと思います」その口ぶりから、ミス・フォースターが何度もそう言ってきたのがわかった。吹雪そのものでできているかのような純白のナースキャップとエプロンをつけた彼女は、汚れなくぴかぴかに見える。「今日はラッキーですよ。普段は、ロンドンじゅうの人がハッチンソン先生に診てもらいたがっているんじゃないかと思うほどなんです」看護師はどんな皮膚の病気か見極めようとするかのように、じっとぼくを見た。

看護師に従ってひとつづきの階段を三つのぼると、家具の整えられた部屋で待つように言われた。値の張りそうな赤いビロード張りのハイバックチェア、淡紅色の壁紙、立派な柱時計。「まだほかの患者さんの診察中です」看護師は恭しい口調でささやいた。「かなりお待ちいただくことになるかもしれません、クリブズさん」

(今のぼくは、プリマスにいた頃の飲み友だちにちなんで、エドワード・クリブズと名乗っている)

「待つのは得意です」

「それは大変良いことですわ」看護師は大真面目に答えると、去っていった。ぼくはあの部屋で、顔に恐ろしい斑点や発疹のできた人々と一緒にすわっていたことを覚えている。

「外はひどい天気ですね」ぼくは、顔じゅうに黒紫色の発疹のある女性に話しかけた。

(四世紀を経てもなお変わらないもののひとつに、天気の話で沈黙を埋めたいという英国人の欲望がある。英国で暮らしているときは、ぼくもかならずこのルールに従った)

「ええ、そうですわね」女性は答えたものの、それ以上話を広げることはなかった。

そのうち、待っているぼくの隣でドアが開き、ひとりの男性患者が出てきた。身なりの良い男性で、おしゃれにこだわるタイプのようだが、その顔にはざらざらしたできものが小さな山脈のように盛り上がっている。

「こんにちは」男性はできるかぎりの大きな笑みで、ぼくに話しかけてきた。どうやら、奇跡を経験した(あるいは、その約束を取りつけた)ようだ。

待合室特有の落ち着いた静けさと時を刻む時計の音に包まれているうちに、ぼくの番が来た。

診察室に入ってまず目に留まったのは、ドクター・ハッチンソン自身だった。ジョナサン・ハッチンソンはずいぶん印象的な外見をしていた。印象的な身なりの紳士が全盛の時代にあっても、彼の姿は格別だった。背が高く、すらりとしていて、長いあごひげをたくわえている。とくに、あごひげが素晴らしい。ギリシャの哲学者とも、難破船の漂流者とも違う、緻密に考え抜かれ、計画に従ってたくわえられたものだ。ひげはあごから下へ伸びるにつれて、幅が狭く、薄くなっていき、最後は白く細い線になっている。先端はごくかすかにだんだん細くなって消えている。あのひげのなかに、ぼくはいつか死すべき存在のメタファーを見た。それが今朝いちばんの真実だったかもしれない。

「会ってくださってありがとうございます」ぼくはそう言って、すぐ後悔した。これでは必死に聞こえてしまう。

ドクター・ハッチンソンは懐中時計を確認した。診察のあいだ、さらに二、三度、確認した。本当に時間を気にしていたわけではないのだろう。単なる習慣らしい。実際、よくある習慣だ。現代人がスマートフォンをチェックするようなものだ。

ドクターはぼくをじっと見ると、机から一通の手紙を取った。ぼくが書いた手紙だ。ドクターは手紙の一部を読み上げた。

「〝ドクター・ハッチンソン様〟」彼の声はポートワインのように豊かできりりとしている。「〝わたしはドクターの仕事に深く敬服しております。あなたがお書きになった記事を偶然見かけました。あなたの発見した新しい病気についての記事です。体が実際の年齢よりも早く老化する病気のことが書かれていました……わたし自身にもそれによく似た――と言うより、もっと不可思議な――奇妙な症状があります……わたしにこの症状を説明し、生涯にわたる謎を解くことができる方がいるとしたら、全キリスト教世界において、あなたが唯一の人物なのです……〟」

ドクターは丁寧に手紙をたたんで机に置いた。そして、ぼくを慎重に診察した。

「あなたの肌は健康で輝いています。これは健康な男性の皮膚です」

「ぼくは健康です。体は。ほとんどの人より健康です」

「では、どこが悪いのですか？」

「お話しする前に、ぼくの身元が明らかにされることはないと保証してください。あなたが発見した結果を発表するとき、ぼくの名前はどんな雑誌にも出さないと約束してほしいんです。これが最大の重要事項です。約束していただけますか？」

「もちろん。ずいぶん好奇心を刺激された。どんな症状か話してください」

というわけで、ぼくは簡単に言った。「ぼくは老人なんです」

「よくわからないんだが――」

「見た目より年を取っているんです」

一瞬の間があったが、やがてドクターは理解したようだった。そこから声が変わった。わずかに自信のなさそうな声になった。訊くべき質問があるが、口にするのを恐れているのがわかる。「どのくらい年を取っているんですか?」

「不可能なほどです」

「可能性というのは、これまで起きたことだけを指しています。科学の目的は、可能性の限界がどこにあるかを発見することです。それを成し遂げたときには――当然、成し遂げるつもりですが――もはや魔法も迷信も存在しなくなり、ただ事実のみになるでしょう。かつては、われわれの立っているこの地球が平らでないなどということはありえなかった。そんなものは科学ではありません――もちろん医学でもない――世界はこうあってほしいという人間の期待におもねっているだけ。まったく逆です」ドクターは長々とぼくを見つめてから、身を乗り出してささやいた。「腐った魚」

「あの、よくわからないのですが」

ドクターは椅子の上で背すじを伸ばし、口を引き結んだ。どこか悲しそうに見える。「腐った魚とハンセン病のあいだに何か関係があるとは、誰も思いません。ですが、関係はあるのです。腐りかけた魚を食べすぎると、いずれハンセン病になる」

「へえ」ぼくは言った。「それは知りませんでした」

(もちろん、二十一世紀の現代では、腐った魚を食べてもハンセン病にはならないと断言できる。しかし、ずいぶん長く生きてきたぼくは、こういうことも知っている。もう二百年たてば、腐った魚を食べることが本当にハンセン病を引き起こす原因であり、じつはドクター・ハッチンソンが正しかったことが証明されるかもしれない。人は長く生きていると、証明されたどんな事実も、のちに否定され、ふたたび正しいと証明されるものだとわかってくる。ぼくは小さい頃、普通の子どもで科学とは無縁だったので、人が歩き回っているし、そう見えるのだから、地球は平らだと信じていた。やがて、人類はついに、地球は球体であると理解し始めた。しかしいっぽうで、先日、〈WHスミス〉で科学雑誌《ニュー・サイエンティスト》をぱらぱらめくっていたら、〝ホログラフィック原理〟なるものについて書かれていた。弦理論と量子力学に関するもので、重力がホログラムのように作用するという説だ。というわけで、とにかく度肝を抜かれるのは、その理論がこうほのめかしていることだ。宇宙全体は宇宙論的ホライズン上の二次元空間にすぎず、ぼくたちが三次元に見えると思っているものはすべて、実際は3D映画のような幻であり、ただのシミュレーションのようなものだという。つまり本当に、世界（と何もかも）は結局のところ、平面かもしれないのである。そしていずれ、この説もまた否定されるのだろう）

「では、教えてください」ドクターは、宙ぶらりんになっていた質問を思い出させた。ぼくはその質問に答えなくてはならないとわかっている。「あなたは何歳ですか？」

ぼくは答えた。「一五八一年三月三日に生まれたので、二百七十九歳です」

笑われるだろうと思ったが、彼は笑わなかった。かなり長く、ぼくを見つめていた。そのあいだ、窓の外では、雪がぼくの渦巻く心を映しだしているかのように、せわしなくひらひらと舞っていた。ドクターは目を見開き、下唇を指でつまんでいたが、やがて言った。

「うむ。そうですか。これではっきりしました。それならなんとかできます。診断を下しましょう」

頬がゆるんだ。よかった。診断こそ、ぼくの求めていたものだ。

「ですが、適切な支援を受けるには、ベスレムへ行ってもらう必要があります」

ぼくはその前を通ってきたことを思い出した。なかからくぐもった叫び声が聞こえた。「ベスレム病院のことですか？　あの……精神科病院の？」

「そのとおりです」

「けど、あそこは頭のおかしい人が行くところじゃないですか」

「ええ、精神障がい者の保護施設です。そこなら、あなたに必要な助けが得られるでしょう。さあ、行ってください、今日はまだ診なければならない患者がたくさんいるんです」

ドクターはあごでドアを指した。

「でも――」

「お願いですから、ベスレムへ行ってください。そこなら、あなたの……妄想をなんとかしてくれるはずです」

この時代にもっとも流行った哲学者は、ドイツのアルトゥール・ショーペンハウアーで、彼はまだ（ぎりぎり）生きていた。ぼくは彼の本をたくさん読んでいたが、それがまずかったらしい。気分がふさいでいるときにショーペンハウアーを読むのは、寒いときに服をぬぐようなもので、このときぼくの頭に彼の言葉がよみがえった。

〝誰もが自分の視野の限界を世界の限界だと思いこんでいる〟

ぼくはドクター・ハッチンソンに会いにくることに関して、こう思っていた。これから、もっとも広い科学的視野をもつ人物、ぼくの症状をもっとも理解してくれそうな人物に会うんだ。そんな気持ちを裏切られ、ぼくは一種の悲しみを感じた。希望が息を引き取るのを感じた。ぼくはあらゆる視野を越えている。透明人間みたいなものだ。

結果的に、ぼくはひどく快活になった。そして、ポケットからコインを一枚引っぱりだした。

「これを見てください。このペニー硬貨を。エリザベス女王時代のものです。ほら、よく見て。ぼくが家を出なければならなくなったとき、娘がくれたものです」

「これは古銭ですね。わたしの友人はヘンリー八世時代の銀貨を持っていますよ。ハーフグロートと呼ばれる硬貨だったかな。言っておきますが、友人はテューダー朝時代に生まれたわけではありません。それに、ハーフグロート硬貨はペニー硬貨より珍しいものです」

「妄想なんかじゃありません。本当です。ぼくはずっと昔から生きてきました。英国がタヒチ島を発見した頃、ぼくはここにいました。キャプテン・クックも知っています。ぼくは宮内大臣一座で働いていました……ドクター、どうか教えてください。ほかに誰か訪ねてきませんでしたか？　女の子か……成人女性で……ぼくと同じ症状を訴える人が。彼女の名前はマリオンですが、べつの名前を使っている可能性もあります。素性を偽っているかもしれません。生きるために、ぼくたちはしばしばそうしなくては——」

ドクター・ハッチンソンは今や不安そうな表情になっていた。「頼むから、もう行ってください。あなたは興奮している」

「そりゃ、興奮しますよ。ぼくを助けられるのは、あなただけなんですから。ぼくは自分のことを理解したいんです。なぜこんな症状になるのか、知りたいんです」

ぼくはドクターの手首をつかんだ。ドクターはぼくの狂気が感染するとでもいうように手を引っこめた。

「ここから目と鼻の先に警察署がある。あなたが出ていかないなら、警察に通報する。そうすれば、警官が来てあなたを連行するでしょう」

ぼくの目には涙がたまっていた。ドクター・ハッチンソンがぼやけて幽霊のように見える。もう退散するべきだ。希望は捨てるしかない、少なくとも、しばらくは。ぼくは立ち上がって会釈すると、それ以上ひと言もしゃべらずに出ていった。自分のことも、自分の過去も、それから三十一年間ずっと秘密にしていた。

一八六〇年〜一八九一年
ロンドンとセント・オールバンズ

ドクター・ハッチンソンに初めて診てもらった後、ぼくの精神状態はいつのまにか、悲しみと焦燥感と不安と絶望といういつもの状態のさらに先へ進んでいた——まったく何も感じない。何も感じなくなってみると、悲しみがほとんど懐かしく思える。少なくとも痛みを感じていれば、自分はまだ生きているとわかる。ぼくはこの状態に抵抗しようと、騒々しい世間に無理やり自分を放りこんでみた。ひとりで何度か新しいミュージックホールへ出かけ、いつも最前列近くにすわり、音と笑い声のど真ん中で、笑ったり一緒にうたったり室内にあふれる喜びを感じてみようとしたりした。だが、何も感じなかった。

そんなわけで、一八八〇年八月のある焼けつくように暑い日、ぼくはホワイトチャペルからセント・オールバンズまで歩いてみた。ロンドンは、ぼくにはきつい。思い出が多すぎる。亡霊も多すぎる。そろそろ、べつの人間になる時期だ。ぼくは自分の人生をマトリョーシカのようなものだと思っている。どの人生もべつの人生のなかに封じこめられ、以前の人生は外からは見えないが、なかにちゃんと存在している。

何年ものあいだ、大事なのは、古い人生を新しい人生の殻で覆いつづけることだと思っていた。移動し、素性を変え、社会の目から見てべつの人間に変身しつづけること。

セント・オールバンズはロンドンから遠くはないが、じゅうぶん離れている。ぼくにとっては、英国のほかの場所と同じく初めての土地だ。ぼくはそこで蹄鉄工の仕事を見つけた。現代では、一八八〇年代初期は工場と煙に象徴される産業全盛期と考えられているが、どんな年もそうであるように、同時にさまざまな時代が息づいていた。近代が轟音とともに前進しているあいだにも、過去がその場にとどまってこだましていた。当時はまだ馬車の時代で、蹄鉄工はそれまでと同様に繁盛していた。

ところがセント・オールバンズで、ぼくの状態は悪化した。ときどき完全に自分を見失い、炉の熱いオレンジ色をぼうっと見つめたまま、自分のことが――いや、何もかもが――ほとんどわからなくなることがあった。ときおり、親方のジェレマイア・カートライトに肘でつつかれたり、背中を叩かれたり、〝雲の上から下りてこい〟と注意されたりした。

一度、ひとりのときに、実感を求めるあまり無茶なことをした。袖をまくり上げ、蹄鉄の形に整えられた真っ赤に焼けた鉄を炎のなかから取り出し、左腕の肘のすぐ下に押しつけたのだ。押しつけていると、皮膚が音を立てて焼け、ぼくは歯を食いしばって目をきつく閉じ、叫び声をこらえた。

そのときの傷痕はかすかな笑顔のような形でまだ残っていて、それを見ると不思議と慰められる。しかし、これにも気をつけなければならないし、隠さなくてはならない。こんな特徴的な傷があっては、素性を隠すさまたげになる。

ともあれ、その行動は効いたと思う。ぼくは痛みを感じた。痛みがぼくのなかに入ってきて、全身に叫び声を響きわたらせ、その激しさにぼくの心は興奮した。自分は確かに存在している、とわかった。痛みを感じるのは、生きている証拠だ。ぼくが痛みを感じているのだ。そうわかって――自分が存在している証拠に――安心できた。

それでもまだ、ぼくは正気を失っていない証拠を探した。

するとある日、ふとこんな考えが浮かんだ――ひょっとして、すでにその証拠を持っているのではないか。

ぼくが、ぼく自身が、証拠だ。そして時間が証拠なのだ。

こうして、ぼくはその証拠を、最後にもう一度だけ、ドクター・ハッチンソンに話してみる決心をした。

一八九一年　ロンドン

ドクター・ハッチンソンは、ぼくのことがわからなかった。予約リストの名前では気づきようがない。前回会ったときのぼくはエドワード・クリブズと名乗っていたが、今回、若い頃以来久しぶりに現れたぼくは、また本名を使っていたからだ。というか、ファーストネームを本名にしていた。トム。苗字はユグノーのアザール《ハザード》でもなく、ありふれたスミスでもなく、もっと象徴的なウィンターズにした。

それは暖かい日——六月四日——で、ぼくは馬車に乗って街へ出かけた。馬車は（馬も荷車も）不愛想な親方ジェレマイアの所有物だ。

〈ロンドン非感染性皮膚疾患専門病院〉は、〈ロンドン皮膚科診療所〉という名称に変わっていたが、それ以外はほとんどぼくの記憶のままだった。すばらしい調度品、三つの階段。ドクター・ハッチンソンの部屋も以前とほぼ変わらなかったが、前より少し散らかっていた。机は書類と開きっぱなしの本であふれ、革張りの椅子は一カ所破れている。本質的には同じ場所だが、竜巻に見舞われた後のように見えた。

ドクター・ハッチンソンは、ほとんどの人間と同様、周囲の環境よりずっと早く年を取っていた。かつては立派だったあごひげは、白いものが混じって薄くまばらになっていた。目の白い部分は黄ばみ、手は関節炎でゆがみ、老人斑が浮いている。そしてあの豊かない声は、息を吸いこむかすれた音が混じっている。つまり、ドクターは普通の人間で、長い時間の影響を受けていたのだ。

「ところで、ウィンターズさん。あなたの診療記録はないようですが」ぼくが診察室に入ってから、ドクター・ハッチンソンは一度も顔を上げていない。彼はただ机に散らばる書類の山を見つめている。

「予約を取ったときは、何も伝えませんでした」

そのとき、ドクターがぼくを見た。最初は、ぼくのきれいとは言えない服装と黒ずんだ手に気づき、こんな汚いなりをした男がここで何をしているのだと思ったかもしれない。

「下で支払いは済ませました」ぼくはそう言って、咳払いをした。「ところで、ぼくが誰かわかりますか？」

ドクターは顔を上げた。ぼくと目が合う。

「前回、診察に来たときは、エドワード・クリブズと名乗っていました。その名前に聞き覚えはありませんか？　覚えていませんか？　ぼくは精神科病院へ行けと言われました」

ドクターの耳ざわりな息遣いが大きくなる。彼は革張りの椅子から勢いよく立ち上がり、こっちにやってきた。ぼくの鼻先から三十センチのところで立ち止まる。そして老いた目をこすった。

「まさか」つぶやきがもれた。

「覚えているんですね？　そのようすだと、思い出してくれたようですね。三十一年前のことを」

ドクターは事実に気づき、まるで坂をのぼってきたかのように息を切らしている。「まさか。いいや、ありえない、そんなはずはない。これは幻だ。あなたはマスケラインかクックだろう」（マスケラインとクックは当時、コンビで活躍していた奇術師で、ちょうどロンドンでショーを開いていた）

「本当にぼくですよ、ドクター」

「わたしは気が触れてしまったに違いない」

ドクターにとっては、ぼくの存在を認めるより、自分の精神状態を疑うほうがずっと容易なのだ。ぼくは落ちこんだ。

「いいえ、ドクターの頭がおかしくなったわけではありません。これが、以前お話しした症状なんです。ぼくの症状。年月の波を押しとどめる症状。祝福のように聞こえるけれど呪いでもあるこの症状は――現実に存在するんです。ぼくは実在しています。ぼくの命は本物です。これは本当に現実のことなんです」

「幽霊ではないのか？」

「ええ」

「わたしの頭が作りだした幻ではないのか？」

「違います」

ドクターの手が伸びてきて、ぼくの顔に触れた。

「誕生日は？」

「一五八一年三月三日です」

「一五八一年」ドクターはくり返した。訊ねたわけではなく、あまりに信じられないことなので、口に出さなければ理解できないようだった。「一五八一年。一五八一年。では、ロンドン大火のとき、あなたは八十五歳だったというのか――」

「火事の熱気を体験しました。火の粉で火傷しました」

ドクターは今までとは違う目でぼくを見つめた。まるで彼は古生物学者で、ぼくは今にも孵化しそうな生みたての恐竜の卵のようだ。「そうか、そうか、そうか。となると、何もかも変わってくるぞ。何もかも。教えてください、あなたひとりだけなのですか？　あなたのような人をほかにも知っていますか？　こういう……症状の人を？」

「はい！」ぼくは答えた。「ひとり、出会ったことがあります。キャプテン・クックの二度目の航海のときに。太平洋諸島出身の男で、名前はオマイ。彼はじつに希少な存在になりました――ぼくの友人です。それともうひとり……ぼくの娘のマリオンも同じ症状でした。娘とは少女の頃以来、会っていません。マリオンの母親から、娘にぼくの症状が遺伝したと聞きました。十一歳頃に通常の加齢が止まったそうです」

ドクター・ハッチンソンはほほえんだ。「途方もないことで、理解が追いつかない」

ぼくもほほえみ、わかってもらえた喜びを、魂をつなぎとめる錨のような安心を感じた。

この喜びは、あの日までずっとぼくのなかにとどまっていた。十三日後のあの日、テムズ川に浮かぶドクター・ハッチンソンの死体が発見されるまでは。

現在　ロンドン

まだ頭痛がする。

ほとんど治ったかと思うときもあれば、ひたすら痛いときもあるが、痛みはかならず思い出と同時に起こる。頭の痛みというより、記憶の痛みと言ったほうがいい。人生の痛みだ。

何をしても、痛みは完全には消えない。あらゆることを試した。イブプロフェンを服用したり、数リットルの水を飲んだり、ラヴェンダーの香りの入浴剤を入れてみたりした。暗闇のなかで横になったり、こめかみをゆっくり円を描くようにマッサージしたりもした。ゆっくり呼吸したり、リュートの奏でる音楽やビーチの波の音に耳を傾けたり、瞑想したりした。ストレスを和らげるヨガのビデオ講座に取り組んで、「ぼくは大丈夫。手放しても大丈夫」と百回近く唱えたところで、自分の声が怖くなったりした。恐ろしく退屈なテレビを観たり、カフェインの入った飲み物を断ってみたり、パソコンの画面の明るさを落としたりしたが、頭痛は消えない。影のようにしつこくまとわりついている。

まともに試していないのは、睡眠だ。ぼくは睡眠障害を抱えていて、症状はこの数十年で悪化している。

昨夜は眠れなかったので、カメについてのドキュメンタリーを観た。カメはもっとも寿命が長いというわけではないが、かなり長い生き物の一種だ。なかには〝百八十年以上も生きる〟ものもいる。〝　〟でくったのは、こういうことに関して、普通の人たち《カゲロウ》は常に過小評価しているからだ。例えば、サメについて、いかに誤解していることか。人間自身についても同じだ。ぼくの意見を言わせてもらえば、五百歳の誕生日を迎えようとしているカメが少なくとも一匹はいるはずだ。

　とにかく、気が滅入るのは、人間はカメではないことだ。カメは地球上に現れて、二億二千万年になる。三畳紀から存在するのだ。しかも、その頃からたいして変わっていない。それにひきかえ人類は、生まれてまだほんの少ししかたっていない。

　そして、そのニュースからこんな結論を導きだすのは、天才でなくてもできる——人類はおそらく、そこまで長く存在することはないだろう。現生人類に近いほかの亜種——例えば、ネアンデルタール人や、アジアのデニソワ人、〝ホビット〟の愛称を持つインドネシアのフローレス原人——は長いゲームで出来の悪さを証明してきた。となると、現生人類も同じ運命をたどる可能性が高い。

　普通の人たち《カゲロウ》にとっては、それでなんの問題もない。寿命があと三、四十年とわかっていれば、問題はない。小規模な考え方ができる。自分は何も変わらず、変わらない国に暮らし、変わらない旗のもと、変わらない前途を見ている、と想像するのは簡単だろう。そういうものに意味があると考えることもできるはずだ。

　長く生きれば生きるほど、変わらないものなど何もないとわかってくる。長生きすれば、誰でも難民になりうる。長い目で見れば、国籍など意味がないとわかってくる。誰もが自分の世界観を試され、否定される。人類を定義しているのは、人間であることだと、誰でもわかってくる。

　カメに国はない。旗もない。戦略核兵器もない。テロリズムも、国民投票も、中国との貿易戦争もない。スポティファイのエクササイズ用プレイリストもない。カメ帝国の衰亡について書かれた本もない。インターネットショッピングも、セルフレジもない。

　ほかの動物は進歩しない、と言われている。だが人間の精神そのものが進歩するわけではない。人間は常に、以前より大きい武器を持っているだけの美化されたチンパンジーのままだ。人間は、自分たちがほかのすべての物質と同じく、量子と素粒子の塊にすぎないと理解できるだけの知識を持っている。それでもなお、自分たちの住む宇宙から自分たちを切り離そうとしている。人間は木や岩やネコやカメよりも意味のある存在だと考えようとしている。

というわけで、ぼくはこの先どれだけ長い未来が待っているかと思うと、人間的な恐怖と痛みで頭がいっぱいになり、胸は不安に締めつけられる。

最近は三時間眠れたら幸運だ。昔は〈クワイエッテイング・シロップ〉――ヘンドリックに勧められた咳止め薬の一種――を使っていたが、この薬にはモルヒネが含まれていたので、百年前にアヘン入りの薬が禁止されたとき、製造中止になってしまった。というわけで、今はビーチャムズの〈ナイトナース〉でしのがなくてはならないが、これがまるで効かない。

もちろん病院へ行くべきなのだが、行っていない。それがアルバトロス・ソサエティの規則なのだ。医者の世話にはならない。何があろうと、病院へは行かない。ドクター・ハッチンソンのことで罪悪感にかられてからは、この規則に従うのは容易だった。腫瘍ではないかとも思うが、腫瘍のできたアルバの話は一度も聞いたことがない。それに腫瘍ができているとしても、その成長速度は当然、異様に遅いはずだ。腫瘍ができていたところで、ぼくの余命は少なくとも平均的な人間の寿命くらいはあるだろう。しかし、腫瘍ではないと思う。症状がぜんぜん違う。

ともあれ、あと一日で新しい仕事が始まるというのに頭痛が治まらない。水を飲み、シリアルを食べてから、ぼくは犬の散歩に出かけた。犬のエイブラハムは夜のあいだにソファの肘掛けをかじっていたが、そんなことで悪い犬だと決めつけるつもりはない。エイブラハムはすでにいろんな問題を抱えているのだ。

ぼくには問題のある犬が必要だったのかもしれない。自分自身のことを考える時間を減らすために。秋田犬はもともと日本の山間部で活躍していた犬だから、ぼくの同類と言ってもいい。もっと気高い環境にいるべきなのに、汚染と煤《すす》とコンクリートでできたイーストロンドンに堕とされた者どうしだ。エイブラハムがカーペットに小便をしたり、ソファをかじったりするのも無理はない。彼はこんな暮らしを望んだわけではないのだ。

だから、ぼくたち——ぼくとエイブラハム——は排気ガスを顔に浴びながら散歩する。

「昔はここに井戸があったんだよ」私営馬券売り場の前を歩きながら、ぼくは犬に話しかける。「それに、ここ。ちょうどここで、日曜礼拝の後、男たちがそろって九柱戯《スキットルズ》（九本のピンを木製の球で倒す遊び）をしていたんだ」

十代の少年がぼくたちの横を通りすぎていく。ズボンの裾を折り返し、ぶかぶかの〈The Hundreds〉のTシャツを着た姿は、ラングラーヴ（スカートのようにゆったりした男性用半ズボン）とオーバースカートをはいた十七世紀の同じ年頃の少年を彷彿とさせる。少年が携帯電話から顔を上げ、いぶかしげな目で不満そうにちらりとこっちを見た。ぼくは少年にとって、ロンドンによくいる独り言をつぶやく頭のおかしい孤独な人間なのだろう。ひょっとしたら、この少年は月曜からぼくの教える生徒のひとりになるかもしれない。

ぼくは犬を連れて道路を渡った。通りすがりに街灯柱に貼られたちらしが目に入った。〝ザ・キャンドルライト・クラブ——禁酒法時代のもぐり酒場をテーマにしたロンドン屈指のカクテルバーで、狂騒の二〇年代を体験しよう〟。頭痛がひどくなってきた。目を閉じると、記憶が咳のようにこみ上げてくる——ぼくはパリにある〈シロ〉のピアノバーで『スイート・ジョージア・ブラウン』を弾いていて、誰かの手がそっとぼくの肩に置かれていた。

ぼくは今、公園にいる。ピアノなんて何年も弾いていない。たいていは、それでべつにかまわない。ぼくは長いあいだ、自分にこう言い聞かせている。ピアノは麻薬のようなものだ。誘惑的で、強力で、取り返しのつかない失敗を引き起こしかねない。眠っていた感情を目覚めさせ、これまでに失ってきたたくさんの自分に溺れさせられる危険がある。いずれノイローゼに陥るだけだ。いつかまたピアノを弾くことはあるのだろうか。ぼくは犬の首輪からリードをはずしてやった。だがエイブラハムはぼくの横から動かず、困ったようにぼくを見上げる。まるで、自由という考えにとまどっているかのようだ。

その気持ちはわかる。

公園を見回すと、ビション・フリーゼを連れた男がビニール袋で慎重に糞を拾っているのが見えた。リスがブナの幹をジグザグに駆け上がっていく。雲の向こうから太陽が顔を出している。エイブラハムがとことこと駆けだした。

彼女に気づいたのは、そのときだった。

少し離れたベンチにすわって、読書をしている女性。ぼくは彼女に見覚えがあった。こんなことは珍しい。ぼくはもう、他人の外見にほとんど注意を払わない。顔はほかの顔と混ざり合ってぼやけてしまう。ところが、彼女は校長室の窓から見かけた女性だとすぐわかった。あの学校のフランス語教師。あのときのように、完全に彼女らしく見える。たくさんの人間のなかで、ほかに類のない存在でいるのは、とても難しい。彼女はおしゃれだ。身に着けているもの（コーデュロイのブレザーに、ジーンズに、メガネ）のことではない——といっても、それも申し分ないが。ぼくが言いたいのは、彼女が本を脇に置いて公園を見回すときのくつろいだ雰囲気のことだ。頰を少しふくらませて息を吐き、目を閉じて、顔を上げて陽射しを受けるようすのこと。ぼくは目をそらした。ぼくは公園で女性を見つめているただの男。誰でもない。もう一八三二年ではないのだ。

ところが、ぼくが彼女から目をそらしたとき、彼女が大声で話しかけてきた。

「あなたのわんちゃん、かわいいわね」フランス語の訛りがある。現代のフランス語だ。やっぱり、あのとき見かけた女性に違いない。彼女はエイブラハムに手の甲を差し出した。エイブラハムは彼女の手をかぎ、感謝のしるしに手をなめてしっぽまでふっている。

「気に入られたようですね」

そこで彼女はぼくを見た。ひどく落ち着かなくさせる視線だ。見る時間がちょっと長すぎる。自分のことを目をそらせないほど魅力的な男だと思うほど、ぼくは傲慢ではない。実際、少なくともこの百年は、そういった視線とは無縁だった。一七〇〇年代、ぼくがまだ二十代の外見をしていて、悲しみを傷痕のようにまとっていた頃は、じっと見つめられることもしばしばだったが、最近はご無沙汰だ。だから、そうじゃない。彼女はほかの理由でぼくを見つめているのだ。そう考えて、ぼくは不安になった。もしかしたら、彼女も学校でぼくを見かけたのかもしれない。そうだ。たぶん、そうだろう。

「エイブラハム！　エイブラハム！　こっちにおいで！　ほら！」

犬がハアハアしながら戻ってくると、ぼくは首輪にリードをつなぎ、その場を後にした。歩いていくあいだも、首の後ろに彼女の視線を感じながら。

家に帰ると、七年生用の授業計画の確認に取りかかった。うす暗い画面に最初に現れたテーマは、〝テューダー朝時代の英国における魔女裁判について〟。それが授業計画に不可欠であることは、すでに知っている。

ぼくがこんなことをするには理由がある。歴史の教師になりたい理由。それは、過去を手なずける必要があるからだ。歴史とは、それについて話し、教えることだ。それが歴史をコントロールし、整理する方法。手なずけてペットにする方法だ。だが、自分の経験してきた歴史は、本で読んだり映画やテレビで見たりする歴史とは違う。しかも過去のなかには、手なずけられないものもある。

急に頭が痛くなってきた。

ぼくは立ち上がってキッチンへ行き、気づくとブラッディメアリーを作っていた。基本的なやつだ。セロリスティックはなし。音楽をかける。音楽が助けてくれることもあるからだ。チャイコフスキーの交響曲第六番と、ビリー・ホリデイと、労働歌ばかりの入ったスポティファイのプレイリストは我慢して、ドン・ヘンリーの『ボーイズ・オブ・サマー』をかける。つい昨日（実際は一九八四年）の曲だ。この曲は、初めて――八〇年代にドイツで――聴いたときからずっと気に入っている。理由はわからない。この曲を聞くと、いつも子ども時代を思い出す。この曲ができたのは、ぼくの子ども時代より数百年も後なのに。これを聞くと、母がよくうたってくれた心を打つフランスのシャンソンを思い出す。ぼくたちが英国に引っ越してきた後に、母が選んでいた歌を。郷愁を誘う悲しい歌。ぼくは治まらない頭痛のなかで思う。ずっと昔、ジョン・ギフォードの感じていた頭の痛みは、これよりはるかにひどかったに違いない。ぼくは目を閉じ、昔の記憶が空気を薄くするほどの勢いでどっと押し寄せてくるのを感じた。

一五九九年　英国　サフォーク

ぼくが覚えていることは、こうだ。母がぼくのベッドのそばにすわり、フランス語の歌をうたいながら桜材のリュートを弾いていた。母の指は何かから逃げるように弦の上を走っていた。

いつもなら、音楽は母の逃げ場だった。やさしく宮廷歌曲《エール・ド・クール》をうたっているときほど穏やかな母は見たことがなかったが、その夜の母は何か悩んでいた。

母は美しい歌い手で、歌は夢か思い出であるかのようにいつも目を閉じてうたうのに、その日は目を開けたままだった。母は眉間にしわを寄せて、ぼくを見つめていた。その縦じわが現れるときは、決まってフランスでの厄介事か父のことを考えている。母は演奏をやめた。リュートを置く。その楽器は、ぼくがまだ赤ん坊の頃にロシュフォール侯爵から贈られたものだ。

「あなたは変わらないのね」

「ママン、頼むから、その話はもうやめて」

「顔にはひげ一本生えていない。もう十八になるのに。五年前とほとんど変わっていない」

「ママン、見た目のことは自分じゃどうしようもないよ」

「まるで、あなただけ時間が止まっているみたいだわ、エチエンヌ」

母はぼくのことを、家ではまだエチエンヌと呼んでいたが、ぼくは外ではトマスで通していた。

ぼくは自分の不安を押し隠し、母を安心させようとした。「時間が止まるわけないじゃないか。太陽は相変わらず昇っては沈んでいる。春の次にはちゃんと夏が来る。ぼくは同い年の子たちと負けないくらい一生懸命働いている」

母はぼくの髪をなでた。母の目には、ぼくがそう感じているとおりの子どもにしか見えていない。

「これ以上、悪いことは起きてほしくないの」

ぼくのかなり古い記憶のひとつがよみがえる。フランスの広大な屋敷で、悲嘆にくれた母が玄関に掛かったタペストリーに顔をうずめて泣きわめいていた。父がランスに近い戦場で砲撃に遭って亡くなったとわかった日のことだ。

「ぼくは大丈夫だよ」

「ええ。屋根葺きの仕事でもらえるお給金はいいけれど、カーターさんのところで働くのはやめたほうがいいかもしれないわ。ギフォードさんのお宅の屋根を葺いているあなたの姿は、みんなに見える。噂になっているわ。今では、みんなの噂の種よ。ここは小さな村だもの」

皮肉なことに、人生の最初の十三年間、ぼくの成長は早かった。異常なほど早いわけではないが、平均よりは確実に早かった。それで、カーターさんはぼくを採用してくれたのだ。若いから安く雇えるうえに、ぼくは十三歳にしては背が高く、体格もよく、腕力もあった。問題は、それほど早かった成長が突然ゆっくりになり、まるで変化が見られなくなって、それが人目につくほどになってきたことだ。

「カンタベリに行くべきだったんだ」ぼくは言った。「でなきゃ、ロンドンに」

「街に行くとわたしがどうなるか、知っているでしょう」母は言葉を切り、ペチコートのしわを伸ばしながら考えこんだ。ぼくは母を見た。やっぱり間違っている気がする。フランスでもかなり立派な屋敷で人生のほとんどをすごしてきた母が、はるか英国の片隅にある村で疑りぶかい人たちに囲まれて、二部屋しかないコテージの暮らしに身をやつしているなんて。「たぶん、あなたの言うとおりなのでしょう。たぶん、わたしたちは――」

外で音がした。恐ろしい叫び声だ。

ぼくは急いでズボンと靴をはき、玄関へ向かった。

「だめ、エチエンヌ、なかにいなさい」

「誰かが怪我をしてるんだよ。見にいったほうがいい」

ぼくは外へ飛び出した。外は日が落ちたばかりでまだ少し明るく、空は壊れやすい小鳥の卵のような薄青色をしている。ほかにも、ぼくと同じことをしている人たちの姿が見えた。みんな、騒ぎの元を確かめようと、通りぞいの家から飛び出してきた人たちだ。

ぼくは走りつづけた。すると、見えてきた。

彼が。

ジョン・ギフォードだ。

まだかなり遠いが、彼であることはすぐわかった。干し草の山のような大男なのだ。両腕を体の横に垂らして、奇妙な歩き方をしている。まるで肩にふたつの死体がくっついているかのようだ。ジョンは吐いた。二度、激しく嘔吐して、道端に悪臭を放つ水たまりを作ると、またよろよろと歩きだした。

彼の後ろを、妻のアリスと三人の子どもたちが泣き叫びながら、あわてふためく白鳥のヒナのようについていく。

ジョンが草地にたどりつく頃には、村じゅうの人が集まってきたようだった。血が見えた。ジョンの両耳から血が流れている。咳をすると、口と鼻からも流れだし、あごひげをつたった。ジョンは地面に倒れた。妻はすぐそばで夫の口を手でおおい、もういっぽうの手で夫の耳をふさいで、必死に出血を止めようとしている。

「ああ、ジョン、きっと神さまが救ってくださるわ、ジョン。ああ、神さま……ジョン……」

集まった人たちのなかには、祈っている人もいる。このようすを見せないように、子どもたちの顔を自分の服に押しつけている人もいる。だが、ほとんどの人は恐ろしい光景に魅入られたように見つめていた。

「魔王の仕業だ」目を見開いたウォルター・アーンショーが言った。研ぎ師のウォルターはぼくの横に立っていた。アヘンと口臭らしき臭いがした。

ジョン・ギフォードは仰向けに倒れて、もう動いていない。唯一動いている両腕の震えも、だんだん弱くなっている。やがて彼は血にぬれた黒い草地の上で息を引き取った。

妻のアリスが夫の上に倒れこんで突然の強い悲しみに体を震わせているあいだ、村人たちはただその場に立ちつくし、茫然と黙りこんでいた。

そんな個人的な悲しみを見物するのは間違っている気がして、ぼくは背を向けた。

ところが、見慣れた人々のそばを通り抜けるとき、パン屋の奥さんのベス・スモールが目に入った。ベスは非難の目でまっすぐぼくをにらんでいる。

「そうよ、トマス・ハザード、もう近寄らないでちょうだい」

そのとき、ぼくはその言葉に混乱した。だがまもなく、その警告を思い出すことになる。

一度だけふり向くと、ジョン・ギフォードは山のように動かず、死んだ大きな手が輝いていた。ぼくは月に見守られて歩きつづけた。月はもうひとつのおびえた顔のように、空からぼくを見つめていた。

現在　ロンドン

「魔女」ぼくは教師の声で言う。つまり、ちゃんと聞いてもらえない声だ。

これが、いろいろあるなかでぼくが今回選んだ人生。自分を無視する十二歳の子どもたちの教室で、教壇に立つ男の人生だ。

「四百年前の人々は、なぜ魔女を信じたがったと思う?」

ぼくは教室を見渡す。生徒たちの顔は、薄ら笑いを浮かべているか、当惑しているか、携帯電話を見ているか、その全部だ。時刻は午前九時三十五分。授業が始まって、まだ五分しかたっていない。うまくいかない。授業、一日、仕事。すべてがうまくいかない。

たぶん、教師の仕事は、ぼくの新たなスタートに向いていなかったのだろう。おそらく、落胆の歴史に新しい一ページがくわわるだけだ。

ぼくは――スリランカへ行くまで――アイスランド北部で八年間すごした。コーパスケルという漁村から十五キロほど北へ行ったところだ。アイスランドを希望したのは、その前に二、三年トロントですごしていたからだ。トロントは世界でもっとも大きく、もっとも幸福な街だが、それにもかかわらず――というより、たぶんそのせいで――ぼくはみじめだった。そこのアパートメントで、誰にも会うことなく、ただ生きていた。一度、トロント・ブルージェイズの野球観戦に出かけたものの、どうせつながりを持つことなどできない大勢の人たちに囲まれていると、アイスランドへ行きたくなってしまった。そしてアイスランドでひとりぼっちで暮らしていたら、今度は普通の生活がしたくなった。

だが、普通の生活は幸せを保証してくれるわけではない。それにもちろん、これ——教師の職業——はただの見せかけだ。たぶん、みんな何かのふりをしているのだろう。たぶん、この学校の先生も生徒も、みんな何かのふりをしているのだと思う。おそらく、シェイクスピアの言っていたとおりなのだろう。たぶん、この世界はすべて舞台なのだ。芝居がなければ、何もかもばらばらになってしまう。幸福の鍵は、自分自身でいることではない。そもそも、そんなことになんの意味がある？　誰でもたくさんの自分を持っているものだ。だから違う。幸福の鍵とは、自分にもっともふさわしい嘘を見つけることだ。

　そして、にやにやする十二歳の生徒たちの顔を見ていたちょうどそのとき、ぼくは思った——これはぼくにふさわしい嘘じゃない。

「なぜ、人々は魔女を信じたのかな？」ぼくはくり返す。ダフニ・ベリョ校長が教室の横の廊下を歩いている。校長はぼくにほほえみかけ、両手の親指を立ててみせると、きびきびと通りすぎていった。ぼくは笑い返した。この仕事はとても楽しく、自分はうまくやっているかのように。ぼくは普通の人間で、こういうことを数えきれないくらいやってきたかのように。そして、新しい芸を覚えようとしている老犬みたいに見えないように。

　ぼくは質問をくり返す。

「どうして、人々は魔女の存在を信じたがったんだ？」

　最前列の女の子が答えようと手を上げるかに見えたが、あくびをしただけだった。

　それで、ぼくは自分で答えることにした。この話題が想起させることを精一杯思い出さないように気をつけ、声のひび割れをセメントで埋めようとする。

「当時の人々が魔女を信じたのは、そうするほうが楽だったからだ。人々には敵が必要なだけでなく、その理由も必要なんだ。不安定な時代、無知が蔓延しているところでは、人々が魔女を信じていると役に立つ場合がしばしばあって……。どんな人が魔女を信じていたと思う?」

「バカな人たち」誰かが言う。ぼそっとしたつぶやきで、どの席の子かはわからない。

ぼくはほほえんだ。授業の残り時間は、あと五十五分。

「そう思うだろう。けど、違う。あらゆる人々が信じていたんだ。エリザベス一世は魔女を禁じる法令を制定した。そして次に王位を継いだジェイムズ一世は、自分を知識人だと思っていたが、魔女についての本まで書いている。フェイクニュースをもたらした最初のテクノロジーは、インターネットではなく、印刷機なんだ。本が迷信を強固なものにしていた。ほとんどすべての人々が魔女を信じていた。しかも、国じゅうを旅して魔女を探す職業まで存在し……」

急に鋭い痛みを感じ——激しい頭痛が脳内に広がっていく——まずいことに、ぼくは話の途中で口ごもってしまった。

最前列であくびをしている女の子も、今では心配そうな顔をしている。「大丈夫ですか、先生?」

「ああ、ちょっと頭痛がしただけだ。大丈夫だよ」

すると、後ろのほうにすわるべつの少女が発言した。

「それで、魔女かどうか、どうやって調べるんですか? 何をしたんですか?」

その質問が、暗い部屋のなかのカラスのように、ぼくの頭のなかをバサバサと飛び回る。

何をしたんですか?

何をしたんですか?

何をしたんですか?

一五九九年　英国　サフォーク

　ぼくの母は、伝統的な親らしく、じつに複雑で矛盾した人だった。道徳的でありながら、楽しいもの（食べ物、音楽、自然の美しさ）に目がなかった。信心深いのに、世俗的なシャンソンをうたうことに、祈りと同じくらいの癒しを感じるようだった。自然の愛好者なのに、自宅である城から出るたびに目に見えて不安がっていた。弱いだけでなく、頑固で強いところもある。母の変わったところのうち、いくつが深い悲しみから生まれたもので、いくつが生まれながらの性格なのかは、まったくわからない。「この世界の草一本、色彩ひとつとっても、わたしたちを楽しませるためにあるわけではないのよ」母は以前、英国に着いたばかりの頃、ぼくにこう言った。「ムッシュー・コーヴァンがそうおっしゃっているわ」

　ぼくはムッシュー・コーヴァン——またの名をカルヴァン——が好きではなかった、と言わざるをえない。彼こそ、ぼくたちの厄介事の根源に思えたからだ。実際、そうだった。しかし、ぼくがそのバトンを受け取ってしまった。ぼくたちの厄介事はさらに悪化した。それも急激に。だから、彼らがやってきて玄関のドアをノックしたとき、ぼくたちにもう居場所はないとわかった。ぼくたちが安全でいられる場所は、世界じゅうのどこにもない。

　その魔女狩り人——傷つけても出血しない〝悪魔のしるし〟を探すため、魔女の疑いをかけられた人の体じゅうを大きな針でつつくので、〝つつく人《プリッカー》〟と呼ばれていた——はウィリアム・マニングという。ロンドン出身の、四角い顔をした背の高い丈夫そうな男だ。髪は薄くなっていたが、肩幅が広くがっしりしていて、肉屋のような分厚い手をしていた。目は片目しか見えない——あるいは、左目が白く濁っていたのでそう思われた。彼が村に到着するところは見ていなかったが、ぼくは疾駆する馬の足音が自宅の前を通って東へ向かうのを確かに聞いた覚えがある。

もう一頭の馬に乗っていたのは、治安判事だった。彼のことは、ミスター・ノアという名前しか知らない。上等な服に身を包み、自分のことを紳士だと思っている。彼も長身だが、肌が灰色だった。まるで死人。骸《むくろ》のようだ（この言葉を使うことは、その後二百年ほどなかった）。

ぼくたちの噂はもう郡の範囲まで広がっていたが、玄関を苛立たしげにノックされるまで、それがどれだけ重大なことか正確にはわかっていなかった。

ウィリアム・マニングがぼくの手首をつかんだ。すごい力だ。そして空いているほうの手で、ぼくの皮膚にある小さなピンク色の染みを指さした。だが、うっかり触れないように気をつけている。

「悪魔のしるしだ！」マニングはぞっとするような勝ち誇った口調で言った。「ほら、ここにしるしがある、ミスター・ノア」

ミスター・ノアは見た。「確かに見える。じつに不吉だ」

ぼくは声を上げて笑った。内心、恐ろしかった。

「違いますよ。ノミに嚙まれた痕です」

ぼくはまだ十三歳にしか見えなかった。彼らが期待していたのは、少年らしい従順な態度で、若者らしい無礼な態度ではなかった。マニングはぼくをにらんだ。にらんだ、という以外にふさわしい言葉は、当時も今も存在しない。ところがそのとき、彼はぼくの母に注意を向けた。

「着ているものをぬぎなさい」マニングの声は静かで毅然としている。ぼくは彼を憎んだ。その瞬間、憎悪した。それまで、ぼくは憎悪の本当の意味をわかっていなかった。ただ理論上、父を殺した敵兵を憎んでいただけだ。敵兵がどんな顔をしていたのかは知らない。憎悪には顔が必要なのだ。

「断る」ぼくは言った。

母はとまどっていたが、やがて意味がわかると、きっぱり拒否し、フランス語で彼らを罵った。マニングは教養人のふりをしているだけの無知な人物だったので、母のしゃべっている言語がどこの国のかすらわからなかった。

「その女に気をつけろ。悪魔のようなしゃべり方だ。邪悪な霊を呼び出そうとしている」

ここへ来て、マニングはドアを閉めるように言った。ぼくたちの家の玄関前には、村人たち——あのベス・スモールも、気の毒なアリス・ギフォードの隣に立ち、さぞいい気味だというようにぼくたちに非難の目を向けている——がずらりと集まって、目の前でくり広げられる騒ぎにわくわくしている。ミスター・ノアがドアを閉めた。ぼくはマニングと母のあいだに立ちはだかった。マニングは短剣を抜き、ぼくの喉に押しつけた。

母は服をぬいだ。泣いていた。ぼくも目が熱くなった。恐怖と罪悪感。こんなことになったのは、ぼくのせいだ。ぼくの奇妙な体のせい、年を取れない体のせいだ。

「余計な口をきいてみろ、おまえの母親は魔女としてこの場で死ぬことになるぞ。おまえもマルバスも気づかないうちにな」

マルバス。すべての病気を治せる地獄の悪魔。それから数時間、ぼくはその名前をさんざん聞かされることになる。こうして、悪夢のような夜が展開された。

母は裸になった。テーブルと錫《すず》製のスープ皿の横で。マニングの目が母の裸体を堪能し、欲望をかきたてられて母を憎むのがわかった。彼は短剣の先を母の肌に突き立てて軽く刺した。最初は肩、次は前腕、そしてへその近く。小さな血の玉が盛り上がる。

「この血の黒さを見たまえ、ミスター・ノア」

ミスター・ノアは見た。

血は血の色をしているだけだ。普通の人間の血なのだから。だが、ミスター・ノアはその血に違うものを見た。あるいは、見たと思いこんだ。マニングの威厳に満ちた雰囲気にのまれたのだろう。「うむ。じつに黒い」

人は見ると決めたものしか見ない。ぼくはこの教訓を百回以上も学んできたが、当時はまだぼくにとって新しい教訓だった。母は短剣が当たるたびに顔をしかめたが、マニングにはそれが演技に見えた。

「これが彼女のずる賢さだ。痛いふりをしている表情に気をつけろ。彼女はある種の取引をしたことが、いずれ明らかになるだろう。ジョン・ギフォードの異様な死に方は、彼女の息子の永遠の若さの代償だと思われる。じつに邪悪な取引だ」

「ぼくたちはジョン・ギフォードの死とはなんの関係もありません。ぼくは彼の家の屋根葺きを手伝いました。それだけです。母さんは彼のことすら知りません。ほとんどずっと家にいるから。お願いです、こんなことはやめてください!」

ぼくはそれ以上見ていられず、マニングの腕をつかんだ。彼は短剣の柄でぼくの頭を殴ると、もういっぽうの手でぼくの喉元をつかみ、何度も同じ場所を殴りつけた。母は泣き、ぼくは頭が割れるかと思った。ぼくは床に倒れ、静かに茫然としていた。自分に十八歳の体に備わっているべき力があれば、と思っていた。

するとそのとき、マニングがもうひとつノミに嚙まれた痕を見つけた。今度は、母のへその近くだ。惑星の上に浮かぶ小さな赤い月のような痕。

「息子と同じしるしがある」

母は震えていた。衣服を奪われ、もう口をきくこともできない。

「それはノミに噛まれた痕だ！」ぼくの声は悲痛で、必死で、かすれていた。「ただのノミに噛まれた痕だよ」

ぼくは石の床に両手をついて立ち上がろうとしたが、後頭部を踏みつけられた。

そして、何もかもが闇に閉ざされた。

このときのことを、ときどき夢で見る。ソファで眠りこんだりすると、あの日のことを思い出す。母の肌にいくつも盛り上がった血の玉。玄関口に集まっていた人々。そして、マニングと、ぼくの頭を踏みつけた彼の足。そういった記憶が何世紀も昔からよみがえって、ぼくを揺り起こす。

あの後、すべてが変わった。あの事件の前までは自分の子ども時代は完璧だった、などと言うつもりはないが、今ではあれより前の時代に戻りたくなることがよくある。ローズと知り合う前、母の身に起こることを知る前、ずっと前に……。そうして、かつての自分にしがみつきたい。長い名前を持ったただの小さな少年だった頃の自分、ほかのみんなのように時間とともにちゃんと年を取っていた頃の自分に。だが、昔に戻る方法はない。過去に対してできることは、ずっと抱えていくことだけ。その重みがゆっくりと増していくのを感じながら、過去に完全に押しつぶされてしまわないよう祈ることだけだ。

現在　ロンドン

昼休み、ぼくは近所のスーパーマーケットへ行き、パストラミ・サンドウィッチとソルト＆ヴィネガー味のポテトチップスとチェリージュースの小さいボトルを買うことにした。

レジには行列ができていたので、普段は使わないセルフレジを利用する。

これまでの一日と同じく、ここでもうまくいかなかった。

機械の発する女性の声が「袋づめエリアに未確認の商品があります」と言いつづけるのだ。けど、袋づめエリアには、ぼくがスキャンしたばかりの商品しか置かれていない。

「ご不明な点はスタッフにおたずねください」彼女——未来文明のロボット——はつけたす。「袋づめエリアに未確認の商品があります。ご不明な点はスタッフにおたずねください。袋づめエリアに……」

ぼくはあたりを見回した。

「あの、誰か？　すみません？」

従業員は誰も見当たらない。もちろん、いるわけがない。だが、十代の少年のグループがいた。みんなオークフィールド学園の制服（白いシャツに、何人かは緑と黄色のネクタイを締めている）を着て、飲み物やお菓子を持って列に並び、ぼくのほうを見ている。ぼくが新任の教師だと気づいて、何か言っている。そのうち、笑い声が上がった。ぼくはもっともなじみのある感覚を覚えた——自分は間違った時代に生きている。こうしてセルフレジの前に立ったまま画面を見つめ、機械の声を聞いていると、頭が痛くなってきて、だんだんヘンドリックの言うとおりだったのではないかと思えてくる。たぶん、ロンドンに戻ってくるべきではなかったのだろう。

職員室へ向かって廊下を歩いていると、メガネをかけた女性とすれちがった。公園で見かけた、読書をしていた女性だ。ダフニ・ベリョ校長がフランス語の教師だと言っていた女性。とまどったようにぼくを見つめていた人。服装は赤い木綿のズボンに黒いタートルネック、輝くパテントレザーのぺたんこ靴、髪は後ろで結んである。自信に満ちた上品ないでたちだ。彼女は笑いかけてきた。

「あら、公園にいた人ね」

「え、ああ」ぼくはたった今思い出したかのように言った。「あなたでしたか。ぼくは新任の歴史教員です」

「おかしな偶然ね」

「そうですね」

彼女の笑顔は怪訝そうでもあった。まるで、ぼくが混乱させているみたいだ。長く生きてきたぼくは、この表情を知っている。そして恐れている。

「はじめまして」ぼくは言った。

「ええ、はじめまして」彼女はかすかなフランス語訛りで言う。ぼくは森を思い浮かべた。母の歌を思い出す。目を閉じると、くっきりと青い空の下、セイヨウカジカエデの種がくるくる回りながら落ちてくるのが見える。

なじみの閉所恐怖症の感覚が襲ってくる。閉じこめられている気分だ。この世界は身を隠せるほど広くないという感覚。

それでおしまい。

ぼくは歩きつづけるしかなかった。まるで、そうすれば彼女の考えていることからも離れられるかのように。

初授業の後、ぼくは家で犬のエイブラハムと並んですわった。犬はぼくの膝に頭をあずけて眠り、犬の見る夢の世界に迷いこんだ。ぴくっと動いたり、ぎゅっと身を縮めたりするようすは、ふたつの瞬間にはさまれたコマ送りの映像のようだ。少し鼻を鳴らしたりする。どんな記憶を再体験しているのだろう。ぼくは犬に手を置き、よしよしとなでてやる。しだいに、犬の動きが止まる。やがて息遣いしか聞こえなくなる。

「大丈夫だよ、何もかも大丈夫、大丈夫、大丈夫……」

目を閉じると、そびえ立つウィリアム・マニングの姿が、まるでこの部屋にいるかのようにはっきりと見えてきた。

一五九九年　英国　サフォーク

ウィリアム・マニングは厳めしい顔で、暗くなっていく空を見つめた。彼にはどこか芝居がかったところがある。まるで、これはただのショーみたいだ。それこそが当時——マーロウやジョンソンやシェイクスピアの時代——の本質で、何もかもが芝居だった。正義さえも。死さえも。とりわけ死はそうだった。ぼくたちがいるのはエドワードストーン村から十五キロほど離れた場所だが、ほとんどの村人がそろっていた。十六世紀では、魔女裁判はよくある出来事だったと思われるかもしれないが、実際は違う。滅多にない娯楽で、人々は遠くから見物に来ては野次を飛ばし、悪が見つけだされ、説明され、始末される世界にいる自分たちは安全だと感じていた。

マニングはぼくに話しかけているが、同時に群衆にも話しかけている。彼は役者だ。宮内大臣一座のメンバーであってもおかしくないくらいだ。

「おまえの運命は母親が決めることになる。母親が溺れ死ねば、魔女の疑いは晴れ、おまえは命を長らえる。だが母親が死なず、水責め椅子の拷問を生き延びたそのときは、おまえは——魔女の子孫として——母親とともに絞首台送りとなり、刑に処されるであろう。わかったか?」

ラーク川の草におおわれた土手で、ぼくは母のそばに立ち、母と同じように手枷と足枷をつけられていた。母は——服を着せられ——暖かい日なのにぬれた猫のようにがたがた震えている。ぼくは母に話しかけたかった。安心させてあげたかった。だが言葉を交わせば、邪悪な力を呼び寄せようとしていると思われてしまう。

母が川岸へ、水責め椅子の近くへ引っ立てられるときだけ、ぼくの口から言葉がほとばしった。

「ごめん、母さん」

「あなたのせいじゃないわ、エチエンヌ。あなたのせいじゃない。ごめんね。母さんの責任よ。ここに引っ越してくるべきではなかった。こんなところに来るべきじゃなかったのよ」

「母さん、愛してる」

「母さんも愛してるわ、エチエンヌ」母は泣きながらも、突然、反抗心を弾けさせた。「母さんも愛してる。あなたは強い人間よ。父さんと同じくらい強い。約束してちょうだい。かならず生き抜くと。何があっても。あなたは絶対に生き抜いて。母さんの言っていることがわかる? あなたは特別なの。神さまがあなたをそういうふうにお作りになったのは、何か目的があってのことよ。その目的を見つけなさい。生き抜くと約束してくれる?」

「約束するよ、母さん。約束する、約束する、約束する……」

ぼくの見ている前で、母は木製の椅子に縛りつけられていく。母は脚を開くまいと両膝をくっつけ、最後にむなしい抵抗をする。そこでふたりの男がそれぞれ母の片脚をつかんで所定の位置に固定し、母の背中を椅子の背に押しつけた。身をよじって叫ぶ母を、金属製のベルトで椅子に固定する。

母が空中に持ち上げられるところは、ぼくは見ていなかった。だが、いちばん高いところに達すると、ロープを持っている乱れた髪の男に、マニングが止めろと命じた。

「待て、そこで待て……」

そのときだった。ぼくはくっきりと青い空を背にした母を見た。母はうなだれ、ぼくを見下ろしていた。そのときの母のおびえた目が、数百年たった今でもまだ頭から消えない。

「神判を始めよ」川岸の縁まで歩いてきたマニングが宣言した。

「やめろ！」

ぼくは目をつむった。椅子が水に当たる音が聞こえた。それから目を開けると、母の姿は消えていて、緑と茶のぼやけた影になり、やがて何も見えなくなった。水面にたくさんの泡がのぼってくる。ウィリアム・マニングは上げた手を開き、その姿勢をキープして、ゆるんだロープを持った男に母を沈めたままにしておくように命じている。

ぼくはマニングの厚く大きな赤い手を見つめ、その人でなしの手が閉じてくれることを祈った。もちろん、何があろうと、母は死ぬ。それでもやっぱり――自分の生死がかかっていてさえも――ぼくは母に生きて水から上がってきてほしかった。もう一度、母にしゃべってほしかった。母の声が聞こえない世界など、想像できなかった。

椅子が引き上げられ、母のずぶぬれの遺体が水中から現れたとき、答えは川のなかに秘密のまま残された。母はパニックになってすべての息を吐いてしまったのだろうか？　それとも、わざと息を吐ききったのか？　母はぼくのために自分の命を犠牲にしたのか？　ぼくにはわからなかった。この先も答えはわからないだろう。

しかし、母はぼくのせいで死んだ。そしてぼくは、母のおかげでまだ生きている。ぼくはずっと、母との約束を悔やんでいる。

第二部　アメリカだった男

現在　ロンドン

で、現在のぼく。

ぼくは駐車場にいる。オークフィールド学園での二日目を終え、職員駐車場のフェンスにつないでおいた自転車の鍵をはずそうとしているところだ。自転車に乗っているのは、車を信用したことがないから。もう百年も自転車に乗っているが、自転車はじつに偉大な発明品のひとつだと思う。

変化にはいいものもあれば、そうでないものもある。現代の水洗トイレは断然、いい変化だ。セルフレジは確実に悪い変化だ。変化のなかには、いい面と悪い面を持ち合わせたものもある。例えば、インターネット。あるいは、楽器のキーボード。カット済みのニンニク。相対性理論。

人生とはそういうものだ。変化を恐れたり、いちいち歓迎したりする必要はない。それによって自分が何かを失うわけでなければ、気にすることはない。変化は人生の構成要素にすぎない。ぼくの知っている唯一の確固たる事実だ。

カミーユが自分の車へ歩いていくのが見える。公園で出会った女性だ。昨日、廊下でも会ったが、ほとんど話せなかった。とはいえ、あのときのぼくは閉所恐怖症の症状に襲われて、立ち去るしかなかったのだ。けど今は、逃げ場がない。カミーユが車にたどりついた。車にキーを差しこむ。ぼくも自分の鍵と格闘する。ぼくたちの目が合った。

「あら、こんにちは」

「あ、どうも」

「歴史の人ね」

歴史の人。

「そうです」ぼくは言った。「ちょっと自転車の鍵に手こずっていて」

「よかったら、乗せていきましょうか」

「いえ」ぼくは言ったが、返事がちょっと早すぎた。

「あの……ぼくは……」

(どれだけ長く生きていようと関係ない。世間話はいつだって難しい)

「また会えてうれしいわ。わたしはカミーユ。カミーユ・ゲランといいます。わたしはフランス語《フレンチ》。えっと、教えている教科のことね。国籍もフランス《フレンチ》だったけれど、国籍で人を判断する人なんている？　おバカさん以外に」

なぜだかわからないが、ぼくは無謀にも言ってしまう。「生まれはフランスなんだ」これは履歴書に書いたことと違うし、校長はほんの数メートル離れた場所にいる。ぼくは何をしているんだ？　どうして彼女にそんなことを知ってほしいんだ？

べつの教師――まだ紹介されていない人――が出てくると、カミーユは「また明日」と声をかけ、相手も挨拶を返す。

「それで」カミーユはぼくに訊ねた。「フランス語を話すの？」

「ウィ。けど、ぼくのフランス語は少し時代遅れなんだ……アン・プー・ヴィエイヨ」

カミーユは小首をかしげ、眉間にしわを寄せている。この表情なら知っている。見覚えがあるという顔だ。

「変ね《セ・ドロール》。あなたに会ったことがある気がする《ジェ・ランプレッション・ドゥ・ヴ・ルコネートル》。どこで会ったのかしら？　もちろん、公園で会ったけれど、それより前に会ってるはず。今、はっきりそう感じるの」

「きっとドッペルゲンガーでしょう。ぼくは他人と間違われやすい顔をしているし」

ぼくは礼儀正しいがよそよそしい笑顔を作った。この話題は厄介の素にしかならない。ぼくの頭痛もやわらげてはくれない。

「わたしは近視なの。だから、メガネをかけてるわけ。でも、一度テストを受けたことがあるの」カミーユは引き下がらない。「〝顔認識能力が著しく高い〟という結果が出たわ。それがわたしの特技。側頭葉の働きが高いみたい。視覚認識においては、上位一パーセントに入ってた。変わった脳みそでしょ」

話をやめてくれ。ぼくの姿なんか見えなくなればいいのに。何も隠す必要のない普通の人間になりたい。ぼくは目をそらした。「それはすごい」

「最後にフランスにいたのはいつ?」

「ずっと昔だよ」まさか、彼女が一九二〇年代のぼくを覚えているほど年寄りのわけがない。やっと、自転車の鍵がはずれた。「じゃあ、また明日」

「解いてみせるわ」カミーユは笑いながら、ニッサンの小型車に乗りこむ。「あなたの謎、きっと解いてみせる」

「へえ!」そして彼女の車のドアが閉まると、ぼくは言った。「くそっ」

彼女はぼくの横を通りすぎるとき、クラクションを鳴らしてさっと手をふった。ぼくは手をふり返し、自転車をこぎながら思う。明日、学校へ行くのをやめてしまえば、どんなに楽か。ヘンドリックに相談して、また姿を消せばいい。だが、心のどこか――小さいが危険な部分――では、カミーユがどこでぼくを見たのか知りたくてたまらないとも思っている。というか、たぶん、ただぼくの謎を解いてほしいという気持ちが、ほんの少しあるのだろう。


その日遅く、自宅にヘンドリックから電話があった。

「それで、ロンドンはどうだね?」

ぼくはイケアの小さい机に向かい、何世紀も持ち歩いているエリザベス朝時代のコインを見つめている。普段は密封できる小さいポリ袋に入れて財布にしまっているだけだが、今は机の上に出してある。消えかけている紋章を見つめ、このコインを握りしめていたマリオンの拳を思い出していた。「いいところですよ」

「仕事のほうは？　なんとか……なじめそうか？」

ヘンドリックの口調には、どこか苛々させられる。恩着せがましい。〝なじめそうか〟という言い方には、おもしろがっているふしもある。「聞いてください、ヘンドリック、悪いけど頭が痛いんです。そちらはまだ遅めの朝食の時間でしょうが、こちらはもう夜更けで、明日は授業の準備で早く起きなければならないんです。本当にもう休みたいので、もし――」

「まだ頭痛がするのか？」

「ときどき」

「まあ、よくあることだ。中年が近くなると、みんなそうなる。記憶痛だ。気をつけるしかない。現代生活は体に悪い。画面を見る時間を減らすことだ。われわれの目は人工の光には向いていない。誰の目も向いてはいない。ブルーライトの波長のせいだ。人間の二十四時間周期のリズムを狂わせる」

「ええ。はい。よくわかりました。人間の二十四時間周期のリズムに影響があるわけですね。では、そろそろ失礼します」

ほんの一瞬、間があった。「恩知らずと受け取られても仕方がないのではないか？」

「何がです？」

「最近の君の反抗的な態度だ」

ぼくはコインを袋に戻して口を閉じた。「反抗しているわけではありません。反抗心なんかありませんよ」

「最近、よく考えていることがある」

「なんですか？」

「始まりについてだ」

「なんの始まりですか？」

「われわれの始まりについてだ。あの医師の存在を聞いたときのこと。アグネスに電報を打ったときのこと。彼女が君を迎えにいったときのこと。君と初めて会ったときのこと。一八九一年。チャイコフスキー。ニューヨークのハーレム。ホットドッグ。シャンパン。ラグタイム。そういうものすべてだ。わたしは毎日を君の誕生日にしてやった。今でもそうしている。あるいは、そうできたはずだ。君がありふれた人生を送ることにそこまでこだわっていなければ。マリオンを探し出すという執着を手放していれば」

「マリオンはぼくの娘ですよ」

「そこは理解できる。しかし、自分のしてきたことを考えろ。わたしが今まであたえてきた数々の人生を考えてみろ……」

　ぼくは今、キッチンにいる。電話のスピーカー機能をオンにして、コップに水をくんでいる。くんだ水をごくごく飲みながら、川に沈められた母のことを考えた。水中で最後の息を吐いたところを。そして、ヘンドリックが話しつづけるあいだ、歩いていってパソコンを開いた。

「おおむね、わたしは君にとって、困りごとを助けてくれる妖精の役を果たしてきたではないか。君はシンデレラで、馬に蹄鉄をつけたり、あれやこれやとやっていたが、今ではどうだ。馬車、ガラスの靴、ほしいものはなんでも手に入る」

　ぼくはフェイスブックにログインした。自分のアカウントは作ってある。フェイスブックのアカウントは、持っているより持っていないほうが怪しまれる。この意見にはヘンドリックも賛成した（ヘンドリックも――というか、引退した美容外科医として――現在、フェイスブックをやっている）。

　当然、プロフィールは偽物だ。そもそも、生まれ年に一五八一年という選択肢はない。

「聞いているか？」

「はい、ヘンドリック、聞いています。ちゃんと聞いてますよ。あなたはぼくの困難を助けてくれる妖精です」

「君のことが心配なんだ。心から心配している、トム。君が現れてから、わたしはずっと考えている。君の目には何かがあった。わたしを心配させるものが。憧れのようなものだ」

ぼくは疲れた笑い声を上げる。「憧れ？」

そのとき、何かに気づいた。

フェイスブックに友達リクエストが来ている。彼女だ。カミーユ・ゲラン。ぼくはリクエストを承認した。そして――ヘンドリックは相変わらず話しつづけている――気づくと、彼女のウォールを見ていた。

カミーユはフランス語と英語と絵文字の混ざった更新をしている。マヤ・アンジェロウとフランソワーズ・サガンとミシェル・オバマとJFKとミシェル・フーコーを引用。友人のなかには、フランス在住のアルツハイマー病に関する基金を募っている人がいて、カミーユは彼の寄付金募集のサイトへのリンクをはっていた。カミーユが書いた詩もいくつか掲載されている。ぼくは『摩天楼』という詩を読み、それから『森』という詩を読んだ。なかなかいい。なんの気なしに、並んだ写真を次々にクリックしていく。もっと彼女のことを知りたい。どこでぼくを見かけたのか、突き止めたい。ひょっとしたら、ぼくと同じアルバかもしれない。はるか昔に彼女と出会っているのかもしれない。

いいや。彼女がフェイスブックに登録した二〇〇八年の写真にざっと目を通すと、彼女は今より十年若く見えた。二十代に見える。そこには男性も写っていた。エリック・ヴィンセント。腹立たしいほど男前だ。ある写真では川で泳ぎ、べつの写真では番号のついたランニングベストを着ている。彼の写真はタグ付けされていた。二〇一一年までのプロフィール写真のほとんどに彼が登場しているのに、そこから二〇一四年まではまったく出てこない。エリックに何があったのだろう？　『森』という詩を読み返してみて、それがエリックに捧げられたものだとわかった。彼のプロフィールページはもう存在していない。

　解かなければならない謎は自分だけじゃないという気がしてきた。

「錨を下ろすわけにはいかんのだ、トム。第一のルールを覚えているだろう、トム？　ダコタハウスでわたしが話したことを、第一のルールを忘れたわけではなかろう？」

　二〇一五年のある写真では、カミーユが悲しげにただカメラを見つめている。パリかどこかのカフェのテラス席にすわり、目の前には赤ワインのグラスが置かれている。これがメガネをかけて写っている最初の写真だ。カミーユは明るい赤色のカーディガンをぎゅっとかき合わせている。予想していたより寒い夜だったのだろう。口元は笑っているが、無理をしているのがわかる。

「第一のルールは」ぼくはだるそうに答える。「恋に落ちないこと」

「そのとおりだ、トム。恋をしてはならん。じつに馬鹿げた行為だ」

「失礼なことを言うつもりはないのですが、電話の目的はなんですか？　仕事を持つことが役に立つのは、御存知でしょう」

「普通の人たち《カゲロウ》のする仕事が？」

「はい」

　ヘンドリックはため息をつき、小さく咳払いのような音を立てた。「かつての知り合いに、綱渡り芸人がいた。カゲロウだ。彼はヒマラヤスギと呼ばれていた。木のように。奇妙な名前の変わり者だった。コニーアイランドの遊園地で働いていて、綱渡りの技はじつに素晴らしかった。綱渡り芸人の技の良し悪しは、どこでわかるか知っているか？」

「どこですか？」

「まだ生きているかどうかだ」

ヘンドリックは自分の冗談に笑ってから、つづけた。

「とにかく、彼は綱渡りの秘訣を教えてくれた。リラックスして、落ちるかもしれないということは考えるな、と言う連中がいるが、それは誤解だ。秘訣は、その逆。絶対にリラックスしないこと。自分はうまいなどと絶対に信じないこと。いつ落ちてもおかしくないということを、けっして忘れないことだ。わたしの言いたいことがわかるか？　君はカゲロウにはなれないんだぞ、トム。リラックスなどしていられない。落下したら大惨事だ」

ぼくは電話をバスルームに持ちこんで、なるべく音を立てないように、たまった水を避けて小用をたす。

「落下のことは忘れません。わかりました。ところで、ヘンドリック、まだあなたの電話の目的がわからないのですが」

ぼくは鏡をのぞいて、あることに気づいた。心躍る素晴らしいものが、左耳のすぐ上に見えている。白髪だ！　これで二本目。初めて白髪が生えたのは、一九七九年だった。二一〇〇年までには、目立つくらいに増えているかもしれない。こういう変化に気づくこと（滅多にないが）ほど、ぞくぞくすることはない。トイレの水を流すのは後にして、ぼくもいつかは死ねるんだという幸せに浸りながら部屋を出ていった。

「わたしは電話したいときに電話する。そして、君は電話に出る。出なければ、わたしは心配になるだろう。わたしを心配させないほうがいいことは、君もわかっているはずだ。心配になれば、わたしは手を打たねばならなくなる。というわけで、くれぐれも自分の立場をわきまえるように。組織がどれだけ君を助けてきたか、肝に銘じることだ。よし。君の娘は見つけてやりたいと思っていた。しかし、ほかのことを忘れるんじゃないぞ。君が途方にくれていた一八九一年より前のことを忘れるな。あの頃の君には自由がなかった。選択肢がなかった。君は悲しみに打ちひしがれ、自分が何者かもわからず途方にくれていた。そんな君に、わたしが地図をあたえたのだ。君が自分自身を見つけるのに、わたしが力を貸してやった」

まだ自分は見つかっていないが、口には出さないでおく。自分自身なんて、まるでわからない。

「一八九一年を忘れるな、トム。常に心に留めておけ」

電話が終わると、ぼくはヘンドリックに言われたことをした。カミーユの写真をクリックして消し、一八九一年のことを思い返す。ひとつの人生が終わってべつの人生が始まったあの頃のことを考え、理解しようとする。そして解明しようとする。あのときぼくが飛びこんだのは、罠なのか、自由なのか、あるいは、おそらくその両方なのか？

摩天楼

あなたが
詩を
逆さまに
するところが
すき
詩が
はるか
かなたの
ミニチュアの
街
みたいに見える。
言葉
で
できた
摩天楼。

森

あなたに
ゆっくりしてほしい
すべてに
ゆっくりしてほしい。
瞬間の
森をつくって
その森で
永遠に
暮らしたい
あなたが行ってしまう前に。

一八九一年
英国　セント・オールバンズ

ジェレマイア・カートライトは空を見て、暗く重々しい口調で断言した。後で雨が降りそうだから、乾いているうちに鉄を打っておかなければならない。親方はあと一時間、戻ってこない。ぼくはひとり、炉の前で、鉄が赤く輝き、さらにオレンジ色に変わるのを見つめていた。そうだ、人生と同じく、鉄は熱いうちに打つものだ。ただし、熱ければいいというものではない。オレンジ色がだんだん明るくなり、ピンクと黄とオレンジが混ざり合った鮮やかな色になるまで待たなくてはならない。これが鍛造に適した熱さ。変化をもたらす温度だ。黄色はたちまち白に変わり、白熱したとたんに終わってしまう。だから、その瞬間を逸しないよう、注意深く観察して見極めなければならない。

鉄の塊を金床に置いて鍛える作業を始めようとしたとき、すぐそこに誰かが立っているのに気づいた。

女性だ。奇妙な風貌の女性。

初めて目にした彼女の姿は、今でも鮮明に思い出せる。年齢は四十歳くらいに見えた。

着ているのは、どちらも黒のロングスカートとブラウス。つばの広い帽子で、顔は陰になっている。六月下旬の服装としては暑すぎる。ましてや、鍛冶場は地獄のような熱気だ。顔が陰になっていて一瞬気づかなかったが、左目を黒いシルクの眼帯でおおっている。

「いらっしゃい。何かご用ですか?」

「そのセリフはあべこべだと、そのうちわかるでしょう」

「どういう意味ですか?」

女性は首をふった。鍛冶場の暑さに少し顔をしかめている。「質問は無用。今はまだだめ。その好奇心はいずれ満たされると保証するわ。さあ、一緒に来てちょうだい」

「え？」

「あなたはずっとここにいるわけにはいかないの」

「どういうこと？」

「質問は無用、と言ったはずよ」

　そして気づいたときには、彼女が小さな木製の拳銃をまっすぐぼくの胸に向けていた。

「うわ。いったい、なんなんですか？」

「あなたは自分の存在を科学界に知らせてしまった。ある機関が……今、説明している時間はないわ。けれど、ここに残っていれば、あなたはいずれ殺される」

　ここにいると、鍛冶場の熱気でせん妄状態のようになることがよくある。熱に浮かされて夢を見ているような感覚だ。一瞬、これも白昼夢かと思った。

「ドクター・ハッチンソンは亡くなったわ」彼女の声は落ち着いていたが、静かな力強さがある。ただ事実を伝えているのではなく、その事実は避けようがなかったと言っているようだった。

「ドクター・ハッチンソンが？」

「殺されたのよ」

　燃えさかる炎のごうごうという音だけが響くなか、その言葉が宙に浮く。

「殺されたって、誰に？」

　彼女は『タイムズ』紙の切り抜きを差し出した。

〝医師の遺体、テムズ川で見つかる〟

　ぼくはざっとその記事を読んだ。

「あなたは過ちをおかした。自分の症状を医師に相談するべきではなかったのよ。彼はあなたのことを論文に書いてしまった。その症状のことを。彼はその症状に名前をつけた。遅老症《アナジェリア》。あのままなら、おそらく、論文は発表されていたでしょう。それでは困ったことになる。とても困ったことに。だから、組織はああするしかなかったのでしょう。彼には死んでもらうしかぼくはむっとした。「は？」

「あなたは長年、生きてきた。すばらしい生存本能を持っている。けれど、もうここから離れなきゃ。わたしと一緒に来てちょうだい。馬車が待ってる。プリマスから、アメリカへ向かうのよ。あなたがずっと知りたいと思っていた答えが見つかるわ」

アグネスはそれ以上何も言わずに、歩いて出ていった。

なかった」

「あなたが殺したんですか？」

彼女の顔は鍛冶場の熱気で輝いていた。「ええ、わたしが殺したの。ほかの大勢の命を救うために。さあ、一緒に来てちょうだい。外に馬車を待たせてある。馬車でプリマスへ行くのよ」

「プリマス？」

「心配しないで、思い出にふけろうっていうわけじゃないから」

「意味がわからない。あなたは誰ですか？」

「わたしはアグネス」

アグネスはハンドバッグを開けて封筒を引っぱり出すと、ぼくに差し出した。ぼくは木槌を置いて、封筒を受け取った。宛て名も住所も書かれておらず、青い封筒はぱんぱんにふくらんでいる。

「これはなんですか？」

「あなたのチケットよ。それと、身分証明書」

一八九一年　大西洋

船は変化していた。

海なら行ったことがあったが、今は海の上にいても、もはや海の上にいる気がしない。

人類の進歩は、人間と自然との距離で測れる気がする。ぼくたちは大西洋の真ん中にいた。〝エトルリア号〟という蒸気船に乗っているが、まるでメイフェアのレストランですわっているような感覚だ。

ぼくたちは一等船室の客だった。当時の一等船室《ファーストクラス》の客は本当に一流《ファーストクラス》の人々だったので、それなりの服装をしなければならない。

アグネスがスーツケースにいっぱいの新しい服を用意してくれていた。ぼくは優雅なコットンツイルの三つ揃いに、シルクのアスコットタイを締めた。ひげはきれいに剃ってある。アグネスに剃刀で剃ってもらったのだ。そのあいだ、ぼくは彼女に首を掻き切られる可能性について真剣に考えていた。

レストランの窓からは下甲板が見える。そこでは、二等船室と三等船室の人々が大勢、みすぼらしい身なり――ぼくが先週着ていたような服――で歩き回ったり、手すりに寄りかかって水平線を眺めたりしている。彼らを待っているのは、エリス島とアメリカンドリームだけだ。

ぼくがこれまで出会った人のなかで、アグネスがいちばん言葉で表現しづらい。彼女は率直な性格と、善悪にとらわれないところと、落ち着いた物腰が混ざりあった、じつに珍しいタイプの人物だ。しかも、殺人までこなす。

アグネスは相変わらずヴィクトリア王朝風の黒い喪服を着ていて、どこから見ても上流階級の女性に見えた。眼帯さえも優雅に見える。ただし、選んだ飲み物——ウィスキー——は少々エキセントリックに思えた。

彼女の名前——今、使っている名前——はジリアン・シールズだが、本名はアグネス・ウェイドという。

「わたしのことはアグネスだと思って。わたしはアグネス・ウェイド。この名前を使うことは二度とないけれど、ずっと心のなかにある。アグネス・ウェイド」

「じゃあ、ぼくのことはトム・ハザードだと思ってください」

アグネスは一四〇七年にニューヨークで生まれた。ぼくより百歳以上も年上だ。この事実はぼくにとって厄介でもあり、慰めでもある。長年の付き合いでも、彼女が経験してきたさまざまな人生のすべてはまだ聞けていないが、十八世紀中頃はフローラ・バーンと名乗っていたと明かされた。アメリカ沖に出没していた有名な海賊だ。

料理の注文はすませてあった。彼女はチキン・フリカッセで、ぼくはブルーフィッシュのボイルだ。

「運命の女性はいる？」

ぼくがためらっていると、ぼくが質問の意味をやわらげなくてはと感じたようだった。「心配しないで。そういうことに関しては、あなたにはなんの興味もない。あなたは真面目すぎるのよ。女性なら真面目な人もいいけれど——食事をするなら——明るい男性のほうがいい。さっきのはただの好奇心。誰でもいるに決まってるもの。あなたほど長く生きてきて、好きになった女性がひとりもいないなんて、ありえない」

「ひとり、いました。はい。ずっと前に」

「彼女の名前は知っている？」

「はい。知っています」これ以上は話せない。

「それからは、誰も？」

「ええ、ちゃんと付き合った人はいません。あれ以降は、誰もいません。誰も」

「それはなぜ?」

「理由なんてありません」

「傷ついた心をずっと慰めてるってわけ?」

「愛は苦しみです。誰も愛さないほうが、ずっと楽だ」

アグネスはそのとおりだと言うようにうなずくと、まるでぼくの話に味がついていたかのようにごくんとのみこんだ。そして、遠くへ目を向けた。「ええ、本当にそうね。愛は苦しみだわ」

「ところで」ぼくは言った。「なぜ、あなたがドクター・ハッチンソンを殺したのか、話してくれませんか?」

アグネスはほかの食事客を見回した。人々は上流階級らしく着飾り、しゃんと背すじを伸ばした堅苦しい姿勢ですわっている。「悪いけれど、食堂で殺人を非難するような発言はやめてもらえるかしら? あなたは慎重な口の利き方を身に着ける必要があるわね。はっきりそれとは口に出さずに話す方法を。真実という直線は、ときに曲げてやる必要があるものよ。それくらい、とっくに知っているべきなのに。よく今まで生きてこられたわね、本当に驚きだわ」

「わかっています。けど――」

アグネスは目を閉じた。「大人にならなくてはいけないの、わかる? あなたはまだ子ども。見た目は大人に見えるかもしれないけれど、実際はまだ目を丸くしている少年にすぎない。だから早急に、一人前の大人に成長してもらわなきゃならない。わたしたちはあなたに教養と洗練を身に着けてもらう必要があるの」

彼女の冷淡な態度に、ぼくはぞっとした。「ドクター・ハッチンソンはいい人《マン》でした」

「彼は男性《マン》だった。あなたが知っているのは、それだけでしょ? 彼は男性であり、医師であり、病気から栄光を得ようとしていて、最高の業績は過去のものだった。前回は、運よくあなたを見捨て、追い返した。

年齢は六十八。体は弱かった。ツイードの服を着た骸骨だった。せいぜい、あと二、三年の命だったでしょう。もし今も生きていて、自分の発見したことを発表し、遅老症《アナジェリア》の発見者として有名になっていたら、とてつもない危険を招いていたでしょう。数十年どころか数百年も生きる人々に、死をもたらしていたかもしれない。それが大義と呼ばれることくらい、あなたにだってわかるでしょう？　より多くの命を救うために、一部の人が犠牲になる。そういうものと組織は戦っているの」

「組織、組織、組織……何かというとすぐ組織を持ち出すのに、組織については何ひとつ教えてくれないんですね。ぼくは組織の名前すら知らない」

「アルバトロス・ソサエティ」

「アルバトロス《アホウドリ》？」

料理が到着した。

「ほかにご用命はございますか？」整髪料できちんと髪をなでつけた、上品な服装のウェイターが訊ねた。

「ええ」アグネスがほほえむ。「下がってちょうだい」

ウェイターは驚いたようすで、気持ちを落ち着けようと口ひげをなでた。「かしこまりました」

ぼくは高級な魚料理を見つめた。こういう料理にありつくのは百年以上ぶりだと気づき、盛大に腹が鳴る。

「アルバトロス《アホウドリ》はとても寿命の長い生き物と考えられているの。わたしたちの寿命もかなり長いでしょ。ヘンドリック・ピーターセンが一八六七年に、わたしたち――わたしたちみたいな人々を〝アルバトロス〟とか〝アルバ〟と呼ぶの――を脅威から守り、団結させるために組織を作ったの」

「そのヘンドリック・ピーターセンという人は、何者ですか？」

「とても長く生きている、とても賢明な人。フランドル生まれだけれど、アメリカができてからはアメリカに住んでいるわ。チューリップ・バブルの時代にひと儲けして、まだニューアムステルダムと呼ばれていた現在のニューヨークへ渡ったの。それから毛皮の貿易で富を築いた。莫大な財産よ。彼は不動産を手に入れた。あらゆるものを手にいれた。彼こそアメリカよ。それがヘンドリックという人。彼はわたしたちを救うために組織を作った。わたしたちは恵まれているのよ、トム」

ぼくは噴きだした。

「恵まれている。恵まれている。そんなの、呪いだ」

アグネスはウィスキーをすすった。

「ヘンドリックが知りたがっているのは、あなたが自分にあたえられた自然の賜物に感謝しているという事実よ」

「それは難しいと思います」

「生きていたければ、そうすることね」

「いつまでも生きることにそれほど関心があるのかどうか、自分でもよくわからないんです、アグネス」

「アグネスと呼ばないで」彼女は小声でぴしゃりと言い、あたりを見回した。「ジリアンでしょ」

そしてバッグから何かを取り出した。〈クワイエッティング・シロップ〉とかいう咳止め薬だ。アグネスはそれを自分のウィスキーに垂らした。ぼくも勧められたが、首を横にふった。

「あなたの言い分がどれだけ自己中心的に聞こえるかわかってる？　ほかの人たちを見なさい。この食堂を見回してごらんなさい。さらには、三等船室にひしめくあの移民たちのことを考えて。彼らのほとんどは六十歳を迎える前に死んでいくのよ。人が亡くなる原因となる恐ろしい病気の数々を考えてみて。天然痘、コレラ、腸チフス、それにペストも——あなたがペストの蔓延を覚えているくらいの年齢だってことは、知ってるわ」

「ええ、覚えています」

「わたしたちがそういう病気にかかることはない。わたしたちのような人間が死ぬ原因は、ふたつだけ。九百五十歳頃に眠ったまま死ぬか、暴力や事故で心臓か脳を損傷したり大量失血を引き起こした場合。それだけ。わたしたちは、人類がさらされるほとんどの苦痛に対して免疫があるの」

ぼくはローズのことを考えた。あの最期の日、ローズは熱に震え、苦痛でうわ言を言っていた。ぼくはその後の数日を、数週間を、数年を、数十年を思った。

「頭を撃ち抜くほうが、生きている恵みよりずっといいと思ったことが、人生で何度かあります」

アグネスはウィスキーと〈クワイエッティング・シロップ〉のカクテルを、グラスのなかでそっとかき混ぜた。「あなたは長く生きている。そろそろ、わかっているはずよ。わたしたちの真実が表に出始めたら、危険にさらされるのはわたしたちだけじゃないって」

「確かに。例えば、ドクター・ハッチンソンとか」

「わたしが言っているのは、ドクター・ハッチンソンのことじゃない」アグネスは猫よりもすばやく切り返した。「ほかの人々のことを言っているの。あなたの両親とか。彼らはどうなった？」

ぼくはゆっくり構えた。魚を咀嚼して、のみこんでから、ナプキンで口の端をぬぐう。「父は信仰のためにフランスで戦死しました」

「ああ、宗教戦争で？ プロテスタントだったの？ ユグノーと呼ばれていた？」

ぼくは三回うなずいた。

「それで、母親は？」アグネスの目がぼくを見据えている。彼女は自分の勝ちだと感じている。実際、そのとおりだと思う。ぼくは真実を話した。

「わかった？ 無知はわたしたちの敵よ」

「今では、魔女という理由で殺される人はいません」

「無知は時間とともに変わっていく。それでも、常に存在する。しかも死を招くところは変わっていない。

ええ、ドクター・ハッチンソンは死んだわ。でも、もし生きていたら、もし彼の論文が発表されていたら、彼らがあなたのところにやってきたでしょう。ほかのアルバのところにも」

「彼らって？　どういう人たちのことですか？」

「それはヘンドリックが説明する。心配しないで、トム。あなたの人生は無駄じゃない。あなたには生きる目的があるのよ」

そのとき、ぼくは母に言われたことを思い出した。ぼくには生きる目的が必要だ。軟らかい魚を食べながら思った。ぼくは今、それを見つけようとしているのだろうか。

一八九一年　ニューヨーク

「あれを見て」アグネスが言った。ぼくたちはエトルリア号の上甲板に立っている。「〝世界を照らす自由の女神〟よ」

それが、初めて自由の女神像を見た瞬間だった。女神の右手は松明を空高くかかげている。当時は赤銅色に輝いていて、とても印象的だった。陽射しにきらきらと輝く女神の近くを、ぼくたちの船が港へ進んでいく。女神像は巨大で——壮大で古色蒼然としていて——スフィンクスやピラミッドと同じ規模のものに見えた。世界が小さく、ふたたび穏やかなものになってから、ぼくはただ生きているだけの状態だった。だが、世界船からニューヨークの街の輪郭を眺めていたら、世界がもっと大きくなろうと夢見ているような気がした。世界が咳払いして自信をつけようとしているように思えた。ぼくはポケットに手を入れ、マリオンのコインを握った。コインは、いつも変わらず、安心させてくれる。

「女神像のすぐ近くまで行ったことがあるの」アグネスが言った。「じっと立っているように見えるけれど、じつは歩いている姿なのよ。過去の束縛から脱しようとしているの。奴隷制や、南北戦争から。そして自由へ向かっている。でも、その瞬間に永遠に閉じこめられているわけ。ほら、見える？　松明ばかり見てないで、女神の足を見て。女神は動いているのに、動いていない。より良い未来へ向かっているのに、まだたどりつけていない。あなたみたいね、トム。そのうちわかるわ。あなたには新しい人生が待っている」

ぼくはダコタハウスを見上げた。美しい装飾の堂々とした七階建ての建物で、バタークリーム色の石材と優雅な手すり、急角度の切妻屋根でできている。ぼくはくらくらしてきた。自分の人生だけでなく、世界でも、物事は急速に動いているという稀な感覚にとらわれたのだ。ニューヨークに来て数時間たっても、その感覚は薄れることがなかった。一八九〇年代のニューヨークには何かがあった。わくわくするもの。呼吸とともに吸いこめそうなほどリアルなもの。もう一度、ぼくに何かを感じさせてくれるものが。

ぼくは入口で少し足を止めた。

もしあのとき逃げていたら、どうなっていただろう？　アグネスを押しのけて公園に姿を消すか、七十二丁目の通りを全力で走るかして、なんとか逃げおおせていたら？　だが、当時のぼくはニューヨークの目新しさに目がくらんでいたと思う。長年、死んでいるも同然の無価値な人生をすごしてきたぼくに、その街はすでに生きている実感をあたえてくれていたのだ。

アメリカ・インディアンの像――アグネスは〝見張りをするインディアン〟と呼んだ――が厳かにぼくたちを見下ろしている。一九八〇年、サン・パウロで仕事をしている頃、ぼくは小さなカラーテレビでジョン・レノン暗殺のニュースを見ることになる。そのニュース映像に、ジョン・レノンの撃たれた場所としてこの建物が登場する。ぼくはこう思った――この建物自体が呪われていて、玄関を入った者すべてに影響をおよぼすのだろうか？

建物の前に立って、ぼくは緊張していた。とはいえ、緊張も生きている実感ではある。ただ、最近のぼくはそういう感覚に慣れていなかった。

「彼はあなたを試すでしょう。試しているとき以外も見ている。すべてが試験だと思いなさい」ぼくたちは階段をのぼった。「彼ほど相手の心を――顔やしぐさから――読み取れる人には会ったことがないわ。ヘンドリックは長い年月をかけて、超自然的とも思える能力を磨いてきたの」

「どんな能力を？」

アグネスは肩をすくめた。「彼はただ能力と呼んでいる。人に関する能力。人を見る目よ。どうも、五百歳から六百歳のあいだに、わたしたちの脳の機能は普通の人には到達できない水準まで向上するらしいの。彼はとてもさまざまな文化圏の人々を、それはたくさん見てきたせいで、表情やしぐさから相手の考えていることが驚くほど正確にわかるようになったの。つまり、相手が信頼できる人物かどうかわかるってこと」

ぼくたちはダコタハウスの最上階にあるフランス風のフラット――当時のアメリカでは、まだ〝アパートメント〟という言葉は使われていなかった――にやってきた。眼下にはセントラルパークが広がっている。

「あれはわたしの庭と思うことにしている」すらりとした長身を粋なスーツに包んだ、頭のはげた男性が窓辺に立っていた。手にした杖をしっかりと握っている。

当時、彼の関節炎はまだそこまで重症ではなかったから、ほぼ見せかけだ。

「素晴らしい眺めですね」ぼくは彼に言った。

「ああ。林立するビルは日に日に高くなっていく。まあ、すわりたまえ」

優雅のひと言に尽きた。優雅なスタインウェイのピアノの横には、優雅で高そうな革張りのソファ。電気スタンド、マホガニー製の机、シャンデリア。アグネスはソファに腰を下ろし、机のそばの椅子を指した。ヘンドリックは机の向こうにいるが、まだ立ったまま窓の外を見つめている。アグネスがぼくに向かって力強くあごをしゃくり、すぐすわったほうがいいと伝えてくる。

いっぽう、ヘンドリックは相変わらずセントラルパークを見つめていた。

「どうやって生き延びてきた、トム?」ヘンドリックがふり向いて、ぼくと向かい合った。老人だ。普通の人間だったら――アグネスは彼らのことを真面目な顔で〝カゲロウ〟と呼ぶ――七十代に見える。現代なら――昔より若く見える今の基準に合わせれば――もっと高齢に見えるだろう。八十歳以上というところか。

当時のヘンドリックは、ぼくが彼と知り合ってからの期間でいちばん老けて見えた。

「君はずいぶん長く生きてきた。しかも聞くところによれば、最高とは言えない環境で生きてきたらしい。橋から飛び下りずにすんだのは、なぜだ? 生きようと思えたのは、なぜだ?」

ぼくはヘンドリックを見た。頬は垂れ、目の下はたっぷりとたるみ、溶けていく蠟燭を思わせる。

ぼくは本当の理由を言う気はなかった。もし娘のマリオンが生きているとしたら、ヘンドリックに娘のことは知られたくない。ぼくは誰も信用していなかった。

「どうした、われわれは君を助けようとしているんだよ。君はフランスの城で生まれた。君には上等なものがふさわしい、トム。そういう生活を取り戻してやろう、君と娘さんに」

周囲のものがぼくに迫ってくる気がした。「娘?」

「ドクター・ハッチンソンの論文を読んだんだよ。マリオンのことも書かれていた。心配はいらない、われわれが彼女を探す。君の娘さんを見つけだしてやると約束しよう。もし生きていれば、見つかるはずだ。われわれはすべての仲間を見つけだす。新たな世代が出てくれれば、彼らも見つけだす」

ぼくは怖くなった。だが、打ち明けると、マリオン探しに協力してもらえると少しわくわくしたのも事実だ。急に、孤独感がやわらいだ。

机の上にはウィスキーのデキャンタが置かれている。三つのグラスもある。ヘンドリックはぼくたちに飲むかとも訊かずに、三つのグラスにウィスキーを注いだ。ぼくはちょうど飲みたいところだった。飲んで、気持ちを落ち着けたい。

ヘンドリックはラベルを読んだ。「見たまえ。〝ウェクスフォード・オールド・アイリッシュ・モルト・ウィスキー――過去の味〟。過去の味だそうだ! わたしの若い頃は、まだウィスキーは存在すらしていなかったのに」彼の話し方はどこの訛りかわかりづらい。完全なアメリカ英語ではない。「しかし、わたしは君たちにくらべると相当な年だからな」

もの憂げにため息をつくと、ヘンドリックはかなり大きなマホガニー製の机の向こうにすわった。

「おかしなものだな。われわれが長い人生で見てきたどれもこれも。わたしの場合、リストにすると相当長くなる。メガネ、印刷機、新聞、ライフル銃、コンパス、望遠鏡……振り子時計……ピアノ……印象派の絵画……写真……ナポレオン……シャンパン……セミコロン……広告看板……ホットドッグ……」

そこでヘンドリックは、ぼくのとまどった表情に気づいたに違いない。

「言うまでもないが、アグネス、その気の毒な男は一度もホットドッグを食べたことがない。コニーアイランドへ連れていかなくてはならんな。あそこには、ニューヨークでいちばんのホットドッグがある」

「ええ、そのとおりです」アグネスの口調は、ヘンドリックの前では少し鋭さがなくなるようだ。

「それは食べ物なんですか？」ぼくは訊ねた。

「そうとも」ヘンドリックは乾いた笑い声を上げた。「ソーセージのことさ。特別なソーセージだ。ダックスフント・ソーセージ。特別なフランクフルト・ソーセージ。細長いパンにはさまれた天国。文明全体が目指してきたもの……。もしフランドルで過ごしていた成長期に、いつかホットドッグを味わえると知っていたら。おお！」

おかしなことだ。ぼくがわざわざ大西洋を渡らされたのは――医師の死体を後に残して――ソーセージの話にふけるためだったのか？

「喜び。それが目的だと思わんかね？　良いものを……上等なものを楽しむこと。食事。酒。芸術。詩。音楽。葉巻」

ヘンドリックは机から葉巻とクロム製のライターを取り出した。

「葉巻はどうだね？」

「煙草はやらないんです」

彼はがっかりしたようすで、代わりにアグネスに一本渡した。「葉巻は肺にいいんだぞ」

「結構です」ぼくはウィスキーをすすった。

ヘンドリックはふたりの葉巻に火をつけた。「上質なもの。官能的な喜び。それ以外に意味はない、わたしはそう気づいたのだ。ほかには何もない」

「愛は？」ぼくは言った。

「それがどうした？」

ヘンドリックはアグネスにほほえみかけた。その笑顔がぼくに戻ってきたときには、威嚇の色を帯びていた。彼は話を進めた。「わたしには、なぜ君が医者に例の症状を相談に行ったのか、さっぱりわからん。ひょっとして、こう思ったのかね？ 今なら魔女の迷信も昔ほど流行ってはいないから、医者に診てもらっても安全じゃないかと？」

「人のためになると思ったんです。ぼくたちみたいな人の。医学的に説明がつくんじゃないかと思って」

「この件が世間に知られていない理由については、すでにアグネスから聞いているはずだが」

「はい、少しですが」

「真実はこうだ。今はかつてないほど危険が高まっている。科学と医学における進歩は、歓迎できるものではない――胚種節、微生物学、免疫学。昨年は腸チフスのワクチンが発見された。君がわかっていないのは、研究を進めるにあたって、ワクチンの発明者がベルリンにある実験的研究所の業績を利用していることだ」

「腸チフスのワクチンは、間違いなく良いものですよね？」

「その研究がわれわれを犠牲にしたものでなければな」ヘンドリックは口元にかすかに力をこめ、怒りを表に出すまいとしている。アグネスのこわばった沈黙も、よけい不安になる。たぶん、机には銃が入っているだろう。ひょっとしたら、これは一種の試験で、試験に落ちたぼくは、これからヘンドリックに頭を撃ち抜かれるのかもしれない。

「科学者は」彼はその言葉を硫黄の味がするかのように発音した。「新しい魔女狩り人だ。魔女狩り人のことは知っているな？ 君は知っているはずだ」

「彼は魔女狩り人のことは知っています」アグネスが請け合い、電気スタンドに向かって細い煙を吐いた。

「しかし、君の知らないことがある。魔女狩りは終わっていなかったのだ。名前を変えてつづいている。われわれは、彼らにとって死んだカエルだ。研究所はわれわれのことを知っている」ヘンドリックは机の向こうから身を乗り出し、新しい『ニューヨーク・トリビューン』紙の上に灰を落とした。その目は葉巻の先端のように燃えている。「わかるか？　われわれのことを知っている科学団体のメンバーが存在するのだ」彼は椅子に深くすわり直した。「多くはない。数人だ。ベルリンにいる。彼らは人間としてのわれわれには、なんの興味もない。それどころか、われわれを人間とすら思っていない。彼らはわれわれの仲間を二名、監禁した。実験動物を入れておく実験室で苦しめた。一名は男で、もう一名は女だ。女は脱出した。彼女は今、われわれの組織の一員になっている。今でもドイツで暮らし、バヴァリア地方の村にいるが、われわれが新しい名前と人生を用意してやった。われわれが必要とするときは、協力してくれる。そして、われわれも彼女を支援している」

「知りませんでした」

「当然だ」

ぼくはふと、公園に倒木が散乱していることに気づいた。

小鳥が窓枠にとまった。

なんの鳥かはわからない。こっちの鳥は英国とは種類が違う。鮮やかな黄色の体にくすんだ灰色の翼を持つ小鳥で、頭をぴくりと窓へ向け、それから反対へ向ける。飛んでいないときの小鳥の動きは、見飽きることがない。ひとつづきの動きというより、連作の絵を見ているようだ。小気味よいスタッカート。止まった一瞬一瞬の連なり。

「君の娘さんは危険な状況にあるかもしれない。われわれはみんな、そうなる可能性がある。だから、みんなで力を合わせる必要があるのだ、わかるか？」

「わかります」

「最後にもうひとつ、訊かねばならないことがある」

ヘンドリックはウィスキーをひと口すすってから言った。

「どうぞ」

「生き抜きたいか？　生きていたいか？」つまり、本気でそう望んでいるか？

それは自分に長年問いかけてきたことだった。答えはたいていの場合、イエスだ。まだ娘が生きている可能性のあるうちは、死にたくない。とはいえ、自分が生き抜きたいと思っているとは言い難かった。ローズを失ってからは、その答えはふたつの可能性のあいだを振り子のように揺れていた。生きるべきか、死ぬべきか。だが、この贅沢なアパートメントにいると――窓枠にはまだ黄色い小鳥がとまっている――答えがよりはっきりしてきた気がする。この高さに――くっきりとした青空と力強い新しい街を目の前にして――いると、マリオンに近づいている気がする。アメリカという国は、人に未来形で考えさせる。「はい。はい、本気で生き抜きたいと思っています」

「生き抜くためには、力を合わせねばならん」

小鳥は飛びたった。

「はい」ぼくは言った。「もちろん、力を合わせるべきです」

「そんな不安そうな顔をするな。われわれは宗教団体ではない。われわれの目的は生き延びること。そのとおりだ。だが、それだけで人生を楽しむことができる。われわれは神を持たない。強いて言えば、愛と美の神アフロディーテと酒の神ディオニュソスくらいかな」

ヘンドリックは一瞬、物欲しそうな顔をした。「アグネス、ハーレムへ行くのかね？」

「はい。古い友だちに会いにいって、それから鎮静剤を飲んで一週間ほど眠る予定です」

光がデキャンタに反射して宝石のように輝いている。それを見て、ヘンドリックの顔が明るくなった。「見ろ！　太陽が顔を出した。公園に散歩に行かないか？」

ぼくたちの進む小道に、根こそぎになったカエデの木が倒れていた。

「ハリケーンの仕業だよ」ヘンドリックが説明した。「二、三週間前、数人の死者が出た。おもに船員だ。公園の管理者は少々、片づけ作業が遅い」

ぼくは触手のように広がる根っこを見つめた。「きっと猛烈なハリケーンだったんでしょうね」

ヘンドリックはぼくにほほえんだ。「ああ、なかなか見ものだった」

彼は小道に散らばった土と木の葉を見下ろした。「移民と同じだな。以前はそこに立っていた。ところが風が吹いてきて、いきなり地面から引き抜かれる。そして根を見せた、奇妙な見慣れない姿になる。君は根こそぎにされたことがあるんじゃないか、そうだろう？　自分をそれまでの環境から引き抜いたことが。きっと、そうしなければならなかったはずだ」

ぼくはうなずいた。「何度もあります」

「君を見ればわかる」

ぼくはそれをほめ言葉と受け取ろうとしたが、難しかった。

「コツは、まっすぐ立ちつづけることだ。場所を移動してもまっすぐ立ちつづける方法は、知っているな？」

「どうするんですか？」

「ハリケーンに匹敵する強さを持たねばならん。自分自身が嵐になるのだ。そして……」

ヘンドリックの言葉がとぎれた。喩え話が失速していく。ぼくは彼の靴が驚くほどぴかぴかに磨かれているのに気づいた。そんな靴は今まで見たことがない。

「われわれは違うのだ、トム」ようやく彼はつづけた。「ほかの人々とは違う。過去を携えて生きている。われわれには、あらゆるところに過去が見える。それが、ときには危険をもたらす。だから助け合う必要があるのだ」彼の手が、ぼくの肩に置かれている。とても重要なことを告げようとしているようだ。「過去はけっして消えることはない。ただ隠れるだけだ」

ぼくたちはゆっくりとカエデの倒木をよけていった。

前方では、マンハッタンが地面から空高く伸びている。嵐に負けない新しいタイプの森のようだ。

「われわれは過去の一歩先にいなければならん。わかるか？　この先も生き延びるために、われわれは自己中心的になるべきだ」

オーバーコートを着こんだカップルが、秘密のジョークか何かに笑いながらぼくたちとすれ違った。「君の人生は変わっていく。世界は変わっていく。世界はわれわれのものだ。われわれはただ、ほとんどのカゲロウたちにこちらの存在を知られないようにすればいい」

ぼくの頭に、テムズ川を流れていく死体が浮かんだ。

「けど、ドクター・ハッチンソンを殺すのは……」

「これは戦争だ、トム。目には見えないが、戦争だ。われわれは自分たちの身を守らねばならん」

ヘンドリックは声を落とした。粋なスーツを着てそっくりの口ひげを生やしたふたりの男が、黒い自転車でぼくたちのそばを走りすぎていった。自転車は前輪と後輪が同じ大きさで、ぼくには最新式に見えた。

「ところで、オマイとは何者だ？」ヘンドリックが小声で訊ねた。両の眉毛がスズメの広げた翼のように上がっている。

「え、なんですか？」

「ドクター・ハッチンソンの記録に、オマイという名前があった。出身は南太平洋。彼は何者だ？」

ぼくは神経質に笑った。他人に自分の大事な秘密を知られているというのは、妙な気分だ。「古い友人でした。前世紀の知り合いです。彼は少しのあいだロンドンに来ていましたが、見つかるのをいやがっていました。彼には百年以上会っていません」

「結構、結構」

そう言うと、ヘンドリックは上着の前を開き、内ポケットから二枚のベージュ色のチケットを引っぱり出した。そして、一枚をぼくに差し出した。

「チャイコフスキーのコンサートだ。今夜。場所は〈カーネギー・ホール〉の室内楽ホール。街いちばんの人気スポットだ。君は物事をもっと大局的に見る必要があるな、トム。今まで生きてきたのに、君にはまだ全体像が見えていない。しかし、いずれ見えてくるだろう、いずれ。娘さんのためにも。自分自身のためにも。わたしを信頼したまえ、君は……」ヘンドリックは身を乗り出してきて、にやりと笑った。「さもないと、そうだな、時間から完全に置いていかれるはめになるかもしれない」

ぼくたちがフラシ天張りの赤い座席にすわっていると、赤紫色の贅沢なドレス——パフスリーヴにハイネックで、スカートは釣鐘形、胸元には凝った刺繍が施されている——を着た女性がヘンドリックの隣の席から立ち上がり、化粧室へ向かった。すると、ヘンドリックがぼくのほうに頭を傾け、会場にいるひとりの有名人をこっそり指さした。

「あのバルコニーの男……身を乗り出しているだろ……緑のドレスを着た女の隣。誰もが見ていないふりをしながら目で追っている男だ」それはフクロウのように丸い顔をした血色のいい陽気な男性で、きちんと手入れされた白いあごひげをたくわえていた。「アンドルー・カーネギー。産業界の大物だ。ロックフェラー以上の富豪で、気前の良さもロックフェラー以上……。しかし、見ろ、老人だ。あと何年残されていると思う？ 十年？ もう少し長いだろうか？ しかし、アメリカじゅうの鉄道に使われているカーネギー社製の鋼鉄のほうが、どんな部品も彼よりはるかに長くもちこたえるだろう。このホールは、余分な金で建てられたが、彼が地下二メートルに葬られる頃も建っているだろう。だからこそ、彼はこのホールを建てたのだ。自分の名が未来も末永く生きつづけるように。これが金持ちのすることだ。自分たちは快適な暮らしができる、子どもたちも快適に暮らしていける、そうわかったとたん、彼らは遺産を残すことを考え始める。じつに悲しい言葉だと思わんか？　遺産とは。なんと無意味なものか。自分の存在しない未来のために骨を折るとは。遺産とはなんだ、ミスター・ハザード？　遺産とは、われわれが持っているものの代用品だ。それもじつに空しい二流の代用品にすぎない。鋼鉄と金銭と豪華なコンサートホールでは、不死は得られん」

「ぼくたちは不死身ではありません」

ヘンドリックはほほえんだ。「わたしをごらん、トム。わたしはカーネギーと同じ年齢に見える。しかし実際は、赤ん坊より若いも同然だ。西暦二〇〇〇年になっても、わたしはここにいるだろう」

ぼくは思いきって、彼の気分を害するようなことを言ってみた。「けど、体のなかはどうですか？　ぼくがいつも不安に思うのは、老人になっても何百年も生きなければならないのかということです」

一瞬、怒らせてしまったかと思った。見えない一線を越えてしまったと思った。たぶんそのとおりだろうが、ヘンドリックはただにこにこしている。「人生は人生だ。音楽が聴けるかぎりは、まだ生ガキとシャンパンを楽しめるうちは……」

「では、痛みはないんですか？」

「骨にいくらか問題を抱えている、痛いとも。ときどき、夜、眠れないことがある。わたしはもう、風邪や熱には免疫がない。君も年を重ねるうちに気づくだろう。アルバの身体的恩恵はすべて、だんだん消えていく。いろんな病気にかかる。普通の人間に近くなっていく。生体遮蔽はなくなる。しかし、わたしは痛みとはうまくやっていける。生きつづけるための小さな代償だ。

命は究極の特権だ。つまり、わたしは地球上でもっとも特権的な人々の一員ということになる。君も感謝すべきだぞ。君は次の千年もかなりのところまで生きているだろう。わたしが消えてもなお。アグネスよりも長く。君は神なのだ、トム。生きている神。われわれは神で、普通の人間たちはカゲロウ。君は神的存在だ。それを楽しむことを学べ」

髪の薄くなりかけた弱々しい男性が、真剣な面持ちで舞台の中央へ歩いていく。そして聴衆の前に立つと、作り笑いを浮かべた。ホール全体からどっと拍手が上がる。男性は少しのあいだ、そこに黙ってたたずみ、ただ聴衆を見つめていた。それから彼――チャイコフスキー――は舞台上の小さな譜面台のほうを向き、指揮棒を手に取って構えた。一瞬、動きが止まる。まるで老いた魔法使いが、魔法をかけるのに必要なエネルギーを魔法の杖で集めているかのようだ。

ホールはしんと静まり返った。こんな静寂は初めてだ。ホール全体が息を詰めている。文明的で現代的な感覚だった。洗練と同時にじらされているようでもあり、集団で上品にオーガズム前の感覚を味わっている気分だ。

その瞬間だけ、時間がゆっくりになる。

やがて、音楽が始まった。

ぼくは何年も音楽を楽しめなくなっていた。だから座席にすわっていても、いつものようにまったく期待していなかった。

盛大なトランペットの後、しばらくヴァイオリンとチェロだけになり、小さくやさしい音色から始まって、しだいに調和のとれた嵐のような音量へ上がっていく。

もちろん、最初はどうということもなかった。だがそのうち、どういうわけか、心に入ってきた。

いいや、入ってきたわけではない。その表現は誤りだ。音楽は入ってくるものではない。音楽はすでに心のなかにあるのだ。音楽はただそこにあるものを露わにし、そんなものが自分のなかにあったと知る必要のなかった感情を味わわせ、聴く者の心のなかを駆けめぐってそういった感情を呼び覚ましていくのだ。生まれ変わることに似ている。

その音楽には強い思慕とエネルギーがあった。ぼくは目を閉じた。そのとき感じたことを、このページに書き表すことはできない。そういう音楽が存在する理由とは、ずばり音楽はほかの方法では伝えることのできない言語だからだ。だが、これだけは言える——ぼくは突然、ふたたび生きている実感を覚えた。

トランペットとフレンチホルンとバスドラムが迫力の音量で入ってくると、そのあまりのパワーに心臓の鼓動が速くなり、頭がくらくらした。目を開けると、チャイコフスキーが何もないところから指揮棒で音楽を引き寄せているように見えた。まるで、音楽はすでに空気中に存在していて、ただその場所を突き止めればいいだけであるかのように。


やがて音楽が終わると、指揮者はまたしぼんだように見えた。ホールじゅうの聴衆が立ち上がって拍手の波を次々に浴びせ、ときおり「ブラヴォー！」と歓声を上げているというのに、指揮者はおざなりな笑みとおざなりなお辞儀をしただけだった。

「彼はブラームスよりはるかに優れていると思わないか？」ヘンドリックがふと小声で言った。

ぼくにはわからなかった。わかったのは、また感覚のある世界に戻れてよかったということだけだった。

そのときすでに、ぼくは気づいていた。室内楽ホールへ行ったのは、ヘンドリックの営業手法のうちだ。こうして、ぼくをとりこもうとしているのだ。娘を探してもらえるだけでなく、いい生活を送れる。実際に自分を何に売り渡そうとしているかはまだわかっていなかったが、それが明らかになったときには、もうぼくは買い取られた後だった。彼が娘のマリオンのことを口にしたときから、じつは自分を売り渡していたのだ。だが、もうヘンドリックの誇大広告を信じ始めていた。アルバトロス・ソサエティは、娘を探すことだけでなく、自分探しの手段にもなる。

翌日、ヘンドリックのアパートメントで、シャンパンの朝食が終わったとき、こんな話になった。ぼくがいつも考えていることだ。

「第一のルールは、恋に落ちないこと」ヘンドリックは言った。テーブルからワッフルのくずを指ではらって、葉巻に火をつける。「ほかにもルールはあるが、最大のルールはそれだ。恋に落ちないこと。恋愛にひたらないこと。愛を夢見ないこと。このルールを守っていれば、ほぼ安全だ」

彼の葉巻からゆらゆらと立ちのぼる煙を透かして、ぼくはセントラルパークに目をこらした。「また誰かを好きになることなんて、まずないでしょう」

「よろしい。もちろん、食べ物や音楽やシャンパンや十月の貴重な晴れた午後を愛するのは、かまわない。見事な滝の眺めや古い本の匂いを愛でるのはいいが、人に愛情をそそぐのは厳禁だ。聞いているか？　人を慕うな。出会う人間には、できるだけどんな感情も持たないようにしろ。さもないと、ゆっくりと正気を失っていくことになる……」ヘンドリックは少し休んだ。「八年、それがルールだ。どこであろうと、アルバにとって深刻な事態にならずにとどまることのできる上限期間だ。これが八年ルール。君は八年間、快適に暮らす。すると、わたしが君に仕事を依頼する。そして君は新たな生活に入る。亡霊につきまとわれることもない」

ぼくは彼を信じた。信じずにいられるわけがない。ローズを失った後のぼくは、自分を見失っていたじゃないか。まだ、心のどこかで、もう一度自分を見つける日を待っていたじゃないか。快適な生活。たぶん、可能だろう。住まいを持ち、何かに所属して、目的を持つ。

「ギリシャ神話を知っているかね、トム？」

「ええ、少し」

「わたしはダイダロスのようなものだ。ほら、ミノタウロスを守る迷宮を作った人物だよ。わたしはすべての仲間を守るため、迷宮を造らねばならなかった。アルバトロス・ソサエティを。しかしダイダロスの悩みは、英知があるのに、いつも人々に耳を傾けてもらえないことだ。実の息子のイカロスも、耳を貸さなかった。その話は知っているね？」

「はい。ダイダロスとイカロスはギリシャの島から脱出しようとして――」

「クレタ島だ」

「クレタ島。そうでした。彼らは蠟と羽根で翼を作りました。それで父親の……」

「ダイダロス」

「彼は息子に、飛ぶときは太陽と海に近づきすぎないようにしないと、翼が燃えたりびしょぬれになったりしてしまうと注意します」

「そしてもちろん、両方の事態に見舞われる。イカロスは太陽に近づきすぎ、翼の蠟が溶け、海に落下する。さて、君の場合だが、君は高く飛びすぎてはいない。だが、今まで低く飛びすぎていた。肝心なのは、バランスだ。君が人生のバランスをとれるように、わたしが力を貸そう。自分のことをどう思っている、トム？」

「イカロスだとは思っていません」

「では、誰だと？」

「難しい質問です」

「じつに重要な質問だ」

「わかりません」

「君は人生の観察者かね？　それとも参加者か？」

「どちらでもあると思います。観察しているときもあれば、参加しているときもあります」

ヘンドリックはうなずいた。「君は何ができる？」

「どういう意味ですか？」

「どんなところにいた？」

「いろんなところに行ったことがあります」

「いいや、そうではなく、道徳的な意味でだ。どんなことをしてきた？　越えてはならない一線をいくつ越えてきた？」

「なぜ、そんなことを訊くんですか？」

「組織のルールの構造上、君には何をするにも自由でいてもらう必要があるからだ」

ぼくは不安になってきた。その感覚を信じるべきだったのに、代わりにただシャンパンをすすっていた。

「何をする自由が必要なんですか？」

ヘンドリックはほほえんだ。「われわれの寿命は長い、トム。われわれは長く生きる。長い、秘密の人生を送る。そのために必要なことは、なんでもする」ほほえみが、声を上げた笑いに変わった。きれいな歯並びをしている。いったい何百年間、そんな歯をたもっているのだろう。「さて、今日は、ホットドッグにしよう」

現在　ロンドン

——われわれの寿命は長い、トム……

カリフォルニアには、五千六十五歳の木がある。グレートベイスン・イガゴヨウというマツの一種で、年輪の数を徹底的にかぞえた結果、五千六十五歳だとわかった。

ぼくから見ても、そのマツは高齢だ。近年では、なかなか年を取らないことに絶望し、少し普通の人間っぽさを味わう必要にかられると、かならずそのカリフォルニアの木のことを考える。その木はファラオの時代から生きている。トロイ建設の時代から生きている。青銅器時代から。ヨガ発祥の時代から。マンモスのいた時代から。


そして、静かにずっとその場にたたずみ、ゆっくりと成長してきた。木が葉を出し、葉を失い、さらに葉をのばしているうちに、マンモスは絶滅し、ホメロスが『オデュッセイア』を書き、クレオパトラがエジプトを治め、イエスが十字架にかけられ、ゴータマ・シッダールタが宮殿を去って苦しむ民のために泣き、ローマ帝国が衰退して滅び、カルタゴが滅ぼされ、水牛が中国で家畜化され、インカ族がいくつもの都市を建設し、ぼくがローズと一緒に井戸の水を汲み、アメリカで内戦が起こり、二度の世界大戦が勃発し、フェイスブックが発明され、無数の人間と動物たちが生きて、戦い、子孫を作り、途方にくれて早い死を迎えるあいだ、その木はずっとその木のままだった。

よく知られた教訓だ。何もかも変わるが、何も変わらない。


十四歳の生徒二十八人を前にして、ぼくは直立する頭痛と化していた。生徒たちは椅子からずり落ちそうな姿勢ですわり、ペンで遊びながら、こっそり携帯電話をチェックしている。手ごわい生徒たちだが、ぼくもここ数年で強くなっていた。例えば、酔った船員や、プリマスの〈ミネルヴァ・イン〉にいた泥棒や流れ者にくらべれば、確実に楽な相手だ。

〝何もかも変わるが、何も変わらない〟

「イーストエンドが多文化区域なのは、昔からずっとそうだったからだ」ぼくは二十世紀より前の移民について話すための口開けとして、こう切り出した。「ブリテン島の先住民という人はひとりもいない。みんな、よそからここにやってきたんだ。ローマ人や、ケルト人や、ノルマン人や、サクソン人。ブリテン島は昔からずっと、ほかの場所によってつくられた場所だった。ぼくたちの考える〝現代的な意味での〟移民も、始まりはずっと昔にさかのぼる。ざっと三百年前には、東インド会社が経営する船に雇われたインド人がここに来ている。その後、ドイツ人やロシア系ユダヤ人やアフリカ人が入ってきた。だが、移民は常に英国社会の一部であったいっぽう、明らかに外見の異なる移民は長年、外国の珍しいものとして扱われていたんだ……。例えば、十八世紀、太平洋諸島からオマイという男性がここにやってきた。キャプテン・クックの二度目の航海の帰りに一緒に船に乗ってきたんだ……」ぼくは言葉を切った。古い友人オマイと船の甲板にすわり、娘からもらったコインを見せて〝お金〟という単語を教えたときのことを思い出したのだ。「オマイがここに来たとき、その珍しい外見に、当時の有名人が――いちばんは王さまだった――こぞって彼に会いに来たり夕食を共にしたりした……」炎の影がちらちらと揺れていた彼の顔がよみがえる。「さらに、当時のもっとも有名な画家サー・ジョシュア・レノルズが彼の肖像画を描いている。オマイはしばらく、時の人となった……」

オマイ。

彼の名前を口に出すのはずいぶん久しぶりだった。とくにヘンドリックに彼の話をして以来だ。彼のいっても、彼のことを考えることはよくあった。彼の身に起きたことを。だが、今彼のことを考えると、頭痛がひどくなるようだった。何もかもがかすかに回っている。

「彼は……」

最前列で女子生徒のダニエルが、ガムを嚙みながらぼくに向かって顔をしかめた。「先生、大丈夫?」

それを合図に笑い声が上がる。ダニエルはふり返って、クラスの笑い声に浸った。

――しっかりして。

ぼくはみんなに笑いかけてみる。「大丈夫だよ。先生は大丈夫……。とくにロンドンのこのあたりは、昔からずっと移民が特徴だった。例えば、そこは――」

ぼくは窓の外の西のほうを指さす。「――一五〇〇年代と一六〇〇年代には、フランス人がいた。彼らは近代最初の大量移住者だった。彼らのすべてがロンドンに残ったわけじゃない。多くはカンタベリへ行き、残りは田舎へ移っていった。ケント州や……」ぼくは言葉を切って、ひと息入れた。「……サフォーク州だ。しかし、大多数はロンドンのスピタルフィールズに根を下ろし、実質的なコミュニティができた。彼らはここで絹を扱う産業を始めた。その多くは絹織物業者だ。元貴族が多く、彼らは突然、祖国の生活とはまったく違う環境のなかで自力で生活することを余儀なくされた人々だった」

真ん中あたりの席にすわっている男子生徒がいる。名前はアントン。陰気で真面目な顔をした、物静かな少年だ。彼が手を上げた。

「どうした、アントン?」

「どうして、彼らはここに来たんですか? だって、フランスでいい暮らしをしてたんでしょ?」

「彼らはプロテスタントだったんだ。ユグノーと呼ばれていたが、彼ら自身がそう名乗ることはなかった。彼らはジャン・コーヴァン——英語風に言えば、ジョン・カルヴィン——の教えに従ったんだ。当時のフランスは、プロテスタントにとって危険なところだった。ちょうど、カトリックにとっての英国のようなものだ。そこで、彼らの多くは……」

ぼくは目を閉じ、まばたきで記憶を払いのけようとした。頭痛がかなりひどくなっている。

生徒たちはぼくの弱さを感じとる。またどっと笑い声が聞こえた。

「そこで、彼らの多くは……フランスを脱出しなくてはならなかった」

ぼくは目を開けた。アントンは笑っていない。ぼくを励ますように、小さくほほえんでいる。それでも、ほかの生徒たちと同じように、先生は上の空だと思っているのがわかる。

心臓が熱狂的なジャズのリズムを刻むのを感じ、教室が傾きだした。

「少しだけ休ませてくれ」ぼくは言った。

「先生？」アントンが心配そうに声をかけてくる。

「大丈夫だ。先生は大丈夫。ただ……すぐ戻ってくる」

ぼくは教室を出て、廊下を歩いていった。教室をひとつ通りすぎる。またひとつ通りすぎる。窓からカミーユの姿が見えた。動詞の活用形がびっしりと書かれたホワイトボードの前に立っている。カミーユはとても落ち着いていて、クラスをちゃんと掌握していた。こっちを見てにっこりするので、あわてていたぼくもつい笑い返す。

ぼくはトイレに入った。

鏡に映った顔を見る。

自分の顔は知りすぎていて、ありのままに見ることはできない。熟知していると、かえって自分自身がわからなくなる。

「ぼくは誰だ？　ぼくは誰だ？　ぼくは誰だ？」

頬に水を浴びせ、深呼吸する。

「ぼくの名前はトム・ハザード。トム・ハザード。ぼくの名前はトム・ハザード」

名前自体に、多すぎるほどの意味がある。これまでぼくの名前を呼んだすべての人、これまでぼくが名前を隠してきたすべての人の記憶が詰まっている。母とローズとヘンドリックとマリオンが入っている。だが、名前は錨ではない。錨とは、人をその場に留めておくものだ。ぼくはまだどこにも留まっていない。こんな気持ちを抱えて、永遠に人生の航海をつづけていけるものなのだろうか？　船は最終的には止まらなければならない。わかっていようがいまいが、いずれ港とか、入り江とか、目的地にたどりつかなければならない。どこかにたどりつき、そこに停泊するものだ。そうでないなら、船になんの意味がある？　ぼくは今までずいぶんたくさんの人間になり、ずいぶんたくさんの役割を演じてきた。ぼくはひとりではない。ひとつの体に群衆がいるようなものだ。

自分が憎んだ人々にも、感心した人々にもなった。興奮し、退屈し、幸せを感じ、無限の悲しみを味わってきた。ぼくは歴史の良い面であり、同時に悪い面でもあった。

ぼくは、要するに、自分を失っていた。

「大丈夫だ」鏡のなかの自分に言う。オマイのことを考えていた。彼の居場所を知っていたらいいのに。連絡を取り合う約束もせずに、彼を行かせるんじゃなかった。友人がいないと、この世界は孤独だ。

深呼吸のおかげで脈拍が落ち着いてきた。ペーパータオルで顔をふく。

トイレから出て、廊下を引き返す。ちゃんと前を向き、カミーユの教室をのぞかないように気をつけて、自分の教室へ向かう。ダメ教師ではなく、四十年分の記憶しかない普通の先生らしく行動するのだ。

ぼくは教室に戻った。

「すまなかった」ぼくは笑顔を作ろうとする。明るくふるまおう、おもしろいことを言おうとがんばる。

「若い頃にドラッグをやりすぎて、ときどきフラッシュバックがあるんだ」

生徒たちは笑った。

「だから、ドラッグには手を出すなよ。そんなものをやると、大人になって精神的な苦しみを抱えた歴史の教師になってしまうぞ。よし、それじゃ、授業のつづきだ……」

その日、またカミーユに会った。午後の休憩時間。ぼくたちは職員室にいた。カミーユはべつの語学教師ヨアヒムとおしゃべりしている。ヨアヒムはオーストリア人で、ドイツ語を教えているが、息をするたびに鼻がヒューヒュー鳴る。カミーユは話を終えて、お茶を飲んでいるぼくのところにやってきた。

「あら、トム」

「やあ」ぼくはできるかぎり小さい笑顔で、できるかぎり短い返事をする。

「さっきは大丈夫？　なんていうか……」カミーユは言葉を探す。「いっぱいいっぱいに見えたけれど」

「ちょっと頭が痛かったんだ。ぼくは頭痛持ちで」

「わたしもよ」

カミーユの目が細くなる。おそらく、どこでぼくを見かけたか思い出そうとしているのだろう。それでぼくは、こう言ってしまったんだと思う。「まだ痛くて……頭が。だから、ひとりですわっているんだ」

彼女は少し傷ついたようで、気まずそうにうなずいた。「あ、そうなの。よくなるといいわね。救急薬品の戸棚に、頭痛薬が入ってるわ」

ぼくの真実を知ったら、君の人生に命の危険がおよんでしまう。

「すぐよくなるよ、ありがとう」

ぼくはカミーユから目をそらし、彼女が離れていくのを待つ。彼女は行った。ぼくは彼女の怒りを感じ、罪悪感を覚えた。いいや、本当はそんなものじゃない。もっとべつの感情。ホームシックのような、何かを恋しく思う気持ち――ずいぶん長いこと感じていなかった感覚だ。カミーユが職員室の向こう側へ歩いていって腰を下ろしたとき、その顔に笑みはなく、ぼくのほうを見てもいなかった。ぼくは、始まるチャンスもないままに何かが終わったのを感じた。


その夜遅く、ぼくは犬のエイブラハムを連れて、公園からフェアフィールド通りを通って家に帰ろうとしていた。普段はこの道は通らない。ロンドンに戻ってから、ここを通るのはずっと避けていた。

避けていたのは、そこが初めてローズと出会った場所だからだ。チャペル通りとウェル通りには、これまではつらすぎて出てこられなかった。だが、ローズのことはそろそろ克服する必要がある。何もかも克服しなくてはならない。最近の人が言うように〝幕引き〟が必要なのだ。とはいえ、過去を閉ざすことはけっしてできない。できるのは、せいぜい過去を受け入れることくらいだ。だから、その境地にたどりつきたい。

ぼくはフェアフィールド通りにいる。明かりに照らされた殺伐としたバス乗り場の外で、片手にビニール袋をかぶせ、犬の糞を拾ってゴミ箱に捨てる。ロンドンの歴史は、公道で目につく汚物がだんだんと着実に減っていくグラフで表すことができる。

「いいか、エイブラハム、本当は道端でこんなことをしてはいけないんだぞ。だから、ぼくたちは公園に行くんだ。わかるか、あの緑がいっぱいの場所、草地があるところ?」

エイブラハムは何もわからないふりをする。ぼくたちは散歩をつづけた。

ぼくは周囲を見た。初めてローズを見たのは、どのあたりだろう。それを突き止めるのは、どうにも不可能だ。見覚えのあるものが何もない。チャペル通りとウェル通りと同じで、今ある建物のなかで当時からあったものは一軒もない。ある窓の向こうでは、人々が一列に並んでランニングマシーンで走っている。全員が上を見つめているのは、頭上にテレビの画面が並んでいるのだろう。なかには、ヘッドフォンをつけている人もいる。ひとりは走りながらスマートフォンをチェックしている。

場所など、人々にとってはもうどうでもいいことなのだ。場所は重要じゃない。最近の人々は、自分の今いる場所に半分しか存在していない。実在しない広大なデジタルの世界に、常に少なくとも片足を突っこんでいる。

ぼくは、かつてガチョウの小屋があった場所と、ローズが果物籠を持って立っていた場所を突き止めようとした。

すると、見つかった。

ぼくは少しのあいだ、エイブラハムにリードを引っぱられ、車が勢いよく通りすぎていくなか、我を忘れて立ちつくした。頭痛が一段階ひどくなり、めまいがして、ぼくはレンガの壁にもたれなくてはならなかった。

「ちょっと待ってくれ」ぼくは犬に言った。「ちょっとだけ」

思い出が、ダムを決壊させる水の勢いで押し寄せてきた。教室で感じた頭痛よりさらに強い痛みに、頭がずきずきする。そして一瞬、車の音の合間に、ぼくは感じた。この道の生きている歴史、あたりにまだ漂うかつての自分自身の痛み、一五九九年当時の自分の弱さ。当時のぼくはまだ西へ向かっていた。無我夢中で、救われるために。

第三部　ローズ

一五九九年　ロンドン近郊　ボウ

ほぼ三日間ぶっつづけで歩いていた。足は真っ赤になり、水ぶくれができて、ずきずき痛む。寝不足で目が乾いてまぶたが重い。森の小道の脇や幹線道路ぞいの草地で、どうにか短い睡眠をとっただけなのだ。とはいえ、実際は、ほとんど眠っていない。リュートを背負った背中が痛い。かつてないほどの空腹を感じる。この三日間で食べたものといえば、ベリーと、キノコと、馬に乗ってすれ違った名士が憐れんで投げてくれた小さなパンのかけらだけだ。

だが、そういったものはすべて問題なかった。

実際、すべては、ぼくの張りつめた心にとって歓迎すべき気晴らしだった。張りつめた心が破れて中身があふれだし、草や木やあらゆる小川や流れを汚染しそうな気がしていた。目を閉じるたびに、最期の日の母の姿が見える。高く吊るされ、風に吹かれて髪をぼくのほうへなびかせていた母。母の叫び声がまだ耳のなかでこだましている。

この三日間、ぼくは亡霊だった。自由の身になってエドワードストーン村に戻ったものの、そこで生活をつづけるわけにはいかなかった。村人たちは人殺しだ。ひとり残らず、人殺しだ。ぼくは自宅に戻ると、母のリュートをつかんだ。お金を探したが、コインひとつ見つからなかった。そして、ぼくは出ていった。ただ逃げたのだ。エドワードストーン村にはいられない。ベス・スモールやウォルター・アーンショウのような人たちには二度と会いたくない。ギフォードの家のそばも二度と歩きたくない。自分のなかの恐怖と喪失感と果てしない孤独からも逃げ出したかったが、もちろん、そういうものからは逃げられなかった。

しかし、そろそろロンドンに近づいてきた。ハクニーの村で舌足らずな男性に、ロンドンへ向かっているなら、グリーングースフェアのそばを通ると言われた。場所は、ボウという街のフェアフィールド通り。そこには食べ物と〝さまざまなおかしなもの〟があるらしい。ぼくは今、そこにいる。フェアフィールド通り。すると最初の〝おかしなもの〟に遭遇した――牝牛が一頭、道の真ん中に立ちはだかって、じろじろとぼくを見ている。まるで何かを伝えようとしているようだが、それは動物と人間のあいだの隔たりにあっけなく消えてしまう。

ぼくは歩きつづけ、牝牛の横を通りすぎると、両側に家が並んでいた。ほかの村と違って、家々が道の両側にどこまでも一列に並んでいる。家と家のあいだに隙間はほとんどない。これがロンドンなんだ、とぼくは思った。さらに、前方ではたくさんの人が通りを埋めつくしている。

母が人混みをひどく嫌っていたことを思い出し、ぼくのなかに母の恐怖が感情の幽霊のようによみがえる。

そのうち、もっと近づいていくと、その騒ぎに気づいた。たがいに競い合う物売りたちのかけ声。エール（ホップを使わない麦芽醸造酒で、中世ではパンと一緒に飲む重要な栄養源だった）を飲みすぎた酔っ払いの笑い声。ウーとかモーとかシューッという、いろんな動物たちの鳴き声。

笛の音。歌。大騒ぎ。

こんなものは見たことがなかった。めちゃくちゃだ。極限状態にあったぼくには、その光景はより強烈に感じられた。

おびただしい人がいた。大勢の知らない人たち。人々の口から笑い声が、まるで洞窟から飛びたつコウモリのように飛び出してくる。

荷馬車を引く馬のようにため息をつく、頬の赤い年の女性。天秤棒にぶらさげたふたつの大籠には、魚とカキが入っている。

仮設のブタの囲いのそばで喧嘩するふたりの少年。

パイの露店。

パンの屋台。

大根。

レース。

サクランボでいっぱいの籠を抱えた、十歳にも満たない少女。

道の両側に並ぶ、ガチョウのローストの屋台。

水たまりに落ちたレタス。

必死に立ち上がろうとしている酔っ払いを指さしながら、ぼくのそばを通りすぎる楽しそうな男。「二時の鐘がなったらあいつに気をつけな、仕立屋はすでに飲みすぎだ」

ウサギ。

羽を広げて威嚇しあっている二羽のガチョウ。

もっとたくさんのブタ、牝牛、酔っ払い。さらに多くの酔っ払い。

みすぼらしい孤児の少女に連れられて歩く、いい身なりをした目の不自由な女性。

体の不自由な物乞い。

適当な男に近づいては、股間をつかみ、酔った勢いで何かを持ちかけている女性。

エールの露店のまわりの活気あふれる喧噪。

最大の宣伝効果を狙って並べられた〝オランダから来た〟巨人と〝西部地方から来た〟小人――呼びこみの男が、滅多に見られるもんじゃないぞ、と叫んでいる。

剣をのんでみせる男。

ヴァイオリン弾き。笛吹き。フルート吹きは巧みな指づかいで『三羽カラス』を演奏しながら、ぼくにいぶかしげな目を向ける。

そして匂い。焼ける肉、エール、チーズ、ラヴェンダーダー、新しい糞。

またためまいがしてきたが、ぼくはよろよろと歩きつづけた。

たくさんの食べ物の匂いに刺激され、空腹感がついに耐えがたくなってきた。ぼくはガチョウのローストの屋台へ歩いていき、屋台の前で焼ける肉の匂いを吸いこんだ。

「ひとつ、いくら？」

「三シリングだよ」

三シリングの持ち合わせはない。正直言えば、金などまったく持っていなかった。

ぼくはよろけて後ずさり、誰かの足を踏んでしまった。

「気をつけな、ぼうず！」

ぼうず、ぼうず、ぼうず。

「うん、ぼうずだ」当時の十八歳は中年に近いが、ぼくはそうつぶやいた。


そのとき、目の前が回転しはじめた。

普通なら、ぼくの体はかなり強い。ぼくの体には生物学的に奇妙な点がたくさんあるが、そのひとつが、まったく病気にかからないことだ。風邪にも、インフルエンザにも、かかったことがない。生まれてから一度も嘔吐したことがない。下痢すら経験したことがなかったから、一五九九年のこのときの状態は信じられないほど珍しいことで、口では言い表しようがなかった。しかもそのときのぼくは、ひどい気分だった。降っていた雨も今はやみ、太陽が顔をのぞかせ、空はくっきりと青い。ラーク川の上に広がっていた空と同じ、無関心な青だ。もともと強烈に見えていたすべてが、暑さのせいでさらに強烈さを増した。

「ママン」ぼくは熱に浮かされたようにつぶやいた。

「ママン」

死ぬかもしれない気がした。その瞬間のぼくは、それでまったくかまわなかった。

ところがそのとき、彼女が見えた。

彼女は果物籠を抱え、ぼくのほうを見て眉をひそめていた。年齢はぼくと同じ――十八歳くらいに見える。暗い茶色の髪は長く、目は小川の小石のように輝いている。

ぼくは籠のプラムを驚きの目で見つめながら、彼女のほうへ歩いていった。

不思議な感覚だった。自分の体から抜け出したような感覚。

「プラムをひとつ、もらえるかな?」ぼくは彼女に訊ねた。

彼女は開いた手のひらを差し出した。ぼくはマニングの手を、母を水に沈めたままにするよう指示する彼の手のひらを思い出した。

「あの……ぼく……ぼく……お金は……」

さっきの迷子の牝牛が人混みのなかを歩いてくるのが見えた。ぼくは目を閉じた。母が椅子の重みで空から落ちる。ふたたび目を開けると、果物売りが顔をしかめていた。怒りか、とまどいか、その両方が少しずつ混ざった顔だ。

ぼくは少しふらついた。目の前の通りが回転する速度が速くなる。

「しっかりして」果物売りは言った。

それが初めてぼくにかけてくれた言葉だった。

しっかりして。

だが、ぼくはその言葉にこたえられない。

父が死んでから、母が壁に寄りかからずにいられなかった理由がわかった。悲しみで体が傾いてしまうのだ。

世界がまぶしくなったかと思うと、今度は真っ暗になった。

次に気づいたときには――一瞬、あるいは五分後――うつぶせに倒れて、顔の半分が泥の水たまりにつかっていた。まわりに散乱したプラムも、ほとんどに泥がついていた。いくつかは通行人に踏まれ、ひとつは犬に食われている。

ぼくはゆっくりと立ち上がった。

少年の集団がげらげら笑って、ぼくをからかう。果物売りの女の子は両膝をつき、プラムをひとつでもきれいなうちに拾おうとあわてている。

「ごめん」ぼくは謝った。

ぼくは泥にまみれたプラムをひとつ拾って、歩きだした。

「ちょっと！ ねえ！ 待ちなさいよ！ あんた！」

果物売りがぼくの肩をつかんだ。怒りで小鼻が広がっている。「なんてことしてくれたのよ！」

ぼくはまた気を失いそうだったので、そのまま歩きつづけることにした。そうすれば、これ以上被害を出さずにすむ。

「止まりなさいってば！ 何もなかったみたいに立ち去っていいわけないでしょ！」

ぼくは泥のついたプラムをかじった。彼女はそれを鳥のようにすばやくぼくの手からもぎ取り、地面に投げ捨てた。

「あの籠一杯で一週間分のお金になるはずだったのよ。たっぷり一週間分。これでシャープさんに、売れなかった果物のお金を払わなきゃならなくなっちゃったじゃない」

「だから、ちゃんとお金を払って」

「シャープさん？」

「お金は持ってないんだ」

彼女は屈辱と怒りで顔を真っ赤にした。ぼくの経済的な状況に混乱しているようだ。それはたぶん、ぼくの身なりが、汚れてはいても、まわりの人々にくらべてかなりいいせいだろう。母はいつも身なりに気をつかっていた。英国に移ってから状況は劇的に変わったが、それでも母は経済的に許すかぎり品のある服装をするように心がけていた。それが、後から考えてみれば、みすぼらしい身なりをしたエドワードストーンの村人たちとの付き合いに苦労することになった、たくさんの原因のひとつだったのだろう。最大の理由はべつのことだったのは、言うまでもないが。

「それ」彼女はぼくの背負ったリュートを指さした。

「なんだい?」

「それ、ちょうだい。お金の代わりにそれでもいいわ」

「だめだ」

彼女は石を拾った。「じゃあ、それを壊すことにする。あなたもわたしの果物籠を壊したでしょ」

ぼくは両手を上げて制した。「だめだ! やめてくれ!」

ぼくの表情から何か気づいたのか、彼女は考え直してくれた。「食べ物もないのに、リュートの心配をするわけ」

「これは母さんのものなんだ」

彼女の表情がやわらぎ、怒りからとまどいに変わった。「お母さんはどこにいるの?」

「三日前に亡くなった」

彼女は腕組みをした。やっぱり、十八歳か十九歳くらいに見える。ぼくに言えるのは、彼女が平凡な白いワンピース――当時はカートルと呼ばれていた――を着て、シンプルな赤いネッカチーフをななめに巻き、首の左側で結んでいたこと。それから、ここの人々のなかでは珍しく、とてもきれいな肌をしていたこと。右の頬に大小ふたつのほくろがあって、惑星とその衛星みたいだったこと。鼻の上に小さな星座のようなそばかすが散っていたこと。濃い茶色の髪の半分は小さな白い布製のキャップに押しこまれ、残りの半分はぼさぼさだったこと。

彼女はずっとしかめっ面ですごしてきたような顔をしているが、口の端にはいたずらっぽさが輝いていた。

笑みがいつもそこまで出かかっているのに、彼女のなかの司令部がそれを許さず、厳しく抑えこんでいるように見える。それに、彼女は背が高い。当時は、ぼくより頭四分の一個分背が高かった。ぼくが身体的に〝大人〟になったときには、彼女のほうが小さくなったが。

「亡くなったの?」

「ああ」

彼女はうなずいた。死はべつに珍しいものじゃない。

「じゃあ、ほかに家族は?」

「ぼくしかいない」

「家はどこ?」

「今はない」

「家がないの?」

ぼくはうなずき、恥ずかしくなった。

「弾ける?」彼女はぼくの背中のリュートを指さした。

「うん」

「じゃあ」彼女はきっぱりと言った。「うちに来て、一緒に住めばいいわ」

「そんなこと、できないよ」

幼い女の子がやってきて、彼女の隣に立った。彼女と同じ、だが壊れていない果物籠を持っている。通りぞいで見かけた、サクランボ売りの少女だ。十歳か十一歳くらいだろうか。明らかに姉妹だ。同じ暗い色の髪と鋭い眼差しをしている。酔っ払いがサクランボを取ろうとしたが、妹はすばやい反射神経で果物籠をさっと彼の届かないところへひっこめ、刺すような目でにらみつけた。

「施しをしようっていうんじゃないの」姉のほうが言った。「あなたがだめにしたプラムと果物籠のお金が払えるまで、うちに住みなさいってこと。もちろん、お家賃も払ってもらう」

妹は矢のようにまっすぐぼくを見据えている。

「この子はグレース」姉が説明した。「そしてわたしは、ローズ・クレイブルック」

「はじめまして、グレース」

「この人の話し方、変。それに、馬のお尻みたいな臭いがする」グレースはつまらなそうに言うと、今度はぼくに訊ねた。「どこから来たの？」

「サフォーク」ぼくはかすれた声で答えた。そして、もう少しで〝その前はフランスにいた〟とつけたしそうになったが、その必要はない気がした。サフォークでも、じゅうぶん異国のようなものだ。

またあまいを感じた。ローズがそばに来て支えてくれる。

「サフォーク？ サフォークから歩いてきたの？ あなたを家まで連れていくわ。グレース、彼を支えるのを手伝って。それと、彼にサクランボを食べさせてあげて。この状態の人には、長い距離だから」

「ありがとう」ぼくは蚊の鳴くような声で言うと、いっぽうの足をもういっぽうの足の前に出すことに集中した。もう一度、歩き方を学んでいるみたいだ。「ありがとう」

こうして、ぼくの二番目の人生が始まった。

現在　ロンドン

　小雨のなか、壁にもたれていた時間が長すぎたのだろう。たぶん、非情なほどあわただしい都会にいれば、その街からちょっとした無意識の復讐のようなものを受けずにはすまないのだろう。

　彼らが近づいてくるところは見ていなかった。ぼくは物思いにふけり、ローズのことを考え、この通りの心動かされる物語を感じていた。そして犬のエイブラハムのうなり声に顔を上げると、彼らがいた。

　全部で五人。少年というか、男というか、その中間といった年齢だ。五人は足を止めてぼくを見ている。好奇心にかられたように、まるでぼくが美術館の彫刻であるかのように。そのうちのひとり、長身で肩のがっしりした少年が、ぼくのすぐ目の前まで近づいてきた。後ろからべつの少年が言う。「おい、バカな真似はよせ。もう遅いし、行くぞ」

　だが、大きい少年はどこへも行こうとしない。そしてナイフを抜いた。刃が街灯の下で黄色く光る。ぼくが怖がるのを期待しているようだが、その期待は裏切られた。さんざんいろんな経験をしてきたぼくは、もうどんなことにも驚かない。

　エイブラハムがうなって歯を剝いている。

「俺にその犬をけしかけてみろ、犬も刺してやる……。スマホと財布を出せ。そうすれば、俺たちは行く」

「君たちはこんなことはしたくないはずだ」

　少年――背が高くてもまだ少年だ、と今ならわかる――は首をふった。「黙れ。スマホと財布。スマホと財布だ。さっさと出せ。こっちは忙しいんだ」少年はあたりを見回す。雨のなか、車が水を跳ね上げて進む湿った音がする。車は止まらない。そのとき、ぼくは少年たちのひとりに見覚えがあることに気づいた。いちばん年下の子だ。顔はフードで半分隠れているが、おびえて目を見開いている。そわそわと足を動かし、目をきょろきょろさせて、あせったように小声で何か言いながら、自分の携帯電話を出しては、ポケットにしまい、また出したりしている。今日、授業で見かけた少年。アントンだ。

「そいつは放っとけ」アントンはくぐもった声で言いながら後ずさる。ぼくは気の毒になった。「ほら、行こうぜ」

時間は——ぼくは気づいた——最近では武器になる。待たされることほど、人を弱らせるものはない。それも道端で。手にナイフを持ったまま。

「小さいな」ぼくはナイフを指さす。

「なんだと?」

「すべては時間とともに小さくなっていく。コンピューターも、電話も、リンゴも、ナイフも、魂も」

「うるせえぞ、おっさん。今すぐ黙れ、それとも永久に黙らせようか」

「リンゴはもともとかなり大きかったんだ。君たちは見たことがないだろうが、緑のカボチャくらいあったんだぞ」

「黙れっつってんだろ、この老いぼれが」

「今まで人を殺したことはあるか?」

「はあ、何言ってんだよ。スマホと財布。出さねえなら、首を掻っ切るぞ」

「ぼくはある」ぼくは正直に話す。「最悪だ。そんな思いはしたくないだろう。まるで自分が死んだような気分になる。彼らの死が自分のなかに棲んでいるような気分だ。頭がおかしくなってくる。それでも、死んだ魂を、魂たちを、自分のなかに永遠に宿していかなくてはならない……」

「黙れ」

ぼくは彼の目を見据えた。何世紀分もの見えない重みを押しこむように。

エイブラハムがまたうなる。うなり声が咆哮に変わる。

「この犬は、基本的にはオオカミと変わらない。仲間を守る本能がかなり高い。ぼくを刺すなら、ぼくがリードを放さないように気をつけたほうがいいぞ」

ナイフがかすかに震えている。少年は恐怖を感じているのだろう。これだ。自分自身の弱さというこの恥辱が、彼に手を下ろさせた。

「チッ、くだらねえ」少年は後ずさり、それから足早に去っていった。仲間もついていく。アントンがこっそりふり返ってぼくを見る。ぼくはほほえんでやり、アントンをさらにとまどわせた。わかっている。人は物事に巻きこまれ、気づくと流されていて、とうてい避けられそうにないトラブルに向かっていることがあるものだ。

一五九九年　ロンドン近郊　ハクニー

ローズたちはボウに住んでいるのではなかった。もっと離れたハクニー村のウェル小路にある、小さな狭い家に暮らしていた。当時のハクニー村にはイチゴ畑や果樹園がたくさんあった。ロンドンやその周辺のほとんどの地域とくらべて、ハクニー村はじつに穏やかな雰囲気で空気も澄んでいて、ぼくの知っているサフォークの田舎とはかなり違っていた。例えば、ハクニー村には劇場があった。ぼくが到着する数カ月前に取り壊されていたが、ローズの話では、素晴らしい劇場で、リチャード・バーベッジ本人（英国の俳優。宮内大臣一座に所属し、シェイクスピアの悲劇を演じた）が出演し、クマのブラウン卿もいたという。ハクニ劇場があったせいかどうかはわからないが、ハクニー村はエドワードストーン村よりも偏見がなく寛容な雰囲気だった。よそ者をあからさまに怖がったりはしない。ただ、アダムズ夫人と呼ばれる老女だけは、すれ違う人々に唾を吐きかけては、しょっちゅう「げす野郎」とか「くそったれ」とわめいていたが、人々は気にせず笑っていた。よそ者に対する恐怖は、すべての人に対する一般的な憎悪と同じくらい感じられず、人々の態度は少なくとも差別のないものだった。

「アダムズ夫人はわたしのリンゴにも唾をかけたことがあって、グレースが怒ったネコみたいに彼女に向かっていったの」ぼくが初めて〝くそったれ〟呼ばわりされたとき、ローズが言った。最初にローズたちの家へ向かっていたときのことだ。

ローズたちの家は木と漆喰でできていて、近くには〝グレート・ストーン・ウォール（大石壁）〟という、ずいぶん大げさな名前のついた小さな石壁があり、すぐそばには〝グレート・ホースポンド（馬洗い大池）〟というこれまた慎ましい池があった。当の馬はというと、たいてい――けっして冗談ではなく――〝グレート・バーン（大納屋）〟と呼ばれる納屋にいた。

グレート・バーンの裏には、もうひとつ納屋がありーーこちらは〝オート・バーン（オート麦の納屋）〟という――その向こうに果樹園が広がっていた。広大な土地に木々がびっしり生えている。果樹園にそってのびているのはぐるりと囲む石壁で、石壁の先はブナの木立ちのなかへ消えていた。二十一世紀から見れば、こういった光景はじつに田舎風に見えるだろうが、当時のぼくにとっては、壁に区切られたさまざまな土地と果樹園の木々がすぐ近くにあることが、とてもモダンに思えた。

ローズとグレースは地元の果物農家のひとりと取引をしていて、季節の果物――プラムとサクランボだけでなく、リンゴやグリーンゲージというプラムやスグリも――を収穫して売りに行き、稼いだお金を農家のシャープさんと分け合っているのだった。取り分は、果物を育てたシャープさんのほうが多い。ちなみに、シャープさんはかなりのケチだという。

ローズの家は、ぼくが長く見てきた家よりも窓が多かった。ぼくの知っているフランスの家とはくらべものにならないが、エドワードストーン村の家にくらべればはるかに進化した住まいだ。

「それで」ローズがぼくに訊ねた。彼女は率直な態度を取っている。大人っぽい、ふざけたことを許さない雰囲気だ。「名前は？」

「トム」ぼくは答えた。本当の名前だ。だがそのとき、真実を知られることに不安を覚えた。それはかなり危険だ。そこで苗字は嘘をついた。その後、たくさん名乗ることになる偽名の最初のひとつだ。「トム・スミス」

「それと年齢は、トム・スミス？」

ここは慎重にならなくてはいけない。本当のこと――十八歳――を言っても、おそらく信じてもらえないだろう。それに、もし信じてもらえたとしても、今度はそれを知った彼女に危険がおよぶことになる。とはいえ、彼女が推測しているだろう十三、四歳と答えるわけにもいかない。

「君はいくつ？」

ローズは笑った。「わたしが先に訊いたのよ」

「ぼくは十六」

その答えに、ローズは瞬きひとつしなかった。幸運なことに、そのときにはすでに身長が伸び、首と肩もがっしりしていた。「あなたの眼差しは、もっと年上に見えるわ」ローズが言ったのは、それだけだった。

ぼくは心からほっとした。エドワードストーン村では、みんなに十代前半で時が止まったと思われていたのだ。

「わたしは十八」ローズは言った。「そして、グレースは十歳」

こういうのはいい。こういうおしゃべりは。問題ない。だが、それ以上のことは明かしたくなかった。というか、明かせない。ぼくには危険な秘密がある。ふたりにとって、ぼくのことは知らないほうがいい。

パンと白ニンジンのポタージュとサクランボの食事が出された。

ローズの笑顔は暖かい空気のようだった。「どうせなら、昨日来ればよかったのに。ハトのパイだったのよ。グレースがハト獲り名人なの」

グレースはハトを捕まえて首をひねる真似をした。

少しして、避けようのないもうひとつの質問が来た。

「なぜ、ここに来たの？」とローズ。

「君が招いてくれたから」

「この家のことじゃないってば。どうして、ロンドンに向かっていたの？　あなたひとりで？　何から逃げているの？」

「サフォークから。君もそこに行ったことがあれば、そんな質問は出てこないと思う。あそこは、頑固で迷信深いいやな人たちばかりなんだ。ぼくたちはフランスから来たんだけど、あそこにはどうしてもなじめなかった」

「ぼくたちって？」

「ああ、母さんがまだ生きていたときの話さ」

「お母さんはどうしたの？」

ぼくはローズを見つめた。「話したくないこともある」

グレースがぼくの手に気づいた。スープのスプーンを持っているほうだ。「お姉ちゃん、トム、震えてる」

「トムも一緒にテーブルを囲んでいるのよ」ローズは言った。「まるでここにいないみたいな話し方をしないの」そして、ぼくに目を戻した。「あなたを困らせたかったわけじゃないの」

「もし、この食事とひと晩泊めてもらう代金が、つらい話をさせられることなら、外の溝で寝るほうがましだ」

ローズの目が怒りで光った。「それなら、ハクニーには素晴らしい溝が見つかるわ」

ぼくはスプーンを置いて立ち上がった。

「サフォークじゃ、冗談も言わないわけ？」

「出身はフランスだって言っただろ。それに、冗談を楽しむ気分じゃないんだ」

「あなたっていやな人ね。腐ったミルクみたい」──

グレースは犬のようにくんくんあたりを嗅ぐ真似をした。「すっぱい臭いまでする」

ローズはぼくにぴしゃりと言った。「すわりなさい、トム。行くところなんかないでしょ。それに、あなたがだめにしたプラムと籠のお金を払うまでは、ここにいてもらう」

ぼくは混乱していた。とまどっていた。悲しみにくれて三日間歩きつづけたせいで、くたびれきって精神的にいっぱいいっぱいだった。この姉妹に怒っているわけじゃない。むしろ感謝しているが、感謝の気持ちは、目を閉じるとマニングの手が見えるという苦しみにのみこまれてしまう。

「悲しみを抱えているのは、この世界であなただけじゃないのよ。悲しみを貴重なものみたいに貯めこまないで。悲しいことなんて、いつでもたくさん転がってるんだから」

「ごめん」ぼくは言った。

ローズはうなずいた。「それでいいわ。あなたは疲れているのよ。それに、いろいろあったみたいだし。あなたは男子の部屋で休んで」

「男子の部屋？」

ローズは説明した。男子の部屋と呼んでいるのは、ふたりの兄弟──ナットとローランド──がいたからなのだが、ふたりとも亡くなったという。ナットは十二歳のときに腸チフスで亡くなり、かわいそうな赤ん坊のローランドは一歳の誕生日を迎える前に謎の咳で命を落としてしまった。話はローズたちの両親が亡くなった理由へつづいた。母親はローランドを産んだひと月後に産褥熱（当時はよくあることだった）で亡くなり、赤ん坊が弱かったのもそのせいだった。父親は天然痘で亡くなったという。そういうすべてのことに対して、姉妹はじつに淡々としていた。とはいえ、グレースは小さいローランドの怖い夢を見て、よく夜中に目を覚ますようだった。

「わかった？」ローズはぼくの耻に塩をぬる。「悲しいことなんて山ほど転がってるのよ」

ローズはぼくを男子の部屋に入れた。部屋には小さな四角い窓がある。大きさは一九八〇年のポータブルテレビくらい（一九八〇年にサン・パウロのホテルで暮らしていた頃、ぼくはたくさんテレビを観ていた。テレビはハクニー村のこの小さな窓を思い出させた）。質素でつつましい部屋だった。ベッドには毛布がかけてあり、マットレスは藁《わら》を詰めたものだったが、疲れきっていたぼくには、クイーンサイズの四柱式ベッドよりも心地よさそうに見えた。

ぼくがベッドに倒れこむと、ローズがぼくの靴をぬがせてこっちを見た。さっきまでの母親のような厳しさは消えている。ローズはやさしく、ぼくの魂に語りかけるように、こう言った。「大丈夫よ、トム。今はゆっくり休みなさい」

次に気づいたときは真夜中だった。ぼくは自分の叫び声と窓の外の明るい満月で目が覚め、ベッドの上に起き上がった。全身が震えて、ほとんど息ができない。恐怖がそこらじゅうからぼくに流れこんでくる。

いつのまにか、ローズがぼくの腕をつかんでいた。その後ろでは、妹のグレースが部屋の入口で眠そうにあくびをしている。

「大丈夫よ、トム」

「そんな日は絶対に来ない」ぼくは半分うわ言のよう

に言った。「夢なんて信じちゃだめ。とくに悪い夢は」

夢は記憶だ、とは言わずにおいた。代わりに、自分が知っていることとの現実性を否定し、新しい話をでっちあげなくてはならなかった。トム・スミスとしての話を。ローズは妹を部屋に戻らせ、ひとりでぼくのそばに残った。そして身を乗り出し、ぼくの唇にキスをした。挨拶のような軽いキスだが、唇に触れるキスはただの挨拶とは違う。

「なんのキス?」ぼくはたずねた。

月明かりで、ローズがほほえんでいるのがかろうじてわかる。男の気を引こうとしている笑顔ではない。他意のないあっさりした笑顔だ。「あなたの頭をほかのことでいっぱいにしてあげようと思って」

「君みたいな人には、今まで出会ったことがないかもしれない」

「それはよかった。誰かのそっくりさんだったら、わたしの人生に意味がなくなっちゃうでしょ?」

ローズは涙ぐんでいた。

「どうしたの?」ぼくは訊ねた。

「これはナットが寝ていたベッドなの。奇妙なものね。あの子のいた場所がまたうまるなんて。それだけ。ナットはそこにいたのに、今はもういない」

ローズは傷ついている。一瞬、自分の悲しみに浸っていたぼくは、なんて利己的なんだろうと思った。

「べつの場所で寝るよ。床でも眠れるし」

すると、ローズは首をふってほほえんだ。「いいえ、ここで眠って」

朝食はライ麦パンと小さなコップに入ったエールだった。グレースもエールを飲んだ。エールは当時の人々が手に入れられる、飲んでも死なないとわかっていた飲み物のひとつだ。とはいえ、もちろん水とは違い、基本的には危険な賭けだ。

「ここはわたしの家よ」ローズが説明した。「両親が亡くなった今では、賃貸契約者はわたしになっているの。だから、ここにいるあいだは、わたしのルールに従って生活してもらう。第一のルールは、あなたがだめにした果物籠とプラムの代金を支払うこと。支払いが終わったら、ここにいるかぎり週に二シリング支払うこと。それと、水汲みを手伝ってもらう」

ここにいるあいだは。

期限なしでいられる場所があるとは、なんて先が明るいのだろう。しかも、この小さな家は住まいとして申し分ない。からりと清潔で、風通しがよく、ラヴェンダーの香りがする。今気づいたが、簡素な花瓶にラヴェンダーが活けてあった。寒い季節のための暖炉もある。エドワードストーン村の家より少し大きく、独立した部屋がいくつかあるが、手入れは同じくらい行き届いていて、何もかもが可能なかぎり清潔できちんとしていて、いい香りがしている。

それでもなお、無期限でここにいていいという申し出――もし本当にそういう意味だとしたら――にぼくは悲しくなった。

ぼくは当時でも、この先の自分の人生で永久的なものは何もないと感じていたのだ。

もちろん、この時点では、状況が変わっていくことは知らなかった。自分の症状について何もわかっていなかった。この症状には名前もなかった。あったとしても、知りようがなかった。ただこんなふうに推測していただけだ。ぼくの容姿は永久にこの年齢のままなのだろう。こう言うと、そんな喜ばしいことはないと思われるかもしれないが、実際はそんなものじゃない。ぼくの症状はすでに、母を死なせる原因になってしまった。このことはローズとグレースに話してはいけない。そんなことをすれば、この姉妹も同じような危険に見舞われてしまう。しかも当時の人々は、変化の速度が速かった。若ければとくに。顔はほぼ季節とともに変わっていく。

「ありがとう」ぼくはローズに言った。

「あなたがここにいれば、グレースにとってもいいと思う。あの子は兄弟を亡くしてすごくさみしがってるの。わたしたちふたりとも、さみしく思ってる。でも、少しでも悪さをしたら――わたしたちに悪い評判を招くようなことをしたら――それからお金を払うのを拒んだりしたら」ローズはサクランボをのみこむ直前のように、ほんの一瞬、間を置いた。「ここから叩き出す」

「溝に？」

「全身、うんこまみれだよ」小さいグレースがエールを飲み干す。

「ごめんなさい、トム。この子の名前はグレースだけれど、性格はちっとも優雅《グレース》じゃないの」

「うんこはちゃんとした言葉だよ」ぼくは如才なく言った。「言いたいことが速やかに伝わる」

「この家にレディはいないの」とローズ。

「ぼくも貴族ってわけじゃない」本当はそう――厳密には、フランス貴族――であることを告げるのに、今はふさわしいときではない。

ローズはため息をついた。彼女のため息は、今でも忘れない。ひどく悲しそうなため息。彼女のため息はいつも、〝これが現状で、この先もそうなっていくのだろうけれど、それでぜんぜんかまわない〟という意味をまとっていた。「はいはい。今日は新たな一日よ」

ぼくはこの姉妹を気に入った。悲しみの無音の叫びのなかで、ふたりの存在は慰めだ。

ずっとここにいたい。だが、ふたりを危険な目に遭わせたくはない。ぼくに興味を持たせてはいけない。それがいちばん重要なことだ。

「母さんは馬から落ちたんだ」ぼくは出し抜けに言った。「それで死んでしまった」

「悲しいね」とグレース。

「ええ」ローズも言った。「すごく悲しい」

「ときどき、その夢を見るんだ」

ローズはうなずいた。まだ訊きたいことがあるようだが、口には出さなかった。

「今日は休んだほうがいいと思う。気分がよくなるまで休むべきよ。わたしたちが果樹園に行っているあいだ、あなたは家にいていい。でも明日はリュートを弾きに出かけて、お金を稼いできて」

「いやいや、ちゃんと払うよ。今日、いくらか稼いでくる。君の言うとおり、道端でリュートを弾いてみるよ」

「どこの道で？」グレースがおもしろそうに訊ねる。

「人通りの多い道で」

ローズが首をふった。「ロンドンへ行かなきゃ。街を囲む城壁の南側へ」

そう言って、行き方を教えてくれた。

「リュートを弾く少年なんて！　見物人からコインの雨が降ってくるわ」

「そうかな？」

「ほら、お日さまが出てきた。お客さんがたくさん集まるわよ。夢に出てくる新しい光景になるかも」

そして太陽が窓からローズの顔を照らし、茶色い髪を金色に変えると、四日ぶりにぼくの魂――あるいは、かつて魂だと思っていたもの――が、ほんの一瞬、耐えがたい苦悩以外の何かを感じた。

さらにローズの妹が自分の籠を持ってドアを開け、昼間の光が流れこんでくると、傾いた長方形の光が木の床に魔法をかけた。

「それじゃ」ぼくは何か言おうとするように口を開いた。するとローズがぼくの視線をとらえ、わかっているというようににっこりとうなずいた。

現在　ロンドン

午前三時。

本当に眠らなくてはまずい。わずか四時間後には、起きて学校へ出勤しなくてはならない。

だが、現実的に、眠りにつく方法がなかった。ぼくはパソコンで観ていたディスカバリー・チャンネルを消す。五百七歳の〝明《ミン》〟というアイスランドガイのドキュメンタリーだ。

ぼくはここにすわって画面を見つめている。これはおそらく、頭痛にはあまりよくないことだろう。だが、もうあきらめていた。頭痛はアルバがかかる呪いだ。高山病のようなものだが、原因は高度ではなく時間。競合する記憶と、ごちゃごちゃになった時間と、そういったすべてのものからくるストレスが、こういう頭痛を避けられないものにするのだ。

それにもちろん、ナイフを突きつけられて脅されても頭痛が治ることはなかった。さらに、あの少年グループにアントンがいたことにも動揺していた。

BBCと『ガーディアン』紙のウェブサイトに行ってみる。壊れかけた米中関係についての新しい記事をふたつ読む。コメント欄では、誰もが終末を予言している。四百三十七歳にもなると、これがいちばんの慰めだ。歴史の主な教訓は〝人類は歴史から学ばない〟であることが、よくわかってくる。二十一世紀は二十世紀の悪いカバーバージョンになっていく可能性があるが、ぼくたちに何ができる？　世界じゅうの人々の頭のなかには、たがいにけっして重ならないユートピアがひしめいていた。これは大惨事のレシピだが、残念ながら、おなじみのものだ。これまでよくあったように、共感はだんだん薄れてきた。平和は、いつもそうであったように、磁器でできていた。

　ニュースを読んだ後は、ツイッターを開く。アカウントは持っていないが、おもしろい。さまざまな声、つまらない口論、傲慢な確信、無知、たまに見られる素晴らしい思いやり、それに新種の象形文字へ向かっていく言語の進化、そのすべてがおもしろい。

　それから、いつもしていることをする。〝マリオン・ハザード〟と〝マリオン・クレイブルック〟をグーグルで検索するが、新しい情報はない。もし生きているとしたら、どちらの名前も使っていないのだろう。

　そして、フェイスブックに行く。

　カミーユから書きこみがあった。

「人生って、ややこしい」

　メッセージはそれだけ。〝いいね！〟が六つ、ついている。彼女にひどく失礼な態度を取ってしまったことに心がとがめた。そして、いつものように悩んでしまう。普通の生活にいくらかでも似た生活を送れる日は、はたして本当に来るのだろうか？　カミーユを見ていたら、普通の生活が欲しくなってきた。彼女はある激しさを秘めていて、ぼくはそれを理解できそうな気がした。ベンチで彼女の隣にすわって犬のエイブラハムを眺めているところが、頭に浮かぶ。ただすわって、ふたりきりの心地よい静けさに浸っている。そういうことは、もう何世紀も望んだことがなかった。

　実際は、何もするべきじゃない。だが気づくと、彼女の更新したメッセージの〝いいね！〟ボタンをクリックしていて、おまけに〝本当だね《セ・ヴレ》〟というコメントまでつけていた。コメントを入れ、その横に自分の名前が出た瞬間、削除するべきだと思った。

　だが、削除しない。そのままにしておく。そしてベッドへ行くと、そこではすでにエイブラハムが寝ていた。眠ったまま、クンクン鳴いている。

　もう何年も、ぼくはこう思いこんでいた——悲しい思い出は、幸せな時間よりも重く、長くつづく。だから、ざっと感情を計算した結果、愛や親交や友情さえも、追い求めないほうがいいという結論を下したのだ。アルバ群島のなかのひとつの小島となって、人類の大陸からは離れていよう。ぼくはヘンドリックの言うとおりだと信じていた。恋に落ちないのが、いちばんだ。

しかし最近になって、感情は計算などできないのではないかと感じ始めていた。傷つかないように自分を守っていると、とらえがたい新たな痛みを作りだしてしまう。まさにジレンマだ。今夜はそのジレンマを解決するつもりはない。

――人生って、ややこしい。

本当にわかるのは、それだけだと思う。そんな考えが音楽のモチーフのようにくり返されるうちに、ぼくはゆっくりと眠りに落ちた。

一五九九年　ロンドン

当時のバンクサイドは、リバティと呼ばれる行政区画でできていた。リバティとは、街の城壁の外にある、通常の法律が適用されない指定区域だ。実際、法律は一切通用しない。なんでもありの世界。あらゆる商売が可能だった。どんな娯楽も禁じられることはなく、どんなにいかがわしいものでも許されていた。売春。クマに犬をけしかける遊び。大道芸。劇場。ありとあらゆるものがあった。

そこは基本的に自由な地域だった。ぼくが自由について最初に気づいたことは、糞の臭いがすることだった。もちろん、現代とくらべれば、この頃はロンドンのなかも外も糞の臭いが漂っていた。だが、とりわけバンクサイドはひどかった。原因は、この地域に点在したなめし革工場だ。橋を渡ってすぐの狭い範囲に、全部で五軒存在した。なめし革工場が臭うのは——ぼくは後に知ったのだが——皮を糞便に浸けるからだ。

歩きつづけると、糞便の臭いはほかの臭いと混ざり合った。糊と石鹸を作るところから漂ってくる、動物の脂と骨の臭い。雑踏の饐《す》えた汗の臭い。まったく、悪臭の新世界だ。

クマ遊園——理由はさっぱりわからないが〈パリの庭〉という名前だった——のそばを通るとき、鎖につながれた大きな黒いクマが見えた。あんなに悲しい生き物は見たことがない。傷を負い、毛並みは荒れ、不幸な運命を受け入れて地面にすわりこんでいる。そのクマは有名だった。バンクサイドで人気の呼び物だった。名前は〝サッカースン〟。それから数週間、数カ月間にわたって、ぼくは営業中のクマを目にすることになる。赤い目をして、喉を犬につかみかかられ、怒りで口から泡を吹いているクマを、熱狂した残酷な観客たちがはやしたてる。クマが生きているように見えるのは、死を撃退しようと戦っているそのときだけだった。ぼくはよく、そのクマのことを考える。運命がどんなに過酷な試練や痛みを投げてこようが生きようとする、あの無意味な意思を。

ともあれ、その最初の日、ぼくはローズの指示に従ってやってきたものの、ふさわしい場所に来たとは思えなかった。石鹸工場の喧噪からはかなり離れているが、糞便の臭いのするなめし革工場からはじゅうぶん離れているとは言えない。人通りはそこそこある。緑色の服を着た女がいた。歯が一本黒ずんでいて、顔には雑に白粉をはたいてある。枢機卿の帽子の絵が描かれた看板のある石造りの建物にもたれ、興味ありげにぼくを見ている。その建物は、やっぱり、この地域にたくさんある売春宿のひとつらしい。かなり繁盛しているらしく、いつもあわただしく客が出入りしている。

パブも一軒あった。名前は〈女王酒場〉。この地域では比較的きれいな建物だが、客の汚らしさは最低ランクだ。

パブと売春宿の前には開けた場所があり、長方形の草地を人々がぶらぶらしている。ぼくはそこに立つことにした。

深呼吸をする。

そして演奏を始めた。

音楽は恥ではない。音楽を演奏することも、恥ではない。エリザベス女王自身も、ひとつかふたつ、楽器を演奏することができた。とはいえ、人前で演奏するのは——フランスでも、ここ英国でも——貴族階級出身の人間がすることではなかった。しかも道端での演奏など、ありえない。フランスの伯爵家の息子にとって、バンクサイドでももっとも不健全な場所で音楽を演奏するのは、恥辱と言ってもいい。

それでも、ぼくは演奏した。

母から教わったフランスのシャンソンを演奏すると、通りすがりの人々がときどき驚いた顔をした。だが一日演奏するうちに自信がついてきたぼくは、曲目を英語の歌とバラッドに変更した。すると、たちまち客が集まった。一、二度、客からコインが投げられることさえあった。ほかの大道芸人たちが——現代のストリートパフォーマーのほとんども、まだやっているように——定期的に帽子を持って回っているのを見かけたが、ぼくは帽子がなかったので、二曲演奏するたびに左の靴を持って片脚で跳ねて回った。その姿も音楽と同じくらい客に受けた。客層は、船頭と行商人と酔っ払いと娼婦と芝居好きという奇妙でおっかない構成だった。半分は長屋から南へ向かう人々で、もう半分——より金を払ってくれるほう——は橋の向こうから来る。ぽかんと口を開けた客の反応から、ぼくは目を閉じると最高の演奏ができるらしいとわかった。初日の終わりには、籠一杯のプラムの代金を払えるだけの金を稼げた。さらに週末には、新しい果物籠の代金を払うことができた。

「余裕ぶってちゃだめよ、トム・スミス」ローズが笑みをこらえて言った。ぼくが帰りに買ってきた熱々のウサギのパイを食べているときだ。「まだお家賃を払ってもらわなきゃならないんだから」

「これから毎日、ミートパイが食べられるの？」顔をパイ皮のくずだらけにしたグレースが訊ねた。「うんこたれの白ニンジンのスープより、こっちのほうがずっといい」

「白ニンジンはうんこなんかしないわ、グレース」

「君だって、白ニンジンよりいいだろ」ぼくはローズに当時の見解を披露した。「白ニンジンを食べている女王や貴族なんかいないよ」

ローズは呆れた顔をした。「わたしたちは貴族じゃないけれど、それもそうね」

姉妹にとって、ぼくはサフォークから来たただのトム・スミスで、これからもそうでなくてはならない。それに、ぼくはこの先、伯爵になることはないとわかっていた。城に住むことは二度とないだろう。召使がつくこともない。両親は亡くなったのだ。フランスはぼくに敵対する世界だ。ぼくはロンドンの大道芸人。それより上の身分にふさわしい態度は、厄介事を招くだけだ。

翌週の火曜日までには、最初の二週間分の家賃をちゃんと払えた。そしてそのときから、家のなかでのぼくの身分はふたりと同等になり、家族の一員になった。簡単に言えば、居場所ができた気がした。ぼくは将来のことや、いずれ訪れるであろう問題のことは、精一杯無視するように努めた。芝居見物前のたくさんの客にマドリガル（十六世紀にイタリアで生まれ、英国で流行った無伴奏の五声合唱曲）をうたっているときや、声を上げて笑うローズのバラ色の頬を見つめているとき、ぼくは幸せだと思えた。

グレースがリュートを習いたがるので、ある夜、ぼくはレッスンを始めた。グレースは手を弦の上に、屋根からぶらさがるクモのように垂らす。ぼくは手の位置を楽器と平行になるように直してやった。

グレースは自分の大好きな二曲、『グリーンスリーヴズ』と『この美しい五月に』を習いたがった。ぼくは『グリーンスリーヴズ』を教えるのは少し心配だった。古今のほとんどのポピュラー音楽と同じく、『グリーンスリーヴズ』も子どもに教えるにはかなり不適切な曲だ。その頃のぼくは世慣れているとは言えなかったが、それでもレディ・グリーンスリーヴズという言葉が、誰とでも寝る女性を侮辱する当時の一般的な表現であることは知っていた。彼女の袖が緑色《グリーンスリーヴズ》なのは、外でセックスをしていたせいだ。だが、グレースは譲らない。彼女の純真さを守るために、純真さを踏みにじるようなことはしたくなかったので、ぼくはその曲を教える約束をした。グレースに教えるのは、かなり骨が折れた。歩けるようになる前に走りたがるタイプなのだ。それでも、ぼくたちはふたりともがんばり通した。洗礼者ヨハネの祝日の前夜、ぼくたちは外で演奏した。ふり向くと、窓からローズがにこにことぼくたちを眺めていた。

秋が始まる季節のある晩、ローズがぼくの部屋に来た。彼女は疲れていて、いつもとようすが違う。少し口数が少なく、なんとなく困っているようだ。

「悩みごと?」

「小さなことが星の数ほど。たいしたことないわ」

ぼくに話したいのに話していないことがあるような雰囲気だ。

ローズはベッドにすわり、自分にもリュートを教えてくれないかと訊ねた。もし教えてくれたら、家賃を五ペンス安くするという。ぼくはイエスと答えた。大きな理由は家賃ではなく、少しのあいだローズの隣にすわる理由ができるのは大歓迎だったからだ。

ローズには頬のふたつのほくろのほかにもうひとつ、親指と人さし指のあいだにほくろがあった。手にはさっき食べていたサクランボの染みが少しついていた。ぼくはローズの手を握るところを想像する。なんて子どもっぽい想像だろう！　たぶん、ぼくの精神年齢は、まだ見た目と同じくらい若いのだろう。

「きれいなリュートね。そんなの、見たことない。素敵な装飾だわ」

「母さんが……友だちからもらったものなんだ。ほら、ここを見て」ぼくは弦の下にある凝った装飾のサウンドホールを指した。「この部分はローズというんだよ」

「ただの空気穴じゃない」

ぼくは笑った。「いちばん重要な部分だよ」

ぼくはローズに二本の弦を前後にはじかせた。つま弾く速度が、ぼくの心臓の鼓動と一緒に、だんだん速くなっていく。ぼくはローズの腕に触れた。目を閉じると、彼女が好きだという気持ちの大きさに怖くなった。

「音楽とは時間《テンポ》だ。時間《テンポ》をコントロールすることなんだ」

ローズは手を止めると、一瞬、考えこむような表情をして、こんなようなことを言った。「ときどき、時間を止めたくなるの。幸せを感じた瞬間、教会の鐘が二度と鳴らなければいいのにと思うことがある。二度と市場へ行かなくてもよくなればいいのに。空を飛んでいるムクドリたちが、そのまま止まってしまえばいいのにと思う……。でも、わたしたちはみんな、時間には逆らえない。わたしたちはみんな、リュートの弦と一緒ね」

最後の部分は、確かに彼女が言ったことだ——わたしたちはみんな、弦と一緒ね。

ローズは果物摘みをさせておくには賢すぎる。彼女は本当に哲学者だ。ぼくが知っている人のなかでいちばん聡明な人だ（ぼくはその後まもなく、シェイクスピアと知り合うことになる。こう言えば、彼女がどれだけ賢いかわかってもらえるだろう）。ローズはぼくも彼女と同い年のように話しかけてくれて、そこがい い。彼女といると、何もかもが消え去って、落ち着いた気分になれる。彼女はぼくの心のバランスを取ってくれる。ローズを見るだけで、ぼくは安らぐ。それで彼女を見るとき、熱のこもりすぎた目で、つい長く見すぎてしまうのかもしれない。人々はもう、そんなふうに人を見ることはない。ぼくはあらゆる意味で、ローズがほしかった。求めることは、足らないことだ。ほしいとは、そういう意味だ。母が溺死したとき、ぼくの心にぽっかりと大きな穴が空き、その穴が埋まることは永遠にないと思っていたが、ローズを見ると、心がふたたび満たされる感じがする。まるで、しがみつけるものがあるみたいに。揺るぎない何かがあるみたいに。

「ずっとここにいてほしいの、トム」

「ずっと？」

「ええ。ずっと。ここに」

「えっ」

「あなたに出ていってほしくないの。グレースはあなたがここにいるのを喜んでる。わたしもよ。すごく。妹にとってもわたしにとっても、あなたがいてくれると安心なの。以前は家のなかが空っぽに感じたけれど、今はそんなふうに感じない」

「ぼくもここが気に入っている」

「よかった」

「けど、いつか出ていかなきゃならないと思う」

「どうして？」

そのとき、ぼくは打ち明けてしまいたかった。自分は普通の人と違い、奇妙で、変わっているんだと言いたかった。ほかの人たちと同じ速さでは年を取らないんだ、と。母は馬から落ちて亡くなったのではなく、魔法で人を殺したと告発され、水責め椅子で溺死させられたのだと、話したかった。母を魔女扱いしたウィリアム・マニングのことを話したかった。いちばん愛する人を失った責任が自分にあると感じることが、どんなにつらいか、話したかった。自分のことが自分自身にもわからない苛立ちを打ち明けたかった。精神的なバランスが少しくずれていたのか、ぼくのファーストネームはエチエンヌで、苗字はスミスではなくハザードだと言いたくなった。母が亡くなって以来、ローズがぼくにとって唯一の本当の慰めだったことも。そういった思いがいっせいに湧き上がってきたが、やり場はなかった。

「それは言えない」

沈黙。

「あなたって、なぞなぞみたい」

鳥の声。

「キスされたことある、トム？」ぼくは最初の夜のことを思い出した。ローズが唇に軽くキスしてくれたときのことを。「ちゃんとしたキスのことよ、トム？」ローズはぼくの心を読んだかのように、言い直した。

ぼくは黙りこみ、それが気まずい答えになった。

「キスってね、音楽みたいなの。時間が止まる……。前に一度、付き合っていたことがあるの」ローズはさらりと言った。「ある年の夏。彼は果樹園で働いてた。わたしたちはキスしたり、一緒に楽しいことをしたりしたけれど、わたしはどうしても彼に本気になれなかった。本気で人を好きになると、たったひとつのキスで、スズメが空中で止まるって言うじゃない。本当にそんなことがあると思う？」

するとローズはリュートを横に置き、ぼくにキスをした。ぼくは目を閉じた。ぼくたち以外の世界が消える。ほかには何もない。ローズだけ。ローズは星で、天国で、海だ。あるのはこの瞬間と、ぼくたちがそこに植えたこの愛の芽だけ。やがて、始まって少したったところで、キスは終わった。ぼくは彼女の髪をなでた。遠くで教会の鐘が鳴り、世界のあらゆるものが調和した。

現在　ロンドン

九年生の教室の前に立っている。ふたたび。ぼくは疲れていた。午前三時すぎに寝るなんて、教師のすることじゃない。窓では雨粒が宝石のように光っている。前回の移民についての悲惨な授業のつづきとして、ぼくはテューダー朝末期、とくにエリザベス一世時代の英国の社会史について話し始めた。

「エリザベス一世時代の英国について、知っていることはあるかい？」ぼくは問いかけながらも、考えていた。今回の人生は、サルディニア島でも選ぶべきだった。あるいは、マヨルカ島のレモン畑とか。もしくは、インドネシアのビーチのそば。でなけりゃ、モルディヴの青緑色の海に浮かぶヤシの木だらけの島。「イングランドには、どんな人々が住んでいた？」

女子生徒が手を上げた。「今は死んでる人たちです」

「ありがとう、ローレン」

「ほかには？」

「スナップチャットを知らない人たち」

「そのとおりだね、ニーナ」

「サー・フランシス・ナントカ」

ぼくはうなずいた。「ドレイクとベーコンだね。好きなほうを選んでくれ。けど、この時代の英国を代表する人物といえば、誰かな？」

ぼくは何十年も、何十年も、何十年も、人々が年を取ったと嘆くことが気に入らなかった。だが今ならわかる。年を取ったと感じることは、誰にでも可能だ。そう感じたければ、教師になればいい。

そのとき、ある生徒に目が留まり、その子がここにいることに驚いた。

「アントン？　エリザベス一世時代の人物を誰か知っているかい？」

アントンはおずおずとぼくを見た。おびえている。罪悪感を覚えているようだ。「シェイクスピア」ほとんど謝るような口調で答える。

「正解！　シェイクスピアの時代だったんだ。さて、シェイクスピアについて何か知っているかな、アントン？」

ローレンが答える。「死んだ人です、先生」

「ぼくはテーマを探しているんだよ、ローレン」

「喜んでお手伝いします、先生」

『ロミオとジュリエット』」アントンが小さな声で、状況をなんとかするべく発言した。「それから『ヘンリー四世　第一部』。今、国語の授業で習っています」

ぼくがアントンの目をじっと見つめると、そのうちアントンは恥じて机に目を落とした。

「シェイクスピアはどんな人だったと思う？　どんな

生活をしていたと思う?」

アントンは答えない。

「みんなに理解してほしいのは、シェイクスピアはひとりの人間だったということなんだ。つまり、かつては生きていた。彼は人間だった。ひとりの実在する人物だった。劇作家だっただけでなく、ビジネスマンでもあり、ネットワーカーでもあり、プロデューサーでもあった。実在の街を歩き、実在の雨に降られ、エールを飲み、実在のカキを食べていた。耳飾りをつけ、煙草を吸い、息をして、眠り、トイレに行っていた。ちゃんと手足のある、くさい息を吐く実在の人物だったんだ」

「でも」ローレンが指に髪の毛をくるくる巻きつけながら言う。「どうしてシェイクスピアの息がくさかったってわかるんですか、先生?」

ぼくは一瞬、その理由を教えてやれたらどんなにいいだろうと思った。だがもちろん、ただほほえみ、歯磨きがなかったからというような話でごまかし、授業をつづけた。

一五九九年　ロンドン

その夏いっぱいと秋に入るまで、ぼくはサザーク（テムズ川南岸の自治区。グローブ座があった）でリュートを弾いていた。遅くまで弾くことも多く、城門が閉まった後は遠回りをして帰ることになり、一時間以上かかった。

気候が変わった今では、見物客もだんだん少なくなっている。すべてのパブを回って仕事がないか訊いてみたが、ぼくが入りこむ余裕はなかった。パブの専属ミュージシャンは、行き当たりばったりのストリートミュージシャンよりはるかにいい仕事に思える。結局のところ、ぼくも寿命の短い好ましくない連中と変わらないのだ。問題は、ある楽団――ペンブルック一座――が仕事をほぼ独占していたことだった。

ぼくが仕事を探していると聞きつけた楽団員のひとり――あごひげをたくわえた大柄なヴァイオリン弾きで、地元では〝大木《たいぼく》ウォルスタン〟と呼ばれているが、その理由は体が大きいことと、おそらく、ぼさぼさの髪が嵐に揺れる茂った木の葉に少し似ているからだろう――が、ちょうど暗くなってきた頃、〈枢機卿の帽子〉の前でぼくを呼び止めた。

彼はぼくの首をつかんで、壁に思いきり叩きつけた。

「その子を放してやりな」エルサが言った。帰り道にいつも話をする、気のいい赤毛の娼婦だ。

「うるせえ、あばずれ」男は言い返してから、ぼくのほうを向いた。歯は虫歯だらけで、ふぞろいの茶色い小石が並んでいるみたいだ。この悪臭は彼から臭ってくるのか、隣のなめし革工場から漂ってくるのか、区別がつかない。「ビショップスゲートのこっち側じゃ、どこのパブでもおまえに演奏はさせねえぞ、こぞう。とくに、バンクサイドのあたりじゃな。生きて演奏はさせねえ。ここは俺たちの縄張りだ。おまえみたいなガキの来るところじゃねえ」

　ぼくは男の顔に唾を吐きかけた。男はリュートのネックをつかんだ。

「放せ」

「まずこいつをへし折ってから、おまえの指を折ってやる」

「リュートを返せ、泥棒――」

　エルサが食ってかかる。「こら、ウォルスタン！　返してやりな！」

　男はリュートを高くふり上げ、勢いよく壁に叩きつけようと構えた。

　そのとき、堂々とした低い声が飛んできた。芝居がかった口調だ。

「そこまでだ、ウォルスタン」

　ウォルスタンがふり向くと、すぐ後ろの路地にちょうど三人の男が現れたところだった。

「んまあ」エルサは急に舞い上がり――あるいは、おそらく舞い上がったふりをして――猫がなめるようにゆっくりとドレスをなでてしわを伸ばした。この地域全体が劇場なのだ。舞台の上も下も。「リチャード三世のご登場だわ」

　もちろん、リチャード三世じゃない。彼はリチャード・バーベッジ、ぼくでも知っているロンドンでもっとも有名な俳優だ。当時の彼はかなりの強面だった。エロール・フリンとも、タイロン・パワーとも、ポール・ニューマンとも、ライアン・ゴズリングとも違う。もし彼が出会い系アプリのティンダーに登録していたら、一回でも右スワイプ（相手が気に入ったら、画像を右スワイプする）されればいいほうだろう。ネズミ色の薄い髪、ごつごつして不細工なレンブラントのような顔。それでも、彼には何かがあった。エリザベス朝時代の人々は評価していたが、二十一世紀の人々はもう評価しなくなった何かが。オーラだ。強い、形而上学的な何か、魂の感覚というか、存在感というか、力があった。

「素晴らしい夜をおすごしください、ミスター・バーベッジ」大木《たいぼく》はそう言って、リュートを下ろした。

「しかし、すばらしい夜は、誰にでも訪れるわけではない」とバーベッジ。

ぼくはあとのふたりに気づいた。ひとりは樽のように丸々としていて、ウォルスタンよりきちんとした立派なあごひげをたくわえている。ずいぶん大げさにあざ笑っているところを見ると、彼も俳優らしい。かなり酔っているようだ。

「おい、ふざけたことを抜かしてないで、その少年にリュートを返してやれ」

もうひとりの男は細身で、小さな口元と長髪を後ろへ雑になでつけているわりに、かなりの男前だった。やさしそうな眼は、牝牛の眼のようにつぶらだ。ほかのふたりと同じように、紐とボタンで留める、ダブレットと呼ばれる詰め物をした上着を着ている。彼の服は金色だと思うが、黄昏時の光ではよくわからない。金のフープ形の耳飾りをつけた、稼ぎのいいボヘミアン。彼らは明らかに役者だ、それも稼ぎのいい人気役者。この三人も、バーベッジと同じく宮内大臣一座のメンバーに違いない。

「まったく……ここを見よ。これを見よ。地獄は空《から》だ。すべての悪魔はここバンクサイドにいる」男前があきらめたような苦々しい口調で言った。

エルサがその男に気づいた。「ウィリアム・シェイクスピアご本人だわ」

シェイクスピア――彼がそうだった――はごく小さくほほえんだ。

エルサはシェイクスピアの隣の男――樽のように大きなやつ――を見た。「それに、あんたも知ってる。もうひとりのウィリアムよ。ウィリアム・ケンプ」

ケンプはうなずき、得意げに腹をぽんと叩いた。

「いかにも」

「ぼくのリュートを返せ」ぼくはもう一度、ウォルスタンに言った。今度は彼も、今夜は分が悪いとわかったのか、ぼくの手にリュートを置いて逃げていった。

エルサが小さく小指をふって、手をふる真似をする。

「あんたなんか梅毒にかかればいいのよ、くされ〇〇〇！」

三人の役者が噴きだした。「さて、〈女王酒場〉へ一杯飲みに行こうじゃないか」ケンプが言った。

シェイクスピアは友人に顔をしかめた。おまえは頭痛の種だと言わんばかりだ。「まったく、エールの飲みすぎだぞ」

エルサはリチャード・バーベッジの耳元でささやきかけていて、彼のほうはエルサの体をさわっている。

シェイクスピアがぼくに近づいてきた。「ウォルスタンは獣だ」

「はい、ミスター・シェイクスピア」

彼はエールと煙草とクローヴの匂いがした。「あの〝大木〟の勝手なふるまいを目にするのは、じつに不愉快……。ところで、ぼうず、腕はいいのか？」

ぼくはまだ少し茫然としていた。「腕？」

「リュートの腕だ」

「いいと思います」

シェイクスピアは身を乗り出してきた。「おまえはいくつだ？」

「十六歳です」ぼくはローズが思っている年齢に合わせて答えた。

「それより二歳は若く見えるな。少なくとも。しかし、二歳上にも見える。謎めいた顔だ」

「ぼくは十六歳です」

「まあ、かまわん、かまわん……」シェイクスピアはかすかにふらつき、体を支えるようにぼくの胸に手を置いた。彼も仲間と同じくらい酔っているのだ。それでも、背筋をしゃんと伸ばした。

「われわれ宮内大臣一座の株主は、現在、音楽家を探している。わたしは新しい戯曲を書き上げたところで、その作品『お気に召すまま』に音楽が必要なのだ。作品にはたくさんの歌がある。それにリュートが必要だ。じつは、リュート弾きがいたのだが、梅毒で死んでしまってね」

　ぼくはまじまじとシェイクスピアを見た。彼の目には近くの松明が映り、ふたつの金の炎が燃えていた。

　ケンプがエルサからバーベッジを引き離しながら、話を急ごうと、ぶっきらぼうにぼくに言った。「明日、グローブ座で、十一時」

　シェイクスピアはそんな彼を無視して、「今、弾いてみろ」とリュートをあごで指す。

「今ですか?」

「善は急げ、だ」

　エルサがぼくの知らない下品な歌をうたいだした。

「かわいそうに、その子はまだ動揺してるよ」ケンプが同情をよそおう。「行くぞ」

「いいや」とシェイクスピア。「少年に弾かせてみよう」

「何を弾けばいいのかわかりません」

「心のままに弾け。われわれはここにいないと思って。自分自身に正直であれ」

　彼はエルサを静かにさせた。

　八つの目がぼくを見つめる。

　そこで、ぼくは目を閉じ、最近弾いている曲を演奏した。弾きながら、ローズのことを思う。

♪一日じゅう、ぼくに光をくれる太陽よ
　そのしかめっ面で
　ぼくをじらし、恋い焦がれさせる
　彼女の笑顔は、ぼくの喜びを育てる春
　彼女のしかめっ面は、ぼくにとって悲哀の冬

　うたい終わると、四つの顔が静かにぼくを見つめて

いた。

「エールを！」ケンプが声を張り上げる。「神よ、わたしにエールをお恵みください！」

「その少年はなかなかいい」バーベッジは言った。

「歌詞はべつにすれば、だが」

「歌唱力も」とエルサ。

「リュートの腕はいい」シェイクスピアが言った。

「明日、グローブ座に来なさい。十一時に。週給十二シリングだ」

「ありがとうございます、ミスター・シェイクスピア」


「週給十二シリングですって？」

ローズは信じられなかった。朝、仕事の前に、ぼくたちは水汲みに出てきた。ローズは立ち止まって、水の入ったバケツを置かなくてはならなかった。ぼくも自分のバケツを置く。水――掃除用で、飲料水ではない――は道の突き当たりの井戸から汲んできたものだ。納屋《オート・バーン》と果樹園から一キロ半くらい離れているので、途中で休憩が必要だった。朝の空は不吉な薄桃色に染まっている。

「ああ。週給十二シリングだよ」

「ミスター・シェイクスピアのところで働くの？」

「うん。宮内大臣一座で演奏するんだ」

「トム、すごいじゃない」

ローズはぼくを抱きしめた。きょうだいのように。きょうだい以上の意味をこめて。

すると彼女は悲しげに顔を曇らせ、またバケツを持った。

「どうしたんだ？」

「それじゃ、あまり会えなくなるわね」

「今までと同じように、毎晩、歩いて帰ってくるよ。城壁をぐるっと回るか、抜けるかして」

「そういう意味じゃない」

「じゃあ、どういう意味？」

「あなたのこれからの生活は、ぱっとしない市場の女の子にはまぶしすぎるってこと」

「君はぱっとしない女の子なんかじゃないよ、ローズ」

「花を見るまでは、草だってきれいに見えるものよ」

「そんなことないさ。草はいつだってぱっとしない。君は草なんかじゃない」

「それに、あなたはひとつところに留まる人じゃないわ、トム。あなたはフランスから逃げた。そしてサフォークから飛び出した。そのうち、ここからも出ていく。あなたは留まる人じゃない。キスしたときから、あなたの目はわたしの目に留まることさえ恐れてる」

「ローズ、もしぼくが逃げることになったとしても、それは君のせいじゃない」

「じゃあ、なんのせいなの、トム？　どんな理由があるって言うの？」

それには、答えられなかった。

水は重いが、家はもうすぐだ。ぼくたちはもう厩舎まで来ていて、一列に並ぶ馬が見える。馬は、バルコニー席の貴族たちがすでに観た芝居を眺めるような目で、ぼくたちを見ている。ローズは黙りこんでいた。ぼくは母の死のことで嘘をついたことが後ろめたかった。ローズに本当のことを打ち明けたい。いつかかならず、打ち明けなくてはならないときが来る。

もうすぐ家に着くというちょうどそのとき、通りにふたりの女性が見えた。ひとりはアダムズ夫人で、もうひとりに向かって怒鳴っている。もうっ、あっちへお行き。

もうひとりは、ローズがホワイトチャペル市場で知りあった女性、メアリー・ピーターズだった。

メアリーは物静かで、悲しそうな顔の女性だ。年齢は四十歳くらい。四十歳というと、当時は、誰もがたどりつける年齢ではなかった。彼女はいつも未亡人の着る黒い服を着ていた。

アダムズ夫人は身を乗り出して、がみがみと彼女を怒鳴っているが、メアリーは老女に向き直り、静かな怒りをたたえた目で見下ろした。老女は急に獲物におびえた猫のように後ずさった。

すると、メアリーはウェル小路をぼくたちのほうへ歩きだした。

アダムズ夫人との一件に、まったく心を乱されていないようすだ。ローズは――ぼくはふと気づいた――メアリーを見て少し緊張したように見えた。

「おはようございます、メアリー」

メアリーは少しほほえんだ。そしてぼくを見た。

「こちらが、あなたのトム?」

あなたの、ト、ム。

気恥ずかしくなるくらい、いい響きだ。ローズがぼくのことを人に話していたとは。ぼくは彼女のものだという感じが、たまらない。現実的で実のあるものになった気がする。自分はいるべき場所にいるという気がする。

「ええ。ええ、そうなんです」ローズは少し赤くなった。朝焼けの雲のような、淡い桃色だ。

メアリーはうなずき、状況を理解した。「彼なら、今日はいないわよ。あなたとグレースには、うれしい知らせでしょ」

「本当?」ローズはほっとしたようすだ。

「熱が出たんですって。梅毒だといいのにね」

ぼくはとまどった。「誰の話をしているんですか?」

メアリーは少し後ずさった。まるで、言ってはいけないことを言ってしまったかのようだ。

「ウィロウさんのことよ」ローズが教えてくれた。

「市場の管理人」

メアリーは歩いて去っていく。「じゃあ、後で会いましょう」

「はい、また後で」

家へ向かって歩きながら、ぼくはローズにウィロウさんのことを訊ねた。

「ああ、心配しないで。ちょっと厳しい人なの、それだけ」

ローズの答えはそれだけだった。気づいたら、彼女はメアリーのことを話していた。ローズの話では、メアリーは二、三年前にこの地域に来た人で、とても非社交的なのだという。けっして自分の過去を話そうとしないので、メアリーのことはほとんどわからない。

「親切な人なんだけど、謎なの。あなたとよく似てる。でも、あなたの謎は解いてみせるわ。わたしの知らないことを何か話して。小さいことでいいから。ほんのちょっとしたことでいいの」

ストランド街（ロンドン中西部の通り。十六〜十九世紀は政治・経済の中心地だった）のすべての金を買えたとしても、君と暮らせるのなら、ぼくはウェル小路の小さな家で暮らすよ。そう思ったが、口には出さない。

「つい昨日、船頭がテムズ川に落ちるのを見たんだ。ナンサッチハウス（オランダから運ばれ、ロンドン橋の上に建てられた四階建てのプレハブ建築）のすぐ下で。たくさんの人が見ていて、ぼくは君もここで一緒に見ていたらいいのにってすごく思った」

「わたしのユーモアのセンスは、あなたのほど残酷じゃないわ」

「その船頭は生きてるって、絶対」

ローズは疑いと皮肉の入り混じった顔をした。ぼくは話題を変えた。

「君がグレースの世話を焼くときのやり方が好きだ。自分を知っているところも。ちゃんと生活を成り立たせているところも。大きなものを失くしたのに、家を整えて、きちんとした生活をしている。美しいものなんてないところで、君は美しいものを見つける。君は水たまりにきらめく光だ」

「水たまり？」ローズは笑った。「ごめんなさい。つづけて……。わたし、ほめ言葉に飢えてるの。もっとほめて」

「君の考え方が好きだ。人生の本質に気づかずに漫然と生きたりしないところが好きだ」

「わたしはお芝居好きの青白い貴婦人じゃない。果物の収穫作業者よ。ただのつまらない女の子」

「君ほど、つまらないって言葉から遠い女の子はいない」

ローズの手がぼくに触れる。「わたしが身に着けているのは、ぼろと夢だけ」

「じゃあ、それを取ったらもっと素敵になるね」

「夢を？」

「違うよ」

ぼくはローズのそばに立っている。そして彼女の目を見つめている。もう逃げない。自分がこれまで彼女を探してきたのかどうかはわからないが、今、ぼくは彼女を見つけた。これからどうなるのかは、わからない。自分が高速で回転していて、制御できない気分だ。セイヨウカジカエデの種みたいに、ころころと向きの変わる風に飛ばされていくようだ。

「行ってらっしゃい」ローズは言った。「お楽しみは後で。遅刻するわよ」

ぼくたちはキスをした。ぼくは目を閉じ、ラヴェンダーと彼女の香りを吸いこむと、強い恐怖と強い愛情を感じて気づいた。そのふたつ――恐怖と愛情――はひとつの同じものなのだ。

現在　ロンドン

あのときの感覚を覚えている。愛と恐怖が入り混じった頭のくらくらする思いを。鐘が鳴ると、思い出す。果樹園の香りがしたローズの髪を思い出し、まだ彼女に激しく恋い焦がれている。

――しっかりして。

目を開けると、アントンが教室から出ていこうとしていた。

「アントン」ぼくは声をかけた。「ちょっと待ちなさい」

アントンはおびえているようだ。授業中もずっとそんなふうだった。アントンは耳にイヤフォンをつけようとしている。

「音楽は好きかい？」

その質問に、アントンは混乱したようだった。べつのことを訊かれると思っていたのだ。全体的にクールにふるまっているが、目だけがそれを裏切っている。

「楽器は？」

アントンはうなずく。「うん、ピアノを少し。小さい頃、母さんに教わって」

「くれぐれも気をつけろ。大失敗しかねない。脳内の化学物質に影響をあたえるんだ。感情は」

アントンはいぶかしげにぼくを見ている。

ぼくはつづける。「お母さんは君の友だちのことを知っているのかい？」

アントンは決まり悪そうに肩をすくめる。

「君はまともにやっていけるはずだ」

アントンはむっとしていい立場でないことはわかっているのだろうが、そうなりかかっていた。唇が少しとがっている。「シーは友だちじゃないよ。知り合いの兄貴ってだけさ」

「知り合い？　それは学校の？　ここの生徒なのか？」

アントンは首をふる。「前に通ってた子」

「前に通っていた？」

「退学になったんだ」

ぼくはうなずいた。それならわかる。

少し間が空いた。何かを訴えようとするように、アントンの顔に力がこもる。「昨日の夜、先生が言ってたことって本当？　人を殺したことがあるって話」

「ああ、本当だよ。ぼくは殺したことがある。アリゾナの砂漠で。ずいぶん昔の話だ。ああいうことは勧められない」

アントンは冗談なのかどうかよくわからないまま、笑っている（冗談ではない）。「捕まったことある？」

「いいや、君の言っている意味ではノーだ。捕まったことはない。けど、アントン、人は年を重ねるにつれて、自分のしたことの報いから逃れることはできないとわかってくる。人の心には、それぞれの……監獄があるんだ。人は人生のすべてを自分で選べるわけじゃない」

「うん。そういうことはもう知ってる、先生」

「生まれてくる場所は選べないし、自分から去らないでほしい人も決められないし、人が選べることはそれほど多くない。人生には、歴史と同じように変えられない流れがある。とはいえ、そのなかにもまだ選択の余地はある。自分で決める余地はある」

「かもね」

「真実だ。今、間違った判断をすれば、その後、しつこく悩まされることになる。一九一九年のヴェルサイユ条約が、一九三三年にヒトラーに権力を握らせる種をまいたのと同じだ。だから、現在のどんな瞬間も、すべて未来に影響している。たった一度、曲がり角を間違えただけで、完全に迷子になってしまう可能性がある。現在の自分がすることは、その後も自分につきまとう。自分のしたことが返ってくるんだ。どんなことだろうと、それから逃れることはできない」

「そうみたいだ」

「道徳的な規準ってものがあるだろ、ぼくはそれが答えじゃないかと思う。善悪について、人はいつだって自分でわかっている。北と南がわかるように。それを信じなくちゃいけない、アントン。他人は君にありとあらゆる間違ったことを教え、どこの角でも曲がらせることができる。君はそういう言葉を一切信じてはいけない。ぼくのことさえ信じてはいけない。車の広告ではなんて言ってたっけ？　カーナビのことを？

〝標準装備〟だ。善悪について君が知っておくべきことは、すでに君のなかにある。標準装備されているんだ。それは音楽に似ている。耳を傾けるだけでいい」

アントンはうなずいた。ぼくの話をいくらかでも理解してくれたのか、ただ退屈か恐怖を感じて一刻も早く教室から出ていきたいと思っているのか、ぼくにはわからない。

「はい、先生。いい話だった」

「よし」

カゲロウにこんな話をするなんて、奇妙なものだ。まるで、気にかけているみたいだ。ヘンドリックはいつもこう言っている。寿命の短い普通の人間を気にかけることほど危険なことはない。それは〝われわれの優位性を損なう〟。けど、たぶん、ヘンドリックの優位性は、もうぼくの優位性とは違うだろうし、こんな優位性は損なわれるべきなのかもしれない。おそらく、ぼくはもう一度、漠然と人間らしさを感じる必要があるのだろう。しばらくぶりに。四百年ぶりに。

ぼくは明るい口調で話しかけることにした。「学校は好きかい、アントン？」

アントンは肩をすくめる。「そういうときもある。けど、ときどき……どうでもよくなる」

「どうでもいい？」

「うん。三角法とか、シェイクスピアとか」

「ああ、そうか。シェイクスピア。『ヘンリー四世』か」

「第一部」

「そうそう、君は授業で言っていたね。好きじゃないのかい？」

アントンは肩をすくめる。「観に行ったんだ。学校の遠足で。すっごく退屈だった」

「劇場はきらいか？」

「うん。あんなの、上品ぶった年寄りの行くところじゃね？」

「もともとは、そういう場所じゃなかったんだよ。かつては誰もが行くところだった。ロンドンでいちばんはちゃめちゃな場所だったんだ。そこに行けば、みんないた。もちろん、上品ぶった年寄りも。そういう人たちはバルコニー席で、着飾った姿を見せびらかしていたものだ。けど、ほかにもありとあらゆる人がいた。一ペニーで入れたからね。その金額は当時でもそれほど高くない。パン一斤の値段、たったそれだけ。喧嘩騒ぎもしょっちゅうで、ときにはナイフを使った喧嘩もあった。芝居が気に入らないと、観客は役者に物を投げた。カキの殻。リンゴ。なんでも。シェイクスピアも舞台に立っていたんだよ。ウィリアム・シェイクスピアが。あのポスターに描かれた死んだ男だ。ほら、そこの。彼が舞台に立っていた。それほど大昔の話じゃない。歴史はまさにここにあるんだ、アントン。歴史はぼくたちにまとわりついている」

アントンは少し笑った。これが教師の醍醐味だ。あるとは思わなかったところに、希望の光が見つかる。

「まるで、その時代にいたみたいだね」

「いたんだよ」

「えっ、どういうこと、先生？」

今度はぼくがにやりとする。自分の真実を明かすぎりぎりまで迫ると、手のなかの小鳥を逃がそうとしているみたいに、うずうずする。

「シェイクスピアは知り合いだった」

すると、アントンは冗談だとわかったように声を上げて笑った。「はいはい、そうだね、ハザード先生」

「それじゃ、明日」明日。ぼくはずっと、この言葉がきらいだった。けど、なぜか、それほどいやな響きに感じない。「明日な。うん」

一五九九年　ロンドン

舞台のかなり上にある天井桟敷で、ぼくはクリストファーという痩せこけた横柄な年寄りの隣にすわっていた。彼はヴァージナル（長方形で小型のハープシコードの一種）の担当だ。〝年寄り〟と言っても、おそらく五十歳を越えてはいないだろうが、宮内大臣一座のなかでいちばん年上だった。ぼくたちはほとんどの観客から見えるが——万一、こっちを見上げようなどと思ったらの話だが——陰になっているので、ぼくは顔を見られる心配もなく安心していられた。クリストファーがぼくに口をきくことは、芝居の前も後も、滅多にない。

クリストファーとの会話でひとつ覚えているものがある。

「おまえはロンドンの出身じゃないな？」彼は見下したように訊ねた。

ずいぶん、奇妙な軽蔑だ。当時は、今もそうだが、ロンドンの住人のほとんどがよそから来た人たちだった。それがロンドンの本質だ。しかも、生まれる人より死ぬ人のほうがはるかに多いことを考えれば、外からの人口の流入は、ロンドンが発展しつづける唯一の手段だったのだ。

「はい」ぼくは答えた。「出身はフランスです。母がここに逃げてきたんです。国王軍から」

「カトリック勢力から？」

「はい」

「で、母親は今どこに？」

「亡くなりました」

同情のかけらもなかった。好奇心も。ただ、長々とぼくを見つめた。「おまえの演奏はフランス人らしい。おまえは異国の指を持っている」

ぼくは自分の手をじっと見た。「そうですか？」

「ああ。おまえは弦をはじくというよりなでている。それで奇妙な音がするんだ」

「けど、ミスター・シェイクスピアはその奇妙な音を気に入ってくださったんです」

「その年にしちゃ、うまいと思う。珍しいことだ。しかし、いつまでも若者でいることはできん。誰にもできん。ずっと東の村のあの少年以外は」

そら、来た。

その瞬間、ぼくは理解した。ロンドンのような大都市でも、やっぱり用心しなければならないのだ。

「少年の母親は殺された。魔女だったんだ」

心臓の鼓動が抑えきれないほど速くなっていく。ぼくは必死で平静を装った。

「けど、溺死したのなら、魔女の疑惑は晴れたんじゃないんですか？」

クリストファーはいぶかしむ表情になった。「溺死いしたとは言ってないぞ」

「魔女の疑いをかけられたのなら、水責め椅子だと思ったんです」

彼の目が鋭くなる。「この話にかなり動揺しているようだな。見ろ、フランスの手が震えている。正直に言うと、くわしいことは知らん。ハルから聞いたんだ」

ハルという温厚なフルート吹きは、ぼくたちの前のベンチにすわっているが、この会話にあまり巻きこまれたくないようだった。ハルとクリストファーはかなり前からの知り合いで、ほかのプロダクションでも一緒に働いていたことがある。

「その魔女の息子は、年を取らなかった」青白くてネズミのような顔をした小さな口のハルが、話を引き継いだ。「彼女は魔法を使ってある男を殺し、息子に永遠の命をあたえたのさ」

ぼくはなんと言っていいかわからなかった。


クリストファーはまだぼくをじろじろ観察している。そのとき、天井桟敷で足音がした。

「わたしもおしゃべりに混ぜてもらえるかね?」

シェイクスピアその人だった。そこに立って、カキの殻を開けている。やがてキルトを施したタフタの衣装を汚さないように注意しながら、貝の身を吸いこんだ。カキを味わいながらも、目はクリストファーに向けている。

「はい」クリストファーは言った。「もちろんです」

「年若いトムがこの仕事に慣れるように、君たちは協力してくれているのだろうね、信頼しているよ」

「あ、はい、年若いトムはちゃんとやっています」

シェイクスピアはカキの殻を床に落とし、ちらりと笑顔を見せた。「よろしい」

そして、ぼくを指さした。「君には前のベンチに移動してもらおう。リュートが聞こえるように」

クリストファーが爆発しそうになっているのがわか

る。じつに痛快な瞬間だった。ぼくは立ち上がって新しい席へ歩いていき、ハルが横にずれる。ぼくは腰を下ろした。埃っぽい木の床から、カキの殻の内側がぼくを見守る目のように、こちらに向かってきらりと光った。

「ありがとうございます、ミスター」ぼくは雇い主に礼を言った。

シェイクスピアは無表情に首をふる。「言っておくが、これは慈善事業ではない。さあ、全員、最高の演奏をしたまえ。ウォルター卿がおいでになっている」

最前列にすわるということは、見晴らしがいいということだった。観客はいつも、ショーそのものだ。晴れた午後、数千人もの人々が劇場に詰めかけた。現代の平均的な劇場より――建て直された現在のグローブ座よりも――はるかに多い。一ペニーの土間席と二ペニーの後ろの椅子席では、喧嘩や乱闘騒ぎがしょっちゅうだった。三ペニーのクッション付き椅子席なら、自分はそういうものとは関わりがないと思えそうだが、バルコニー席の上流階級の人々を見上げてしまうと、やはりマナーが悪くなるようだった。

言い換えれば、あらゆるタイプの人々がいた。泥棒。厄介者。娼婦。青白い顔にお歯黒を施したご婦人たち。黒い歯は、砂糖のとりすぎで虫歯になるほど裕福であるというアピールだ（人々が日焼けと歯のホワイトニングに励む現代で、ぼくはいつもこの事実を思い出す）。

観客を沸かせる歌はたくさんあった。ぼくがとくに好きだったのは、『緑の森の木の下で』だ。名前は忘れたが、誠実な貴族アミアンズを演じる陽気な金髪の役者がうたっていた。アミアンズは忠臣のひとりで、ヒロインのロザリンドの父親である前侯爵が追放されたフランスの森に、進んで同行したのだった。

♪ともに寝転がりたい者よ
陽気な歌を
かわいい小鳥のさえずりに乗せてうたいたい者よ
ここに来たれ、ここに来たれ、ここに来たれ
ここに敵はいない
冬と厳しい気候以外には

頭のなかで、フランスのアーデンの森が、子どもの頃遊んだフォレ・ド・ポンになる。ときどき母さんと一緒に出かけていた森だ。ふたりで大きなセイヨウカジカエデの木のそばにすわり、母さんの歌を聴きながら、ぼくはくるくる回りながら落ちてくるセイヨウカジカエデの種を眺めていた。汚くてくさいバンクサイドから遠く離れた世界。下の平土間から漂ってくるビールと貝と小便の臭いから、遠く離れた世界。それでも、芝居はぼくのなかにあるほかのたくさんの感情をかき乱した。芝居には、追放され、素性を変え、恋に落ちる人々がいた。

喜劇だったが、ぼくはかなり気持ちをかき乱された。原因はジェイクイズという登場人物だと思う。彼はまったく何もしない。ぼくはこの芝居を八十四回観ているが、まだ彼が何をしたのか覚えていない。彼はただ、明るい楽観主義の若者たちのあいだを歩き回って、皮肉ったり嘆いたりしていただけだ。ジェイクイズを演じたのはシェイクスピア自身で、彼がしゃべるたびに、その言葉がぼくの未来への警告のように体に沁みこんでくる。

世界のすべてはひとつの舞台
男も女も皆、役者にすぎない
登場しては退場し
それぞれにたくさんの役を演じていく……

シェイクスピアは奇妙な役者だった。彼はとても静

かだ——といっても、声量のことではなく、物腰やたたずまいのことだ。バーベッジやケンプとは正反対だった。シェイクスピアには、じつにシェイクスピアらしくないところがある。とくに、素面《しらふ》のときは。舞台の上であれ下であれ、世界を投影するというより吸収しているような静けさがある。

ある木曜日、家に帰ると、泣いているグレースをローズが抱きしめていた。ウィロウさんがふたりに割り当てていた市場での売り場を、自分に体を許した女の人に譲ってしまったのだ。彼はローズにもそういう関係を迫ったことがあり、ローズとグレースの両方にきつく当たっていた。

「大丈夫よ。まだ市場で働けなくなったわけじゃない。ただ、これまでとは場所が変わるだけ」

ぼくは激しい怒りを覚えた。燃えるような憤怒にかられた。翌日、サザークへ出かける前に、ぼくは市場へ行ってウィロウさんを見つけだし、若気の至りで、最後には彼を殴って香辛料の露店に突き飛ばしてしまった。彼は新世界のエキゾチックな香りのするオレンジ色の煙のなかに倒れこんだ。

これで、グレースとローズは完全に市場から出入り禁止になってしまった。彼がそれまでふたりに大きな行動を起こさなかったのは、下心があったからにすぎなかったのだ。

ローズはぼくの短気を罵り、ぼくに向かって怒りを浴びせた。

それがぼくたちの初めての口喧嘩だった。今でも覚えているのは、そのときの言葉より怒りのほうだ。そして、ローズがシャープさんにどう言えばいいのかと心配していたこと。

「果物は収穫するだけじゃだめなのよ、トム。売らなくちゃ。これから、どこで売ればいいの？」

「ぼくがなんとかする。ぶち壊したのは、ぼくなんだから。なんとかするよ、ローズ。かならず」

というわけで、ぼくはシェイクスピアに、ローズとグレースが劇場で果物売りとして働けないか訊いてみることにした。芝居の後、人混みのなか、〈女王酒場〉の前の草地を歩いていく彼を見かけた。ひとりで酒場へ向かい、彼に気づいた男を無視して酒場のドアの向こうへ消えていく。

ぼくはシェイクスピアの後を追った。〈女王酒場〉には前に入ったことがある。そこでは、ぼくの若い顔も問題ない。シェイクスピアは静かな片隅で、一杯のエールを手にしていた。

さて、どうやって近づこう――いや、近づいていいのだろうか――と迷っていると、シェイクスピアが手を上げてぼくを手招きした。

「年若いトムよ！　すわりたまえ」

ぼくは歩いていき、オーク材の細いテーブルをはさんでシェイクスピアの向かいの椅子にすわった。同じテーブルの離れたところにいるふたりの男は、チェッカーゲームに熱中している。

「こんにちは、ミスター・シェイクスピア」

近くでグラスを片づけている女性店員に、シェイクスピアが声をかけた。

「こちらの友人に、エールを一杯頼む」

店員がうなずくと、シェイクスピアは考え直した。

「しかし、おまえはフランス出身だったな？　ならば、ビールのほうがよかろう」

「いいえ、ミスター。エールのほうが好きです」

「おまえには分別があって、心が安らぐよ、トム。この店のエールは、ロンドンでいちばん甘美でうまい」

シェイクスピアは目を閉じて自分のエールをすすった。「エールは日持ちがしない。一週間もすれば、騎士のズボンくらいすっぱくなる。ビールはいつまでも持つ。保存性が高いのはホップの作用だと言われている。エールのほうが、人生勉強として価値が高い。長く待ちすぎると、『こんにちは』を言う前に『さようなら』を言うはめになる。わたしの父はかつて、エールテイスターだった。わたしもエールの良し悪しを評価する知識がある」

　エールが来た。本当に甘美だった。シェイクスピアはパイプに煙草を詰めて火をつけた。お金を扱える立場にあるほとんどの演劇関係者と同じく、彼も煙草好きだ。（「インドの煙草は、わたしの不調に効果てきめんでね」）さらに彼は、煙草は戯曲を書くのにも役立つという。

「新しい戯曲を書いている最中なんですか？」ぼくはとまどいを口にした。「ぼくは執筆のお邪魔ではないですか？」

　シェイクスピアはうなずいた。「ああ、執筆中だとも。しかし、おまえは邪魔などしていない」

「ああ」ぼくは言った。（ウィリアム・シェイクスピアほど、相手を口ごもらせる人はいない）「よかった。それはよかったです」

「タイトルは『ジュリアス・シーザー』になるだろう」

「では、ジュリアス・シーザーの生涯についての話なんですね？」

「いいや」

「えっ」

　シェイクスピアはパイプを長々と吸った。「わたしは書くことがきらいだ」らせん状に立ちのぼる煙の向こうから言う。「それが真実だ」

「けど、すばらしい戯曲を書いているじゃないですか」

「そうかね？　わたしの才能など、ひと瓶のエールほどの価値もない。なんの意味もない。無だ。芝居を書くのが得意というのは、自分の髪を抜くのが得意と言っているようなものだ。自分を苦しめる才能など、必要か？　この才能は、天にものぼる香りとキツネの糞の臭いがする。劇作家になるくらいなら、〈枢機卿の帽子〉の娼婦になったほうがましだ。わたしの羽根ペンは苦しみの種だ」

どうやら、ぼくは悪い日に彼をつかまえてしまったらしい。

「わたしが書くのは、それを芝居にして、わたしもほかの株主たちも儲けることができるからだ。金は悪いものではない。金があれば、頭がおかしくなるのを防げる」シェイクスピアは少しのあいだ、悲しげに見つめていた。「わたしは若い頃、といっても今の君とそう何歳も違わないが、父が苦しむのを見ていた。父はいい人だった。字は読めなかったが、商売の知識は豊富だった。エールテイスター、手袋商、そして羊毛の取引。ほかにもいろいろやった。商売がうまかった。食卓は豊かだった。毎晩、鶏肉を食べられた。だが、父は一文なしになった。利息なしで金を貸してばかりいたせいだ。そのうえ、妻と七人の子を養っていかねばならない重圧で、父は長期間おかしくなってしまった。ネズミの影におびえ、動揺して震えるようになった。だから、わたしは書いている。ただ狂気から逃げつづけるために」シェイクスピアはため息をつき、一瞬、チェッカー盤に目をやった。男のひとりが駒を置いたところだ。「今度はおまえの番だ。おまえはどうだ？　おまえの父親も頭がおかしくなったのかね？」

「わかりません。父は、ぼくが子どもの頃に亡くなりました。戦死です。フランスで」

「カトリック勢にやられたのかね？」

「はい、カトリック勢に」

「それで英国に来たんだね？」

ぼくはもちろん自分のことは話したくなかったが、シェイクスピアは明らかにそれを望んでいる。彼に頼み事をするつもりなら、応じるしかない。

「はい、それで英国に渡ってきました。ぼくと母のふたりで。サフォークに移住したんです」

「しかし田舎の空気が好きになれなかったんだね、トム？」

「問題は空気ではありませんでした」

「人かね？」

「ありとあらゆることがありました」

シェイクスピアはエールをすすり、パイプをくゆらせ、考えた。「君には若者の顔と賢明な舌がある。村人はそれに騙されるのを恐れたのだろう」

ぼくは不安になった。一瞬、彼に試されているような気がした。ぼくはクリストファーとハルとの会話を思い出した。

「女王一座のことは知っているかね？」シェイクスピアは訊ねた。

「劇団ですよね？」

「そのとおりだ。うむ。そこに、ある男が加わった。ヘンリー・ヘミングズだ。前はべつの劇団にいたのだが、まったく年を取らないと怪しまれるたびに、新しい劇団に移っていた。これで説明になっているんじゃないかね。しかし、彼が女王一座にたどりついた頃には、噂はスズメのように飛びかっていた。役者のひとりが彼に気づき――十年前、北部で見たらしい――喧嘩になった。これまで見たことがないほどひどい喧嘩だった。オックスフォードシャー州テイムの街での出来事だ。最後には、一座から、さらにふたりの役者が彼の攻撃に加わった。まるでウサギに襲いかかる犬のようだった」シェイクスピアはパイプを慎重にテーブルの上に置いた。うねる細い煙が天井へのぼっていく。

「その場にいたんですか？」

シェイクスピアは首をふった。「わたしは彼を見たことはない。だが、彼に感謝せねばならん」

「何を？」

シェイクスピアは厭世的な笑みを浮かべた。「彼の死だよ。彼が亡くなって、女王一座は重要な役者をひとり失った。それで一座がストラトフォードに来たとき、わたしには彼らの苦境と自分のチャンスが見えたのだ。わたしは仲間に入りたいと願いでた。彼らと一緒に飲んだ。少しばかり世間話をした。プルタルコスとロビンフッドの話をした。すると、わたしに幸運が巡ってきた。わたしは女王一座の一員となり、ロンドンに出てくることになった」

「そうですか」

シェイクスピアはため息をついた。「しかし、不吉な始まりであったのも事実だ。彼の死にわたしはまったく関わっていないが、ヘミングズの影がしょっちゅうわたしの上を通っていく。それに、今でも、自分の場所ではないところにいる気がしてしょうがない。不当な出来事だったという気がしてしょうがないのだ。一座は、乱暴で道徳観念のないろくでなしの集まりだ。人殺しだ。〝大木ウォルスタン〟が十二人いるようなものだ。それに、ヘンリー・ヘミングズはなんの罪も犯していない。ただ、普通の人と違っていただけだ。年を取らない顔をしていただけ。わたしのすべての始まりは——腐った木の実だった」

シェイクスピアは一瞬、とても弱々しく見えた。ひげを掻き、またパイプを手に取る。そして目を閉じて煙を吸いこんだ。彼は左の肩越しに煙を吐き、ぼくは自分のエールをすすった。

「その木の実は腐ってなかったと思います」ぼくは言った。

「ああ、それでも木のほうはねじれている。この話に教訓はない。あるのは、浮かれ騒ぎと、しわの原因になる馬鹿笑いだけだ」彼がぼくのことをもうひとりのヘンリー・ヘミングズだと思っているのかどうかは、わからなかった。ヘンリー・ヘミングズが本当にぼくと同じ症状だったのか、それとも平均的な人より若く見える体質に恵まれていた、というか見舞われていたのかは、わからない。シェイクスピアがエドワードストーン村で起きたことを知っているのか、あるいはたぶん、ぼくがサフォーク州にいたという話からそういう結論に達したのかも、ぼくにはわからなかった。それでも、彼の言葉から一種の警告を、友好的な警告を感じた。「ところで、なぜわたしに会いたかったんだね？」

ぼくは息を吸いこんだ。

「知り合いにグレースとローズという姉妹がいて、仕事を探しています。それも早急に……ふたりはリンゴを売ることができます」

「わたしにリンゴの行商の口利きはできん」

シェイクスピアは首をふった。彼の偉大な頭脳を、そんなつまらないことで煩わせようとするぼくに苛立っているようだ。

「頼むから、話題を変えてくれ。さもなければ、あっちへ行ってくれ」

ぼくはローズの不安そうな顔を思った。「すみません、ミスター・シェイクスピア。ぼくはその姉妹に大きな恩があるんです。頼れる人が誰もいないとき、ふたりはぼくを家に迎え入れてくれました。どうか、お願いします」

シェイクスピアはため息をついた。ぼくはクマをいじめている気分になった。次になんと言われるのか、怖い。「そのローズとは何者だ？ おまえがその名前を口にすると、やさしく響く」

「恋人です」

「おお。本気なのかね？」

シェイクスピアは、エルサと〈枢機卿の帽子〉から来たもうひとりの娼婦を指した。この店によく客引きにくるのだ。エルサはテーブルの下で紳士の股間をつかみ、親指でふくらみをなでている。「彼女がしがみついている男を見たまえ。おまえが感じているのは、ああいう類の愛かね？」

「違います。いや、そういうところもあります。けど、正反対の気持ちでもあるんです」

シェイクスピアはうなずいた。彼の目に涙が光っている。たぶん、煙のせいだろう。「さっきの件だが、口を利いてやろう。その姉妹に、リンゴを売っていいと伝えなさい」

そういうわけで、ふたりはリンゴを売った。

すべてが甘美で明るかったが、ジェイクイズの独白を聞くたびに心配になった。ぼくは、なにより、人生という舞台の役者だった。ぼくは役を演じていた。次の役はなんだろう、いつその役を引き受けなくてはならないんだろう？　どうしたら、今演じているこの役を捨てられるのだろう？　そのことがローズとの別れにつながるのは、いつだろう？

その夜、ぼくはローズに、グレースと一緒にグローブ座で働けると伝えた。〝ミスター・シェイクスピアが口を利いてくれた〟ことがうれしくて、ぼくは帰り道、トランプを買った。ぼくたちはひと晩じゅう、笑って、うたって、トランプで〝大勝利〟（十六世紀のカード遊び。ブリッジの初期の形式であるホイストの元になった）をして、オールド通りで買ったパイを食べ、いつもよりたくさんエールを飲んだ。

おしゃべりは、グレースが大人っぽくなってきているという話題に移った。すると、グレースはぼくに向かって、悪口ではなく、彼女らしくじつに率直にこう言った。「あたし、すぐにトムを追い越しちゃうよ」

そしてげらげら笑った。エールの飲みすぎだ。グレースはエールを飲むことには慣れていたが、たてつづけにジョッキ四杯はさすがによくあることではなかった。

だが、ローズは笑わなかった。「本当だわ。トムはちっとも年を取らない」

「それは、幸せだからさ」ぼくは弱々しく言った。「悩みがないから、顔にしわもできないんだ」

実際はもちろん、悩みは海のようにあふれていたが、しわが現れるのは数十年先のことだった。

ぼくは幕間によくローズを眺めていて、ローズもよく天井桟敷のぼくを見つめていた。人の多い場所でのそういう無言のやりとりはどうだったか？　ふたりで秘密を共有しているようで、ぞくぞくした。

だが、シーズンが進むにつれて、人々はさらに荒っぽくなっていくようだった。初演の夜は――女王が廷臣を連れてお出ましになっていて――喧嘩騒ぎはひとつもなかった。だがシーズンの終わりに向かう頃にはかならず、常に、一階土間席の客のあいだで小競り合いが起きる。例えば、ある男がべつの男の耳をカキの殻で切り落としたことがあった。いつも来ていた娼婦をめぐっての喧嘩だった。ぼくは空気が薄いが安全な天井桟敷にいるあいだ、下にいる姉妹のことを心配していたが、ふたりはたいていうまくやっていて、ホワイトチャペル市場で売っていた頃の四倍の果物を売り上げていた。

ところが、ある日の午後、灰色の雨雲におおわれた空の下で、問題が起こった。

ぼくは『鹿を殺したご褒美は？』という曲――その頃には、その芝居に出てくるすべての曲と同じく、この曲も眠っていても弾けるほどだった――の演奏中に、ふと気づいた。誰か――椅子席にいた唇のたるんだ意地悪そうな男――が、グレースからリンゴを盗みとり、かじりついたところで彼女に代金を求められた。男はグレースをハエのように追い払おうとしたが、グレースはグレースらしく譲らない。彼女は何か怒鳴っている。言葉は聞き取れなかったが、彼女を知っているぼくには、何を言っているか想像がつく。そのうちグレースはほかの客の通行の邪魔になり、事態はさらに大きくなっていった。その客――エールでびしょぬれの服を着た、白髪まじりで虫歯のある男――はグレースを床に突き飛ばした。リンゴはナッツとカキの殻が散乱する砂の上に散らばり、ぼくはフェアフィールド通りでローズのプラムをばらまいてしまったときのことを思い出した。これでリンゴはただになり、何人かが人を押しのけてリンゴを拾った。

グレースが立ち上がると、最初の男――リンゴ泥棒――がグレースをつかんで、怪物のような顔をして彼女の耳に舌を差しこんだ。

このときには、ぼくは演奏をやめていた。

隣のハルがフルートを吹きながら、ぼくの足をつつく。下では役者たちが歌をつづけている。後ろから、クリストファーが非難するようにため息をつくのが聞こえた。ぼくはしかたなく演奏を再開したが、そのときローズの姿が見えた。自分の果物籠を放り出し、妹を心配して一階席を急いで突っきっていく。そして、まだ耳をなめる男ともめているグレースのところにたどりつくと、そのリンゴ泥棒の連れがローズをつかみ、スカートを引き上げてその下に手を伸ばしてきた。

ローズは男を引っぱたき、男はローズの髪を引っぱった。ローズの苦しみが、ぼくの苦しみのように伝わってくる。グレースが自分に嫌がらせをする男の顔に強力な肘鉄を食らわせると、男は鼻血を出した。次に何が起きたのかはわからない。ぼくはバルコニーのオーク材の手すりを乗り越え、リュートを棍棒のように構えて――大勢の観客が息をのむ音に合わせて――舞台に飛び下りたのだ。

ウィル・ケンプの上に着地すると、茫然とするシェイクスピアを肩で押しのけ、前へ突進して舞台から飛び下り、ローズとグレースのところへ向かった。

一階席の横を回って、怒った客が投げてくるナッツやエールやリンゴのなかを走っていく。後ろでは芝居が――いつものように――つづいているが、五ペニーの座席の客でも役者のセリフが聞こえているか疑わしい。一階土間席と椅子席はめちゃくちゃな騒ぎだ。バルコニー席の客まで、怒鳴り、やじり、観劇中の食べ物をぼくに浴びせてくる。

ローズはもう大丈夫だった。好色な襲撃者の手から逃れ、妹を助けようとしている。グレースはまだ窮地にいた。男の太い腕で首にヘッドロックをかけられている。

ローズとぼくとで、なんとかグレースを助け出した。ぼくはローズとグレースの手を取って、ふたりを急かした。「ここから出よう」

だが、さらに手強い厄介事が待ち受けていた。劇場を出ていこうとするぼくたちの行く手に、高価な席の客のひとりが立ちはだかっていたのだ。ぼくはその男の存在に気づいていなかったし、向こうも気づいていなかったと思う——ぼくが天井桟敷から飛び下りるまでは。

彼は長身でたくましく、がっしりしていて、最後に見たときよりいい身なりをしていた。薄くなりかけた髪は頭に張りつき、縞模様を描いている。彼は肉屋のような分厚い両手を体の前で組んでいた。

「なるほど」マニングはいいほうの目でぼくを見下ろした。「話は本当だったんだな。おまえはロンドンにたどりついていた……。最後に会ってから、どれくらいたつ？　つい昨日のようだ。おまえは少しも変わっていない。というより、そもそも変わりようがないんだよな？」

話は本当だったんだな。

クリストファーがぼくの噂を楽団以外の人にまで広めていたのかどうかは、わからない。ローズとグレースに乱暴した男たちがこの騒動に関わっていたのかどうかも、わからない。

「友人ができたようだな」

「違う」そう言えば現実を取り消せるかのように、ぼくは否定した。とまどうグレースとローズを、マニングはじろじろと観察する。

「違うとは？」

「そのふたりは友だちじゃない」ぼくは言い返した。彼は姉妹のことを何も知らないはずだ。ぼくとの関係も知らないに決まっている。「今日初めて会った人たちだ」

ぼくはローズにこの場を離れろと目で合図したが、ローズは行こうとしない。

「やれやれ、まだ嘘をつく。お嬢さんたち、気をつけなさい。彼は見た目と違う。超自然的な悪が人間の姿になった者。魔女の息子なのだ」

「母は魔女じゃなかったから亡くなったんだ。おまえのせいで命を落としたんだ」

「彼女は最後に、神のみぞ知る魔法を使ったのだろう。おそらく、変身したのだ。ひょっとしたら、今、われわれに混じって立っているかもしれない」

マニングはローズを見て、それからグレースを見た。まるで難解な文章を読み解こうとしているかのようだ。ぼくはもう一瞬もぐずぐずしていられなかった。悪夢が現実になろうとしている。ぼくを知っているというだけで、その人に危険がおよんでしまう。ぼくの存在そのものが呪いなのだ。周囲の人々は静かになってきたが、舞台よりマニングに注目している。見覚えのある顔が、ぼくを見つめていた。名前は知らないが、刃物研ぎをしている男だ。朝、橋の上で商売しているのを見かけたことがある。

青白くて痩せこけた弱々しい男で、年齢は二十歳未満、いつも輝くナイフが何本も差さったベルトを巻いている。

ぼくはそのナイフを奪おうと考えたが、それではタイバーン刑場への片道キップを買うようなものだ。吊るし首になってしまう。

だが、もう手遅れだとわかっていた。ぼくが姉妹の知り合いであることをマニングに知られるほうが、姉妹をマニングのもとに残して立ち去るよりも、危険は少ない。

そこで、ぼくはローズに訴えた。「出ていかないとまずい」

「……百五十とおりの方法で殺してやるぞ。さあ、震えて立ち去れ……」

ところがそこで、役者たちまで静かになった。マニングがグレースの髪をつかんだのだ。

「こいつだ！」マニングが声を張り上げた。「こいつは何歳だ？」

グレースはマニングを蹴っている。

「二十歳か？　三十歳か？　六十歳かもしれん。子どものように見えるが、こういう誤魔化しの例はほかにもあったな？」

グレースはマニングの股間を力いっぱい殴った。

「放してってば、気持ち悪い、ろくでなし！」

だが、それがまずかったらしい。人々はマニングの側につき、ぼくたちに敵意を向けた。ぼくたちはここから出られなくなり、マニングは人々に話を聞かせる機会を手に入れるだろう。そして魔女だの悪魔の所業だのと非難するはずだ。ぼくはローズとグレースを危険にさらしてしまったのだ。ところがその瞬間、ぼくたちを助けられる可能性のあるただひとつのことが起こった。

「どうか、その少女を放してやってくれたまえ」

シェイクスピアみずからが、役柄を離れて舞台の前に出てきた。

マニングは放さない。「わたしはウィリアム・マニング、職業は――」

「どうでもよい」シェイクスピアは言った。「ここに居並ぶ役者にとっても、どうでもよい。このグローブ座にとっても、どうでもよいことだ。その少女から手を放し、少女とその友人たちを解放してやれ。さもないと、われわれはこの芝居をやめる」

これでじゅうぶんだった。幕を下ろすぞという脅しで、じゅうぶんだった。そのときでさえ、大衆は正義などよりずっとおもしろいものを求めているのは明らかだった。人々は娯楽を求めていた。そしてシェイクスピアは、みんなと同じくそのことをよく知っていたのだ。

今や、劇場全体がウィリアム・マニングに野次を飛ばしている。マニングの真っ赤な顔に向かって、カキの殻が投げられた。彼の額には青筋が立っている。彼の手がグレースを放した。ぼくたちはグレースをつかんで、砂に散乱するごみをばりばりと踏みながら劇場の横へ向かった。ぼくは舞台をふり返った。シェイクスピアは芝居に戻ったのだろうか。彼はぼくの視線をとらえると、盛り上がる観客に向け、残りの芝居は彼が恩のある役者に捧げると宣言した。その名は、ヘンリー・ヘミングズ。ぼくにはわかった。それはメッセージ、ぼくに向けられた秘密の伝言だ。

そして、もうひとつわかった。ぼくたちはグローブ座にも、バンクサイドにも、もう二度と戻ることはできない。

一五九九年　ロンドン近郊　ハクニー

噂。

噂は生きていた。ただの流行ではなく、噂には命がある。

噂話はアブのようにブーンと音を立てて飛び回り、下水の悪臭や荷馬車の喧噪から離れようとしない。

例えば、メアリー・ピーターズが突然姿を消したときは、その噂が城壁の東側までのすべての家に知れ渡っているようだった。ちなみに、ローズはひどく動揺して、一日ほとんど口を利かなかった。そして今回、ローズいわく〝ぼくの癇癪《かんしゃく》〟のせいで、グローブ座で舞台に飛び下りたリュート弾きの話が、ロンドンじゅうのパブで噂になるのは確実だった。

「けど、あのとき、君とグレースは困ってたじゃないか！」

「わたしたちは自分の面倒くらい自分で見られる。いつだってそうしてきた。こうなったら、ホワイトチャペル市場に戻るしか……」

話題が変わり、話はぼくの予想していた方向へ向かった。ローズがあの男のことを知りたがったのだ。マニングのことだ。

「知らない」

「嘘だわ」

「彼が何者かは言えない」

「あの人、あなたのお母さんのことを魔女と言ってた。あれはどういう意味？」

「きっと混乱してたんだろ。ぼくのことを誰かと勘違いしていたのさ」

ローズの緑色の瞳が静かな怒りをたぎらせて、ぼくをにらむ。「わたしのこと、バカだと思ってるの、トム・スミス？」

確かにそうだ。半分しか合っていない名前を呼ばれ、ぼくは彼女に何か話すべきだと思った。

「許してくれ、ローズ。ぼくの過ちだった。ぼくはここに来るべきじゃなかったんだ。弁償するお金を稼いだら、出ていくべきだった。君への気持ちが大きくなっていくのを放置したり、君にぼくへの思いを抱かせたりするべきじゃなかった」

「何を言っているの、トム？　まるでなぞなぞみたい」

「うん。うん、そうだね。ぼく自身がなぞなぞみたいなものなんだ。君にそれを解くことはできない。自分でも解けないいんだから」

ぼくは椅子から立って、焦った足取りで室内をぐるぐる歩き回っていた。グレースはもう自分の部屋で寝ているので、ぼくは声を落としたまま切実に訴えた。

「君はほかの人を見つけなきゃならない。ぼくを見て。

見るんだ、ローズ！　ぼくは君の相手としては若すぎる」

「二年よ、トム。そんなの、たいした年の差じゃない」

「その差は広がっていくんだ」

ローズはとまどっている。「そんなことあるわけないでしょ？　何を言っているの、トム？　どうしたら年の差が広がっていくわけ？　意味わかんない」

「ぼくはもう、君の役に立てない。サザークには二度と行けない」

「役に立てない？　何を言ってるの？　わたしはあなたを愛しているのよ、トム」

ぼくは大きく息を吐いた。ため息で現実を吹き飛ばしたい。ローズの目にたまった涙にこぼれ落ちてほしくない。彼女にぼくを憎んでほしい。彼女を愛したくない。「それは、相手を間違えたね」

「あなたのお母さんのことを話して、トム……本当のことを」

彼女は嘘を許さない目をしている。

「母さんが殺された原因は、ぼくなんだ」

「どういうこと？」

「ぼくにはすごく奇妙なところがあるんだよ、ローズ」

「それは何？」

「年を取らないんだ」

「なんですって？」

「ぼくを見てごらん。時がたっても、ぼくの顔は変わらない。ぼくは君が好きだ。本当に。心から愛している。けど、それがなんの役に立つ？　ぼくは木に登ろうとしているのに、その木の枝はどんどん高くなっていく」

ローズはぼくの話に茫然として、ただひと言、こう返した。「わたしは木じゃない」

「君が五十歳の姿になる頃も、ぼくはこのままだろう。

ぼくとは別れたほうがいい。ぼくが出ていくのがいちばんだ。ぼくは――」

するとローズはぼくにキスをした。話をやめさせるためだけに。

ローズは半信半疑だった。それから数日間、彼女はぼくのことを頭がおかしくなったと思っていた。だが数週間、数カ月と時がたつにつれ、ぼくの話が真実だとわかってきた。

それは彼女の理解を超えていたが、それでも存在していた。確かに存在していた。

ぼくの真実が。

現在 ロンドン

アントンにぼくの話を理解してもらえたのか、さっぱりわからない。ほんの四百三十七年生きてきた程度では、平均的なティーンエイジャーのごくかすかな表情を理解できる境地には程遠い。

というわけで、かなり遅くなってしまい、十二時二十分にようやく昼休みを取りに職員室に入った。自分の席にすわり、インスタントコーヒーとハムの香りを吸いこむ。今日は頭痛がひどい。耳鳴りもする。ときどき、耳鳴りの症状もあるのだ。スペイン内戦で耳を聾する砲撃の音を聞いて以来、断続的に耳鳴りがするようになっていた。

スーパーへ昼食を買いに行くのはもうやめた。代わりに、朝、弁当用のサンドウィッチを作っている。けど腹は減っていないので、ただすわって目を閉じていた。

目を開けると、地理教師のアイシャムの姿が見えた。マグカップにどのハーブティーのティーバッグを入れようか迷っている。

カミーユも見える。

部屋の向こう側でサラダのパックを開けようとしている。アップルジュースと本もある。本はトレイ代わりに使っていた。

ダフニ校長が共用の果物皿から小粒の甘いミカンを取りながら、ぼくに作り笑いらしき笑顔を向けた。

「あら、トム。調子はどう？」

「はい、元気です」

校長はうなずいたが、嘘だとわかっていた。「すぐよくなるでしょう。ここに来て最初の十年は、たいていいちばんつらいものよ」そう言って笑うと、職員室を出て校長室へ向かった。

ぼくはカミーユに申し訳なく思った。最後に話したときのぼくの態度は失礼だった。そのとき、彼女がポケットから何かを取り出そうとしているのに気づいた。錠剤だ。彼女はアップルジュースと一緒に錠剤をのみこんだ。

ぼくは自分の席にとどまっているべきだ。

それがヘンドリックの意向だ。今の状態は――アルバトロス・ソサエティの考え方からすれば――完璧だ。カミーユはおそらく、二度と口を利いてくれないだろう。

だが、ぼくはこうして、部屋を横切っていく。

「ただ謝りたくて」ぼくはカミーユに言った。

「何を？」とカミーユ。それが彼女のやさしいところだ。

ぼくはもっと小さい声で、もっと怪しまれないように話したくて、腰を下ろした。べつの教師――ステファニーという数学教師――が、プラムを食べながらこっちを見て顔をしかめている。

「あんなおかしな態度を取るつもりじゃなかったんだ。ひどく失礼だったと思う」

「まあ、ああいう態度を取らずにいられない人っているわよね。そういう人もいる」

「けど、ぼくはそんなつもりじゃなかったんだ」

「そうであることと、そういうつもりであることとは、意味が違う。わかったわ。この世の中、いやな人間にならずにいるのはすごく難しいことよね」

カミーユはさらりと穏やかにそう言った。ぼくはこんなにも婉曲に、こんなにもきつい侮辱を受けたことはなかった。

ぼくは真相を説明せずに、なんとか釈明しようとする。「ただ……いろんなことがたくさんありすぎて、ほら、ぼくの顔ってよくある顔だから。すごく一般的っていうか。しょっちゅう、友だちの友だちと間違われるんだ。ほかにも、テレビで見かけた俳優とか」

カミーユはうなずいているが、納得はしていない。

「それなら、きっとそうなんでしょう。そういうことにしておきましょう」

そのとき、ぼくはカミーユがサラダの下に敷いている本に気づいた。小説だ。公園で会った日に読んでいた小説だろうか？ 〈ペンギン・クラシックス〉から出ているF・スコット・フィッツジェラルドの『夜はやさし』。表紙に著者の写真が載っている本だ。

カミーユはぼくが本を見ているのに気づいたに違いない。「あっ、この本、読んだことある？ どう思う？」

ぼくはしゃべるのが難しくなってきた。頭のなかで記憶が渋滞を起こしている。パソコンの画面にウィンドウをたくさん開きすぎてしまったような、ボートに水が入りすぎてしまったような感覚だ。

頭痛がひどくなる。

「いや……し……知らない……」ひと言ひと言がオールで水を掻くようだ。「流れに逆らい、ボートを漕いでいく」ぼくは声に出していた。「流れに逆らい、ボートを漕いでいく？　『ギャツビー』の一節？」

ぼくは息を詰めた。今、ぼくはロンドンの学校の職員室にいるが、同時にパリのバーにいる。ふたつの世紀、ふたつの時空、現在と当時、水と空気のあいだで引き裂かれている。

一九二八年　パリ

ぼくはひとりで、高級ホテルから家までの長い道のりを歩いていた。ホテルでお茶やカクテルを楽しむ裕福なアメリカ人とヨーロッパ人のために、ピアノを弾く仕事をしているのだ。ぼくは孤独だった。人の集まるところに行って、自分のなかの孤独をあざむく必要があった。そこで、ときどきするように、大勢の客でにぎわう〈ハリーズ・バー〉へ向かった。そこにいるのはほとんどがよそから来た人たちで、ぼくはいつもそういう賑わいが好きだった。

人をかきわけてカウンターへ行くと、そろって髪を真ん中分けにした華やかなカップルの隣に空席を見つけた。

男のほうがこっちを見て、ぼくの孤独を察したのだろう。

「ブラッディメアリーを試してごらん」男は言った。

「それは何？」

「流行りの飲み物さ。カクテルだよ。ズィーのお気に入りなんだ、なあ、そうだろ？」

女のほうがまぶたの重い悲しそうな目でぼくを見た。酔っているか、眠いか、あるいはその両方だろう。そう思って見ると、ふたりともかなり酔っているようだ。彼女はうなずいた。「戦争の心強い味方よ」

「どの戦争のことだろう？」ぼくはとまどいを声に出していた。

「退屈との戦争だってば。すごくリアルな戦争。この戦争では、敵がそこらじゅうにいるんだから」

ぼくはブラッディメアリーを注文し、トマトジュースが入っていることに驚いた。男は険しい目で女をにらんだ。その険しい目つきは見せかけなのか、本気なのか、ぼくには見分けがつかない。「ズィー、その言い方はやんわりと侮辱されている気分になると言わざるを得ない」

「え、そんなつもりじゃないってば、スコット……あなたが退屈なわけないじゃない。今夜もずっと楽しんでるわ」

そのとき、男が片手を差し出した。「ぼくはスコット・フィッツジェラルド。こちらはゼルダ」

生まれて四世紀近くたつことの利点は、滅多に有名人にのぼせなくなることだが、それでもベッド脇に置いてある本の著者に遭遇するのは、なかなかのことだった。

「ちょうどあなたの本を読み終えたところです。『華麗なるギャツビー』。それに『楽園のこちら側』が出たときも、読みました」

彼は急に真面目になった。「どうだった？『ギャツビー』は？ みんな、『楽園』のほうがいいと言う。

みんなだ。出版社はつまらないものをなんとかしようと必死だよ、おもに同情心からね」

ゼルダは気分が悪くなったかのように顔をしかめた。「あのカバー。アーネストの判断はたいてい間違っているけれど、あの表紙についてだけは正しかった。目に戦争をしかけているようなものだもの」

「何もかもが戦争というわけじゃないんだよ、ズィー」

「もちろんだわ、スコット」

口論が始まりそうな雲行きだったので、ぼくは割りこんだ。「あの、ぼくは傑作だと思いました。本のことですが」

ゼルダはうなずいた。子どもみたいに見える。ぼくは気づいた。ふたりとも子どもみたいだ。大人の服を着た子どものように見える。ふたりには、それくらい繊細な無邪気さがあった。

「わたしは彼に、あれはいい作品だって伝えようとしてるの」ゼルダは言った。「でも、いくら言っても、言っても、言っても、屋根に落ちる雨粒とおんなじ」

それでも、ぼくが作品を気に入ったことに、スコットはほっとしているようだった。「それじゃ、君は『ヘラルド・トリビューン』紙のやつよりはいいやつってことになるな。ほら、君の酒が来たぞ……」彼はぼくにブラッディメアリーを手渡した。

「そのカクテルはここで生まれたのよ」とゼルダ。

ぼくはその奇妙な飲み物をすすった。「本当ですか?」

すると、スコットが割りこんだ。「ところで、君は何をしているんだい?」

「ピアノを弾いています。〈シロ〉で」

「パリの〈シロ〉で? ドヌー通りの? なんと素晴らしい。すでに成功者じゃないか」

ゼルダはジンの入ったカクテルを大きくひと口飲んだ。「あなたの怖いものは?」

スコットがすまなそうにほほえむ。「彼女は酔うと、その質問をするんだ。毎回」

「怖いもの？」

「誰にでも何かしら怖いものがあるものよ。わたしの怖いものは、寝る時間。それと家事。お手伝いさんにしてもらわなきゃならないこと全部。スコットは書評が怖いの。それからヘミングウェイ。あと、孤独も」

「ヘミングウェイなんか怖くない」

ぼくは考えてみた。今回だけは、正直に答えたい。

「ぼくは時間が怖いです」

ゼルダはにっこりすると、同情のようなあきらめのような虚ろな表情で小首をかしげた。「年を取るのが怖いってこと？」

「いえ、そうじゃなくて——」

「わたしたちには年を取る予定はないの。ねえ、スコット？」

「ぼくたちの予定は」スコットが大げさに深刻ぶってつけたす。「子ども時代から次の子ども時代へジャンプすることだ」

ぼくはため息をつくと、思慮深く、真面目で、偉大な黄金時代の知性を持っているように見えることを祈ってこう言った。「問題は、長く生きると、最終的には子ども時代を使い果たしてしまうことです」

ゼルダはぼくに煙草を差し出し——ぼくはそれを受け取った（当時のぼくは煙草を吸っていた——当時は誰もが吸っていた）——次にもう一本をスコットの口に入れ、自分も一本くわえた。そして突然、目に強い絶望の色を浮かべて、マッチをすった。「大人になるか、精神崩壊か」最初に一度深く吸ってから、彼女は言った。「それが、わたしたちが神さまから授かった選択肢……」

「時間を止める方法が見つからないものかね」夫のほうが言った。「それこそ、人類が取り組むべき課題だ。そうら、幸福なひとときが流れてきたときのために。そういう瞬間に網を投げ、蝶のようにつかまえて、永久にとどめておけるようにするのさ」

ゼルダは混み合うバーを見回している。「問題は、蝶にピンを刺してしまうことよ。それじゃ、蝶は死んでしまう……」彼女は誰かを探しているようだった。

「シャーウッドがいなくなっちゃった。でも、あっ、ほら！　ガートルードとアリスよ」

まもなく、ふたりはカクテルを持って店内の人混みに消えていった。一緒に来ていいとはっきり言われたが、ぼくはウォッカとトマトジュースのカクテルだけをお供にその場に残り、歴史の安全な陰にとどまっていた。

現在　ロンドン

奇妙なことに、はるかかなたのことだと思っていても、過去はすぐ近くにある。奇妙なことに、過去は文から飛び出して体当たりしてくる。奇妙なことに、どんな物や言葉にも、亡霊が宿っていることがある。

過去はひとつの切り離された場所ではない。じつにたくさんの場所として存在していて、常に現在に入りこもうとしている。さっきは一五九〇年代だったのに、次の瞬間には一九二〇年代になっていたりする。しかも、すべてがつながっている。すべては時間の蓄積だ。それはどんどん高くなり、こちらが油断していると、いつでも乱暴につかみかかってくる。過去は現在のなかに住んでいて、すでに存在しないもののすべてを、ときどき中断しながらくり返し思い出させる。道路標識や、公園のベンチの記念の言葉が刻まれた金属プレートや、歌や、苗字や、顔や、本の表紙から、過去はにじみ出している。一本の木やある日の夕暮れを見ただけで、それがこれまで見てきたすべての木と夕暮れが持つ力でぶつかってきて、身を守るすべがないときがある。本も木も夕暮れもない世界で生きていく方法は、まずない。そんなものは存在しない。

「大丈夫?」カミーユが訊ねる。本の表紙に手が置かれていて、タイトルの文字が〝やさし〟しか見えない。

「うん。まだ頭痛がつづいてるけど」

「病院には行った?」

「いや。けど、行くよ」病院など、もちろん、行くつもりはない。

ぼくはカミーユを見た。彼女の顔を見ていると、つい話したくなる。何か打ち明けてしまいたくなる。危険な顔だ。

「きっと睡眠不足よ」

意味がわからなかった。そんなぼくに気づいたのか、彼女はこう言った。「わたしのフェイスブックに、あなたが午前三時に〝いいね!〟をつけているのを見つけたの。平日の夜に起きている時間としては、なかなかよね」

「ああ」

カミーユの笑顔には、かすかにいたずらっぽさが漂っている。「そういう習慣なの? 深夜に女性のフェイスブックをのぞくのが?」

ぼくは恥ずかしくなった。

「あの……ええと……ニュースフィードに流れてきたものだから」

「からかっただけだってば、トム。もう少し気軽になったら」

彼女がことの重大さを理解してくれたらいいのに。時間というものの重みを理解してくれたらいいのに。

「重苦しくて、ごめん」

「いいのよ。人生にはそういうときもある」「ぼくはちょっと、彼女ならきっとわかってくれる。人前が苦手で」

「わかるわ。地獄とは、他人のことである《ランフェール、セ・レ・ゾートル》」

「サルトル？」

「正解、十点満点《ウィ、ディス・ポワン》。サルトルよ。ミスター・コメディ」

ぼくは無理に笑顔を作り、黙っている。頭にあるのは、彼女の顔を見ていると心が安らぐと同時に怖くなる、ということだけだった。そこで、彼女に質問してみることにした。長年、何度もしてきた質問だ。「マリオンという名前の人を知らないか？」

カミーユは顔をしかめた。本格的に混乱させてしまったらしい。

「フランス人のマリオン？　それとも英国人の？」

「英国人。いや、どちらでも」

カミーユは考えた。「マリオンっていう子と一緒に学校に通っていた。マリオン・レイ。彼女が生理のことを教えてくれたの。うちの両親は堅物で、そういうことはまったく教えてくれなかった。いつか自分の体から血が流れだすことを知らされないって、結構なことよ」

そんな話を、彼女は普通の声の大きさで言う。職員室にはまだほかの人たちがいた。ステファニーはプラムの種を指でつまみながら、まだしかめっ面でこっちを見ている。アイシャムはふたつ隣の席で、携帯電話で話している。カミーユの恥ずかしがらないところが、ぼくには好ましかった。

雑談に専念するべきだということはわかっている。雑談が求められているというあらゆる兆候がそこにある。だが、ぼくはそんな兆候を無視した。

「ほかにマリオンという知り合いは？」

「いないわ、ごめんなさい」

「いや、いいんだ。あのときはすまなかった。言いたかったのは、本当にそれだけなんだ」

カミーユは笑顔でこっちを見ると、ぼくの目のなかに心を悩ませるものを見つけたらしい。以前どこでぼくを見かけたのか、また思い出そうとしているのがわかる。

「人生っていつも謎だらけね。なかには特別大きな謎もある」

そこで短い沈黙が訪れ、ぼくはもう一度無理に笑って立ち去った。

第四部　ピアノ弾き

一九二六年　アリゾナ州　ビズビー

八月だった。ヘンドリックの仕事で、町はずれの小さな木造住宅のリビングにいた。八年ごとに仕事をひとつ課せられる。そういう取り決めだ。仕事をこなすと、次の場所へ引っ越し、ヘンドリックが身分の変更に力を貸し、こちらの安全を守ってくれる。本当に危険なのは、仕事を行うときだけだ。とはいえ、ぼくはこれまで幸運だった。今回までに三度の仕事をこなし、すべて成功している。言い換えれば、件《くだん》のアルバの居場所を突き止め、組織に入るよう彼らをなんとか説得してきた。暴力は必要なかった。試すようなこともしなくてよかった。だが、ここビズビーで、何もかもが変わった。ここで、ぼくは自分が何者かを見つけようとしていた。そしてマリオンを見つけだすまで、あとどれだけの道のりがあるのか考えていた。

もう夕方で、窓の外では赤い山々が急速に闇に消えようとしていて、暑さもひどい。外の燃えるような暑さと似ているが、室内の暑さは誰かが砂漠をぎゅっと絞ってこの家に熱を流しこもうとしているかのように濃密だった。

汗が鼻から滴って、ダイヤの9の上に落ちた。

「暑さに慣れてないんだろ？　どこに隠れていた？　アラスカか？　ユーコンで金の採掘でもしていたか？」そう訊ねてきたのは、歯のない痩せた男だ。左手の指が二本欠けていて、ルイスという名前を使っていた。彼はウィスキーをぐいっとあおり、平然と飲みこんだ。

「いろんなところに隠れてきたよ」ぼくは言った。

「そうするしかなかった」

すると、もうひとり——ルイスより大柄で頭が良く、ロイヤルフラッシュでぼくを驚かせたばかりのジョー——が不気味に笑いだした。「こいつはまったく、じつにおもしろい。俺たちはいつもよそ者と馬鹿話をして楽しむんだ。とりわけ、金を持っていそうなやつとな。しかし、おまえがコーチャイズ郡から来たってえのは嘘だ。俺にはかならずわかる。着ているものを見るだけでな。ほら、このあたりのやつはみんな、染みのついた服を着ている。土埃の染みだ。鉱山で汚れたのさ。ビズビーじゃ、白い木綿なんざお目にかかれねえ。それに、おまえの手を見ろ。雪みてえにきれいだ」

ぼくは自分の両手を見下ろした。最近はずっとピアノを弾いていたから、自分の手はさんざん見ていた。ピアノは独学だ。それがこの八年間、ぼくのしてきたことだった。

「手は手じゃないか」ぼくは憐れっぽく言った。

ぼくたちは一時間以上、ポーカーをしている。ぼくはすでに百二十ドルを失っていた。さらにウィスキーを飲んだら、燃えるようにかっかしてきた。そろそろ時間だ。ここまで言いにきたことを、言わなければならない。

「ぼくは、君たちふたりが何者かを知っている」

「ほう」とジョー。

時計がチクタクと時を刻む。外では、ずっと遠くで、何かが遠吠えしている。犬かコヨーテだろう。

ぼくは咳払いをした。「君たちは、ぼくと同じだ」

「それはないな」またジョーが言い、砂漠のように乾いた笑い声を上げる。

「ジョー・トンプソン、それが君の名前だね？」

「何が言いたいんだ、ええ？」

「ビリー・スタイルズじゃなく？　ウィリアム・ラーキンでもなく？」

すると、ルイスが椅子の上で背すじを伸ばし、表情を硬くした。「おまえは何者だ？」

「ぼくはたくさんの人物になってきた。君たちと同じように。さて、君のことはなんて呼べばいい？　ルイス？　それとも、ジェス・ダンロップ？　それとも、ジョン・パタースン？　あるいは、三本指のジャックとか？　それが最初の名前だったよね、違う？」

今や、四つの目とふたつの銃口がまっすぐぼくを見つめている。このふたりほどすばやく銃を抜ける人間は見たことがない。やっぱり、このふたりだ。

ふたりはぼくの持っているピストルを指さした。

「そいつをテーブルに置け。いいか、ゆっくりとだ……」

ぼくは言われたとおりにする。「ここに面倒を起こしにきたわけじゃない。ぼくがここに来たのは、君たちを守るためだ。ぼくは君たちのことを知っている。少なくとも、君たちがこれまで名乗ってきた名前をいくつか知っている。君たちはずっと銅山で働いているわけじゃない。君たちがフェアバンクで強盗した列車のことも知っている。サザン・パシフィック鉄道の特急列車を襲い、ほとんどの人が夢に見られる以上のものを手に入れたことも。君たちが銅山で働く必要などないことはわかっている」ぎりぎりと歯を食いしばっているジョーを見て、ぼくは歯が欠けてしまうんじゃないかと思ったが、話をつづけた。「こんなことも知っている。君たちは二十六年前にトゥームストーンで撃たれているはずだった」ぼくはポケットに手を突っこんで、ヘンドリックが手に入れた写真を引っぱり出した。「それから、この写真は三十年前に撮影されたものだとわかっているが、君たちは当時から一日も年を取っていない」

ふたりは写真に目をくれようともしない。その写真に何が写っているか、わかっているのだ。そして、ぼくがふたりの正体を知っていることも。説得しなくてはならない。

「聞いてくれ、君たちを困らせようとしているんじゃない。ただ、心配ないことを説明しているだけだ。君たちのような人はたくさんいる。君たちの生涯すべてを知っているわけじゃないが、ふたりとも同じくらいの年齢に見える。たぶん、一七〇〇年を少し過ぎたくらいの生まれだろう。君たちがこれまで、おたがい以外に、同じタイプの人間と会ったことがあるかどうかは知らないが、これだけは断言できる。そういう人間はたくさんいる。ぼくたちの仲間は大勢いる。おそらく、数千人、数万人はいるだろう。しかも、ぼくたちの症状は危険だ。この症状は、英国のある医師によって遅老症《アナジェリア》と名づけられた。それが公になると——ぼくたちが世間にカミングアウトするとしても、世間に見つかるとしても——ぼくたちは危険に見舞われる。それに、ぼくたちの大切な人も危険にさらされてしまう。ぼくたちは精神科病院に隔離されるか、科学の名のもとに追われて監禁されるか、あるいは迷信に凝り固まった連中に殺されてしまうだろう。だから、さっきから断言しているように、君たちの命は危険にさらされているんだ」

ルイスが無精ひげを掻いた。「銃のこっち側から見るかぎり、命が風前の灯なのはそっちのほうだと思うがな」

ジョーは顔をしかめている。「で、俺たちになんの用だ、ミスター？」

深呼吸。「ぼくは、ある提案があってここに来た。考えてみてくれ、ここビズビーの人々は、すでに君たちを怪しんでいる。噂が流れている。今は写真の時代だ。ぼくたちの過去には証拠がある」ぼくは自分の話——ゆっくりと恐怖がにじんでくる声——を聞きながら、自分がいかにヘンドリックの話をそのまままくり返しているかに気づいた。ぼくの口から出るひと言ひと言が、どれもヘンドリックの言っていた言葉だ。すべての言葉が虚ろに響く。「ある組織があって、まあ、組合のようなもので、みんなの利益のために働いている。ぼくたちはこの症状――アナジェリアと呼ばれている症状――を持つ人たち全員に、組織に入ってもらおうとしている。組織はみんなを助けてくれる。引っ越して、べつの人物になる必要に迫られたとき、援助してくれる。金銭的な援助もあれば、各種の書類を用意する援助もある」

ジョーとルイスは目線を交わした。ルイスの目のほうがどんよりしていて、知性のきらめきが薄い。危険なほどの馬鹿に見えるが、影響されやすいのもこっちだ。かなり取りこみやすい人間と言える。ジョーは強い。体も精神も。震えることなくコルトを構えているほうが、ジョーだ。

「その金銭的な援助ってえのは、いくらだ？」そう訊ねたルイスの頭のまわりを、虫が飛んでいる。

「必要に応じた額だ。組織はそれぞれのケースの必要条件に応じて、予算を計上する」ああ、本格的にヘンドリックの口調になってきた。

ジョーは首をふった。「そいつの言うことを聞いてなかったのか、ルイス？　そいつは俺たちにビズビーから出ていけと言ってるんだぞ。そうはいくかってんだ。俺たちはここでうまくやってる。ここの連中とはいい関係ができている。もう放浪生活はやめたんだ。ずっと昔、船から降りたって以来、俺はこの国じゅうを放浪してきた。引っ越せと言われるのはごめんだ」

「君たちにとっては、引っ越すのがいちばんなんだ。いいかい、組織は八年ごとに移住するよう定めていて――」

ジョーはうなるようなため息をついた。「組織が定めている？　組織が定めているだと？　俺たちはどこの組織にも入っちゃいねえし、どんな組織にも入るつもりはねえ。わかったか？」

「すまないが――」

「おまえのその頭に穴を空けてやろうか」

「聞いてくれ、組織は警察当局と連絡を取っている。もしぼくがここにいることは、警察が知っている。もしぼくを撃てば、君たちは捕まるだろう」

これには、ふたりとも噴きだした。

「聞いたか、ルイス？」

「聞いたとも」

「なぜそのジョークがおもしろいのか、そこのピーター・ナントカ氏に説明してやったほうがいいな」

「ぼくのことはトムと呼んでくれ。ほら、ぼくも君たちと同じだろ。たくさんの名前を使ってきた」

ジョーはぼくを完全に無視して、自分の考えを話しつづける。「問題ない。そうしよう。で、さっきのジョークが笑える訳だが、このあたりで俺たちに手を出す警官はひとりもいない。ここは普通の町じゃねえ。今じゃときどき、俺たちがダウニー保安官と老ピー・ディーを手伝っている」

P・D。フェルプス・ダッジ。ビズビーに関する情報はじゅうぶんもらっていたので、フェルプス・ダッジがこの地域の主要な鉱山会社だということは知っていた。

「実際」ジョーはつづけた。「俺たちはビズビー追放事件の捜査を手伝った。あの事件のことは知ってるだろ？」

その事件についてはいくらか知っていた。一九一七年、ストライキを起こした千人以上の鉱山労働者が拉致され、町の外へ追放されたのだ。

「そういうことだから、ここに来てそんな提案を持ちかけられたところで、おまえのちっぽけな組合ごときに俺たちが動揺するわけがない。最後に相手をした組合の連中は、はるかニューメキシコに放り出してやった。しかも、保安官のお墨付きをもらってしたことだ……。おっ、ずいぶん苛立ってきたようだな。ちょっとばかり散歩に出かけて、頭を冷やすか……」

もう暗くなっていた。砂漠の夜だ。

空気は冷たくなっていたが、ぼくは汗ばみ、体があちこち痛み、ウィスキーを飲んだ後の口のなかはすっぱくて、ぼくが一時間以上掘らされている墓と同じくらい乾ききっている。

銃弾は感染症じゃない。ぼくたちアルバが抵抗力を持っているペストや百種類ほどあるほかの病気とは違う。最終的に訪れる寿命と同じく、銃弾に対する免疫は存在しない。ぼくは死にたくなかった。マリオンのために生き延びなくてはならない。ヘンドリックが、マリオンはもうすぐ見つかりそうだと言っていた。

ぼくが掘っているあいだずっと、ふたりのうちかならずひとりは、ぼくに拳銃を向けていた。穴から出るように指示されたときも、この状況は変わらなかった。そのあいだ、二頭の黒っぽいサドルブレッド種の馬は、口をもごもごさせたり、たがいにささやきあったりしていた。

「さてと」ジョーが言った。ぼくはシャベルを放さないように気をつけながら、穴から這い上がると、シャベルを杖代わりにして体を支えた。「おまえと一緒に金も埋めちまうわけにはいかねえ。ポケットの中身を出して、持ち物を全部地面に置け」

やるなら今だ。チャンスは今しかない。ぼくは興味を引かれたふりをして馬に視線を向けた。つられて、ふたりもそっちを向く。ジョーの冷たく険しい目がぼくに戻ってきたときには、シャベルが勢いよく彼の顔を叩きつけていた。ジョーは後ろに倒れた。意識を失いかけ、手から銃が音を立てて地面に落ちた。

「やつを殺せ」ろれつの回らない口で命じるジョー。

ルイス——少し臆病で、撃つのも少し遅いだろうと予想していた男——が発砲したのは、ぼくがジョーの拳銃を拾おうとしているときだった。発砲音が砂漠に響きわたり、ぼくは背中に痛みを感じた。右肩に近いところだ。だが、ぼくには負傷していないもういっぽうの腕がある。ジョーの拳銃をつかみ、ふり向きざまにルイスの首を撃った。ルイスはまた発砲してきたが、今度は夜の闇にしか当たらない。そこで、ぼくはジョーにも二発撃ちこんだ。血が暗闇に黒々と光る。ぼくは痛みに耐えながら、なんとかふたりを自分の掘った墓穴に蹴り落として土をかけた。そして一頭の馬の尻を叩いて駆け出させた後、もう一頭の背によじ登った。

経験したことのない痛みだったが、どうにか無視して、ひたすら、ひたすら、ひたすらに砂漠を横切り、乾燥した丘や山を越え、大きな採石場を通りすぎる。痛みで朦朧としていたぼくの目には、採石場は漆黒の死そのものに見えた。三途の川のようにぼくを呼んでいる。ぼくはその呼びかけに抵抗し、ひと晩じゅう馬を歩かせ、朝の太陽がゆっくりと空に光を放ち始める頃、トゥーソンにたどりついて〈アリゾナ・イン〉という宿を見つけた。そこで、アグネスに傷をアルコール消毒してもらい、ぼくはぬれたタオルを噛んで悲鳴をこらえ、ピンセットで背中から銃弾を取り除いてもらった。

一九二六年　ロサンゼルス

銃創は治りつつあったが、肩にはまだ痛みがある。ぼくはハリウッド大通りにある〈ガーデンコート・アパートメント&ホテル〉のレストランにいた。大理石がふんだんに使われ、円柱が並び、壮麗なたたずまいだ。濃い口紅を塗ったひどく青白い顔の魅力的な女性が、それほど離れていない席で、ビジネススーツ姿で媚びへつらうふたりの男性と話している。映画スターのリリアン・ギッシュだ。フランス革命を舞台にした映画『嵐の孤児』で、彼女を見たことがある。

ほんのひととき、ぼくは見惚れていた。

アルバカーキで八年間をすごすあいだに、ぼくは映画が好きになっていた。暗がりにひとりですわり、自分が何者かも忘れ、一時間かそこら、ただ映画が感じさせようとしていることを感じていればいいところが気に入っていた。

「ここには全員そろっている」ヘンドリックはオヒョウの小エビソースに取りかかりながら、声をひそめて説明する。「グロリア・スワンソン、フェアバンクス、太っちょアーバックル、ヴァレンティノ。つい先週は、チャップリンがまさにこのテーブルにいた。君の席に。彼はスープしか頼まなかった。食事はそれだけ。スープだけだった」

ヘンドリックはにやりと笑う。ぼくは、今まではその笑いを憎んだことはなかった。「どうした、トム？ビーフか？　少し焼きすぎかもしれんな」

「ビーフは問題ありません」

「おお、それじゃ、アリゾナでの出来事かね？」

これには、ほとんど噴きだしそうになった。「ほかに何があるというんです？　ふたりの男を殺さなくてはならなかったんですよ」

「声を落とせ。ミス・ギッシュがそんな話を耳に入れたいとは思えん。分別を忘れないでくれたまえ、トム、頼むよ」

「それでは、なぜレストランで話をしなくてはならなかったんでしょう？ あなたは上階のアパートメントに住んでいると思っていましたが」

ヘンドリックはきょとんとしている。「このレストランが好きなんだ。人々のなかに身を置くのは、いつだっていいものだ。君は人々のそばにいるのは楽しめないのかね、トム？」

「ぼくが楽しめないことは……」

ヘンドリックはぼくを部屋に招き入れるかのように、片手を大きくふった。「ぜひ、聞かせてもらおう。君が楽しめないことを話してみたまえ。それで気分が良くなるなら」

ぼくは身を乗り出して、小声で言った。「肩に銃弾を受け、殺人現場から馬で逃走するなんてことは、楽しめない。銃弾ですよ。それに……それに……」言葉がつかえてしまう。「あんなことはしたくなかった。彼らを殺したくはなかった」

ヘンドリックは達観したようなため息をついた。

「ドクター・ジョンソン（サミュエル・ジョンソン［一七〇九－一七八四］。英国の作家、辞書編集者）はなんと言っていた？ 〝自分を獣にすれば、人間であることの苦痛を取り除ける〟。わたしが何を考えているか、わかるか？ 君は自分を見つけようとしているところなのだと思う。君は途方に暮れていた。自分が誰なのか、なんなのかすら、わかっていなかった。生きる目的もなく、貧しい生活をしていた。ふさぎこみ、何かを感じたくてうずうずしていた。それが、今はどうだ？ 君には生きる目的がある」彼は一、二拍、間を置いた。「この小エビのソースはじつに素晴らしい」

ウェイターがやってきて、ワインを注ぎ足した。ふたたびウェイターが消えるまで、ぼくたちは食事に集中する。ピアノの演奏が始まった。何人かの客が椅子から身を乗り出し、ほんの少しのあいだピアノ弾きを見た。

「ぼくはただ、あのケースは気が進まなかったと言っているんです。あのふたりは組織に入るはずがなかった。あなたはそれに気づくべきでした。そしてぼくに話してくれるべきだったんです、ヘンドリック」

「わたしのことは、セシルと呼んでくれたまえ。ここでは、セシルで通っている。今回のわたしは、サンフランシスコで財を成したことになっている。土地開発でね。この街の再建に力を貸したんだ。地震の後に。わたしはセシルに似ているだろ？　セシルと呼んでくれ。人々は、わたしがセシル・B・デミル（一八八一‐一九五九。米国の映画監督）だと思うだろう。わたしがスターにしてくれると思うだろう。なんらかの効果があるかもしれん……」


ヘンドリックは考えをさらに広げていく。「わたしはこの街が好きだ。今では、誰もがここに来る。サウスダコタやオクラホマやヨーロッパから、若い田舎娘がこぞってやってくる。この街はどうやらずっと変わっていないようだ。氷河期には、やってきた動物がきらめく湖のように見えるタール坑にはまり、その肉の臭いがほかの動物を呼び寄せ、その動物たちも濃厚な黒いタールにはまっていた。ともあれ、わたしは安全なタイプの捕食者だ。人はわたしのことを七十八歳の高齢者だと思っている。七十八だと！　想像してみたまえ。七十八と言えば、わたしはフランドルをうろついていたものだ。手に負えない輩だった。相当な数のプロポーズをした。わたしはまさにフランドルのヴァレンティノだった……」

ぼくはワインを大きくひと口飲んだ。「こんなことはできません、ヘンドリック。ぼくにはできない」

「セシルだ、気をつけたまえ」

「ドクター・ハッチンソンのところへ行ったことは、悪かったと思っています。心から申し訳ないと思っています。けど、ぼくは昔の生活を取り戻したい。もう一度、自分に戻りたいんです」

「あいにくだが、世間で言われているように、それは不可能だ。時間は前に進んでいく。われわれは時間に恵まれてはいるが、それでも時間を逆に動かすことはできん。止めることもできん。われわれも一方通行なんだよ、それはすべてのカゲロウたちと変わらない。生まれなかったことにできないのと同じように、組織から抜けるなどということはできないのだ。よくわかっているだろう、トム？ それに、娘さんはどうする、トム？ われわれが彼女を見つける。いずれ見つけだす」

「けど、見つかってないじゃないですか」

「まだだ、トム、まだ見つかっていないだけだ。娘さんはどこかにいる、わたしはそう感じるのだ、トム。いることはわかっている。確かにいるんだ、トム」

ぼくは何も言わなかった。もちろん怒っていたが、怒りによくあるように、実際はただ恐怖が表に出たにすぎない。組織など存在しないも同然だ——現実の世界に物理的な形で存在しているわけではなく、石のプレートにアルバトロス・ソサエティと書かれた大きな建物があるわけでもない。ただ、ヘンドリックと彼に忠誠を誓った人々がいるだけだ。とはいえ……ヘンドリックだけでじゅうぶんだった。彼の能力だけで。実際、おそらくその能力のおかげで、ヘンドリックはまさに最適な言葉でまたぼくを引き寄せているのだろう。ひょっとしたら、口先だけではないのかもしれない。もしかしたら、本当にマリオンの存在を察知できるのかもしれない。

だがそこで、ふと思った。「あなたの能力がそこまで優れているのなら、なぜわからなかったんですか？ なぜ、あのふたりがぼくを殺す可能性があるとわからなかったんですか?」

「彼らは君を殺さなかった。もし、あのとき君が殺されていたら、わたしは恐ろしい間違いをおかしたことになる。しかし事実は、君が生き残り、わたしにはそうなることがわかっていて、それが証明されたわけだ。もちろん、われわれはみんな生き残りだ。だが、君は……なんだろう。どこか特別なところがある。君には生きたいという欲望がある。君くらいの年齢になれば、たいていの人間は、何もかも過去のものになってしまったと感じるものだ。しかし、君には未来への渇望が、切望が、見える。もちろん自分の娘を見つけたいという願望だが、それだけではない。大いなる未知を求めている」

「けど、それはいったいどんな人生ですか? 八年ごとに素性を変えなきゃならない人生?」

「組織に入る前も、君は素性を変えなくてはならなかったではないか。何が違うというのだ?」

「以前は、自分で決めることができました。自分の人生と呼べるものでした」

ヘンドリックは首をふり、厳かな笑みを浮かべた。

「いいや。君は引きこもっていた。人生から隠れていた。あえて言わせてもらえば、自分自身から隠れていた」

「けど、組織はそのためにあるんじゃないんですか? 隠れるために?」

「それは違う、トム、違うとも。君は何もかも誤解している。われわれを見たまえ。誰もが訪れたがる陽射しに恵まれた街で、もっとも有名なレストランの真ん中にすわっている。われわれは隠れてなどいない。セント・オールバンズのような田舎に引っこんで、炉から金属を引っぱり出す生活をしているわけではない。組織の目的は、われわれの暮らしを向上させる仕組みを、システムを、提供することだ。君は定期的に仕事を引き受け、ちょっとした採用活動を行い、いい生活を送る。これが、君のわたしへの感謝の仕方だ」

「ぼくはちょうどアルバカーキで、三頭の牝牛といくつかのサボテンだけを仲間に八年間すごしたところです。組織の扱いは、人によって違うようですね」

ヘンドリックは首をふった。「君に手紙を持ってきた。レジナルド・フィッシャーからだ。覚えているか？　君がシカゴで仲間に入れた男だが？」

ヘンドリックに手紙を渡され、ぼくは目を通した。長い手紙だった。最後のほうに、目立つ一行があった。

〝もし君が現れて俺を見つけてくれていなかったら、俺は神を裏切って、自分の命を絶っていたかもしれない。だが、今はとても幸せだ。自分は奇妙な人間の一例なんかじゃなく、家族の一員だとわかった〟

「わかった、アリゾナのことは間違いだった。しかし、何もかもが間違いだったわけではない。戦争ではたくさんの命が失われるが、だからといって戦うべきではなかったということにはならん。君はピアノを持っていたな、トム。弾いていたのか？」

「一日に五時間」

「これで、いくつの楽器を演奏できるようになった？」

「三十種類ほどです」

「それは素晴らしい」

「そうでもありません。ほとんどの楽器は、もう聴きたがる人がいないんですから。ガーシュウィンをリュートで演奏するのは難しいし」

「そうだな」ヘンドリックは魚料理の最後のひと切れを口に運ぶと、真剣な目でぼくを見据えた。「君は殺人者だ、トム。もはや組織の保護なしでは、かなり弱い立場に立たされる。君にはわれわれが必要だ。しかし、トム、なるべくそこまで必要に迫られてほしくはない……。ああ、聞いているとも、聞いているとも。ちゃんと聞いている。それに、君がこれまで組織に引き入れることで命を救ってきた人々のことは、けっして忘れない。というわけで、今後は、君の要求にもう少し配慮するつもりだ。マリオン捜索のための資金も少し増やそうと思う。組織に新しいメンバーが何人か加わった。ロンドンにひとり。ニューヨークにひとり。スコットランドにひとり。ウィーンにもひとり。彼らをマリオンの捜索に当たらせよう。そしてもちろん、その資金を提供する。ちゃんと耳を傾けるつもりだ。できるかぎり君の力になる。成功してほしいんだ、トム。マリオンだけでなく、君が待ちわびている未来も見つけてほしい……」

男性四人のグループが店内に入ってきて、テーブルへ案内されている。そのうちのひとりは、世界一の有名人だった。チャーリー・チャップリン。彼はリリアン・ギッシュを見かけると、近づいて話しかけた。落ち着いた表情に、ときおり緊張した笑みがちらりと浮かぶ。リリアンは優雅な笑い声を上げた。ぼくはシェイクスピアと同じ空気を吸ってきたが、今度はチャップリンと同じ空気を吸っている。これが感謝せずにいられるだろうか？

「われわれは歴史の見えない糸だ」ヘンドリックがぼくの心を読んだかのように言った。ぼくたちに見られているのに気づいたチャップリンが、こっちに向かって山高帽をひょいと上げる真似をした。

「ほら。言ったとおりだろう。彼はこの店を気に入っている。またスープを頼むに違いない。ところで、今後の人生をどうしたい？」

ぼくはチャップリンの浴びている注目について考えてみたが、恐ろしい悪夢としか思えなかった。そこで今の質問をさらに考えながら、ピアノ弾きを眺めた。白いディナージャケットに身を包み、目を閉じて、音符から音符へ、小節から小節へと漂っていく。ぼく以外には、誰にも注目されていない。

「あれにします」ぼくはピアノ弾きのほうを向いてうなずいた。「あれがやりたい」

現在　ロンドン

「でも、なぜ国際連盟はムッソリーニのアビシニア侵攻を止められなかったんですか？」

アーミーナはいちばん前の席の子だ。顔をしかめ、真面目に鉛筆を握って注目している。着ているTシャツには〝プラウド・スノーフレーク（スノーフレークは左派のこと）〟と書かれている。

ぼくは第二次世界大戦の原因について授業をしていて、一九三九年から一九三〇年代をさかのぼろうとしていた。一九三五年にイタリアがアビシニア——現在のエチオピア——を奪ったことについて話し、一九三三年のヒトラーの台頭、さらにスペイン内戦や世界大恐慌まで説明していく。

「うーん、止めようとはしたんだが、かなり中途半端なやり方だったんだ。経済制裁を行ったが、ほとんど強制力はなかった。けど重要なのは、当時、多くの人々が自分たちのしていることをわかっていなかったことだ。ほら、歴史的な事件を考えるときには、ふたつの見方があるだろう。過去からの見方と未来からの見方だ。けど、どんな事件でも、起きているその瞬間は一方的な見方しかない。当時、ファシズムがどこへ向かっているか知っている人は誰もいなかった」

授業は順調で、頭痛もそうひどくない——カミーユと仲直りできたおかげだと思う——が、たぶんそのせいで、ぼくは自動操縦のような状態になっていたのだろう。ろくに考えずにしゃべっていた。

「それでも、アビシニア侵攻のニュースは、確かにターニングポイントに感じられた。人々は何かが起きていると気づいた。ドイツだけでなく、イタリアでも。世界秩序に何かが起きていると。ムッソリーニが勝利宣言をした日、ぼくは新聞を読んでいたことを覚えている……」

まずい。

ぼくは口をつぐんだ。

自分が言ってしまったことに気づいたのだ。

握っている鉛筆と同じくらい鋭いアーミーナも、気づいた。「まるでその場にいたみたいに話すんですね」

ほかにもふたりの生徒がうなずいている。

「いや、そこにいたわけじゃないが、そんな気分になっていたんだ。それが歴史の困ったところでね。自分もその時代に入りこんでしまう。もうひとつの現在というか……」

アーミーナはおもしろがっている顔だ。

ぼくはつづけた。なんとかごまかせたと思う。これは些細な過ちだが、以前はけっしてしなかった種類の過ちだ。

休み時間、カミーユが廊下で誰かとおしゃべりしているのを見かけた。もたれかかっているのは、ある生徒がリオデジャネイロの貧民街《ファヴェーラ》に触発されて作ったアート作品だ。とても色鮮やかなフォーヴィズム的な作品で、十九世紀末の雰囲気がある。

カミーユが話している相手はマーティンだ。絶望的な音楽教師。マーティンは黒いジーンズと黒いTシャツを着ている。あごひげを生やし、一般的な男性教師より髪が長い。ふたりが何を話しているのかぼくには見当もつかないが、彼はカミーユを笑わせている。ぼくは奇妙な不安を感じた。ぼくが通りかかると、先にマーティンがこっちを見て、まるでぼくがおもしろいことでもしたかのように、にやっと笑った。「やあ、ティム。迷子のようだけど、地図はもらったのか?」

「トムだ」ぼくは言った。

「え、なんだって?」

「ぼくの名前はトム。ティムじゃない。トムだ」

「わかった、わかった。よくある間違いさ」

カミーユがほほえみかけてきた。「授業はどうだった?」と訊ね、探偵のようにぼくを見つめる。笑顔の探偵だが、探偵は探偵だ。

「うまくいったよ」ぼくは答える。

「聞いて、トム、毎週木曜日は職員何人かで〈コーチ&ホーセズ〉に軽く飲みに行くの。七時に待ち合わせで、参加するのはわたし、マーティン、アイシャム、セアラ……。あなたも来るべきよ。ほら、マーティン、あなたからも誘って」

マーティンは肩をすくめた。「ここは自由主義の世界だぜ。まあ、来いよ」

もちろん、ぼくが言うべき答えはひとつしかない。ノーだ。ところが、ぼくはちらりとカミーユを見ると、いつのまにかこう言っていた。「うん、わかった。〈コーチ&ホーセズ〉に七時だね。楽しみだよ」

幕間——ピアノについて

ぼくは重力に邪魔されない矢のように、場所と時代を次々と移動した。

少しのあいだ、状況はよくなった。

肩の傷は治った。

ぼくはロンドンに戻った。ヘンドリックがロンドンでホテルのピアノ弾きの仕事を用意してくれたのだ。楽しい暮らしだった。カクテルを飲み、ビーズを散りばめたドレスをまとう優雅な女性たちにちやほやされ、仕事が終われば夜の街に繰り出してプレイボーイやフラッパーガール（一九二〇年代に伝統的価値観を否定し、奔放に生きた若い女性。短髪・膝丈スカートが特徴）

とジャズに合わせてダンスをする。ぼくにとって完璧な時代だった。友情や人間関係は、あっというまにジンで酔いつぶれる放蕩のなかで、激しく燃え尽きてしまう。〝狂騒の〟二〇年代。今では、そう呼ばれているんだよね？　それまでの時代にくらべると、当時は実際、大騒ぎをしているようなものだった。もちろん、昔のロンドンでも騒々しい時代――例えば、とどろく一六三〇年代や、笑う一七五〇年代――はあったが、この時代はそれとは違う。これまでで初めて、ロンドンのどこかで常に音がしていた時代だ。それも、自然ではない音が。車のエンジン音や、映画音楽やラジオ放送、人々が背伸びしすぎて失敗している音があふれていた。

騒音の時代となり、突然、音楽を演奏することが新たな重大事になった。演奏できると、世界の覇者になれる。現代生活のたえまない騒音のなかでは、演奏できること、音に意味をあたえられることは、しばらくのあいだ、その人を一種の神にする力があった。創造者。秩序をもたらす者。慰めをあたえる者。

この時代、ぼくはあたえられた役を楽しんだ。ダニエル・ハニウェル、ロンドン生まれだが、第一次世界大戦の頃から、大洋航路船で上流階級の旅行者と国外移住者のためにピアノを弾いてきたという設定だ。だが、だんだん憂鬱が心に入りこんでくるようになった。当時は、個人的な理由から来る憂鬱だと思っていた。ずっと昔に亡くなった女性を愛しているという無益さのせいだと思っていたのだ。けど今考えれば、時代と同調していたせいでもあると思う。

ぼくは何かしたかった。ただ自分のために何かすることにはうんざりしていた。人類のために何かしたい。やっぱりぼくはひとりの人間で、共感を覚える相手は、自分と同じく異常に長い寿命という呪い――あるいは恵み――に見舞われている人たちだけでなく、それ以外の人々も入っている。〝時間的罪悪感〟、アグネスとそのことについて話したとき、彼女はそう呼んだ。アグネスがロンドンまで会いにきたのは、ぼくがいつもの八年間の終わりにさしかかった頃だった。彼女はモンマルトルに住んでいた。話題が豊富で、相変わらず楽しい人だ。

「すごく怖いんです」ぼくは言った。メイフェアのアパートメントで、ぼくたちはベッドに寝そべって煙草を吸っていた。アグネスはぼくの腹の上に両足をのせている。「悪夢ばかり見るんです」

「フロイトを読んだことある？」

「いいえ」

「なら、読まないことね。もっと気分が悪くなる。どうも、人間は自分を理性的にコントロールしているわけじゃないらしいの。精神の無意識な部分によって支配されているんですって。自分について本当のことがわかるのは、夢のなかだけなの。フロイトによると、ほとんどの人は自由になりたいと思っていないらしいわ。自由には責任がともなうし、たいていの人は責任を恐れているから」

「明らかに、フロイトは八年ごとに素性を変えなきゃならないタイプの人間じゃないね」

それからぼくたちは、アグネスが〝冒険〟と呼んでいることに取りかかった――ヘンドリックが電報でぼくたちにあたえた仕事だ。それはふたりで取り組む仕事だった。ぼくたちは車を運転して、ヨークシャーまで行った。荒涼とした田舎にある不気味なゴシック建築の精神科病院〈ハイロイド病院〉に、年を取らないという本当の症状を人に話して収容されてしまった女性がいる。ぼくたちは病院から彼女をさらった。アグネスがクロロホルムを染みこませたハンカチを病院のスタッフ三人の顔に押しつけ、さらに気の毒なフローラ・ブラウンにも同じことをするしかなかった。顔をスカーフでおおい隠した知らない人間ふたりの出現に、彼女は当然のことながら、ひどくおびえたのだ。


ともあれ、ぼくたちはじつに簡単にフローラを病院から運び出して逃亡したが、どういうわけか――病院の恥になるからか、まったく患者の世話をしていなかったからか、地元当局が記録をチェックしていなかったからなのか――事件が報道されることはなかった。もし報道されたとしても、ぼくたちは安全だ。そういうことはヘンドリックが手を回してくれる。だが、実際は事件が公になることはなく、そのたびにぼくはひどく悲しい気持ちになった。

フローラは若かった。まだ八十歳にしかなっていない。外見は十七歳にも、十八歳にも見える。ぼくたちに発見されたときは混乱してうまく話せず、弱っていたが、組織は多くの仲間を救ったのと同じ方法で彼女を救った。フローラは自分のことを本当に頭がおかしいと思っていて、実際は正気だとわかると、安堵のあまり涙を流した。彼女はアグネスとオーストラリアへ渡り、新しい生活を始めた。その後、アメリカへ移住して、次の人生をスタートさせた。肝心なのは、組織は善いことをしているという点だ。組織は遅老症《アナジェリア》の人々を救ってきた。フローラ・ブラウン、レジナルド・フィッシャー、ほかにもたくさんの人々が救われた。そして、たぶんぼく自身も。ヘンドリックの言うとおりだ。ぼくにもわかってきた。こういうことにはすべて、意義と目的がある。ぼくは常にヘンドリックを信じてきたわけではないが――たいていの場合――その仕事は信じていた。

ぼくはロンドンに戻りたくなかった。そこでヘンドリックに電報を打ち、雇い主である〈シロ〉の経営者に相談して彼の妹のレストランで働くことにしたと伝えた。パリのホテルのなかにあるレストランだ。そこで、アグネスの住んでいるモンマルトルのアパルトマンに引っ越した。アグネスの〝弟〟として。一緒に暮らしたのは、ほんの短いあいだだった。当時のことに触れるのは、じつに興味深い会話があったからだ。アグネスはぼくにこう言った。年を重ねていくと、だいたい五百歳あたりで、アルバは深い洞察力を身につける。

「どういった洞察力ですか？」

「驚異的な洞察力よ。第三の目のようなもの。時間に対する感覚がとてつもなく深淵になって、ごくわずかな一瞬にすべてが見えるようになる。過去と未来が見えるようになる。その瞬間、まるで何もかもが静止しているように感じて、すべてがこれからどうなっていくかわかってしまうの」

「それはいいことなんですか？　ぞっとする話に聞こえるけど」

「いいことでも、ぞっとすることでもないわ。ただ、そうなるだけ。善かれ悪しかれ、ただ信じられないくらい強い感覚が備わって、何もかもが明解になるだけ」

その会話は、アグネスが去ってからもずっとぼくの心に残っていた。自分の現在もろくにわからず、未来など言うまでもないという時期で、そんな明快さを切望していたのだ。

そのうち、ぼくはモンパルナスに引っ越し、たくさんの詩を書いた。そこの墓地でボードレールの墓石にもたれて詩を書いたこともある。毎晩ピアノを弾き、詩人や画家や芸術家と知り合ったが、薄っぺらい関係でたいていはひと晩しかもたなかった。

ぼくは音楽に望みをかけた。〈シロ〉だけでなく、ときどき〈レ・ザネ・フォル〉というジャズクラブでも働いた。かれこれ三十年、ほぼ途切れることなくピアノを弾いてきたぼくにとって、ピアノの演奏は自然なことになっていた。ピアノはたくさんのことを表現できる。悲しみ、幸せ、馬鹿馬鹿しい喜び、後悔、苦悩。そのすべてを同時に表現することもできる。

そのうち日課ができた。一日の始まりはゴロワーズ（フランスで人気の煙草）で、その後モンパルナス大通りの〈ル・ドーム・カフェ〉に行ってペストリーを食べる（アパルトマンを出る頃には、たいてい正午を回っている）。ときどきコーヒーを飲む。それよりコニャックを飲むときのほうが多い。アルコールはただのアルコール以上のものになっていた。自由を感じさせてくれる。ワインとコニャックを飲むことは、ほとんど道徳的義務だ。ぼくは飲みに飲み、自分は幸せだと納得できるまで飲んだ。

だが、何かがバランスをくずしかけている感覚があった。時代がだらしなくなっている気がした。堕落がすぎるし、度がすぎている。変化が大きすぎる。大きすぎる幸福が大きすぎる不幸と並んでいる。非常な富が非常な貧しさの隣にある。世界はどんどん速く、うるさくなっていき、社会はジャズの楽譜のように混沌として寸断されたものになっていく。それでところによっては、簡潔さ、秩序、いけにえ、虐めのリーダーが切望され、国が宗教や狂信的教団のようになることが望まれたりした。そういうことはときどき起こる。

一九三〇年代は、人間性そのものが危機に瀕しているようだった。それは現代でも頻繁に起きていることだ。複雑な問題に対して簡単な答えを見つけたがる人々が、あまりに多かった。人間らしくあることが、危険な時代だった。思いやること、考えること、気にかけることとの危機だった。そこで、ぼくはパリを出てから、ピアノを弾くのをやめてしまった。それから二度と弾いていない。ピアノはぼくから力を奪ってしまった。いつかまた弾くようになるだろうか、と考えることがよくあった。その機会が来たとき、もしカミーユの隣にすわっていなかったら、はたして弾いていただろうか。ぼくにはわからない。

現在　ロンドン

「俺は古いものが好きなんだ」マーティンが自分の見識にうなずきながら言うと、ビールをひと口飲んだ。「おもに、ジミ・ヘンドリクスかな。けど、ボブ・ディラン、ドアーズ、ローリング・ストーンズなんかもいい。つまり、ぼくたちが生まれる前の音楽さ。何もかもが商業化される前の」

ぼくはマーティンが好きじゃない。四百年以上生きていることとの利点は、すばやく人物を見抜けることだ。どんな時代も〝マーティン〟がはびこっていて、みんなろくなやつじゃない。一七六〇年代のプリマスには、いつも〈ミネルヴァ・イン〉のステージ付近に立っていたリチャードという名の〝マーティン〟がいた。ぼくの弾く曲すべてに首を横にふり、膝にすわらせた気の毒な娼婦にぼくの音楽のまずさをささやいたり、ぼくの弾いている曲よりましなブロードサイド・バラッド（街角で売られていた、おもにバラッドの歌詞が印刷されたもの）の曲名をわめいたりしていた。

ともあれ、ぼくたちは全員そろって、〈コーチ&ホーセズ〉でテーブルを囲んでいた。テーブルは黒っぽい木でできていて、色合いと感触がリュートの裏にそっくりだった。小さいが、いろいろな飲み物やポテトチップスやピーナッツがかろうじて載っている。パブの雰囲気は静かで洗練されていたが、そう感じるのはたぶん、ぼくが今、〈ミネルヴァ・イン〉の騒々しくてくさい店内を思い浮かべているからだろう。

「へえ、俺もだよ」とアイシャム。「まあ、地理の教師ってのは、みんな昔のロックが好きなものだけどな」

アイシャムの残念なジョークに、誰もが――アイシャム本人まで――呆れた顔をした。

「八〇年代のヒップホップもちょっと好きだな」マーティンがつけたす。「デ・ラ・ソウルだろ、ア・トライブ・コールド・クエストだろ、パブリック・エネミーだろ、NWAだろ、KRSワンだろ……」

「現代で好きなものはないの？」カミーユが訊ねた。

マーティンは一瞬カミーユの胸に目をやってから、彼女の目を見た。「あまりいないかな。君が聴いたことのあるアーティストのなかにはいない」

「そうかもね。なにしろ、わたしの出身はフランスだし。あっちじゃ、音楽なんてないから。ほんと、存在してないもの」カミーユのやんわりした皮肉は効果がなかった。あるいはマーティンには聞こえていなかったのかもしれないが、ぼくは気に入った。

「ふーん」とマーティン。「君は何が好きなんだい？」

「わたしの好みはかなり広範囲だと思う。ビヨンセ。

レナード・コーエン。ジョニー・キャッシュ。デヴィッド・ボウイ。ジャック・ブレルも少し好き。でも、いちばん好きなアルバムは『スリラー』ね。それから『ビリー・ジーン』は最高のポップスだわ」

「『ビリー・ジーン』？　あれはいいよね」ぼくは言った。

マーティンがぼくのほうを向く。「そういう君は？　君も音楽が好きなのか？」

「少し」

マーティンが目を丸くして、くわしい説明を待っている。

「何か楽器を弾くの？」カミーユがぼくに訊ねた。しかめた顔は、単なる質問以上の意味がこめられているようだった。

ぼくは肩をすくめた。嘘をつくのは簡単だが、もう嘘はつかないことにしている。「ギターを少し。それとピアノも少々……」

「ピアノ？」カミーユが目を見開いた。

セアラ――ウェールズのラグビーチームのゆったりしたシャツを着た体育教師――が店の隅を指さした。

「この店にはピアノがあるのよ。お客さんに自由に弾かせてくれるの」

ぼくはピアノを見つめた。普通のカゲロウらしくふるまうことに必死で、今までピアノの存在に気づきもしなかった。

「ええ、かまいませんよ。一曲、どうですか」薄いあごひげを生やした、ひょろりとした二十代の店員が、ぼくたちのグラスを片づけながら勧める。

ぼくはあせった。やめようと努力しているドラッグを勧められた人のように、あせった。「いいや、やめとくよ」

マーティンは、ぼくがカミーユの前でまごついているのに気づき、もうひと押ししてきた。「なんだよ、トム、弾いてくれよ。俺は先週の木曜、一曲弾いたぞ。

ほら、行ってこいって」

カミーユが同情するようにぼくを見る。「べつに強制じゃないわ。入会の儀式でもないし。彼がいやなら、無理に弾かせることないってば」

「じつは」気づくと、ぼくはこう言っていた。「しばらくぶりだから」

カミーユに憐れまれたくない。たぶんその一心で、ぼくは立ち上がり、傷だらけの古びたアップライトピアノまで歩いていったのだろう。途中で店内にもうひと組だけいた客の横を通りすぎた。白髪頭の三人組で、老人特有の静かな悲しみをたたえた顔で飲みかけのビター（ホップの効いた苦みの強いビール）を見つめている。

ぼくがスツールに腰を下ろすと、店内が期待のこもった静けさに包まれた。というか、マーティンの馬鹿にしたくすくす笑い以外は静かだった。

ぼくは鍵盤を見つめた。パリを出てからは、ピアノを弾いていない。まともに弾いたことはない。ピアノは百年前のいい思い出だ。ピアノには、ギターとくらべて、どこか特別なところがある。ピアノのほうが人に多くを求める。感情を強く揺さぶられる。

何を弾けばいいのか、わからない。

ぼくは両の袖をまくり上げた。

目を閉じる。

何も浮かばない。

最初に頭に浮かんだものを弾こう。

『グリーンスリーヴズ』

イーストロンドンのパブで、ぼくは『グリーンスリーヴズ』を弾いている。マーティンの笑い声が聞こえるが、弾きつづける。『グリーンスリーヴズ』はやがて『緑の森の木の下で』に変わり、娘のマリオンが恋しくなってきたので、リストの『愛の夢第三番』を少し弾く。そしてガーシュウィンの『ザ・マン・アイ・ラヴ』にたどりついたときには、もうマーティンの笑い声はやみ、ぼくはひとり音楽のなかにいた。パリの

〈シロ〉で弾いていたときの感覚が、そっくりそのままよみがえる。つまり、ぼくはピアノの力を覚えていたのだ。

ところが、ほかの思い出もよみがえり、感情の痙攣《けいれん》を起こしたかのように頭ががんがんしてきた。

ついに演奏をやめ、ぼくはみんなのほうを見た。みんな、ぽかんと口を開けている。カミーユが最初に小さく拍手してくれた。三人の老人と店員も拍手に加わった。

マーティンは『グリーンスリーヴズ』という言葉をもごもごつぶやいている。アイシャムがぼくに「素晴らしかった!」と言い、セアラはマーティンに「あなた、失業しちゃうかもね!」と言い、マーティンはセアラにうるさいと言い返した。

ぼくはカミーユの隣の席に戻った。

「あなたが弾いているとき、またあの感覚に襲われたわ。以前、あなたがピアノを弾いているところを見たことがあるっていう感覚。既視感《デジャヴュ》か何かみたいな」

ぼくはただ肩をすくめる。「へえ、デジャヴュって本当にあるんだってね」

「統合失調症の症状のひとつだろ」とマーティン。

「でも、本当に感じるの」カミーユの手がぼくの手の甲に触れ、誰にも気づかれないうちに引っこんだ。「それにしても、素晴らしかったわ――シ・メルヴェイユー」

ぼくは短いけれど強い欲望が湧き上がってくるのを感じた。本当に、もう何百年も誰かに欲情したことはなかったのに、カミーユを見ると、彼女のやさしく力強い声を聞くと、目のまわりのかすかなしわを見ると、彼女の手がぼくの肌に触れると、彼女の口を見ると、ぼくの頭は勝手にこんなことを考えてしまう。彼女と一緒にすごしたら、彼女に溺れたら、ぼくの思いを彼女の耳元でささやいたら、おたがいに夢中になったら、どんな感じだろう。同じベッドで目覚め、おしゃべりして、笑い、心地よい沈黙を味わってみたい。彼女に朝食を用意してあげたい。トースト。カシスジャム。ピンクグレープフルーツのジュース。スイカを添えてもいいだろう。スライスして。皿に載せて。彼女はほほえむだろう、その笑顔が頭に浮かぶ。そしてぼくは、ふたたび誰かと共にすごす幸せを感じるだろう。

これが、ピアノの演奏がもたらすことだ。これが、ピアノの演奏の危険なところだ。ピアノを弾くと、ただの人間になってしまう。

「トム？」カミーユの声がぼくの夢想を破った。「もう一杯、どう？」

「遠慮しとくよ」ぼくはまごついた。開いた本になってしまった気分だ。ページに書かれたすべての秘密が、みんなに見えている気がする。「もう、じゅうぶん飲んだと思う」

アイシャムが携帯電話を取り出した。「エコー写真、見たい人？　３Ｄ映像だぜ」

「わあ」とカミーユ。「見せて！」

アイシャムの妻は妊娠中なのだ。ぼくたちは、動く超音波映像のまわりに身を乗り出した。ぼくは、一九五〇年代に初めて超音波の概念が話題になったときのことを覚えている。それは今でも、まだ未来の話のように感じる。といっても、奇妙な未来だ。いずれ人として生まれてくるものを、繊細で原始的な粘土細工のような生命体として見せてくれる未来。まだ形の決まっていない作りかけの彫刻を見ているようだ。

カミーユが一瞬、ぼくの腕の傷を見つめているのに気づいた。ぼくは気になって、まくり上げていた袖を下ろした。

「まだ性別はわからないんだ。ゾーイは生まれたときのお楽しみにとっておきたいんだってさ」

アイシャムの目に涙がひと粒光っている。

「男の子じゃないか？」マーティンが画面を指さして言った。

「それはおちんちんじゃないよ」とアイシャム。

マーティンは肩をすくめた。「おちんちんだろ」

ぼくは画面を見て、ローズから赤ちゃんができたと告げられたときの気持ちを思い出した。ローズは超音波診断器のことをどう思うだろう？　赤ん坊の性別を知りたがるだろうか？　ぼくは椅子に深くすわり直し、その後はあまりしゃべらなかった。罪悪感に包まれていたのだ。ローズ以外の女性に欲望を感じてしまったという罪悪感に。

なんて馬鹿馬鹿しい。

ぼくは頭痛を忘れ、ここが〈コーチ&ホーセズ〉であることも忘れて、また物思いにふけった。ここはイーストチープにある〈ボアーズヘッド亭〉だと想像する。外に出て、夜の街の暗く狭い通りを歩いていけば、ローズとマリオンと何百年も前に捨てた当時の自分にたどりつく。

一六〇七年〜一六一六年　ロンドン

一六〇七年、ぼくは二十六歳だった。

どう見ても二十六の外見ではないが、バンクサイドで働いていた頃よりはほんの少し年上に見えるようになった。初めて自分の体質に気づいたときは、ぼくの体だけ時間が止まっていると思っていたが、じつは、ゆっくりじわじわと加齢していたのだ。例えば、体毛。股間と胸と脇と顔に、以前より毛が多くなっている。声は十二歳で声変わりしていたが、さらに低くなった。肩幅も少し広くなった。腕も、井戸から水を運ぶのが前より楽になった。勃起もかなりコントロールできる。それに顔が——ローズによると——かなり男らしくなってきた。だいぶ大人の男らしい外見になってきたぼくに、ローズが結婚しましょうと提案し、ぼくたちは結婚した。どちらの親もいない小さな結婚式で、立会人はローズの妹のグレースが務めた。

グレースも結婚している。彼女は自分と正反対の男――恥ずかしがりやで、神を恐れる、赤い頬の靴職人見習いウォルター――と十七歳で幸せな婚約をして、ステップニーの小さな家で彼と暮らしていた。

結婚後、ローズとぼくも引っ越した。理由はじつに単純だ。一カ所に長くいるほど、危険は増す。ローズはもっと遠くへ、どこかの村へ引っ越そうと考えていたが、ぼくはこういうことの潜在的な危険性を知っていたので、その逆を提案した。城壁の内側へ引っ越そう。たくさんの人々にまぎれてしまえば安全だ。というわけで、ぼくたちはイーストチープへ引っ越し、しばらくはうまくいっていた。

確かに、周囲は腐敗とネズミと不幸だらけだったが、ぼくたちにはおたがいがいた。問題は、もちろん、ぼくの加齢の速度がローズと同じではないことだ。ローズは二十七歳になり、外見もそう見える。いっぽう、ぼくは次第に彼女の息子と言ったほうがふさわしくなろうとしていた。

人には、ぼくは十八歳だと言っていた。それがなんとか通用する年齢だった。少なくとも、ほぼ毎晩演奏するようになっていた〈ボアーズヘッド亭〉では、それで通用した。だがローズがぼくのところに来て、生理がないの、妊娠していると思うと言ったときには、ぼくはすでにローズを危険にさらしている気がしていた。ともあれ、妊娠は事実だった。このニュースが素晴らしいことなのか、壊滅的なことなのか、ぼくにはわからなかった。ローズは妊娠している。自分たちが食べていくだけでもやっとなのに、もうひとり食べさせなくてはならなくなるのだ。

もちろん、悩みはほかにもある。ローズの身に何か起こるのではないかと、不安だった。なにしろ、お産で亡くなった女性の話はたくさん聞いていたし、そういうことはよくある普通のことだった。だから、ぼくは寒さから守るために窓を閉めきり、ローズをお守りくださいと神に祈った。

　そして、一生のお願いだから、何も恐ろしいことが起こりませんように。

　ふたを開けてみると、こうだった。ぼくたちは娘を授かった。そしてマリオンと名付けた。

　ぼくはまだ産着にくるまれている娘を腕に抱き、娘が泣くとフランス語の歌をうたってあやした。そうすると、たいてい泣きやんでくれた。

　一瞬で娘を好きになった。もちろん、ほとんどの親は一瞬でわが子を愛するものだ。けど、わざわざここに記すのは、やっぱりそれは驚くべきことだと思うからだ。愛情はどこから来るのだろう？　いったいどこで手に入れたのか？　気づくと突然、そこに完全な姿で存在している。悲しみと同じくらい唐突に現れるが、性質はまったく逆。それは人間にまつわる謎のひとつだ。

　しかし、娘は小さかった。もちろん、赤ん坊というものは小さくかよわいものだが、当時のかよわさは特に危険だった。

「この子は生きられるかしら、トム？」ふたりで眠っているマリオンを眺め、その息遣いひとつひとつに慰めを求めているとき、ローズはよくそう言った。「神さまに召されてしまわないかしら？」

「心配いらない。この子は申し分なく健康だよ」ぼくはいつもそう答えた。

　ローズは死んだ兄弟ナットとローランドの思い出に取りつかれていた。マリオンが咳をするたび——あるいは、咳をしたように聞こえないことも音を立てるだけで——ローズは青ざめて断言する。「ローランドのときも、最初はこうだった！」

　夜はよく星を見つめていた。星の何を見ればいいのかわかっていたわけではないが、彼女は星にぼくたちの運命が――そしてマリオンの運命も――書かれていると確信していた。

そうした心労でローズは弱っていった。とても静かになり、それから数ヵ月間引きこもってしまった。疲れて青ざめ、ひどい母親だと自分を責めつづけた。もちろん、実際はひどい母親なんかじゃなかった。今なら、あれは産後鬱の症状だったと思う。ローズはいつも空が明るくなる前に起きた。そして、これまでより信心深くなり、マリオンを抱いているときでも祈りを唱えた。食欲をなくし、一日にスープを二口、三口しか食べない。ローズはもう働いていなかった。以前のように市場へ果物を売りにいくこともなく、毎日マリオンの世話に明け暮れていたので、友だちや活気が恋しかったのかもしれない。そこで、ぼくはグレースに会いにきてやってほしいと頼んだ。グレースはときどき、ベビー服や薬局で買ったベビークリームを持ってやってきて、気取らない明るさをふりまいてくれた。

ぼくたちには愉快な隣人がいた。イジーキエルとホーワイスだ。ふたりは九人の子どもを授かり、そのうち五人が無事に育っている。だからホーワイス――五十代だが、水車場で羊毛加工の仕事をしている――は、子どもの世話に関してたくさん助言してくれた。といっても、当時のお決まりの助言だ。悪霊を撃退するために窓を開けること。入浴は禁止。少量の母乳とローズウォーターを混ぜたものを赤ちゃんの額にぬると、眠りやすくなる。

だがローズは、ありとあらゆることが小さいマリオン（確かに、ずっと小さいままで、それがローズの心配に拍車をかけていた）を脅かしかねないと考えていた。そして、よく自分やぼくに腹を立てた。例えば、ぼくたちのどちらかが頭を掻いた場合。

「それは悪い癖よ、トム。マリオンが病気になってしまうかもしれないじゃない！」

「そんなわけないだろ」

「とにかくやめて、トム。やめてちょうだい。それから、マリオンのそばでげっぷしないで」

「そんなことをした覚えはないけどな」

「それと、エールを飲んだ後はちゃんと口をふいて。夜、家に帰ってくるときは、静かに。あなたのせいで、いつもマリオンが起きちゃうのよ」

「ごめん」

ほかにも、マリオンが眠っているとき、ローズははっきりした理由もなく、わっと泣きだすことがよくあった。そんなとき、彼女はぼくに抱きしめてほしいと頼み、ぼくは言われたとおりにした。夜、演奏の仕事から帰ると、玄関を入ったとたん、ローズの泣き声が聞こえることもしばしばだった。

それにしても、ぼくはなぜこんなことをくどくど語っているのだろう。こんな状態だったのは、ほんの数カ月だ。夏の終わりには、ローズは以前の彼女に戻っていた。たぶん、ぼくがこの話を伝えようとしているのは、これでぼくの罪が増えたからだと思う。心の奥底では、自分も負担になっているとわかっていた。ローズはずっと——ぼくたちふたりのうちで——強いほうだった。まとめ役兼先導者で、ぼくたちにとってどうすることが最善か、常にわかっていた。ローズがぼくのことをいろいろ知ったうえで結婚できたのは、明らかにその強さのおかげだ。

だが、元気を失うと、ローズの心に疑念が生まれた。マリオンが幼児期を生き抜き、子ども時代を生き延びたとしても、その後はどうなる？　娘が父親より年上に見えるときがきたら、どうなるのだろう？　そんな疑念がネズミ算式に増えていくのを、ぼくたちはふたりともわかっていた。

ぼくには新たな心配事もあった。ローズが、娘が死んでしまうのではないか、そのうち見た目の年齢が父親に追いついてしまうのではないかと気をもみつづけているあいだ、ぼくは同じくらい強く、娘はそうならないのではないかと心配していた。つまり、娘にもぼくと同じ症状が現れるのではないかと思っていたのだ。娘が普通の体質じゃなかったら、と不安でたまらなかった。娘は十三歳になったら、加齢が止まるかもしれない。マリオンもぼくと同じ問題――あるいは、もっと深刻な事態――に直面するかもしれない。女性は魔女でないことを証明するために川の底で溺死させられることがあるのを、ぼくは（当然のことだが）知っていた。

ぼくは夜、眠れなくなった。どんなにエールを飲んでも眠れない（飲む量は日々、増えていった）。ぼくはずっとマニングのことを考えていた。あいつはまだ生きている、おそらくまだロンドンにいる。劇場での一件以来、一度も出くわしたことはないが、ぼくはよく彼の気配を感じた。ときどき、すぐ近くに彼がいるという気がした。彼の邪悪な要素が、物陰や汚水溜めや教会の時計の針の一本に息づいているかのように。

迷信はいたるところではびこっていた。人々はときおり、人生を啓蒙と知識と寛容へ向かって伸びる滑らかな登り坂のようなものと考えたがるが、ぼくの人生はけっしてそんなものではなかったと言わざるを得ない。二十一世紀でも、当時でも、そんなものではなかった。ジェイムズ一世の即位で、迷信は解き放たれた。ジェイムズ一世は『悪魔学』を書いただけでなく、清教徒の翻訳者に聖書を書き直させ、不寛容さを助長した。

無知と迷信は、いつでも、誰の心にも現れうる――それが歴史の教訓だ。しかも、心のなかの疑惑として始まったものは、またたくまに現実の行動となりうる。

ぼくたちの恐怖も大きくなっていった。ある晩、〈ボアーズヘッド亭〉で、喧嘩が始まった。グループで来ていた客が仲間のひとりを悪魔崇拝していると非難したのだ。べつの晩、ぼくはひとりの肉屋と話をした。彼はある農家から豚を仕入れるのを拒んでいた。理由は、その農家が育てている豚はすべて〝邪悪〟で、その肉を食べると魂が堕落するから。証拠は何もないが、肉屋は猛烈に信じこんでいた。そんな彼を見て、ぼくはサフォークの豚の事件を思い出した。その豚は裁判にかけられ、悪魔であると断罪されて火あぶりの刑に処されたのだ。

ぼくたちは『マクベス』を観にグローブ座へ行ったりはしなかった。理由は言うまでもない。だが、政治と超自然的悪意を描いたこの物語が、当時もっとも人気の高い話題のショーだったのは、偶然ではない。今思えば、シェイクスピアはぼくに相当親切にしてくれた気がする。この新たな環境で、彼はヘンリー・ヘミングズの死が正当化されてしまったと思っていたのだろうか。しかし、ぼくはもっと特別な悩みも抱えていた。

ぼくたちの家のある通りのはずれに、ひとりの男がいた。上品な身なりで、『悪魔学』の一節を力強く読み上げ、『欽定訳聖書』の抜粋も紹介していた。さらに、マリオンが四歳になる頃には、かつては優しい隣人だったイジーキエルとホーワイス夫婦がぼくたちに奇妙な目を向け始めていた。ぼくが年を取らないことに気づいたからなのか、それともローズとぼくの年の差が少し開きすぎているように見えてきたからなのかは、わからない。ローズはぼくよりたっぷり十歳は年上に見えた。

マニングに再会することはなかったものの、彼の名前はよく耳に入ってきた。一度、こんなことがあった。道端で、会ったこともない女性がつかつかと近づいてきて、ぼくの胸に指を突きつけたのだ。

「ミスター・マニングからあなたのことを聞いたわ。彼はあなたのことを、みんなに話している……。あなたには子どもがいるそうね。そんな子どもは、念のため、生まれてすぐ絞め殺すべきだったのよ」

またあるときは、ふたりで出かけたローズとマリオンが、〝魔法使い〟と暮らしていると言われて唾を吐きかけられた。

マリオンはもう赤ちゃんではなく、そういうことがわかるようになっていた。聡明で感受性の鋭い子だったので、悲しそうにしていることが多かった。その事件の後、マリオンは泣いた。そして、ぼくとローズが心配事を話しているのを——どんなに小声であっても——聞きつけると、マリオンはとても静かになった。ゆっくりと、娘のために、ぼくたちは暮らしを変えていった。絶対に一緒に外出しないように気をつけ、質問が飛んできたらさえぎるように努めた。そうして、どうにかやっていった。

マリオンは学齢に達していたが、貴族ではないので、学校には通わなかった。それでもぼくたちは、読み書きは大事だと考えた。読み書きができれば、視野を広げられるし、心のなかに隠れ場所を持つことができる。

当時、読み書きのできる人は珍しかったが、ぼくはそのうちのひとりだった。それに、（フランス語だったが）読み書きのできる母親に育てられたので、読み書きのできる女の子という考えが奇妙なことだとはまったく思わなかった。

教えてみると、マリオンは読むことに対して、きわめて優秀で好奇心が強いことがわかった。うちには二冊しか本がなかったが、マリオンはその二冊が大好きになった。六歳でエドマンド・スペンサーの『妖精の女王』が読めるようになり、八歳になる頃にはミシェル・ド・モンテーニュの言葉を引用できるほどになっていた。ぼくは数年前に、サザークの水曜市場でモンテーニュの『エセー』の英語訳を手に入れていたのだ。ぼろぼろだった——本の背からページがはずれていた——ので、二ペンスで買えた。マリオンは、例えば、母親がぼくの手に触れるところを見ると、「良い結婚というものがあるとしたら、それは恋愛より友情に似ているからだ」と言う。なぜそんなに悲しそうな顔をしているのかと訊かれれば、「わたしの人生は恐ろしい不幸に満ちていたが、そのほとんどは起こらなかった」と答える。

「それはモンテーニュだね？」

するとマリオンは小さくうなずく。「あたしが他人の言葉を引用するのは、そのほうが自分の気持ちをよりよく表現できるときだけ」その言葉もまた、引用らしかった。

やがて、マリオンはほかの本を読んだ。

娘はときどき、朝、ひとりで外に遊びに出かける。

そして、ある日、ぼくがリュートで新しい曲――ジョン・ダウランドの『アイ・ソウ・マイ・レイディ・ウィープ』――を練習しているところに帰ってきた娘には、なんだか顔をひっぱたかれた人のような雰囲気があった。

「どうしたんだい、マリオン？」

娘は息を切らしているようだった。答えるまで少し時間がかかった。娘はじっとぼくをにらんでいる。その表情には、年齢にそぐわない激しさと深刻さが浮かんでいた。「父さんは悪魔なの？」

ぼくは噴きだした。「朝だけだよ」

娘は冗談を受け入れてくれる雰囲気ではなかったので、ぼくはあわててつけたした。「違うよ、マリオン。なぜ、そんなことを訊くんだ？」

すると、マリオンはぼくに見せた。

玄関のドアに〝悪魔の家〟という文字が刻まれていた。目にするだけでもぞっとしたが、これをマリオンも見たと知って、なおさらぞっとした。

ローズはその落書きを目にすると、ぼくたちの取るべき行動をはっきりとさとった。

「ロンドンから出ましょう」

「けど、どこへ？」

その質問は、ローズには重要ではないようだった。

彼女は心を決めていた。「また一から出直しよ」

「どうやって？」

ローズはドアに立てかけられたリュートを指さした。

「どこへ行ったって、人の耳は音楽が好きなはずだわ」

ぼくはリュートを見つめた。複雑な透かし彫りになった小さい穴の暗闇を見つめる。馬鹿げているが、そのなかの世界を想像する。リュートの奥深くにある世界。そこなら、ミニサイズのぼくたちが誰にも見つからず、傷つけられることもなく、安全に暮らせるのに。

現在　ロンドン

九年生の授業のために、リュートを持ってきていた。ぼくはリュートを構え、自分の机にもたれている。

「これは四百年以上前のフランスで手作りされた楽器だ。当時の英国製のリュートより、少し複雑なデザインになっている」

「つまり、昔のギターはそんな形だったってこと？」ダニエルが訊ねる。

「リュートは、厳密に言うと、ギターとは違う。もちろん近い仲間だが、リュートのほうが音色が軽やかなんだ。形を見てごらん。滴のような形をしているだろ。それから、奥行きを見てごらん。裏側も。裏のふくらんだ部分はシェルと呼ばれている。弦は羊の腸できていて、じつに正確で完璧な音が出る」

ダニエルはうんざりした顔をしている。

「昔、これは今のギターみたいなものだった。キーボードとエレキギターをひとつにしたような楽器だ。女王も持っていたんだよ。けど、人前で演奏することは少々品のないこととされていたから、たいていは身分の低い人々のものだった」

ぼくは少し弾いてみた。『流れよ、わが涙』の最初の数小節だ。生徒たちはつまらなそうな顔をしている。

「この曲は、当時、大人気だったんだぞ」

「八〇年代の曲？」マーカスが訊ねた。アントンの隣にすわっている、金色の時計をはめ、複雑な髪型をした子だ。

「いいや、もう少し前だ」

そのとき、ぼくはふとあることを思い出した。

Eマイナーのコードから始めて、短く刻むように弾きつづけ、Aマイナーに変える。

「この曲、知ってる」ダニエルが言った。「母さんの大好きな曲だ」

アントンはにこにこと曲に合わせて首をふっている。そこで、ぼくはうたいだす。『ビリー・ジーン』を、少し滑稽な裏声でうたう。

教室じゅうが笑っていた。一緒にうたっている子もいる。

すると騒ぎを聞きつけて、カミーユと七年生の生徒たちが、フランス語の授業の一環で運動場へ出かける途中、見物しようと足を止めた。よく聞こえるように、カミーユがドアを開ける。

カミーユはガラスの向こうで、曲に合わせて手を叩く。笑顔で目を閉じ、コーラス部分をうたっている。

やがてカミーユの目が開いてこっちを見ると、ぼくは幸せな恐怖というか、恐ろしい幸せを感じた。いつのまにか校長まで廊下に出てきていたので、ぼくは演奏をやめた。子どもたちがいっせいに不満のうなり声をもらす。すると校長が言った。「わたしのためにやめないで。オークフィールド学園では、リュートでマイケル・ジャクソンを演奏するくらいの時間はいつだってありますよ。その歌、大好き」

「わたしも」とカミーユ。

けど、もちろん、ぼくはすでにカミーユがその曲を好きなことは知っていた。

一六一六年〜一六一七年　カンタベリ

カンタベリには、ぼくと母のようにフランスから来た新教徒たちが多く住みついていた。実際、ロシュフォール公はぼくの母にロンドンかカンタベリへ移住するように勧め、カンタベリは〝信心深い土地〟で、よそから避難してきた人々を歓迎してくれると言っていた。母はその助言を無視して静かなサフォークの地を選び、静けさを安全と取り違えるという致命的な過ちをおかしてしまったわけだが、ぼくはその助言をずっと覚えていた。

というわけで、ぼくたちはカンタベリへ引っ越した。そして、ロンドンより安い家賃で、暖かく快適な家を見つけた。大聖堂ときれいな空気には感動したが、それ以外はかなり苦労した。とくに困ったのが、仕事だ。

パブやエール酒場でミュージシャンにお金を払ってくれる人は誰もいない。おまけに、劇場での仕事もない。ぼくは道端でリュートを弾いてみたが、通りがにぎやかになるのは、市場が開かれる広場で絞首刑のある日だけだった。たくさんの人が絞首刑を見物に来るのだ。

そのうち、(たった二週間で)家計が逼迫してくると、ローズと九つになったマリオンが花を売る仕事を手に入れた。マリオンは音楽の才能に恵まれ、モンテーニュを引用することもできる奇跡的な女の子だ。ぼくがよくフランス語で話しかけるので、娘はフランス語を覚えてしまった。だが、ローズはそういうことを少し心配していた。教育を受けてしまうと、ほかの子たちとの違いが目立って、周囲から浮いてしまう原因になるのではないかと思っているようだった。

マリオンはときどき自分の世界に入って、小さくハミングしたり、舌で楽しい音を立てたりしながら、部屋のなかをぐるぐる歩き回ることがあった。心ここにあらずといったようすで、窓の外を憧れの眼差しで見つめていることもよくある。秘めた悩みで額にしわを寄せていることもあるが、ぼくにはけっして話してくれない。マリオンはぼくの母に似ているところがたくさんある。感受性が鋭く、聡明で、音楽好き。そして、謎めいたところ。マリオンはリュートに合わせて笛(市場で二ペンスで買ったティンホイッスルだ)を吹くのを好んだ。〝指ではなく息で奏でる〟音楽が娘の好みだった。

マリオンはよく通りで笛を吹いていた。笛を吹きながら通りを歩くのだ。ぼくがとくによく覚えているのは、ある素晴らしい土曜の朝——太陽が世界を輝かせる頃——マリオンと一緒に街の靴修理屋へローズの靴を直してもらいに出かけたときのことだ。ぼくが靴職人と話をしているあいだ、マリオンは外で『緑の森の木の下で』を笛で吹いていた。

するとしばらく数分後、マリオンがぴかぴかの銀ペニーをかかげて、意気揚々と店に駆けこんできた。珍しく満面の笑みを浮かべている。ぼくはこんなにうれしそうな娘を見たことがなかった。

「女の人がくれたの。あたし、このコイン、ずっととっとく。きっとあたしたちに幸運を運んでくれるわ、父さん、そのうちわかるわよ」

だが、幸運は長くはつづかなかった。

その翌日、ぼくたちは家族そろって外出した。教会へ向かう途中、十代の少年たちのグループがぼくたちをからかいだした。

少年たちは、ぼくとローズが手をつないでいるのを見て笑った。それでぼくたちは手を放し、恥じて顔を見合わせた。

やがて、ぼくたちの大家――ミスター・フリントという口うるさい老人――が、家賃を回収に来るたびに、あれこれ質問してくるようになった。

「あんたは彼女の息子かね、それとも……？」

「あんたの娘はフランス語が話せるのかね？」

それからは、必然的に、状況が悪くなっていった。ここでも噂が飛びかった。ぼくたちの生活は、ひそひそ声と鋭い視線と冷たい態度に囲まれたものになっていった。ムクドリまでがぼくたちの噂を広めているように思えた。ぼくたちは教会へ行くのをやめ、人の視線から逃れようとしたが、そういう行動は当然、火に油を注ぐ結果になった。玄関のドアに落書きされることはなかったが、ぼくたちの家のそばにある木に、悪霊払いに効くという重なりあう円が刻まれた。ぼくたちは悪霊と付き合っていると思われているのだ。

ある日、市場で魔女狩り人だという男がマリオンに近づいてきて、おまえは魔女の子どもだ、おまえの母親は自分の楽しみのために夫を若い姿のままにしている、と言ってきた。さらに、魔女の子であるおまえにも邪悪な血が流れているに違いないとつけたした。

マリオンは堂々と胸を張り、男に向かって言い返すことで、ほぼ間違いなく状況を悪化させた。「奇跡に出会った怪物は、それが怪物に見えるものよ」モンテーニュの引用ではないが、確実に彼の影響を受けた表現だ。男が去るとすぐマリオンは号泣し、その日はずっと黙りこんでいた。

ローズは恐怖で具合が悪くなるほどだった。その夜、マリオンが怖い夢を見て目を覚まし、また眠りに落ちた後、ローズは震える声でその一件をぼくに話した。

「どうして、あのいやな人たちは、わたしたちを放っておいてくれないのかしら？　マリオンのことが心配でたまらない。わたしたちのことも」

目には涙が浮かんでいるが、ローズの表情は硬い。決断したのだ。恐ろしい決断を。

「ロンドンに戻るしかないわ」

「けど、ぼくたちはロンドンから、逃げてきたんだよ」

「それが間違いだったのよ。行きましょう。わたしたちみんな……みんな……みんな」ローズはその言葉をいつまでもくり返した。その後につづく言葉を恐れているかのように。それでも、最後には、つづきを口にした。

今では涙が流れている。ぼくはローズを抱きしめ、ローズもぼくをぎゅっと抱きしめた。ぼくは彼女の頭のてっぺんにキスをした。

「君とマリオンは、ぼくといるかぎり、永遠に危険にさらされることになる」

「何か方法があるはず――」

「ないよ」

ローズはスカートのしわを伸ばし、じっとスカートを見つめた。目を閉じて、涙をぬぐい、勇気をかき集める。外を荷馬車が音を立てて通りすぎていく。ローズはぼくを見た。何も言わないが、沈黙そのものがメッセージだ。

「トム、わたしたちと一緒では、あなたは安全でいられない」

ローズはその後半は口にしなかった。ぼくと一緒では、ローズたちは安全でいられない、ということは。だが、彼女もそれはわかっている。そう思うと、ぼくはたまらなかった。ふたりを危険から守ってやりたいのに、自分自身が危険な存在なのだ。

ぼくは何も言わなかった。どう言えばいい？　ローズがぼくなしでも生きていけることはわかっていた。それどころか、ぼくがいないほうが、ずっと生きやすい。

ローズはやっとぼくの顔を見られるようになった。

「わたしのためじゃないの。自分のために、おびえているわけじゃない。あなたなしでは、わたしは本当の意味では生きていけない。息をしている幽霊になってしまう」

それまでだ。それが、すべての希望が消えた瞬間だった。

マリオンは、ぼくが出ていくことを知っていた。そのことで傷ついていた。娘の目を見ればわかる。それでも、悩みがあるといつもそうするように、マリオンは胸に秘めていた。

「おまえはもう安全だよ、ぼくの天使。もう、人からおかしな質問をされることはない。玄関に落書きされることも、母さんに唾を吐きかけられることもない。もう、ひどいことは起こらないよ。父さんは行かなくちゃならない」

「帰ってくる？」マリオンがほとんど形式的に訊ねた。まるで、ぼくがすでに彼女から遠く離れてしまったかのように。「帰ってきて、一緒に暮らしてくれる？」

本当のことを言えば、ふたりとも傷つく。だから、それはやめた。ぼくは親としてときどきしなければならないことをした。嘘をついたのだ。「ああ、帰ってくるよ」

マリオンは暗い表情で眉をひそめたが、やがて自分の部屋に消えた。そしてすぐ、何かをつかんで戻ってきた。

「手を開いて」

ぼくがそうすると、手のひらにペニー硬貨が落ちてきた。

「あたしのラッキーコイン」マリオンは説明する。「いつも肌身離さず持っていて。そしてどこにいても、あたしのことを忘れないで」

ぼくたちは人目を避け、夜のうちにロンドンへ向かうことにした。カンタベリからロンドンへ行く馬車は、金さえ払えば誰でも利用できる。ぼくたちはなんとか、二シリングに満たない金額でロンドンへ連れていってくれるという、いい馬車を見つけた。

その夜遅く、マリオン――ぼくのたったひとりの子ども――は馬車のなかで、ぼくの肩にもたれて眠りに落ちた。ぼくはマリオンに腕を回した。ローズはぼくを見つめている。暗闇で彼女の目の涙が光っている。ぼくは娘のくれたコインを握りしめた。


その後の数年間は、かなりつらかった。みんなで家族として、籠のなかのプラムのように身を寄せ合ってすごした日々を思った。そんな日々を永久につづけられたらいいのに。この先ずっと、月に一度、三人で午後をすごせたらいいのに。年に一度だけでも、ローズとマリオンが目の前にいてくれる時間をすごせるなら、なんとかやっていけるのに。だが、人生の困ったところは、連続して生きなくてはならないことだ。

ぼくは夜行性になった。

ぼくという新顔とリュートの演奏は、いくつものパブで大人気になった。なかでも、新顔が相当珍しい〈人魚亭〉では、とくに受けた。ぼくはアルコールと売春宿にはまり、自分を見失い始めた。街ではどんどん人が増えていくのに、ぼくはどんどん孤独になっていくばかり。どんなに人が増えようと、彼らはローズでもなければ、マリオンでもない。ふたりがショーディッチに住んでいるのは知っていた。少なくとも、そういう計画だったことは知っていたので、ぼくはときどきそこへ行ってみたが、ふたりは見つからなかった。

やがて、ペストが流行した年のひとつ――一六二三年――のある日、どことなく見覚えのある人が川のそばを歩いているのを見かけた。三十代の女性で、眠っている男の赤ちゃんを抱いていた。(川のそばの散歩は、疫病が流行するとかならず人気の娯楽になる。川の空気には病原菌がいないと考えられていたのだ。しかし、最終的に遺体はすべてそこに運ばれることを考えると、奇妙な話だった)少しして、ぼくはそれがグレースだと気づいた。グレースのほうはもちろん、変わらないぼくにすぐ気づいた。

グレースは悲しげで、途方に暮れているようだった。ぼくの知っている少女時代の旺盛な生命力は、もう勢いを失っていた。

グレースは少しのあいだ、じっとぼくを見つめた。

「ぜんぜん変わらないのね。あたしなんか見てよ、もうおばさんになっちゃった!」

「君はおばさんなんかじゃないよ、グレース」実際に、おばさんではなかった。年齢も。肌も。ただ、悲しそうな表情と重い口調のせいで、おばさんじゃないと言うと嘘に聞こえる気がする。やがて、ぼくはその理由を聞かされた。

「ローズはどうしてる?」ぼくは訊ねた。ローズがいなくなってから、ずっと頭のなかにあった質問を口にした。

「感染した」

「何に?」

グレースに答えてもらう必要はなかった。表情を見ればわかる。ぼくは全身が恐ろしい冷たさに浸食され、何もかもが消えていく気がした。

「姉さんはあたしにうつすのを恐れて、寄せつけようとしないの。ドア越しにしか話してくれない」

「会いにいかなきゃ」

「姉さんは会ってくれないわよ」

「ローズはぼくのことを何か言ってた？」

「あなたのことが恋しいって。ずっとそればかり言ってた。あなたを追い出すんじゃなかった、あれから起きた悪いことは全部、あなたを追い出してしまったせいで起きたんだって。姉さんはずっとあなたのことを思ってる。あなたを愛するのをけっしてやめようとしないの、トム……」

　ぼくは涙が出そうになった。グレースの眠っている息子を見つめた。「ローズは今、どこに住んでいるんだ？　マリオンはどこにいる？　娘のことを知りたい」

　グレースは少し気まずそうな顔をした。明らかに、どう答えていいかわからないようだ。グレースは最初の質問にだけ答えた。

「ローズは教えたがらないと――」

「ぼくは感染しない。感染できない体質なんだ。でなきゃ、今頃とっくに感染しているはずだ。ぼくはどんな病気にも感染しない」

　グレースはひんやりした午後の空気のなかで赤ん坊をやさしく揺すりながら、考えた。「わかった、教えてあげる……」

現在　ロンドン

今夜は保護者会だ。ぼくはテーブルの後ろにすわり、この一時間で三錠目の頭痛薬をのんだところで、過去の記憶にふけっていた。思い出しているのは、ローズとの最後の会話。最後に彼女と会ったときのことだ。

いいや。思い出しているというより、再体験しているといったほうがいい。ぼくは体育館で保護者会の席についていて、保護者たちはみんな、ポケットや手のなかにスマートフォンを持っている。この体育館から五百メートルも離れていないところでローズがベッドに横たわっていた時代から、彼女のささやきが聞こえてくる。

——何もかもが闇に縁取られてる。すごく不気味でうっとりする……。

ローズは幻覚のことを話していたのだが、その言葉がこだますればするほど、人生のことを言っているように聞こえた。

「大丈夫だよ、ローズ」今は二十一世紀なのに、ぼくは気が触れた人のように小声でつぶやく。「大丈夫だよ……」

すると、もうひとつのこだまが聞こえた。

昼も夜も鳴り響いているこだまが。

——あの子はあなたと同じだった。あの子を探して。そして、あの子の面倒を見てやって……。

「ごめんよ、ローズ。ごめん……」

そこへ、べつの声が響いた。現在から聞こえる声。テーブルの向こうから聞こえる声だ。

「ハザード先生、大丈夫ですか？」

アントン・キャンベルの母親のクレアだ。困惑したようにぼくを見つめている。

「はい、ええ、大丈夫です。ちょっと……すみません、ちょっと考え事をしてしまって……。それはそうと、ぼくに何か話そうとしていらしたんですよね。どうぞ、お話しください」

「先生にお礼を言いたくて」アントンの母親は言った。

「ぼくにお礼？」

「あれほど学業に熱心なアントンの姿は見たことがありません。歴史だけは勉強するんです。図書館から本を借りてくるほどなんですよ。いろんな種類の本を。子どものあんな姿を見られて、本当にうれしいです。先生は歴史をすごく生き生きと語ってくれるって、うちの子は言っています」

もちろん、ぼくは彼女にこう言いたくなった——息子さんの友だちから、刺すぞと脅されたことがあるんですよ。だが、言わない。ぼくは実際、少し誇らしかった。

誇らしさを感じた記憶は、ほとんどない。マリオンにモンテーニュの読み方と『緑の森の木の下で』の笛の吹き方を教えたとき以来だ。ヘンドリックにはいつも、組織のためにしている仕事を誇りに思うべきだと言われるが、ときどき——例えば、ヨークシャーヘフローラを助けにいった仕事のような場合だけ——しか、いい気分にはなれない。ほとんどの場合、組織の仕事は少し緊張を強いられ、最悪の場合、気が滅入る。だが、今感じている誇らしさは違う。揺るぎない、消えることのない感覚だ。

「あの子のこと、すごく心配していたんです……ほら、アントンは少しぼうっとしているところがあるでしょう。男の子だし。十四歳だし。自分の世界に閉じこもっていたんです。悪い仲間とつるんだり、帰りが少し遅くなったり……」

「へえ、本当ですか？」

「わたしにはあまり話してくれなくて……。でも、今のあの子は、すっかり正しい道に戻ってくれました。

本当にありがとうございます。先生のおかげです」

「いえ、アントンはとても賢い若者です。第二次世界大戦と奴隷貿易における大英帝国の役割についての作文は、じつによく書けていました。成績優秀者への道を進んでいますよ」

「あの子は大学に行きたがっているんです。歴史を勉強したいそうです。ただ、最近は……学費が高くなっているでしょう。でも、息子には大学に行かせてやりたいんです。そのために、わたしは神さまのくださる時間の許すかぎり働いています。神さまのくださる時間には、きついときもあります。それでも、あの子は決心しています。大学に行きたいと思っているんです」

ぼくの胸で、誇らしさがふくれ上がった。これだ。これこそ、ぼくが教師になりたかった理由だ。世の中をより良いものに変えることは、たとえ小さな方法でも、不可能じゃないと知ることだ。

「それは素晴らしい……」ぼくは体育館に並んだテーブルのひとつに目をやった。カミーユが保護者たちとすわっている。彼女はメガネをはずして目をこすっている。あまり調子がよくなさそうだ。小さいテーブルの上の書類を見つめ、集中しようとしている。

ぼくはアントンの母親に関心を戻した。というか、戻そうとした。頭のなかに過去のイメージが次々と浮かんでくる――ローズの死に顔、本を読むマリオン、炎に包まれる家。

一六六六年のロンドン大火のとき、ぼくは消火活動に参加し、火事の前までロンドン橋の両側に並んでいた店のひとつにふらりと入って、焼け死んでしまおうかと考えたことがあった。

「ええ」ぼくはアントンの母親に、ちゃんと話を聞いていることをアピールしようとして言った。「ええ、きっと大学に行けますよ」

そのとき、突然、なんの前触れもなく、カミーユが椅子から落ちた。テーブルの横にあばらをぶつけて床に倒れたかと思うと、両脚が激しく痙攣《けいれん》し始めた。保護者会の最中に、体育館の床の上で、何かの発作に襲われてしまったらしい。

ぼくはアルバトロス・ソサエティに入る以前も、その場の勢いに巻きこまれないようにしてきた。物事に対して冷静に距離を置いて人生を渡ってきた。だが、もうそんなやり方は通用しなくなっているようだった。たぶん、大人としての自分のうち、もっとも若い部分が戻ってきたのだろう。劇場でローズ姉妹を守るために天井桟敷から飛び下りたときの自分が。

自分でも気づかないうちに、ぼくはカミーユの上にかがみこんでいた。校長も走ってくる。今や、カミーユの全身が痙攣している。

「テーブルを下げてください！」ぼくは校長に言った。

校長は言われたとおりにすると、べつの職員に救急車を呼ぶように指示した。

ぼくはカミーユをしっかりと抱きかかえた。人だかりができていた。とはいえ二十一世紀なので、誰もが不気味な好奇心を心配に似た表情でやわらげてはいる。

痙攣が止まり、意識が戻った。カミーユは混乱していて、まだ恥ずかしさを感じていない。最初の一分ほどは何も言わず、ただじっとぼくの顔を見ていた。

校長が水を持ってきた。「みなさん、彼女に場所を空けてあげましょう」保護者と職員に声をかける。

「さあ、みなさん、ちょっと下がってくださいな……」

「大丈夫だよ」ぼくはカミーユに言う。「発作を起こしただけだ」

だけ。ひどい言い方だ。

「ここ……ここは……どこ……？」

カミーユは少しあたりを見回した。両肘をついて起き上がり、完全にすわる姿勢になる。カミーユは弱っていた。何かを失ったみたいだ。ぼくは校長と一緒に、カミーユを椅子にすわらせた。

「ここはどこ？」

「体育館ですよ」校長が笑顔で安心させる。「あなたは仕事中。学校にいるの。大丈夫よ、ちょっと……何かの発作を起こしただけ……」

「学校」カミーユは眠そうにつぶやく。

「救急車が来ます」保護者のひとりがスマートフォンをしまいながら報告する。

「わたしは大丈夫です」カミーユは少しも恥ずかしそうではなかった。ただ疲れて、混乱しているように見える。

カミーユはぼくを見上げ、顔をしかめた。ぼくが誰かわからないのか、あるいはわかりすぎているのか。

「君は大丈夫だよ」ぼくは言った。

カミーユの目はじっとぼくを見据えている。「あなたのこと、知ってる」

ぼくは彼女にほほえみ、それから、もっと気まずい気持ちで校長にほほえんだ。そしてやさしくカミーユに話しかけた。「もちろん、知っているはずだよ。ぼくたちは一緒に働いている」そこで、たぶん愚かなことだが、ぼくはみんなに強調するように言った。「ぼくは新しい歴史の教員だよ」

カミーユは椅子の背にもたれている。水をひと口飲んで、首を横にふる。

「〈シロ〉」

その名前がハンマーのようにぼくの胸を打った。ヘンドリックの言葉――何年か前、ハリケーンに荒らされたセントラルパークで聞かされた言葉――がよみがえる。〝過去はけっして消えることはない。ただ隠れるだけだ〟。

「ぼくは――」

「あなたはピアノを弾いていた。このあいだ、パブであなたを見たとき……わたし……」

ふたつの考えが浮かんだ。ひとつはこうだ。ぼくは夢を見ているんだ。その可能性はある。前にもカミーユの夢を見たことがある。

あるいは、カミーユもじつは年を取っているのだ。それもかなりの年を。とてつもない年齢を重ねている、アルバのひとりなのだ。たぶん、フェイスブックで見た若いカミーユの写真は、フォトショップで加工してあったのだろう。きっと、ぼくが彼女に感じていた気持ちはこれだ。これが接点だったのだ。ぼくはおそらく、彼女も自分と同じように普通の人間じゃないと感じとっていたのだろう。あるいは、彼女がなんらかの方法でぼくを知ったか。

ひとつはっきりしているのは、彼女の話を止めなくてはならないということだ。このましゃべらせておけば、ぼくの正体だけでなく、彼女の正体までさらしてしまう危険がある。ぼくは彼女が好きだ。もう、それを否定しても意味はない。ぼくが長いあいだ自分につきつづけてきた嘘——新たに誰かを好きにならなくても生きていける——は、その程度のものにすぎなかったのだ。ただの嘘。なぜそれを気づかせてくれた人がカミーユだったのかはわからないが、ぼくはもう彼女への気持ちを否定できない。それに、カミーユのことを思うと、彼女を守らなくてはという気持ちに圧倒される。なんといっても、ここにいる人々は体育館でぼそぼそ噂をしただけのことで、ヘンドリックに永久に黙らされることになるのだ。もし、カミーユがアルバたちのことを知っていて、それを人前でしゃべったりすれば、彼女が自動的に危険にさらすのは、ぼくの正体だけじゃない。自分の命も危険にさらすことになる。

「いいから、リラックスして。後で……後で話そう《ヌ・ザロン・パルレ・プリュ・タール》……何もかも説明する。けど、今は静かに。ここでは話せない。わかってくれ」

カミーユは眠そうな顔で、すわった姿勢をたもとうと努力している。ぼくを見つめる彼女の表情から、とまどいが消えていく。「ええ。わかった」

ぼくは水の入ったコップを持ち上げ、彼女が飲むのを手助けした。カミーユは校長とほかの心配そうな面々にほほえみかけた。「ごめんなさい……数ヵ月に一度、発作が起こるんです。癲癇《てんかん》の持病があって。発作が起こると、しばらくぐったりしてしまうんです。でも、すぐよくなります。発作を抑える薬をのんでいたんですけど。どうやら、新しい薬が必要みたい……」

カミーユはぼくを見つめた。まぶたが重そうだ。かよわく見えると同時に、どんなことにも負けないようにも見える。

「大丈夫かい？」ぼくはカミーユに訊ねた。

彼女は小さくうなずいたが、ぼくと同じくらいおびえているように見えた。

一九二九年　パリ

夜の七時頃。がらんとしたダンスフロアのそばで、ディナージャケットに身を包んだ男たちと、裾にタッセルをあしらった胸元の広く開いたシフトドレスにボブヘアの女たちが、食前酒を飲みながらぼくの演奏に耳を傾けていた。

〈シロ〉はジャズで有名な店だが、一九二九年には、洗練された客たちはジャズばかりを求めることはなくなっていた。ジャズはそこらじゅうにあふれていたからだ。そこで、ぼくはときどき少しミックスしてみた。客がダンスフロアにいれば、アルゼンチンタンゴやロマ音楽の風味を加えることもある。だが、夜の早い時間は気の利いた軽い曲でいいので、ぼくはフォーレのメランコリックな時期の曲を弾きながら、一音一音を味わっていた。

「俺はここにいないと思って《プレタンデ・ク・ジュ・ヌ・スイ・パ・ジッシ》」ぼくが演奏していると、写真家が話しかけてきた。

「ノン」ヘンドリックの写真禁止のルールを思い出し、ぼくは小声で断った。「写真を撮るな《パ・ド・フォト》！　パ・ドー――」

ところが、遅かった。ぼくは演奏に夢中になっていて、気づかないうちに何枚も撮られていたのだ。

「くそっ《メルド》！」ぼくは小声で悪態をつき、気分を晴らそうとガーシュウィンに切り替えた。

現在　ロンドン

ぼくたちがいるのは、現代に復元されたグローブ座にある洗練されたガストロパブだ。

ぼくは緊張している。場所のせいじゃない。カミーユのせいだ。彼女にまつわる謎に、恐れおののいている。どうして、彼女が〈シロ〉のことを知っているんだ？　そんなことがありえるだろうか？　ぼくは思い当たるすべての答えと、思いもよらない答えにおびえた。カミーユが危険にさらされるのではないかと恐ろしい。自分にも危険がおよぶのではないかと怖くなる。ぼくは窓枠にとまった不吉な小鳥のように、びくびくしながら周囲を見回している。だが、ぼくが恐れているのには、もうひとつ理由がある。ぼくが恐れているのは、今の今まで自分が生き延びてきたからだ。

　ぼくはもう長いこと、本気で自殺したいとは思っていない。正確に言うと、最後に自殺したいと思ったのは、スペイン内戦中、タラゴナ近くの掩蔽壕《えんぺいごう》のなかで自分の口にピストルを突っこみ、頭をふっ飛ばそうとしていたときだ。なんとか頭蓋骨から脳漿をまき散らさずにすんだのは、娘からもらったラッキーコインを、目をそらさずに必死に見つめていたおかげだ。だが、それは一九三七年の話。それから長いあいだ、実際に死のうとしたことはなかった。

　最近、ヘンドリックから離れたいと思うようになっていたが、これがたぶん、いや本当に、間違いだったのだ。確かに、ぼくはヘンドリックに〝所有〟されているが、それはそれで安心なところもある。自由意志は過大評価されているのかもしれない。

「不安とは」キルケゴールは十九世紀中頃にこう書いている。「自由のめまいである」

　ぼくはローズの死に何世紀も苦しみ、その苦しみはだんだん薄れてくすんだ単調な存在となり、ぼくは心にコケが生えるより速くどんどん前へ進んでいた。音楽、食事、詩、赤ワイン、世界の芸術を楽しむことはできた。それで申し分なかったんだ、と今ならわかる。

　確かに、心にはぽっかり穴が空いていた。だが、そういった空虚さは過小評価されている。空虚さには愛が存在しないだけでなく、苦痛も存在しない。空虚さには利点がないわけではないのだ。空っぽなら、動き回ることができる。

　ぼくは自分に言い聞かせる。カミーユに会っているのは、ただ話を聞くためで、お返しに自分の話をする必要はない。とはいえ、ここにいるのは妙な気分だ。とくに、現代のこの場所にいるのは。

　ここには、天井桟敷から舞台に飛び下りた日以来、足を踏み入れていなかった。ウィル・ケンプの背中に着地して、マニングに再会したあの日だ。あの日も告白――もちろんローズに――をした日だった。上品な中産階級の観劇客のおしゃべりと、フォークとナイフが触れ合う音に囲まれて、ぼくは今、あの日のかすかなこだまを感じていた。

有名なシェイクスピアの肖像画が、メニューの表紙からぼくを見上げている。ぼくはこの肖像画――はげ上がった額に妙な髪型、薄いひげに、ぼうっとした表情――は本人にまったく似ていないと思っていたが、今見ると、目だけは似ている気がする。まだ生きつづけているぼくを、皮肉っぽく見つめている。まるで、あの日、自分の助けた男がいつ果てるとも知れない無限の悲喜劇を演じつづけているのを眺めて、楽しんでいるかのようだ。

ウェイターが来て、カミーユが笑顔で彼を見上げた。

カミーユは濃紺のシャツを着ている。顔は青白く、少し疲れているようだが、それでも美しい。

「ガンギエイのヒレをもらおうかしら」カミーユはメガネを少し押し上げながら、ウェイターに告げた。

「かしこまりました」ウェイターはぼくのほうを向く。

「ぼくはニョッキのケール入りペストソースを」

ウェイターはメニューを下げ、ぼくの元上司の肖像画も消えたので、ぼくはカミーユに向き直って肩の力を抜こうとした。

「ごめん」ぼくは言った。「学校でときどきおかしな行動を取ってたこと、謝るよ」

カミーユは首を横にふる。「そういうことを言うのは、本当にもうやめて。ひっきりなしに謝るなんて、魅力的な特徴とは言えないわ」

「そうだね。ぼくは人との接し方が本当に下手で」

「ああ、彼らのこと。人付き合いって、確かに難しいわよね」

「おまけに、あれこれ考えすぎてしまうことがある」

「わたしも《ジョイン・ザ・クラブ》」

「クラブがあるの？」

「いいえ。いろんなタイプの人がいるってこと。でも、いいの。自分のなりたい自分でいれば」

「人前に出るのはあまり好きじゃないんだ。ずっと気をつけなくちゃならなかったから」ぼくはカミーユを見て、確信を持った。やっぱり過去の知り合いじゃない。これまでの人生でたくさんの人々を見てきたが、カミーユはその誰も彷彿とさせない、素晴らしく珍しい顔立ちをしている。けど、これは訊かなくてはならない。「ぼくたち、前に会ったことはないよね？　公園で出会ったときよりも前に。ぼくは校長室の窓から君を見かけたことがあったけど、それより前に会ったことはないよね？」

「それは〝会う〟の意味によるわ。でも、一般的な意味ではノーね」

「そうか」

「ええ」

なんとなくよそよそしい雰囲気になった。ふたりともももっと訊きたいことがあるのに、質問というピストルをホルスターにしまい、相手が撃つのを待っている。たったひとつの質問が相手の正気を奪う可能性がある。

　ぼくたちはライ麦パンをかじり、カクテルスティックでオリーヴを刺した。

「具合はどう？」ぼくは訊ねた。ずいぶんつまらない質問だが、誠実ではある。

　カミーユはパンをちぎり、少しのあいだそれを見つめた。まるでその発酵生地に秘密が――世界のあらゆる元素と同じように――含まれているとでもいうようだ。

「だいぶよくなったわ。癲癇とは長い付き合いなの。以前は今よりはるかにひどかった」

　長い付き合い。

「てことは、今までたくさん発作を経験してきた？」

「ええ」

　ウェイターがぼくたちのグラスにワインを注ぎたす。

ぼくはひと口飲んだ。さらに、もうひと口飲む。

カミーユは力強い眼差しでぼくを見ている。「今度はあなたの番よ。約束したでしょ。わたしはあなたの話を知っておく必要がある」

「話したいのはやまやまだけど」ぼくはまだ、どこまで本当のことを話すか決めかねていた。「君にとっては――というか誰にとっても――知らないほうがいい話もある」

「犯罪に関わること?」彼女はからかっているようだ。

「いいや。というか、いくつかはそういう話もある。いいや、ぼくが言いたいのは、こういうことなんだ。もし君がぼくのことを知ったら、君はかなりの高確率でぼくを頭がおかしいと思うだろう」

「フィリップ・K・ディックは、〝正気を失うことは、ときには現実への正しい反応である〟と言ってるわ」

「SF作家?」

「ええ。わたしはマニアなの。SF小説が大好き」

「いいね」とぼく。

「あなたもSF好き?」

いいや、ぼく自身がSFなんだ――ぼくは心のなかで言った。

「少し。『フランケンシュタイン』とか、『アルジャーノンに花束を』とか」

「あなたのことを話してほしいの」カミーユは言う。「せめて、あなたが話すつもりだったことくらい話して。わたしの頭がおかしかったら、教えて」

その瞬間、〝君は頭がおかしい〟と言って話を終わらせたくなったが、ぼくはこう言った。「ぼくのことを話す前に、君の話を聞かせてもらう」思っていたよりきつい口調になってしまった。

カミーユは目を見開いた。「わたしの話?」

ぼくは大きく息を吸いこんだ。今だ。「君がどうしてぼくのことを知っていたのか、知る必要がある。なぜ〈シロ〉の名を口にしたのか、教えてほしい。あの店は八十年前に閉店している」

「わたしはそんなおばあさんじゃない」

「もちろん。そんなことは思っていないよ」

BGMにある歌が流れだした。カミーユは小首をかしげる。「あ、これ、わたしの好きな歌だわ。聴いて」

ぼくは耳を傾けた。心温まる感傷的なメロディに、聞き覚えがある。カーリー・サイモンの『カミング・アラウンド・アゲイン』だ。

「わたしの母は、カーリー・サイモンが好きだったの」

「それとマイケル・ジャクソン?」

「それはわたしだけ」

カミーユは笑い、ぎこちない間が空いて、自分が説明する番だと気づいた。その瞬間、ぼくは彼女と一緒にいる自分を想像する。パブですごしたときのように。彼女にキスするところを思い浮かべる。ぼくは逃げ出したい衝動にかられた。ヘンドリックに航空券を取ってもらい、どこかべつの場所へ姿を消したい。二度と彼女に会えない場所へ。だが、もう遅い。

彼女は話す覚悟ができていた。

「わかったわ。わたしのこと《ジュ・ヴェ》、話してあげる《メクスプリケ》」

そして、話してくれた。

癲癇の発作が始まったのは、カミーユが七歳のときだった。両親は家じゅうに安全対策を施した。柔らかいカーペットを敷き、テーブルの角にナプキンを貼りつけてガードした。正しい薬が見つかるまで少し時間がかかり、カミーユはだんだん広場恐怖症になっていった。「基本的に、生きることにおびえてた」

十九歳でカミーユは、ハンサムでひょうきんなウェブデザイナーのエリックと婚約した——エリックのクは〝K〟なの、お母さんがスウェーデン人だから。それが、パソコンでぼくが見たエリックだった。フェイスブックに載っていたエリック。彼は二〇一一年、ロッククライミング中に亡くなった。

「わたしもその場にいたの。もちろん、クライミングはしてないわ。ロッククライミングと癲癇は相性が悪いから。でも、その場にいた。友だちと一緒に。大量の血が流れてた。あれから数カ月は、目を閉じるたびに血が見えた。そして彼は亡くなって、わたしは……最悪の気分だった」

カミーユは言葉を切って、数回呼吸した。思い出を話すことは、当時を再体験することに少し似ている。

「わたしはずっと、自分はいつ死んでもおかしくないと思ってた。彼みたいに健康になりたいと思ってた。なのに――突然――彼も不死身じゃなかったってわかったの。それはわたしには重すぎた。そこから逃げ出すしかなかった。逃げ出さなきゃならなくて、旅に出た。もう、癲癇という病気の囚人みたいに生きてちゃいけないと気づいたの。わかる？」

もちろん、わかる。「それで、その後、何が起きたんだい？　状況はどう変わった？」

「半年間、南米を旅して回ったの。ブラジル、アルゼンチン、ボリヴィア、コロンビア、チリ。チリは気に入ったわ。素敵なところだった。でもそこで、とうとうお金が尽きちゃって、フランスに帰ったんだけれど、グルノーブルには戻れなくて――思い出があるから、わかるでしょ――パリへ行ったの。いい感じのレストランやホテルを片っ端から回って、〈プラザ・アテネ〉で仕事を手に入れた。気取った高級ホテルのひとつよ。その仕事には心が安らぐところがあった。チェックインとか、チェックアウトとかで、一日じゅうずっと誰かとしゃべっているのだけれど、深い会話や意味深な話はまったくないの、わかる？　人生に関する質問なんて絶対出ない。だから、わたしにはぴったりだった」

これだ。ぼくはこれを感じ取っていたのだ。ぼくは不安に胸を締めつけられ、彼女は話をつづけた。

「それはさておき、ホテルのロビーに、パリの黄金時代の写真が飾られていたの。全部、二十世紀に撮られたものよ。その多くはジャズクラブや、大通りや、モンマルトルの写真で、一枚、なんていう名前だったかしら……ジャズ歌手で、ダンサーで、チーターと一緒に写ってる女性がいたんだけれど……」

「ジョセフィン・ベーカー？」

その名前を口にしたぼくは、パリの〈センチュリー・クラブ〉でチャールストンを踊る彼女を、煙草の煙を透かして眺めていたことを思い出した。

カミーユはすばやくうなずき、結論に近づいているというように両手をぐるぐる回している。ぼくは覚悟を決めようとした。

「そう、ジョセフィン・ベーカー。それでね、わたしがいつも向き合っていた写真があるの。わたしが毎日見ていたいちばん大きい写真には、レストランのピアノ弾きが写っていた。〈シロ〉というレストランよ。写真に〈シロ〉という名前が写ってたの。白黒写真だけれど、当時にしてはかなり質のいい写真だった。写っている男性は自分の弾いている音楽に没頭しているようすで、ピアノの上に目を向けて、自分に注目しているレストランの人々なんて眼中にないの。わたしはこの写真が切り取った瞬間に、凍りついた瞬間に、心を奪われてしまって……。だって、まるで時を超越しているようだったから。時間を越えた何かがあったから。それに、ピアノ弾きの男性もハンサムだった。きれいな手に、真面目でもの憂げな表情。清潔な白いシャツを着て、両袖をまくり上げ、のんきな雰囲気で、腕にはこんな傷痕があった。こんなふうに曲がった傷痕が。それでわたし、この男性は亡くなっているんだから、好きになっても大丈夫って思ったの。でも、彼は亡くなっていなかったのよね？　だって、彼はあなただったんだもの」

ぼくは口ごもった。急に、どうしていいかわからなくなってしまったのだ。パブで彼女がぼくの腕の傷痕をじっと見ていたことを思い出し、その理由が今わかった。そういうことだったのか。

滑稽なことに、ぼくは真実を聞き出すためにカミーユをここに連れてきたのに、今になって真実におびえていた。嘘をつくことは、ぼくの本能だ。なんだかんだ言っても、ぼくは嘘がうまい。ごく自然に、なめらかに嘘が出てくる。ここは笑い飛ばして、がっかりした表情を作り、こう言うべきだ。〝ちょっと残念だな、てっきり君は本当にぼくのことを知っていると思っていたよ。なんだ冗談だったのか。写真は嘘をつくこともある。とくに一九二〇年代の写真は〟。

だが、ぼくはそうしなかった。心のどこかで、カミーユを困らせたくないと強く思っていたからだろう。それに、彼女に真実を知ってほしい、知ってもらう必要があるという気持ちもあったと思う。

「それで」カミーユの声が、ぼくの沈黙に入ってきた。

彼女はわかりにくい仕草を見せた。あごを心持ち突き出し、かすかにうなずいて、目を閉じて髪を耳にかける。穏やかな反抗の仕草だ。何に反抗しているのだろうか？　人生？　現実？　癲癇？　仕草は二秒で終わったが、ぼくが四世紀ぶりに恋をしていると認めざるを得なくなったのは、この瞬間だと思う。

相手の仕草を見て恋に落ちるというと、奇妙に聞こえるかもしれないが、ときには、ある一瞬で相手の全体的な人物像が見えることもある。ひと粒の砂を調べることで宇宙を理解できるのと一緒だ。ひと目惚れは存在するかもしれないし、しないかもしれない。だが、一瞬で恋に落ちることは確かにある。

「それで」ぼくはおずおずと口を開き、カミーユがどれくらい信じているのか、あるいは何を信じているると思っているのかを確かめる。「君はSFが好きなだけじゃなく、ぼくがSFに登場するような人間かもしれないと思っているんだね。ぼくのことをタイムトラベラーか何かかもしれないと思っているわけだ」

カミーユは肩をすくめた。「そんな感じの何か。うん、わからない。なんていうか、信じる用意のできていない真実って、SFみたいに聞こえるものでしょ。地球は太陽のまわりを回っている。電磁気。進化。X線。航空機。DNA。幹細胞。気候変動。火星の水。こういうものだって、人が実際に目にするまでは、全部SFの世界のことだわ」

ぼくはここから出たい、レストランから出ていきたいという衝動に駆られた。だが、彼女と永遠に話していたいという衝動も同じくらい強く感じる。いや、同じとまでは言えないか。

ぼくはきつく目を閉じた。鍛冶場で熱した鉄を自分の肌に押しつけているかのように、ぎゅっと目をつむる。

「わたしになら話せるでしょ。真実を教えて」

「できない」

「あの写真に写っていたのがあなただってことは、わかってる」

「加工されたものだよ。その写真は加工されたものさ。二十世紀に撮影されたものじゃない」

「あなたは嘘をついてる。わたしには嘘をつかないで」

ぼくは立ち上がった。「帰る」

「だめ、帰らないで。お願い。お願いだから。あなたが好きなの。何もかもから逃げられるわけじゃないのよ」

「それは違う。逃げることはできる。いくらでも逃げられる。一生、逃げつづけられる。逃げて、素性を変えて、ずっと逃げていける」

周囲の人が食事を中断してぼくを見ている。ぼくは人前で大騒ぎしていた。また、ここサザークで。ぼくは自分の席にすわり直した。

「その写真を持ってるの」カミーユが言った。「携帯電話に入れてある。写真の写真を。でも、画質はいいわよ。おかしな話に聞こえるのはわかってる。でも、あなたが話してくれないと、わたしは永久にこの謎を抱えていかなきゃならないし、答えてもらうべつの方法を探して試すことになる」

「それはかなり無分別だと思う」

「あら、言い方がわたしそっくり。わたしは、すべての真実は知られるべきだと思ってる。わかる？　わたしは癲癇という謎を抱えて生きているから。癲癇の謎は、むかつくほど解明されていないの。真実があるのに、知られていない。わたしたちはすべての真実を知るべきだわ。とくに最近は。それに、あなたは約束した。ここに来れば、話をしてくれるって約束したでしょ。話してくれないなら、ずっと質問しつづけるわよ」

「じゃあ、もしぼくが真実を話し、そのことは一切口外してはいけないと言ったら？　誰にも、ほのめかしてもいけないと言ったら、どうする？」

「そういうことなら、何もしゃべらないって約束する」

ぼくはカミーユの顔を見た。顔を見たところで、わかることは限られている。だが、ぼくは彼女を信じた。これまでぼくは、ヘンドリック以外の人間は信じないように訓練されてきた。とくにこの百年くらいは。それでも、彼女を信頼した。たぶん、ワインのせいだろう。あるいは、人を見る目が発達してきたのかもしれない。

恐ろしい、困惑するほど一瞬のあいだに、ぼくはカミーユのことが完全にわかった。何度も人生を共にしてきたかのように、彼女のことがわかった。

「認めるよ、あれはぼくだ。ぼくだよ」

カミーユはしばらくじっとぼくを見ていた。まるで霧のなかからゆっくりと何かが現れるかのように。本当は、さっきまではそれほど確信していなかったかのように。すべては手のこんだ幻想だと言われたかったかのように。ぼくはその表情を楽しむ。真実を知っていく彼女を楽しむ。

後になって、ぼくは今しゃべったことを思い悩むだろう。ふたりのあいだに交わされた真実のことを。けど、今この瞬間は、解放感しかない。

注文した料理がきた。

ぼくは、ウェイターがレストランの喧噪のなかへ消えていくのを見つめた。

それからカミーユを見て、すべてを話した。

二時間後、ぼくたちはテムズ川ぞいを歩いていた。

「信じるのが怖い。あれはあなただってことはわかってた。それはわかっていた。でも、知ってしまうと、知ってしまうと。わたしがおかしいのかもしれないっていう気分になるの」

「君はおかしくなんかないよ」

かつて〈枢機卿の帽子〉があった場所の近くで、ひとりの若者がBMXにまたがって跳ね回り、見物人たちを楽しませていた。

ぼくはカミーユを見て、楽しそうな旅行客と対照的な思い詰めた表情の彼女に申し訳ない気持ちになった。これでは秘密を打ち明けただけでなく、ぼくの重い気分まで感染させてしまったみたいだ。

彼女にはマリオンのことを話してあった。それでぼくは、マリオンのコインを入れたポリ袋を明るいところに出して見せた。

「娘がこのコインをくれた日のことを覚えている。娘とすごした頃の思い出のほうが、一年前の思い出よりずっと多い」

「それで、娘さんはまだ生きていると思っているの？」

「わからない。男でも四百年生き抜くのは、じゅうぶん困難だ。魔女じゃないかと思われることも、なぜ子どもがいないのかと不審がられたりすることもないのに。けど、ぼくはずっとそういうことを感じてきた。娘は賢い女の子だった。文字が読めたし、八歳でモンテーニュを引用できるほどだった。ぼくが心配しているのは、娘の心だ。娘はいつもかなり感受性の鋭い子どもだった。物静かで、物事によく気づく。すぐ動揺する。よく考えこむ。自分の世界に没頭しがちで、よく悪夢を見ていた」

「かわいそうに」カミーユは言ったが、たくさんの情報に少し茫然としているのがわかる。

カミーユに話さなかったことがひとつある。アルバトロス・ソサエティのことだ。これに関しては、話すだけでも彼女を危険にさらすことになる。だから、ぼくみたいな人間をほかに——マリオン以外に——知っているかと訊かれたとき、アグネスやヘンドリックのことは言わなかった。それでも、タヒチから来た古い友人オマイのことは話して聞かせた。

「オマイがロンドンを出てからは、ずっと会っていない。彼はキャプテン・クックの三度目の航海に同行したんだ。クックに通訳を頼まれてね。あれからオマイに再会することはなかった。彼は英国に戻ってこなかったんだ」

「キャプテン・クック？」

「そうだよ」

この話を受け入れるだけでも、カミーユはいっぱいいっぱいだ。ぼくはシェイクスピアとフィッツジェラルドの話をするのはやめておく。今のところは。

ぼくたちはもう少し話をした。

カミーユはもう一度あの傷痕を見せてほしがった。この話をもっとリアルに感じようとするかのように、傷痕を指でなぞる。ぼくは川に目をやった。昔、ドクター・ハッチンソンの遺体が見つかった場所だ。すると、彼女に何か言わなくてはいけない気がした。

「聞いてくれ。このことは誰にも話してはいけない。

たぶん、ぼくは君に話すべきじゃなかったんだ。君がたくさん質問を浴びせてくるから、ついしゃべってしまった。君はぼくのことを知っていると思っていた。そういう考えは、そういう好奇心は、知ることよりもっと大きな危険になりうる。知ってしまった以上、このことは秘密にしなくちゃいけないよ」

「危険って？　今は魔女狩りの時代じゃないわ。それどころか、あなたはこのことを公にすることもできるのよ。DNA検査を受けたりして、原因を調べることもできる。そうすれば、人々を助けられるかもしれない。ほら、科学の進歩を助けられるし、病気との闘いに貢献できる。言ってたでしょ、あなたの免疫系は――」

「これまで、秘密を知った人たちの身には悪いことが起きてきた。遅老症《アナジェリア》の証拠を発表しようとした医者とか。そういう人たちはたいてい消された」

「消された？　誰がそんなことを？」

その真実には嘘がついて回る。「さあね。闇社会か何かだろう」

ぼくたちはさらに話しながら、歩きつづけた。ミレニアム橋を渡り、ロンドンの街を東へ向かう。なんとなく帰り道をたどっていく。おしゃべりが自然とそっちへ足を向けさせていた。

歩いて一時間の道のりだが、天気は穏やかで、ふたりとも地下鉄に乗ろうとは思わなかった。ぼくはセントポール大聖堂の前を通りすぎるとき、昔は今よりずっとにぎわっていたことや、境内がロンドンの出版業の中心地だったことを話して聞かせた。やがて金物屋通りと呼ばれる道に出ると、カミーユにこの通りのことを訊かれ、ぼくはこう話した。サザークへ行くとき、ちょうどこの金物屋通りを通った。当時はこの道全体が、その名のとおり、金物を鋳造する騒々しい音と熱気に包まれていたんだ。

カミーユはぼくよりもっと東に住んでいる。ぼくが犬を散歩に連れていこうかと思うんだけど一緒にどうかなと言ってみると、彼女は誘いを受けてくれた。

ふたりで初めて出会ったベンチにすわった。空っぽのレジ袋が、ぼくたちのずっと上にアニメの幽霊のように浮かんでいる。

「時間とともにいちばん変わっていくものは何?」

「目に見えるものすべてだよ。目に見えるものすべてが変わる。変わらないものは何もない」ぼくは、木をすばしこく登っていく動物を指さす。「かつては赤いリスで、灰色のリスじゃなかった。それに、レジ袋が空に浮かんでいることもなかった。往来に響いていたのは、パカッパカッとかカタカタという音だった。人々が見ていたのは懐中時計で、携帯電話じゃない。それに匂いも違った。今はそれほどではないが、昔はそこらじゅうから悪臭がしていた。浄化処理のされていない下水と工場からの排水が、すべてテムズ川に垂れ流されていたんだ」

「うわ」

「昔は深刻だった。〝大悪臭〟が発生した。一八五……何年だったかな、とにかく一八五〇年代だった。暑い夏に、ロンドンの街全体が悪臭に包まれたんだ」

「でも、まだけっこうくさいわよ」

「いや、比較にもならない。当時の人は悪臭のなかでの生活に慣れていた。体を洗う習慣もなかった。入浴は体に悪いと考えられていたんだ」

カミーユは自分の脇の匂いをかいでいる。「それじゃ、わたしは大丈夫かしら?」

ぼくはかがんで彼女の匂いをかいだ。「清潔すぎるくらいだよ。現代人はかなり疑い深くなっているからね。二十世紀の基準からしたら、君はほぼ清潔だよ」

カミーユは笑った。この世でもっとも単純で純粋な喜びは大事な人を笑わせることだ、とぼくは気づいた。

空がかすかに暗くなってきた。

「ところで、写真のぼくを好きになったっていうのは本当？」

カミーユはまた笑った。「あなたってほんとに子どもみたいなことを言うのね、四百歳の人にしては」

「いや、四百三十七歳だけど」

「ごめんなさい、四百三十七歳の人にしては。そんなことを訊いてくるなんて、五歳児みたい」

「五歳の気分だよ。普段は四百三十七歳に感じているけど、今は五歳の気分だ」

「イエスよ。それがあなたの聞きたいことなら……」

「ぼくが聞きたいのは、真実だ」

カミーユはため息をつく。わざと大げさに。そうしながら、空を見る。ぼくは彼女の横顔に見惚れる。

「ええ、好きだったわ」

ぼくもため息をつく。ぼくも、わざと少し大げさに。

「過去形がこんなに悲しく聞こえたことはない」

「わかった、わかったってば。好き。好きよ。あなたが好き」

「ぼくも。君が好きだ。君は魅力的だと思う」

ぼくは正真正銘、本気で言っているのに、彼女は笑った。「魅力的？　ごめんなさい」

彼女の笑い声は小さくなって消えた。彼女にキスしたい。けど、どうすればいいのかわからない。四百年間独り身だったから、こういうときのエチケットがまったくわからない。それでも、気分は明るく、幸せだった。実際、この状態でもかまわないくらいだ。この『ギリシャの壺に寄せる歌』のようなひとときでもかまわない。キスは永遠に可能性のままでいい。彼女がぼくを見つめてくれて、ぼくが彼女を見つめていられれば、それでいい。

彼女がぼくの謎を解きたがっているのと同じくらい、ぼくも彼女の謎を解きたいと思っていることに気づいた。体を少しすり寄せてきたカミーユに、ぼくは腕を回す。ちょうどこの場所で。公園のベンチで。たぶん、それが誰かを愛するのに必要なことなのだろう。永遠に解いていたいと思える幸せな謎を見つけることが。

ぼくたちは少しのあいだ、黙って恋人らしくすわり、エイブラハムがスプリンガー・スパニエルと一緒に駆け回るのを眺めていた。肩にかかるカミーユの頭の重みも幸せに感じて、ぼくは二、三分、その重みを味わっていた。すると、矢継ぎ早にふたつのことが起こった。ぼくは急に罪悪感にかられた。ローズのことを思い出したのだ。ハクニーにあるローズの家の狭いベッドにふたりで横たわり、ローズはぼくの胸に頭をのせていた。もちろん、ぼくがそんなことを考えているとは、カミーユは知る由もないが、ぼくの体が少しこわばったのは伝わったかもしれない。

次に、ぼくのスマートフォンが鳴った。

「出ないでおくよ」

ぼくはそうした。だがスマートフォンはまた鳴り出し、今度はカミーユに「誰からか確認したほうがいいんじゃない」と言われ、スマートフォンを見ると、画面にひとつの文字が表示されていた。H。これは出るしかない。ぼくは気づいた。カミーユがそばにいなかったらするであろう行動を取らなければならない。ぼくは電話に出た。その瞬間、束の間の幸福は、風に舞うレジ袋のように吹き飛ばされた。

ぼくはベンチから立ち上がり、スマートフォンを耳に当てる。

「今はまずいかね?」ヘンドリックが訊ねる。

「いえいえ、ヘンドリック。大丈夫です」

「今、どこにいる?」

「犬の散歩中です」

「ひとりかね?」

「はい。ひとりです。犬はいますが」ぼくは声の大きさに気をつかって話した。カミーユには聞こえず、ヘンドリックには怪しまれない程度の声を出しているつもりだが、どっちも失敗している気がする。

一瞬、間が空いた。

「そうか、では聞いてくれ……ある人物が見つかった」

「マリオンですか？」

「残念だが、彼女ではない。見つかったのは、君の友人だ」

〝友人〟という言葉に、ぼくはとまどった。カミーユを見ると、ベンチにすわったまま、しかめっ面でぼくを見ている。

「誰ですか？」

「君の男友だちだ」

なんの話か、ぼくにはさっぱり見当もつかない。

「誰のことです？」

「ポリネシア人のオマイだよ。彼は生きている。しかも、愚かなことをしている」

「オマイが？」

カミーユがそばにいなかったとしても、この知らせは喜べるものではない。昔の友人に興味がないからではなく、ヘンドリックが彼を見つけたという知らせがいい意味であるはずがないからだ。オマイが見つかることを望んでいるとは、思えない。ついさっきまでの幸福感は、完全に手の届かないところへ行ってしまった気がした。

「オマイはどこにいるんですか？」ぼくは訊ねた。

「何があったんです？」

「オーストラリアに、ジョシュア・レノルズが三百年ほど前に描いた肖像画にそっくりなサーファーがいる。彼はソル・デイヴィスと名乗り、サーフィンの世界で少しばかり有名になりすぎている。三十代に見えるこのハンサムな男は、三百五十歳に近い。しかも、年を取らないと噂になっている。そんな噂でもちきりだ。腹立たしいことに、ネット上に彼の噂が流れている。こんなことを言っている人がいた。『俺の近くに住んでる不死身の男は、九〇年代から外見がまったく変わらないんだぜ』。彼は危険だ。周囲に怪しまれ始めている。しかも、どうやらそれだけではないらしい。アグネスの情報によると、ベルリンの連中はオマイのことを知っているという。例の研究機関だよ。オマイは深刻な窮地に陥る可能性がある」

風が強くなってきた。カミーユは両肩をさすり、身ぶりで寒いとぼくに訴えている。ぼくはうなずき、声を出さずに「今、行く」と口を動かす。だが同時に、電話の相手を急かしているように見えないのはわかっていた。

「この話は——」

「君はもうすぐ休暇だったな？　学期の中間休みか？」

いやな予感がする。「はい」

「君にシドニー行きの飛行機に乗ってもらおう。ほぼ直行だ。二時間、ドバイに寄るだけだ。空港で買い物でもすればいい。それから、オーストラリアだ。一週間、陽射しを楽しんでこい」

一週間、陽射しを楽しんでこい。スリランカへ行くときも、同じことを言われた。

「あのとき、これでよしと言われたはずですが」ぼくは言う。「この生活を丸八年間つづけられると言われました。この八年間は邪魔されないと」

「錨を下ろした男のような言い草だな。君には錨などないはずだが」

「もちろん、錨を下ろしてなどいません。ただ、犬がいるので。エイブラハムという老犬で、八年もたないと思うんです。エイブラハムを置いていくわけにはいかなくて」

「置いていけばいい。最近は、ドッグシッターがいるだろう」

「エイブラハムはとても神経質な犬なんです。悪夢や分離不安症を抱えていて」

「酒でも飲んでいるのか？」

カミーユを危険にさらすわけにはいかない。

「少し前にワインを飲んだんです。生きる喜びを味わっていました。それが人生の核心ですよね？　前にそう言ってませんでしたか？」

「ひとりで、か？」

「ひとりで、です」

カミーユはもう立ち上がっていた。犬のリードを持っている。何をする気だ？　だが、もう遅かった。カミーユはすでに始めていた。

「いい子だから、おいで！」

まずい。

「エイブラハム！」

犬はカミーユのほうへ駆けていく。

ヘンドリックの口調が硬くなる。「今の声が、君の錨か？」

「なんのことですか？」

「エイブラハムと呼んでいた女のことだ。それは君の犬の名前だろう？」

ヘンドリックはたくさんの老化現象を抱えている。そのなかに難聴が入っていないことを、ぼくは呪った。

カミーユはエイブラハムにリードをつけると、もう一度ぼくを見た。もう帰る準備ができている。

「女か？」

カミーユはぼくの話に耳をすましている。

「誰だ？」

「誰でもありませんよ」ぼくは答える。「彼女はなんでもありません」

ぼくがさっきまでキスを夢見ていた彼女の口が、信じられないというようにぽかんと開く。

「彼女？」カミーユが小声で訊ねてきたが、それは声に出さない悲鳴に近いささやきだった。

そんなわけないじゃないか、とぼくは身ぶりで伝える。

「たまたま公園で会った人です。おたがいの犬が仲良しなんです」

カミーユはすっかり怒っている。

ヘンドリックはため息をついた。ぼくの話を信じてくれたかどうかは定かではないが、彼は本来の話題に戻った。「君が行かないのなら、ほかの人間が君の旧友に会いにいくことになる。新入りだ。最近、かなりの数の仲間が組織に入った。だから、いずれマリオンを見つけだす自信があるのだ。問題は、送りこむ人間はいくらでもいるが、彼らではオマイを説得できないかもしれないことだ。となると……」ヘンドリックの声が小さくなって途切れた。「だから、君次第だ。この件は完全に君にかかっている」

まるでぼくに選択肢があるかのような言い方だ。ヘンドリックの古典的なやり方。ぼくがオマイを説得に行くか、オマイが死ぬか。ヘンドリックが言っているのは、そういうことだ。もし、ベルリンからオマイに接触しようとしている人物がいなくても、ほかの人間が彼のところへ行く。さらに恐ろしいことに、ぼくはヘンドリックの言っていることが正しいとわかっていた。ヘンドリックは人を操るタイプの人物かもしれないが、多くの場合、真実を味方につけている。

カミーユはぼくにリードを渡し、すでに公園から出ていこうとしていた。

「後で電話します。少し考えさせてください」

「一時間やろう」

「一時間ですね。わかりました」

電話を切るやいなや、ぼくはカミーユに声を張り上げた。「カミーユ、待ってくれ。どこへ行くんだ?」

「帰る」

「カミーユ?」

「誰と電話してたの?」

「それは言えない」

「彼女にわたしのことを言えなかったのと同じね」

「電話の相手は女じゃない」

「こういうことはお断りよ、トム」

「カミーユ、頼む」

「冗談じゃないわ」

「カミーユ？」

「心の内を打ち明けて、親密になったところで、あなたがわたしと知り合いであることを否定しなきゃならないような何かがあると思わされるなんて。最悪。最終的には、あなたと寝ているところだったわ！　どうせ、そういうことをする人なんでしょ。人を操ること。たぶん、あなたにとっては、わたしなんて躾《しつけ》の必要なもう一匹の犬にすぎないのよ」

「エイブラハムに、躾なんかしていないよ。カミーユ、頼むから、待ってくれ——」

「最低《フィス・ド・ピュート》！」

　カミーユは公園を出ていく。追いかけることもできた。ぼくをつくる原子のひとつひとつが、彼女を追いかけたがっている。彼女と話をして、ヘンドリックのことを説明することもできた。すべてをまるくおさめることもできたかもしれない。けど、ぼくはその場に立ちつくした。暮れかけた日のなかで、紫色の空の下、草地に突っ立っていた。カミーユを危険にさらすよりは、怒らせたほうがましだと思う。しかし、これは難問だ。彼女を守る唯一の方法は、できるかぎり彼女と関わらないことだ。

　ぼくはすでに彼女に大きすぎる被害をおよぼしている。ヘンドリックに彼女の声を聞かれてしまった。彼はフランス語訛りに気づいたかもしれない。

　くそっ。ワインを飲むと、こういうことになる。誰かと親しくなろうとすると、こうなる。罠にはまってしまう。だがそれは、ぼくが一八九一年からはまっている罠と同じものだ。いつもと同じ、ヘンドリックの罠。ぼくは文字どおり動けなくなってしまった気がする。この先、新たな生活を始めることはないだろう。そして今、ローズを失って以来、永遠とも思える歳月が流れた後に初めて本気で好きになった人を怒らせてしまった。くそっ。くそっ。くそっ。

「くそっ」ぼくはエイブラハムにも言った。

エイブラハムは顔を上げ、困ったようにハアハアと息を吐いている。

何世紀ものあいだ、ぼくが手に負えないものは深い悲しみだと思っていた。だが、人は悲しみを乗り越える。相当深い悲しみでも、数年もすれば克服する。克服できないにしても、なんとか共に生きていく。その方法は、友情や家族や教えることや愛情をとおして、他人に投資することだ。長い時間をかけて、ぼくはこの認識に近づきつつある。

しかし、すべては茶番だ。ぼくは誰かに影響をあたえられるようになろうとは思わない。もう、教職はやめるべきだ。会話を試みるなんてことは、一切やめるべきだ。ぼくは誰とも関わるべきじゃない。完全にひとりで生きていくべきだ。アイスランドに戻って、ヘンドリックに頼まれた仕事以外、何もするべきじゃない。

ぼくは生きているかぎり、苦しみをもたらしてしまう気がする——自分を苦しめ、ほかの人々まで苦しめる。

隣でエイブラハムがぼくの苦しみを感じ取ったかのように、小さく鳴いた。

「大丈夫だよ、エイブラハム。おうちに帰ろう」

エイブラハムにビスケットをいくつか出してやり、ぼくはウォッカを飲んで、カーリー・サイモンの『カミング・アラウンド・アゲイン』をうたい、頭がおかしくなるんじゃないかと思うまで歌のタイトルを連呼した。

ヘンドリックに電話しなければならない時間まで、あと十分。ぼくはユーチューブをクリックして〝ソル・デイヴィス〟と打ちこんだ。波とウェットスーツ姿でサーフボードに乗った男の映像が見つかった。男は波の上に道を切り開いていく。

場面が変わり、同じ男が水から出て砂浜を歩きながら、笑顔だけでなく渋面もまじえてカメラに話しかけているところが映し出された。男は首をふっている。

「おいおい、そいつで何もするんじゃないぞ」彼にはオーストラリア訛りがあり、頭は剃り上げられ、外見は——一般的な基準でいうと——二十歳ぐらいに見えるが、間違いない。オマイだ。ぼくは映像を一時停止した。彼の目がまっすぐぼくを見つめ、彼の額には海水の滴がついている。

ぼくは携帯電話を取ると、手のなかで〝履歴〟を呼び出し、親指で〝H〟をタップした。

ヘンドリックが出る。

「わかりました、ヘンドリック。ぼくがやります」

第五部　帰還

一七六六年　英国　プリマス

オマイとの出会いの物語は、三月のある雨模様の火曜日、プリマス港の石畳から始まった。ぼくは二日酔いだった。プリマスにいた頃は、いつも二日酔いだった。二日酔いか、酔っ払っているか、のどちらかだ。プリマスは水の多い場所だった。雨、海、エール。誰もがゆっくりと溺れていくようだった。

サミュエル・ウォリス船長を見つけたとき、ぼくは市庁舎の壁にかかっていた肖像画で彼だとわかった。彼は仕立てのいいロイヤルブルーのコートを着て、桟橋を歩きながらもうひとりの男と熱心に話をしている。

ぼくはプリマスに来て、まだひと月しかたっていなかった。このときには、ぼくの希望は大潮の海のようにはるか沖まで引いていた。いつか娘を見つけだせると信じるのはやめ、気づくと自分を苦しめている謎を解こうとしていた——誰かのために生きることができないのなら、生きることになんの意味があるのか？　だが、その答えもわからなかった。今思えば、当時のぼくは鬱状態に苦しんでいたのだと思う。

ぼくは彼に駆け寄った。ウォリスの前に出て、歩きつづける彼の前を後ろ歩きで一緒に進む。

「あなたの船が人手不足だと聞きました」ぼくは言った。「航海に出るんですよね。ドルフィン号で」

ふたりの男は足を止めない。ウォリス船長がぼくを見た。彼は——歴史によって大きく見せられた人物の多くと同じく——並の体格で、上等な服装は本人を目立たせるというより、むしろ身体的な欠点を隠している。背は低く、ぽっちゃりしていて、頬は青ざめている。船旅よりも晩餐会に向いているタイプだ。それでも、ほんの一年後には、彼の発見した島がウォリス島と名付けられることになる。ウォリスの小さいグリーンの瞳は、さっきからぼくを軽蔑するように見つめていた。

「何者だ？」ウォリスが不満そうな低い声で訊ねた。

「ジョン・フリアーズです」ぼくがその名前を口にするのは、これが初めてだった。

ウォリス船長の連れが軽く彼の腕に触れた。穏やかな仕草だが、ちゃんと効果があった。この男性はウォリス船長とはまったく違うタイプに見える。目つきは鋭いが口元はやさしく、興味を引かれたように口角が上がっている。これがトバイアス・フルノー、ぼくが長年かけて深い知り合いになっていく男だった。人通りの多い港の真ん中で、今ではふたりとも足を止めていた。近くには獲れたばかりの新鮮な魚を入れた木箱が並び、上空の雲を映したような灰色のまだら模様の魚が入っている。「なぜ、おまえをわれわれの船に乗せるべきなんだ？」

「ぼくには技術があります。腕前は優秀です。ほかの土地には、ないかもしれない技術です」

「どんな技術だ？」ミスター・フルノーが訊ねた。

ぼくはバッグの奥に手を突っこみ、黒い木製のガルベ（フランスの民族楽器で、孔が三つのリコーダーのような笛）を取り出して口にあてた。『ビスケー湾』という民謡の一節を吹いてみせる。

「なかなかうまいじゃないか」ミスター・フルノーがほほえみを押し殺しながら言った。

「マンドリンも弾けます」もちろん、リュートのことは言わない。この時代にリュートが弾けると言うのは、現代に喩えれば、就職面接でファックスが使えますと言うようなものだ。当時、リュートはもう使われなくなっていた。

ミスター・フルノーは感心して、いいんじゃないかというようなことを言った。

「ううむ」ウォリス船長はまだ納得していないようにうなり、連れのほうを向いた。「われわれはコンサートを開こうとしているわけではないのですぞ、ミスター・フルノー」

ミスター・フルノーは湿った空気をすっと吸いこんだ。「不躾ながら、ウォリス船長、われわれが計画しているような長い航海においては、こういった音楽の腕は非常に貴重な技術だと思います」

「技術ならほかにもあります、船長」ぼくはウォリス船長に訴えた。

船長はぼくにいぶかしげな目を向ける。

「帆を張ったり、マストにオイルを塗ったり、索具を修理したりすることもできます。文字も地図も、両方読めます。銃に火薬を装塡することもできるし、射撃の腕も悪くありません。フランス語も話せます。堪能とはいえませんが、オランダ語もいけます。夜間の見張りもできます。ぼくならちゃんとやっていけます、船長」

ミスター・フルノーは笑いを噛み殺している。ウォリス船長の機嫌は、さっきより良くなったようには見えない。それどころか、ぼくのことを本格的に気に入らなくなったようだ。船長はビロードのコートを撤退する船の帆のようにはためかせて、立ち去ろうとしている。

「早い時間に出航する。明朝六時、港で会おう」

「はい、船長。六時に港に行きます。ありがとうございます。本当にありがとうございます」

現在　ロンドン

九年生の教室で、より社会的な歴史を教えているとき、窓の向こうをカミーユが悪夢のように通りかかった。

「エリザベス女王時代のイングランドでは、ポケットにお札が入っている人はいなかったんだ。イングランド銀行が設立されるまでは、お金はすべて硬貨だった……」

ぼくはとっさに手を上げたが、カミーユの反応はない。ぼくのことは見えているのに。アントンに見つめられながら、ぼくは手を下ろした。

一週間ずっとそんな感じだった。カミーユにとって、ぼくは透明人間だった。職員室では絶対に目を合わせてくれない。外ですれちがっても、挨拶はなし。ぼくは彼女を傷つけてしまったのだ。それはわかっていた。だから、彼女に話しかけたりして、さらに状況を悪くするようなことはしない。ぼくの計画はシンプルだ。一週間もちこたえ、オーストラリアへ行った後、ここから遠く離れたどこかへ移住させてもらう。

だが、講堂をななめに横切っているとき、カミーユの悲しそうな顔を見かけると、ぼくは声をかけずにいられなかった。「カミーユ、ごめん……ぼくが悪かった」彼女はごく小さくうなずいて、そのまま歩いていってしまった。

その夜、エイブラハムが自分の四分の一しかないマルチーズをふり払おうとしているとき、ぼくは誰もいないベンチを見つめ、カミーユに腕を回したときのことを思い出していた。ベンチは悲しい雰囲気を醸し出していて、まるでベンチもあのときのことを覚えているかのようだった。

　次の土曜日から、学期の中間休みが始まる。ぼくはオーストラリアへ行くことになっているので、明日、エイブラハムをドッグシッターのところへ連れていく予定だが、今はスーパーにいる。旅行用の歯磨きを買い物かごに放りこんだとき、校長に気づいた。明るい色のブラウス姿で、ショッピングカートの向こうで目を丸くしている。

　出かけることは知られたくないので、ぼくは歯磨きと日焼け用ローションを雑誌《ニュー・サイエンティスト》の下に隠した。

「あら、ハザード先生！」校長は笑っている。

「校長、こんにちは」

　運悪く、おしゃべりが始まった。校長は、ついさっきコロンビア通りの生花市場へ向かうカミーユを見たという。

　校長は少しいたずらっぽい目をして言った。「もしわたしがあなたの上司じゃなくて――実際は上司なんだけれど――ただの隣人だったら――実際は違うけれども――こう言っているところよ。マダム・ゲランは、どういうわけだか、とある新任の歴史の先生にちょっと気があるみたい」

　ぼくはスーパーマーケットの不自然な光がまぶしくなる。

「でも、どう考えても、わたしがそんなことを言うべきじゃないわよねえ。なにしろ、わたしは校長で、校長はそういうことは言わないものだもの。職場恋愛を勧めるなんて、校長として完全に間違っているわよねえ。ただ……彼女はこの一週間、ひどく静かだったから。気づいていた？」

　ぼくは無理に笑顔を作った。「デマですよ、残念ですが」

「わたしはただ、あなたなら彼女を元気づけてあげられるんじゃないかと思っただけよ」

「その役目には、ぼくはいちばん向いていないと思います」

気まずい沈黙が流れる。いや、気まずいのはぼくだ。校長が気まずさを感じているとは思えない。ぼくは校長のショッピングカートに、ラム酒のボトルとパスタが一袋入っているのに気づいた。

「パーティーですか？」ぼくは話題を変えようと訊ねた。

校長はため息をつく。「それならよかったんだけれど。違うの、そうじゃなくて、〈バカルディ〉のボトルは母に買っていくの」

「お母さんは分けてくれないんですか？」

「ぜんぜん！　独り占めよ。まったく。母はラム酒のこととなると、すごく欲張りになるの。サービトンの老人ホームに入っているんだけれど――自分で選んだのよ、仲間とわいわいすごすのが好きだから――いつもわたしにこっそりラム酒を持ってこさせるの。ちょっとした不良娘なのよ、うちの母は。おかげでこっちは、いつも酒の密輸業者になった気分、ほら、禁酒法時代のアメリカみたいな……」

ぼくはアリゾナにいた頃、ピアノでラグタイムを弾いていたことを思い出す。ぼくの横には、密造酒のボトルが埃っぽい床に置いてあった。

「母は腎臓が少し悪くて、脳卒中を起こしたこともあるから、完全に断酒するべきなんだけれど、いつもこう言うの。『わたしがここに来たのは、楽しい時間をすごすためで、長生きするためじゃないのよ』といっても、じゅうぶん長生きしているんだけれどね。八十七歳にして、ますます達者なんだもの。まったく！」

「素敵なお母さんですね」ぼくは懸命にこの会話に集中しようとするが、苦しいくらい活発すぎる海馬が、学校でのカミーユのことを考えさせる。カミーユが青ざめていたこと。職員室では慎重に、ぼくからいちばん遠いところにいるようにしていたこと。

ところがそのとき、校長がぼくを絶望から引き戻すことを口にした。

「ええ、かわいい人よ、うちの母は。聞いてちょうだい、母は老人ホームでいろんな人たちと一緒にいるでしょ。そのなかに、自分はすごい年寄りで、ウィリアム征服王の時代に生まれたと思いこんでるおばあさんがいるの！　さすがに彼女は精神科病棟に入るべきだと思うわ」

ぼくは凍りついた。最初に思い浮かんだのは、マリオンだ。だが筋が通らない。もしマリオンが生きているとしたら、老人のような外見ではないはずだ。ぼくより若く見えるに決まっている。それに、マリオンが生まれたのはジェイムズ一世の時代で、ウィリアム征服王の時代じゃない。

「気の毒なメアリー・ピーターズ。頭のなかがすっかり混乱してしまって。テレビを怖がるの。でも、かわいらしいおばあさんよ」
メ、ア、リ、ー、・、ピ、ー、タ、ー、ズ。
ぼくは校長に首をふったものの、頭のなかでは、ハクニーにいた頃、突然姿を消したメアリー・ピーターズにまつわる噂を思い出していた。ローズが市場で知り合った女性。アダムズ夫人によく罵られていた人で、〝どこからともなく〟村にやってきたと言われていた。

「へえ。へえ、そうなんですか？　気の毒に」

校長がいなくなると、ぼくは自分の買い物かごを通路に残し、決然とスーパーを出た。携帯電話を出して、サービトン行きの列車の時刻を調べ始める。

その老人ホームは、道路から引っこんだところに建っていた。正面全体に木が立ち並んでいる。ぼくは建物の前の舗道に立って、どうしたものかと考えた。道路の向こう側には郵便配達員がひとりいるが、ほかには――誰もいない。ぼくは息を吸いこんだ。人生には奇妙なリズムがある。そのことに完全に気づくには、ある程度時間がかかる。数十年。数百年かかることもある。単純なリズムではないが、確かに存在する。テンポは移り変わり、変動する。構成のなかにもさらに構成があり、パターンのなかにもさらにパターンが存在する。そして不可解だ。初めてジョン・コルトレーンのサックスを聴いたときに似ている。それでもそのリズムにかじりついていると、なじみのある要素が明らかになってくる。今現在、リズムはだんだんテンポが速くなっている。ぼくはクレッシェンドに近づいている。何もかもがいっせいに起こっている。それもパターンのひとつだ。何も起こっていない状態で、次に起こりそうなこともない場合、しばらくすると休止状態が過剰になって、ドラムの始動が必要になってくる。何かが起きなくてはならなくなる。そういう必要性は自分のなかから生まれることが多い。電話をかける。そして「こんな生活はもうやっていけない。変化が必要だ」と言う。すると物事が起こるが、それについては自分がコントロールしている。さらにべつの物事が起こるが、こちらについては自分に発言権はない。ニュートンの運動の第三法則だ。作用は反作用を生む。物事が起こり始めると、ほかの物事も起こり始める。だがときには、なぜそういう物事が起こっているのか説明がつかないように見えることもある――なぜすべてのバスが一度にやってくるのか、なぜ人生の幸運と苦悩は集団でやってくるのか。ぼくたちにできることは、パターンやリズムを観察し、そのなかを生きることだけだ。

ぼくは大きく息を吐いて、空気を吸いこむ。

〈アッシュ・グレインジ特別養護老人ホーム〉。ロゴマークは落ち葉。なんの葉か特定できない、ごく一般的なデザインの葉だ。看板はパステルイエローとブルー。ぼくが見たことのあるなかで、もっとも気が滅入るもののひとつだ。建物自体が結構ひどい。おそらく、せいぜい築二十年といったところだろう。明るいオレンジ色のレンガに着色ガラスの窓と、いやに落ち着いた雰囲気だ。全体的に、行儀よく遠回しに死を連想させる。

ぼくはなかに入った。

「こんにちは」事務室の女性が話を聞こうとガラス窓を開けてくれると、ぼくは言った。「メアリー・ピーターズさんに会いに来たんですが」

彼女はぼくを見て、快活でてきぱきした雰囲気の笑顔を浮かべた。現代的なプロフェッショナルの笑顔。昔は――電話が発明される以前は――存在しなかったタイプの笑顔だ。

「あ、はい。先ほどお電話をくださった方ですね？」

「はい。電話した者です。トム・ハザードと申します。ピーターズさんの若い頃の知り合いです。ハクニーにいた頃の」

彼女はパソコンの画面を見つめ、マウスでクリックした。「ああ、はい。ピーターズさんが会いたがっています。こちらからどうぞ」

「ありがとうございます」ぼくはカーペットタイルの上を歩きながら、時間をさかのぼっていくような気がした。

メアリー・ピーターズは、老化で弱って赤くなった目でぼくを見た。白髪まじりの髪はタンポポの綿毛のようにはかなく、血管が秘密の地図に描かれた道路のように皮膚の下を走っているが、確かにぼくが四世紀前にハクニーで出会った女性だ。

「あなたのことは覚えているわ」メアリーは言った。

「あなたが市場にやってきた日のことも。卑劣な市場の管理人と喧嘩したことも」

「ウィロウさんでしたね」ぼくは言う。あの男がもうもうと舞い上がる香辛料の靄《もや》のなかに消えた光景を思い出す。

「ええ」

彼女の呼吸には雑音が混じっている。息を吸うたびに、何かがこすれるような音がする。メアリーは少し顔をしかめ、曲がった指で弱々しく額をさすった。

「頭が痛いの。それが今の状態」

「ぼくも頭痛に悩まされ始めています」

「頭痛のある時期とない時期があるのよ。わたしは最近、また頭痛がするようになってきたの」

ぼくは彼女に驚いていた。まだちゃんと話ができるなんて。老人になって、もう二百年はたっているはずだ。

「わたしはもう長くない」メアリーはぼくの心を読んだかのように言った。「だから、ここに入ったの。もう危険はないから」

「危険がない？」

「残された時間は、せいぜい二年くらいだから」

「それはわかりませんよ。あと五十年かもしれない」

メアリーは首をふる。「そうでないことを祈るわ」

「どんな気分ですか？」

メアリーは冗談を言われたかのように笑った。

「終わりが近い、という気分かしら。ほら、わたしにはいくつか持病があってね。医者から、もっても数週間と言われたとき、わかったの。わたしの……わたしの余命はあと二年だけだって。長くて三年。だから、もう安全だとわかった。こういうところに入っても大丈夫、もう安全だって……」

意味がわからない。まだ安全を気にしているのなら、なぜここの人たちに自分の年齢をしゃべったりしたんだ？

室内にはほかにも人がいる。ほとんどは椅子にすわって、クロスワードパズルや思い出にふけっている。

「あなたはローズの恋人だったわね。ローズったら、あなたのことばかりしゃべっていたわ。わたしがやっていた花屋の屋台の隣で、ローズは妹さんと果物を売っていたの。トムがこんなことをした、トムがあんなことをした。トムの話ばっかり。あなたに出会って、ローズは生き生きしていた。彼女は普通の女の子とは違っていたわ」

「ぼくはローズを心から愛していました。彼女はとても強かった。彼女ほど素晴らしい人は、ほかにいません」

メアリーはかすかに同情のこもった笑顔を浮かべた。

「当時のわたしは、悲しみにくれていた。心の痛みに苦しんでいた」

彼女は室内を見つめた。誰かがテレビをつけていた。番組の始まりに現れたタイトルは〝陽だまりの新生活〟。やがて、ひと組のカップルが自分たちの経営するスペイン料理店〈ブルー・マーリン〉で、鍋に入れたムール貝を不満そうに洗っているようすが映し出された。

ぼくに向き直ったメアリーの顔はもの憂げで、強い思いにほとんど震えていた。やがて、彼女はこう言った。「あなたの娘さんに会ったわ」

あまりに唐突で、ぼくは何を言われているのかよく理解できなかった。

「今、なんと？」

「あなたの子ども。マリオン」

「マリオン？」

「つい最近よ。病院で一緒だったの」

ぼくの頭が理解しようとすごい勢いで回転している。人生にはよくこういうことがある。何か――人や、気持ちや、情報など――を長く待ちすぎると、いざそれが目の前に現れても、よく理解できなくなるのだ。ぽっかりと空いた穴は、穴であることに慣れてしまうと、どう閉じていいのかわからなくなる。

「え？」

「サウソールの精神科病院で。わたしは外来患者で、椅子にすわって泣いているただの頭のおかしいおばあさんだった。マリオンは入院患者だった。それで知り合ったの。わたしがハクニーを出ていったのは、マリオンが生まれる前だったでしょ？」

「それで、どうして彼女がぼくの娘だとわかったんです？」

メアリーは馬鹿な質問だというように、ぼくを見た。

「マリオンがそう言ったの。彼女は誰にでも話していた。そもそも彼女が入院させられたのは、そういう理由もあったのよ。もちろん、誰も信じなかった。頭がおかしい。そう思われていたわ……。彼女はときどきフランス語を話していた。それに、よくうたっていたわ」

「何をうたっていましたか？」

「古い歌。とても古い歌ばかり。うたいながら、よく泣いていた」

「娘はまだそこにいるんですか？」

メアリーは首をふる。「もういない。奇妙なことが起きて――」

「奇妙なこと？　どういう意味ですか？」

「ある晩、ただいなくなったの。病院にいた人たちの話では、大きな物音と騒ぎが聞こえたらしいけれど……。翌日、わたしが病院に行ったときには、彼女はいなかった」

「どこに？　どこに行ったんです？」

メアリーはため息をついて、少し休んだ。悲しそうなとまどった顔で、考えている。「誰も知らなかった。誰も言わなかった。病院側はわたしたちに、彼女は退院したと言っただけ。でもわたしたちには、確かなことはわからなかった。奇妙に聞こえるかもしれないけれど、何が起こっているか、わたしたち患者はいつもわかっているわけではないの。精神科病院はそういう場所よ」

あきらめるわけにはいかない。ぼくは長いあいだ希望を待ち望んでいた。その希望が現れたと思ったら、ほんの十秒でまた消えてしまうとは。「どこへ行ったと思いますか？　マリオンが最終的に行きそうな場所について、手がかりになるような話を聞いたことはありませんか？　何かあるはずです」

「わからないわ。正直、わたしにはわからない」

「娘が場所に関する話をしたことはないですか？」

「旅をしていたことがあると言っていたわ。それまで行ったことのある場所の話をしてくれた。カナダに行ったことがあるんですって」

「カナダ？　カナダのどこです？　トロント？　ぼくはトロントにいたことがあります」

「わからない。でもトロントじゃないと思う。マリオンはスコットランドに長く滞在したこともあったと思うわ。スコットランド訛りが強かったから。でも、あちこち旅をしていたんじゃないかしら。ヨーロッパじゅうを」

「娘はロンドンにいると思いますか？」

「本当にわからないの」

ぼくはぐったりと椅子の背にもたれた。そして考えようとした。マリオンがまだ生きていること——あるいは、つい最近まで生きていたこと——にはほっとしたが、同時に娘がどんな苦しみにさらされてきたのかと思うと心配でならない。

組織がマリオンに追いついたのではないだろうか？　誰かが娘を黙らせようとしたのかもしれない。ヘンドリックはこのことを知っていて、ぼくに黙っているんじゃないのか？　誰かが娘を連れていったんだと思う。ベルリンの研究機関とか。あるいは、ほかの誰かが。

「聞いてください、メアリー」ぼくは帰る前に言った。「これは大事なことです。もう、過去の話をしてはいけない。過去の話をしたことで、マリオンは危険な目に遭った可能性があります。あなたにとっても危険です。頭のなかで考えるのはかまいません。けれど、自分の年齢の話をするのは、危険です」

メアリーは見えない痛みに顔をしかめ、椅子の上で慎重に体勢を変えた。一分がすぎた。彼女はぼくの言葉をじっくり考え、そしておしまいにした。

「かつて、愛した人がいたわ。女性よ。彼女のことが好きでたまらなかった。わかる？　わたしたちは人目を忍んで、二十年近く一緒にすごした。そういう恋愛のことは口にしてはいけないと言われたわ……危険だから。愛することは危険なことだった」

ぼくはうなずく。よくわかる。

「新たな生活を始めるには、真実を話すしかないときが来る。たとえ危険でも、本来の自分でいなければならないときが」

ぼくはメアリーの手を握った。「あなたは自分で思っている以上に、ぼくを助けてくれました」

看護師のひとりがやってきて、お茶をいかがと訊ねるので、ぼくは結構ですと答えた。

そのとき、ぼくは小声でメアリーに訊いた。「アルバトロス・ソサエティのことを聞いたことはありますか？」

「いいえ。ないわ」

「では、くれぐれも気をつけてください。どうか誰にも話さないでください、あのことは……」

ぼくは壁の時計を見た。あと十五分で三時だ。三時間後には、ドバイ経由シドニー行きの飛行機に乗っていなくてはならない。

「お気をつけて」ぼくはメアリーに言った。

彼女は首をふり、目を閉じた。彼女のため息は猫のシューッという威嚇の声に近い。「これだけ年を取ると、もう怖がることもできないわ。嘘をつくことも」

メアリーは椅子にすわったまま前にかがんで杖をつかむと、指の付け根の関節が白くなるほど強く握りしめた。「あなたも気をつけて」

ぼくは外に出て、ヘンドリックに電話した。

「トムか？　どんな状況だ？」

「彼女が生きていることを知っていましたね？」

「誰のことだ？」

「マリオン。マリオンのことです。娘を見つけていたんですね？　知っていたんですね？」

「トム、落ち着け。いいや、トム。手がかりを見つけたのか？」

「娘は生きています。サウソールの病院にいました。それから姿を消したんです」

「姿を消した？　連れ去られた、ということか？」

「わかりません。脱走したのかもしれません」

「病院から？」

「精神科病院だったんです。娘は今どこにいるのか、わかりません」ぼくはスマートフォンに向かって声を落とした。「けど、オーストラリアには行けません。娘を探さなくては」

「もし連れ去られたとすると……」

「それはわかりません」

「もし彼女が連れ去られたとすると、君ひとりで探しだすのは無理だ。聞いてくれ、聞きたまえ。アグネスに連絡して、ベルリンでやつらの動向を探らせよう。オーストラリアの件がすんだら、この件を最重要案件とする。われわれが彼女を見つけだす。もし連れ去られたとすれば、おそらくベルリンか北京かシリコンヴァレーにいるはずだ。君ひとりでは、とうてい見つけられない。だいたい、君はロンドンにいたのに見つけられなかったではないか」

「ぼくは探していたわけではありません。レールからはずれていました」

「そうだ、トム。そうなんだ。やっとわかってくれたか。君はレールからはずれていた。そのとおりだ。この件はわれわれが解決しよう。しかし、君には飛行機に乗ってもらう」

「できません。無理です」

「マリオンを見つけたいなら、もう一度、取り組んでもらわなければならん、トム。オーストラリアへ行って、友人を組織に加入させるんだ。それに、わからんぞ？　その友人自身がわれわれに役立つ情報を持っているかもしれない。どういうことかはわかるだろう。アルバのことはアルバに訊け、だ。君はレールに戻る必要がある、トム。真実はこうだ——君はマリオンの居場所を知らない。だが、われわれは君の友人の居場所を知っている。ベルリンの連中も知っている。マリオンは四百年以上生き延びてきたんだ。もう一週間くらい、ちゃんと生きているだろう。とにかく、オーストラリアでするべきことをしろ。そうすればかならず——かならず——われわれが協力して彼女を見つける。手がかりはつかんでいるんだろ？」

メアリー・ピーターズのことを教えるわけにはいかない。組織の一員になることに同意するはずのない女性を、危険にさらしたくはない。「ぼくは、とにかく、娘を見つけだしたいんです」

「見つけだすとも、トム」とヘンドリック。ぼくは彼を信じているのと同じくらい、彼を憎んでいる。これまで何度も彼を疑ってきたが、実のところ、感じてもいた。彼が口にするひと言ひと言を、肌で感じていた。

「わたしは察知することができる。膨大な過去を経験してきたわたしには、未来を察知することができるのだ。わかっている、わかっている。われわれはもう、すぐそこまで来ている、トム。君は自分の娘と再会する。しかしその前に、友人を救いたければ、なんとしても空港へ行ってもらわねばならん。オマイが君を必要としている」

そして会話は終わり、いつものように、ぼくはヘンドリックに頼まれたことをする。彼はぼくの最大の希望だから。

一七六七年　タヒチ

ぼくはその村に火を放つことになっていた。

「火をつけろ！」ウォリスが声を張り上げた。「帰りたいという気があるのなら、その野蛮人の小屋を燃やすのだ、フリアーズ！　そして、ほかの小屋にも火をつけろ！」

ぼくは燃える松明《たいまつ》を持っている。松明の重みに腕は震え、立っているだけで全身が悲鳴を上げている。松明を下ろすのは簡単だろうけど、ぼくには小屋に火をつけることはできなかった。黒い砂地に立ちつくすぼくを、ひとりの島民がにらんでいる。その若者は何も言わない。何もしない。ただ小屋の前に立って、ぼくをにらんでいる。目を見開き、恐怖と反抗の入り混じった表情でぼくを見つめている。細く長い髪を胸まで伸ばし、ほかの島民より多くの装飾品を身に着けている。骨でできた腕輪。首飾りも。年齢は二十歳くらいだろう。だが、年齢に関して外見は当てにならないことは、ぼくが何よりもよく知っている。

数世紀後、ぼくはこのときと同じ男が海から出てくるようすをユーチューブで見て、彼の目にこのときと似た表情が浮かんでいることに気づく。反抗と困惑が入り混じった表情。

ぼくは聖人じゃない。新しい土地を発見し、大英帝国を築いていくことを恥ずべきことだとは思っていなかった。当時でも、ぼくはまったく違う時代の人間だった。それでも、男の家に火をつけることはできなかった。それが彼の目のせいなのか、彼も自分と同じアウトサイダーだと感じ取っていたからなのか、あるいは、長い人生で罪を重ねていくと精神的なダメージにつながるとわかっていたからなのかは、今でもわからない。

ウォリスに怒鳴られても、ぼくはその場を離れた。なめらかなぬれた砂浜へ松明を持っていき、波にさらわれるところに置く。そしてまだ建っている小屋の男のところに戻り、ベルトに差したピストル——上陸する前に、壊血病で弱った船員からもらったものだ——を抜いて砂の上に置いた。男はピストルを知らないだろうし、何に使う物かわからないだろう。だがナイフはわかるはずだ。ぼくはナイフも地面に置いた。

ポケットに小さい鏡を入れていたので、ぼくはそれを男に見せた。男は鏡をのぞき、自分の顔に見入った。

ウォリスはぼくに向かって怒鳴っている。

「いったい何をしている、フリアーズ?」

ぼくは島民の目と同じ静かな尊厳をたたえた目で、ウォリスをにらもうとした。

さいわい、ミスターー・フルノーもその場にいた。

「彼らの家を破壊すれば、われわれは歓迎されなくなります。必要なのは、彼らの興味を引くことで、これ以上怖がらせることではありません。猛獣はときには吠えるだけでじゅうぶんなものです」

ウォリス船長はただぶつぶつ言ってから、ぼくを見た。「おまえを連れてきたことを後悔させるな」そして結局、村は焼き払われた。こうして、その後タヒチとして知られることになる島が、初めてヨーロッパ人に発見されたのだった。それからわずか二年後、この島はジェイムズ・クック船長の最初の航海で、船長と天文学者が太陽面を横切る金星の観測を行う場所として利用されることになる。まさにこうした理由——この島が何かを観測するのに都合のいい場所にあったこと——で、科学的な知識だけでなく、経度の計算も発達していく。

村が炎に包まれているあいだ、航海を生き延びるため、たったふたりの博物学者が芸術家ジョン・ウェバーと共に熱帯雨林の探検に出発した。ぼくたちは奪うためにここに来たわけではない。ぼくたちがここに来たのは——心のなかではそれぞれ考えていた——発見するためだ。

しかし、地理的発見の誇るべき歴史のなかで頻繁に起こったことを、ぼくたちはしていた。楽園を見つけ、そこに火を放ったのだ。

現在　ドバイ

ドバイの空港はとても明るい。真夜中だというのに。ぼくが店のなかをふらりと歩いていくと、店員がぼくにアフターシェイヴ・ローションを噴きかけようとした。

「結構です、ありがとう」と言っても、店員は聞いてくれない。長方形の薄い紙に香り——野生《ソヴァージュ》——を噴きつけ、ぼくに差し出す。妙に押しの強い笑顔に、ぼくはつい細長い紙を受け取ってしまい、そのまま歩いていった。紙をかいでみる。香りの素になったすべての植物を想像する。人が自然からずいぶんと離れていることに思いをはせる。自然をボトルに詰めて〝野生〟と名付けられるようになるまでに、人がどれだけのことをしなくてはならなかったかを考える。香りは、ぼくの頭にはなんの効果もなかった。ぼくは歩きつづけ、気づくと空港の書店にいた。アラビア語の本もあるが、ほとんどは英語の本だ。

読むものを探したが、最初はビジネス本しか見当たらなかった。ぼくはそのうちの一冊の表紙を見つめた。著者の写真が載っている。スーツ姿で大統領のような笑みを浮かべ、並んだ歯は北極圏の氷のように輝いている。名前はデイヴ・サンダースン。その本『あなたのなかの富』にはサブタイトルがついていた――〝内なる億万長者の生かし方〟。

ぼくはその本を長々と、ほとんど放心状態で見つめていた。よくある現代的な概念だ。内なる自分は表から見える自分とは違うという考え方。内なる自分のほうが本物で、より良く、より豊かで、それに近づくには解決策を手に入れなくてはならない。ディオールの香水が森の植物と切り離されているように、人は自分の本質から切り離されているという考え方だ。

ぼくの知るかぎり、これは二十一世紀に生きることの問題点だ。人々の多くは必要な物をすべて持っているため、現在のマーケティングの仕事は、経済を消費者の感情に結びつけることになっている。以前はけっして必要なかった物をほしいと思わせることによって、消費者にもっと物が必要だと感じさせるのだ。例えば、年収三万ポンドでは貧しいとか、海外十カ国にしか行ったことがないのは旅行経験が少ないとか、しわが一本あるだけで老けているとか、フォトショップで修正したりフィルター機能で加工したりしないと醜く見えるとか、思わされている。

一六〇〇年代の知り合いは、誰も内なる億万長者を見つけたいなどとは思っていなかった。ただ成人するまで生きたいとか、シラミを防ぎたいと思っていただけだ。

まったく。

どうやら、ぼくは機嫌が悪いらしい。

疲労と七時間のフライトで目が乾燥している。飛行機はきらいだ。飛行機に乗っているあいだは、それほど気にならない。面倒なのは、ガトウィック空港を出てほんの二、三時間で、文化も気候もまったく異なるべつの国に到着することだ。それはたぶん、ぼくがまだものの大きさを覚えているせいだろう。そんなことを理解している人は、もういない。人々は世界の巨大さや、そのなかにいる自分の小ささを感じていない。ぼくが初めて海外旅行をしたときは、たくさんの人が乗る船で一年以上かかり、目的地にたどりつければ幸運だった。ところが現代では、世界はただそこにある。すべてがある。一時間後、ぼくはシドニー行きの飛行機に乗り、昼食の時間には到着しているだろう。そう思うと、閉所恐怖症の気分になる。まるで世界が、空気が抜けていく風船のように、文字どおり縮んでいく気がする。

ぼくは書店のなかのべつのコーナーへ移動した。おもに英語で書かれた本や英語に翻訳された本が置かれた〝思想〟というコーナーだ。ビジネス本のコーナーよりかなり小さい。孔子。古代ギリシャ。すると、ある本が目に入った。表紙を正面に向けて陳列されている、教科書のようなシンプルな装丁の本。ミシェル・ド・モンテーニュの『エセー』。

ぼくはあやうく灰になりかけた。娘の名前をつぶやきさえした。まるでまた娘に近づけたかのように、好きだったすべての本に、ぼくたちの一部が含まれているかのように。ぼくは本を取って適当にページをめくり、ある一文——〝忘れたいと願うことほど、記憶を強く刻みつけるものはない〟——を読んで、涙があふれでる気配を感じた。

スマートフォンが鳴った。ぼくはあわてて本を置き、チェックする。メールが来ている。オマイからだ。

〝久しぶり。積もる話をするのが待ちきれないよ。

〈フィグ・ツリー〉というレストランで八時にディナーの予約を入れてある。君は時差ぼけ解消のために、少し昼寝が必要だろ〟

時差ぼけ。

オマイがそんな言葉を使うのは、なんだかおかしい。彼は、ぼくの頭のなかでは、人間が空を飛ぶという考えが空想の話でしかなかった時代に属している。現代なら、人間が土星に住むのと同じくらい途方もないことだ。いや、おそらくそれ以上だろう。

ぼくは返信する――〝じゃあ、レストランで〟。

モンテーニュの本と空港の書店を後にして、ぼくは大きな窓へ向かい、自分のフライトのアナウンスを待った。ガラスに頭を預け、そこに映る自分の姿の向こうに広がる果てしない砂漠の闇を見つめた。

一七七二年　英国　プリマス

航海から戻った後、ぼくはプリマス界隈に残った。そこが気に入っていた。ロンドンと同じく、プリマスも、まぎれこんで姿を消すのが容易な街だ。そこは船乗りと、ならず者と、犯罪者と、逃亡者と、放浪者と、ミュージシャンと、芸術家と、夢想家と、孤独な人の街で、ぼくはいろんな意味でそのすべてに当てはまる。

ある朝、ぼくは滞在していた〈ミネルヴァ・イン〉を出て、新しい造船所へ行った。そこには海軍の大きな軍艦が海から高くそびえていた。

「すごいだろ？」感心しているぼくを見て、波止場にいる男が言った。

「はい。本当にすごいですね」

「新しい世界を発見しにいくことになっているんだ」

「新しい世界を？」

「そうとも。そいつぁ、クックの船さ」

「クック？」

　そのとき、後ろで足音がした。肩に手を置かれ、ぼくは飛び上がった。

「どうした、ミスター・フリアーズ、少し動揺しているようだが」

　ふり向くと、上等な身なりをしたすらりと背の高い紳士が、ぼくにやさしくほほえみかけていた。

「あっ、ミスター・フルノー……お会いできて光栄です」彼の鋭い目が一瞬、ぼくを注視する。「あれからまったく年を取っていないように見えるぞ、フリアーズ」

「潮風のせいです」

「また潮風を味わいたいか？　あそこに戻りたいか？」

　ミスター・フルノーは港の向こうの水平線を指さした。「今度は前とは違うぞ。クックはウォリスより少しばかりいいものを用意している」

「クック船長の船に乗るんですか？」

「正確に言うと少し違う。べつの船で同行するのだ」ミスター・フルノーは言った。「彼の航海に。アドヴェンチャー号の指揮官として。今、乗組員を集めているところなんだが、君も参加するか？」

現在　オーストラリア上空

シドニーからゴールドコーストへの乗り継ぎ便の機内で、ぼくは疲れを感じていた。この二日間、ほとんどを飛行機のなかか空港ですごしてきた。後方の席で赤ん坊が泣いている。一瞬、マリオンを思い出す。マリオンに乳歯が生える頃、ローズは歯が生える痛みで娘が死んでしまうかもしれないとひどく心配していた。どの犬もほかのあらゆる犬に似ているのと同じように、どの赤ん坊の泣き声も、それまでに存在したすべての赤ん坊の泣き声に似ている。

　ちなみに、ぼくの前には若いカップルがいる。ひとりがもうひとりの肩に頭を預けて眠っている。どちらも男性で、かつてはまず見られなかった光景だ。心温まる光景だが、ぼくは嫉妬を覚えた。ぼくも誰かにそんなふうに肩にもたれてほしい。ヘンドリックの電話に出る直前、カミーユがしてくれていたように。ローズのときも、最初はこんなふうに感じたのだろうか？　それとも、この気持ちはそれとは違うものなのか？　たぶん、これはローズのときとは違う種類の愛情だろう。それがなんだというのだ？

　思えば、この一週間、学校でカミーユとほとんど口を利かなかった。職員室のケトルのそばでの気まずいひとときを思い出す。カミーユはたくさんのティーバッグのなかからカモミール・ティーを探していた。そのあいだ、沈黙が悲鳴を上げていた。

　母はぼくに生きなさいと言っていた。自分が死んだ後も、あなたは生き抜かなくてはいけないと言っていた。母にとってそう言うのはたやすいことだったが、もちろん言っていたことは正しい。それに、そう願うのは理解できる。自分が死ぬというとき、いちばん望まないことは、死が自分から漏れ出して残された人に感染し、愛する人が生ける屍のようになってしまうことだ。とはいえ、どうしても、そういうことはしばしば起こる。ぼくにも起こった。

だが、ぼくはそれが近づいているのを感じる。人生が。すぐ目の前まで来ているのを感じる。そのなかにはマリオンもいる。娘を見つけるという考えが、急に強い現実味を帯びてきた。ぼくは眠り、オマイの夢を見る。夢のなかで、彼はサウスパシフィック・ビーチに立って夕日を見つめている。ぼくが近づいて彼の腕をつかむと、彼は砂のようにくずれ去り、そこに違う誰かが現れる。彼のなかから、もっと小さい人が、マトリョーシカのように現れる。子どもだ。長い髪を一本の三つ編みにして、緑色の麻のワンピースを着ている。

「マリオン」ぼくは言う。

するとマリオンも、くずれて砂になり、ビーチに混ざってしまう。ぼくは娘の姿を守ろうとするが、波が娘を押し流してしまう。

そこで目が覚めた。赤ん坊はすでに泣きやみ、ぼくはそこ――ここ――にいる。飛行機は着陸していた。数時間もすれば、ぼくは数百年会っていない人物に会っているだろう。そう思うと、恐怖を感じずにはいられない。

一七七三年
ソサエティ諸島　フアヒネ島

アドヴェンチャー号の少尉アーサー・ケンプは、日に焼け、かつては白かったシャツを着て汗だくになっていた。砂浜に膝をつき、鮮やかな赤と白のリボンを両手に持って、ぎこちないながらも力強く身ぶりで伝えようとしている。彼はリボンを自分の髪に結びつけるジェスチャーをした。かわいい女の子の真似をして笑顔を作る。日焼けした顔にぼうぼうのひげと坊主頭にしては、なかなかの出来だ。

それでも、彼を見ている小さい子どもたちは感心しているようだった。旅の経験の多いぼくは、笑いは世界共通のものだと知っている。少なくとも、子どもたちのあいだではそうだ。後ろのほうに、もう少しポーカーフェイスで立っている年長の島民たちでさえ、このおかしな赤い肌の英国人のおふざけに急に笑顔になっている。アーサーがすぐそばにいた髪の長い少女——せいぜい六歳くらいだろう——にリボンを差し出すと、少女は母親に確認を取ってからリボンを受け取った。

それからアーサーはふり向き、普段より小さい声でぼくに言った。「フリアーズ、おまえ、ビーズ持ってないか？」

人々の後ろには、二隻の船が、べつの世界から転送されてきた動かない優雅な動物のようにたたずんでいる。

ぼくたちがそこで贈り物をあげたり、リボンで平和交渉をしたりしているとき、ぼくは島民のなかに見覚えのある顔があることに気づいた。以前、会ったことのある男だ。

彼は木製のサーフボードを抱え、海水にぬれていた。

ぼくは前回、太平洋諸島に来たとき、似たような木製のサーフボードを見たことがある。漁師が海に出るのに使っていた。彼らはボードの上に立ち、波に乗っていた。ときには、ただ楽しむために波乗りをしているようにも見えた。とはいえ、どれもぼくがこの男を知りえる理由にはならない。どうしたら、そんなことがありえるのか？　ぼくはこれまでこの島に来たことは一度もない。ぼくは考えてみた。するとまもなく、気づいた。この男は、ぼくが燃やすのを拒んだ小屋の持ち主だ。長い髪と大きな目をしたハンサムな男。だが、あれはタヒチだった。ふたつの島のあいだには広大な海が広がっているというわけではないが、板切れ一枚で渡ってきたと考えるのは馬鹿げている。それにタヒチにいた男は首飾りと腕輪で飾りたてていて、なんらかの地位にあることを示していた。ここにいる男は、胸にも腕にも装飾品をつけていない。つまり、もうそういった地位にはないことになる。

男はぼくの記憶どおりの姿をしていた。六年はそれほど長い年月ではない。ぼくを見る彼の顔には、一種の切望が、何かを伝えたいという痛切な思いが浮かんでいた。

ぼくはあたりを見回し、アーサーやほかの仲間を見て、そのあいだに男の関心がほかへ移っていることを祈った。だが、そうはいかなかった。彼の関心はずっとぼくだけに向いている。彼がぼくにはわからない言葉をしゃべった。そして、右手の指先をぎゅっとすぼめて胸に持っていく。指先が胸をすばやく何度か叩いた。ぼくにはそのジェスチャーの意味がわかった。

ぼく。

ぼくに。

彼を。

それから彼は海を指さし、船を指さし、さらに水平線を指さした。そして砂浜に目を落とし、恐怖か嫌気を示すような顔をした。その表情のまま後ろを向き、パンノキと砂浜の向こうに広がる緑のジャングルを見てから、また船と海に目を戻す。彼がこの動作を二、三度繰り返したところで、ぼくには彼の言いたいことがはっきりわかった。

砂浜を歩いてくるブーツの足音が聞こえた。クック船長とフルノー指揮官が一緒に顔をしかめて近づいてくる。

「ここで何をしている、ファインズ?」クック船長が訊ねた。

「フリアーズですよ」フルノー指揮官がやんわりと訂正する。

クック船長は訂正など小さな羽虫のようにふり払った。「説明したまえ。そこの……紳士と少しばかりもめているようだが」

「はい、船長」

「なんだ?」

「彼はぼくたちと一緒に来たがっています」

一七七三年　太平洋

彼はオマイという名前だった。

その後、彼の英語が上達すると、本当の名前はマイであることがわかった。オマイとは、タヒチの言葉で「わたしはマイです」という意味だったのだ。ともあれ、オマイという名前が定着していたので、彼はぼくたちに呼び方を直させることはしなかった。

船がほかの島に寄ると、オマイはよく自分のサーフボードにぼくを立たせようとした。サーフィンという言葉が生まれるのはまだずっと先のことだったが、彼はまさにサーフィンをしていた。どんな大きさの波が来ても、彼はボードの上に好きなだけ立っていられる。ぼくはというと、もちろん彼とはまるで違い、ボードの上に立とうとするたびに落っこちて爆笑された。それでも、ぼくはサーフボードを使った最初のヨーロッパ人だと思うと、気分がいい。

オマイは物覚えがよかった。驚くべきスピードで英語を理解していった。ぼくはオマイを気に入っていた。とくに、甲板での日々の仕事から逃れさせてくれるところが。ぼくたちは日陰や甲板の下の静かな片隅を見つけてすわり、名詞と動詞を復習したり、瓶に入ったキャベツの酢漬けを分け合ったりした。

ぼくは彼にローズとマリオンのことを少し話した。マリオンがくれたコインを見せ、〝お金〟という単語を教えた。

オマイはぼくに、彼の考える世界について教えてくれた。

すべてのもの――あらゆる木、あらゆる動物、あらゆる人――には、マナと呼ばれるものが宿っている。

マナとは、特別な力のことだ。超自然的な力。善いものも悪いものもあるが、常に敬意を払わなくてはならない。

ある晴れた日、ぼくたちは甲板に出ていた。すると、オマイが床板を指さして訊ねた。「これは英語でなんと呼ぶ？」

ぼくは彼の指の先に目をやった。「影だよ」

オマイは説明してくれた。マナは影にも宿っていて、影にはたくさんのルールがあるという。

「ルールって？　どんなルール？」

「踏むのはとても悪いこと。ええと……の影」オマイは探している単語がどこか空中に浮かんでいるかのように、きょろきょろした。すると船尾楼甲板を船尾へ向かって歩いていくフルノー指揮官を見つけ、彼を指さした。

ぼくはわかった。「指揮官？　リーダー？　上官？」

オマイはうなずく。「初めて会ったとき、おまえは俺の影を踏まなかった。近くには来たが、俺の影を踏みはしなかった。だから、おまえは信頼できるとわかったんだ。おまえのなかのマナが、俺のなかのマナを尊重したんだ」

興味深いことに、オマイにとっては、ぼくが彼の家に火をつけるのを拒んだことより、影を踏まなかったことのほうが重要らしい。ぼくは彼から少し離れた。

そんなぼくにオマイは噴きだし、ぼくの肩にぽんと手をのせた。「初対面で相手のことがわかるのは、悪くない」

「君は村の長《おさ》だったのかい？」

オマイはうなずいた。「タヒチでは」

「けど、フアヒネ島では長じゃない？」

「ああ」

「なのに、どうしてタヒチからフアヒネ島に移住したんだ？」

普段のオマイはすこぶる陽気で、自分の知っていた世界を後にして旅に乗り出した人間にしては、驚くほどくつろいでいる。だがぼくにこう訊かれると、額にしわを寄せ、上唇を血が出そうなほど嚙みしめた。

「いいよ。無理に話すことはない」

彼が打ち明けたのは、このときだった。

「おまえが信じられるやつだってことはわかってる。ちゃんとわかってる。おまえはいい先生だったし、いい友だちだ。それに、おまえには何か感じる。過去を語るときの話し方。目つき。古いものだと言っていたコイン。おまえの持っている知識。おまえは俺と似ていると思う。いい友だちだ」まるで確認が必要みたいに、オマイは何度も言う。

「うん。ぼくらはいい友だちだよ」

「マーウルウル。ありがとう」

ふたりのあいだにいくらかの理解が交わされ、そして――打ち明けてもいいという信頼が生まれた。

ホランビーが通りかかった。ぼくの隣で寝ているホランビーは、以前、オマイを乗船させるのは悪い考えだと言っていた。「あいつはお荷物だ。食料がいるし、未知の呪いがついてくるかもしれねえ」彼は横目でぼくたちを見たが、眉をひそめただけでそのまま通りすぎた。

「俺はほかの連中より年を取っている」オマイは言った。「おまえもそうじゃないのか？　その顔は六年前と変わっていない。少しも変わっていない」

「ああ」ぼくは声を落とした。あまりの衝撃に、それ以上言葉が出ない。ぼくはじつに恐ろしく、じつに素晴らしい解放感を感じていた。ドクター・ハッチンソンに出会うより一世紀前のことだ。自分と同じ人を見つけ、本当のことを話せるようになったのだ。喩えるなら、船が難破して無人島に流れ着き、数十年たってやっともうひとりの生存者を見つけたようなものだ。

オマイはにこにことぼくを見つめている。今では恐怖より安堵のほうが大きいようだ。「おまえは俺と同じ。俺はおまえと同じ。俺にはわかっていた」ほっとして笑う。「わかっていた」

彼はぼくをぎゅっと抱きしめた。ぼくたちの影がひとつになる。「かまわない！　俺たちのマナは同じだ。俺たちの影はひとつだ」

あのひとときの重みは表現しきれない。もちろん、マリオンもぼくと同じタイプだったが、まだ見つかっていなかった。だからこそ、オマイの存在は、ぼくにひとりじゃないと感じさせてくれた。彼といると、自分は普通だと思える。ぼくはすぐに、何もかも知りたくなった。周囲を見回し、ほかの乗組員が甲板の下かよそにいるのを確認してから、ぼくたちは話し始めた。

「それで来たのかい？　だから島を出たかったのか？」

オマイはうなずいた。うなずく仕草は、世界共通らしい。迷信もそうだ。「ああ。困難だった。タヒチにいた最初の頃はよかった。人々は俺のことを……特別な存在として見ていた。それで、俺は……長《おさ》になったんだ。彼らは俺が年を取らないことを……俺のなかのマナが上等な証拠だと考えた。俺を上等な存在、人間と神の血を引く者だと考えたんだ。彼らは俺の影を踏んでしまうのを恐れて、昼間は近づいてこようとしなかった」オマイは笑うと、思い出が水平線に浮かんでいるかのように海を見つめた。「というわけで、俺は最善を尽くした。いい長だったつもりだが、長い月日が流れると、状況が変わった。ほかの男たちが現れたんだ。長になりたがるやつらが。俺は長をやめることはできなかった。死なないかぎり、長はやめられない。俺はすっかり……」

オマイは狭いところに閉じこめられたようなジェスチャーをした。両手を頭の近くに上げ、空《くう》を叩いている。

「閉じこめられた?」

「そう、閉じこめられたような状態だった。だから、出ていかなくてはならなかった。夜明けのように、また最初から始めなくてはならなかった。だけど俺の照らす昼は長すぎ、人々は夜を望むようになる。いくつもの島を転々としてきた俺には、もう行き場がなかった。俺はただ生きたかっただけだ」

ぼくもオマイにこれまでのことを打ち明けた。母の身に起きたこと。魔女狩り人マニングのこと。ぼくたちと同じく年を取らない娘、マリオンのこと。ぼくのせいでローズがどれだけ危険な目に遭ったかを話し、どんなにローズが恋しいかを話した。

オマイはやさしくほほえんだ。「おまえの愛する人たちは、けっして死なない」

意味はさっぱりわからなかったが、その言葉は何百年もぼくの心に残っている。

——おまえの愛する人たちは、けっして死なない。

「英国でも、ぼくたちは受け入れられない」ぼくはさっきまでの話題に戻った。「年を取らないことは、この船の誰にも言ってはいけない。ぼくは英国に戻ったら、またべつの人物になりすまさなきゃならない。すでに、ミスター・フルノーが少し怪しんでいる」

　オマイは少し心配そうに、自分の顔に触れている。おそらく、いったいどこに隠れればいいのかと思っているのだろう。

「心配いらないよ」ぼくは言った。「君は異国風の顔だちだから」

「イコクフー？　どういう意味だ？」

「変わってるってことだよ。遠い国から来たってこと。ずっとずっと遠くから。パイナップルみたいに」

「パイナップルが？　英国にはパイナップルがないのか？」

「たぶん、三十個くらいはあるんじゃないかな。暖炉《マントル》棚《ピース》の上なんかに」

　オマイはきょとんとしている。波が船首にやさしく跳ねかかる。「マントルピースってなんだ？」

現在　オーストラリア　バイロンベイ

　ぼくたちはベランダにすわり、豆電球と楽しそうな会話に囲まれている。

　最後にぼくがオマイを見たのは、オーストラリアがヨーロッパ人に発見されたばかりの頃だったと思う。それでもオマイは、まだはっきり彼とわかるほど変わっていない。顔がわずかに大きくなり——太ったのではなく、年齢と共にたまたまそうなっただけだ——笑っていなくても消えないしわが何本か目元に刻まれているが、何も知らない人が見れば、三十六歳だと思うだろう。着ている色あせたTシャツには、フリーダ・カーロの自画像がプリントされている。シドニーのニューサウスウェールズ州立美術館で開かれた彼女の展覧会を宣伝するTシャツだ。

「久しぶりだな」オマイが物憂げに言う。「よう《ジュード》、おまえがいなくてさびしかったぜ」

「ぼくもさ。へえ。今は〝よう《ジュード》〟なんて言葉を使うんだ。似合うよ」

「六〇年代から使ってる。このあたりじゃ、義務みたいなものなんだ。サーフィン用語さ」

　ぼくたちはココナッツ・チリ・マティーニで食事を始めた。オマイが試したカクテルで、ぼくも飲んでみることにしたのだ。ここからは海が見える。満月の下、ずんぐりしたヤシの木の並ぶ広々としたビーチの向こうで、海はやさしくきらめいている。

「ココナッツ・チリ・マティーニなんて、飲んだことがなかったよ」ぼくは言う。「年を重ねることの問題は、これだよな。新たに試すものがなくなってくる」

「へえ、そうかな」オマイは相変わらず楽天家だ。「俺は人生のほとんどを海のそばですごしてきたが、まだひとつとして同じ波を見たことがない。マナだよ。マナはそこらじゅうに存在している。じっとしていることがない。マナは世界を常に新しくしている。この地球全体がココナッツ・チリ・マティーニみたいなものさ」

　ぼくは笑った。

「ところで、ソル・デイヴィスと名乗って何年になる？」

「十七年かな。バイロンベイに来たときからだ」

　ぼくは周囲の幸せそうなオーストラリア人全員を見回した。みんな、金曜の夜を楽しんでいる。誕生日を祝っている人たちだ。三本の花火の刺さったケーキが到着し、テーブルがどっと盛り上がる。テーブルのいちばん奥にすわっている女性の前にケーキが置かれると、いっせいに拍手が響いた。女性はベストの上部に特大のバッジをつけている。四十歳になるらしい。

「まだ赤ん坊だね」ぼくは言った。

「四十歳か」オマイは苦笑いを浮かべる。「その頃のこと、覚えてるか？」

ぼくはうなずき、悲しい口調で言った。「ああ、覚えている。君は？」

オマイの顔にも悲しみが浮かんだ。「覚えてるさ。タヒチを出ていかなきゃならなかった年だ」

彼は遠くを見つめた。ベランダの向こうに広がる闇のどこかに、その頃の時空が見えるかのようだ。「俺は人の姿をした神だった。太陽は俺のおかげで輝いていた。天候や海や木々になる果実は、俺の領域だった。忘れないでほしいんだが、当時は、つまりヨーロッパ人がやってきて俺たちをキリスト教化する前は、人間の姿をした神はぜんぜん珍しいものじゃなかったんだ。神は雲の上にいる存在なんかじゃなかった。ほら、この俺だって神として通用していたんだ。だろ？」

「このマティーニって、きついお酒だね」

「たぶん、こういう話は前にしたことがあったよな」

「たぶん。ずっと前に」

「ずっと、ずっと、ずっと、ずっと、ずっと前だ」

ウェイトレスが来た。ぼくは前菜にカボチャサラダ、メインに鯛を頼んだ。オマイが注文すると、ウェイトレスはこう言った。「どちらも豚バラ肉のお料理ですが」

「知ってるよ」オマイは笑顔で返す。彼は相変わらず、ぼくの知るいちばんハンサムな男だ。

「ひょっとしたら、違ったお味をお楽しみになりたいのでは、と思ったものですから」

「違う味だよ。ふたつの違う料理なんだし」

「承知いたしました」

「それから、こいつのおかわりをふたり分頼む」オマイは自分のグラスをかかげた。

「かしこまりました」

オマイはウェイトレスの視線を受け止めている。ウェイトレスはためらった。

「あなたのこと、見たことがあります。サーファーの方ですよね？」

オマイは笑った。「ここはバイロンベイだぜ。誰でもサーファーだ」

「いえいえ。あなたほどの方はいらっしゃいません。ソル・デイヴィスさんですよね？」

オマイはうなずき、決まり悪そうにぼくを見た。

「なんでかな」

「まあ。あなたはこのへんでは有名人ですよ」

「そんなことはない」

「いいえ、大変な有名人です。あなたがサーフィンをしている動画をユーチューブで見ました。素晴らしかった。インターネットで見たんです」

オマイは行儀よくほほえんでいるが、気まずく感じているのがぼくにはわかった。ウェイトレスがいなくなると、オマイは自分の右手を見つめた。指を大きく開いてヒトデの形を作ると、今度は握り拳を作って手をひっくり返す。彼の肌はなめらかなキャラメル色で、若々しく見える。海に守られた肌。遅老症《アナジェリア》に守られた肌。

ぼくたちはもう少し話をした。

それぞれ、一皿目の料理が来た。

オマイは勢いよく食べ始める。最初のひと口で、目を閉じて満足そうにうなった。簡単に喜びを味わえる彼がうらやましい。

「で、何しにきたんだ？」とオマイ。

ぼくは彼に話した。教師をしている今の生活のこと。これまでの生活のこと。最近の話。アイスランドにいた頃のこと、カナダでのこと。ドイツ。香港。インド。アメリカ。そして一八九一年の頃の話。ヘンドリックのこと。アルバトロス・ソサエティのこと。

「ぼくたちと同じ人々がいるんだ。たくさん。いや、たくさんは言い過ぎかもしれないけど」

支援を受けられることも説明する。八年ルールのこと。寿命の長いぼくたちはアルバトロス、普通の人々はカゲロウと呼ぶこと。オマイは目を見開き、困惑の表情でぼくを見ている。

「で、何をするんだ？　おまえは？」オマイは訊ねた。

「ぼくはヘンドリック――彼がボスなんだ――に行けと言われたところへ行く。そして仕事をする。ぼくたちと同じ人々を仲間に入れる《ブリング・イン》。それほど悪いものじゃない。最近はスリランカへ行ってきた。快適な暮らしだよ」

自分の耳にさえ、〝快適〟という言葉は遠回しな表現に聞こえた。

オマイは笑い、関心を持ったようだった。「俺たちみたいなやつを見つけたら、どこに連れていく《ブリング・イン》んだ？」

「特定の場所があるわけじゃない。組織のメンバーにするという意味だよ」

「メンバーにする？　どうやって？」

「通常は、簡単な話さ。ぼくは組織について説明する。組織が守ってくれることや、身分を変える手続きを引き受けてくれることを――ヘンドリックはあらゆる方面に伝手があるんだ。まあ、組合みたいなものかな。保険にも似ている。ただし、ぼくたちの場合は、生きるためにお金をもらう」

「優秀なセールスマンだ。おまえは時代の流れにちゃんとついていってるんだな」

「聞いてくれ、オマイ。これはジョークじゃない。ぼくたちは今も危険にさらされているんだ」

「ああ。それでも、俺たちはまだここにいる。まだ息をしている。吸っては吐いてをくり返してる」

「危険がごろごろしているんだよ。君は――こうしている今も――危険にさらされている。ベルリンに、ある研究機関が存在する。君はその機関に知られてしまった。彼らは長年にわたって、人々を連れ去ってきた」

オマイは笑う。げらげら笑っている。ぼくは姿を消したマリオンのことを思った。おそらく連れ去られたのだろう。怒りがこみ上げてくる。ぼくは彼に挑発されている気がした。彼はキリスト教徒を前にした無神論者のようだ。「人々を連れ去ってきた？　うひゃあ」

「本当の話だ。しかも、最近は彼らだけじゃない。シリコンヴァレーなど各地にあるバイオ技術企業が、競争を勝ち抜くための究極の強みを手に入れたがっていて、ぼくたちはそれを持っている。彼らにとって、ぼくたちは人間じゃない。実験動物なんだ」

オマイは目をこすった。急に疲れたように見える。ぼくが疲れさせているのだ。

「わかった。じゃあ、〝守ってもらう〟ために何をするんだ？　問題はなんだ？」

「問題は、一定の義務があることだ」

オマイは笑い、目をこすっている。まるで、ぼくの言葉はふり払わなくてはならない眠気のようだ。「義務？」

「ときどき、アルバトロス・ソサエティのために仕事をしなきゃならない」

オマイの笑い声が大きくなる。「なんだよ、その名前」

「うん、ちょっと古くさいよな」

「どんなことをしなきゃならないんだ？」

「いろいろある。例えば、こういうこと。人と話して、組織に加入するよう説得すること」

「加入？　書類でもあるのか？」

「いやいや、書類なんかない。誠意があればいい。信用にもとづく取り決めだよ。もっとも古いタイプの契約だ」ぼくはヘンドリックみたいな口ぶりになっているのに気づいた。最後にこういう気分を味わったのはアリゾナにいたときで、いい終わり方ではなかった。

「で、断ったらどうなる？」

「たいていは断らない。いい取引だからね」ぼくは目を閉じた。砂漠で銃を撃ったことを思い出す。「聞いてくれ、オマイ。ぼくはこう言っているんだよ、君は安全じゃないって」

「で、俺がしなきゃならないことってのは？」

「ざっくり言うと、ぼくたちは一カ所に長くとどまってはいけない。ヘンドリックが口をすっぱくして言っているのは、ほかの人間とあまり仲よくなりすぎてはいけないってことなんだ。八年ごとに引っ越す人間にとっては、もっともなことさ。ぼくたちは八年ごとに新たな場所で生活を始める。名前を変えてべつの人間になる。そういえば、君はここに来て何年に――」

「それはできない。引っ越すってのは」

オマイはかなり頑《かたく》なになっている。ここはストレートに話したほうがいい。

「引っ越しに選択の余地はない。組織のメンバーは全員――」

「俺は組織のメンバーになるとは言ってない」

「君は自動的にメンバーになっているんだ。アルバは発見され次第、組織のメンバーになる」

「アルバ、アルバ、アルバ……なんたら、かんたら、うんぬん……」

「組織の存在を知ること＝メンバーになること、なんだ」

「生きることにちょっと似てるな」

「そうだね」

「で、俺がノーと言ったら、もし断ったら、正確にはどうなる？」

ぼくはかなり長く黙りこんだ。

オマイは椅子の背にもたれ、ぼくを見て首をふった。

「なんだよ、まったく。まるでマフィアじゃないか。おまえ、マフィアに入ったのか」

「ぼくが選んだわけじゃない。それが肝心なところだ。けど、信じてくれ、理にかなった話だ……。ほら、ひとりのアルバが見つかれば、すべてのアルバが危険にさらされることになる。けど、君はすでに、隠れなきゃならないことはわかっている。君はずっと隠れてきた。ぼくに話してくれたじゃないか……」

オマイは首をふった。「俺はオーストラリアに来て、三十年になる」

ぼくはその言葉をよく考えてみた。

――俺はオーストラリアに来て、三十年になる。

「二十年と聞いていたが」

オマイの表情が少し硬くなる。まずい。何もかもがまずい。ぼくは船上で笑い合った頃のことを思った。その後、ロンドンの英国学士院で、オマイにぼくも彼と一緒にそこに残るべきだと言われたことや、ふたりで楽しんだことを思い出す。ジンを飲んで、サミュエル・ジョンソンと当時の著名人たちに嘘をついたことを。「聞いた？　誰に？　俺は監視されてるのか？」

「わからないのは、三十年もどうしてやってこられたのかってことだ。あちこち転々としていたのか？」

「シドニーで十三年すごして、バイロンベイに来て十七年。沿岸ぞいにちょっと移動しただけだ。ブルーマウンテンズに行ったこともある。だけど、たいていは同じ家で暮らしてきた」

「それで、誰にも怪しまれたことはないのか？」

オマイはじっとぼくを見た。呼吸で鼻の穴が大きくなったり小さくなったりしている。

「人はたいてい、自分の見たいものしか見ちゃいない」

「けど、インターネットに君の動画が上がっていて、さっきのウェイトレスはそれを見ている。誰かが君の映像を撮ったんだ。君は世間の注意を引きすぎている」

「おまえこそ。おまえはまだ、松明を持っていると思っている。そして俺は相変わらず、おまえが意のままに動かしたがっている〝他者〟だ。その松明を持っていって、海に突っこんだらどうだ」

——しっかりして。

「何を言っているんだ、オマイ、ぼくは君を助けようとしているんだぞ。この話を持ちかけているのは、ぼくじゃない。ぼくはただの仲介人としてここにいる。ボスはヘンドリックだ。彼が事情を知っている。彼は恐ろしいことが起こるのを阻止することもできるが——」ぼくの頭にいやな真実が浮かんだ。「——かなり恐ろしいことを引き起こすこともできる」

「いいか？」オマイは財布を引っぱり出し、中身を探って紙幣を何枚かテーブルに置くと、立ち上がった。

「俺の話している相手が本当はおまえじゃないって言うんなら、こうしても失礼じゃないよな？」

彼が去った後、ぼくはただそこにすわっていた。料理が運ばれてくると、ウェイトレスに友人は戻ってくると思うと言ったが、もちろん、戻ってはこなかった。

正直なところ、こうなるとは思っていなかった。ふたりで昔話をして、これまでに起こった、以前は想像もできなかった良い出来事や恐ろしい出来事について、あれこれ語り合うだろうと思っていた。自転車や車や飛行機。列車、電話、写真、電球、テレビ、コンピューター、月を目指したロケット。摩天楼。アインシュタイン。ガンジー。ナポレオン。ヒトラー。市民権。チャイコフスキー。ロック。ジャズ。『カインド・オブ・ブルー』。回転式連発拳銃。オマイはドン・ヘンリーの『ボーイズ・オブ・サマー』は好きかな？　ヒップホップ。寿司バー。ピカソ。フリーダ・カーロ。地球温暖化。地球温暖化否定論。『スター・ウォーズ』。キューバのミサイル危機。ビヨンセ。ツイッター。絵文字。リアリティー番組。フェイクニュース。ドナルド・トランプ。共感の絶えまない移り変わり。ぼくたちが戦争でしたこと。ぼくたちが生きつづける理由。

けど、違った。そんな話はひとつもしなかった。

ぼくが台無しにしてしまった。

要するに、ぼくが馬鹿だったのだ。しかも、友だちまでなくしてしまった。


——おまえの愛する人たちは、けっして死なない。

ずっと昔、オマイが言っていた言葉だ。

そのとおりだった。彼らは死なない。完全に死ぬわけじゃない。心のなかで、かつての姿でずっと生きつづけている。彼らを愛する人が、彼らの光を生かしつづけているのだ。彼らのことを忘れずにいれば、彼らは今でも導いてくれる。ずっと昔に滅びた星の光が、慣れない海域を行く船を導いてくれるように。彼らの死を嘆くのをやめ、彼らの思い出に耳を傾ければ、彼らはまだこちらの人生を変える力を持っている。つまり、彼らは救いになりうるのだ。


オマイは街はずれに住んでいる。ブロークンヘッド通り三五二番地。平屋建ての下見板張りの家だ。

ここからは海が見える。当然だ。オマイは、可能なら海のなかで暮らしていただろう。

ノックをして、二分待つ。頭に鈍い痛みを感じる。家のなかで小さい物音がした。ドアが少しだけ開く。短い白髪頭のおばあさんが、ドアチェーンの向こうからこっちをのぞいている。八十代後半だろうか。地図のようにしわが刻まれた顔。関節炎と骨粗鬆症で体は傾いている。白内障にかかった不安そうな目。蛍光イエローのカーディガン。手には電動缶切りを持っている。

「はい?」

「あ、すみません。住所が間違っていたようです。こんな遅い時間にお邪魔してすみませんでした」

「あら、いいのよ。最近はまるで眠れないから」

おばあさんはドアを閉めようとする。ぼくはあわてて言った。「ソルという人を探しているんです。ソル

・デイヴィスという人です。この住所で合っていますか？　ぼくは古い友人で、今夜ソルと食事をしていたんですが、彼を怒らせてしまって」
おばあさんは一瞬、ためらった。

「トムです。ぼくの名前はトムといいます」

おばあさんはうなずいた。ぼくのことを聞いたことがあるようだ。「彼なら、サーフィンに出かけているわ」

「外は真っ暗なのに？」

「この時間にサーフィンをするのが、お気に入りなのよ。海は家に帰ったりしないでしょ。それが彼の口癖」

「どこでサーフィンをしているんですか？」

おばあさんは考えこむ。玄関前のコンクリートの小道に目を落とし、そこに手がかりがあるかのようにじっと見つめる。「年を取ると忘れっぽくなって、いやになっちゃう……タロウ・ビーチよ」

「ありがとう。本当にありがとうございます」

満月の明かりの下、ぼくは砂浜にすわって彼を眺める。波に乗って上がってくる小さな影。そのとき、ポケットのなかで携帯電話が鳴るのを感じた。

ヘンドリックだ。

電話に出なければ、疑われるだけだ。

「今、彼と一緒か？」

「いいえ」

「波の音が聞こえるが」

「彼はサーフィンをしています」

「なら、話せるか？」

「あまり長くは話せません。後で彼と話をするので」

「彼は納得したか？」

「させます」

「何もかも説明したか？」

「その途中です。全部は説明しきれていません」

「ユーチューブにアップされた彼の動画は、現在、再生回数が四十万回にのぼっている。彼には姿を消してもらわなくてはならん」

オマイが波の下に消えた。水面にまた頭が現れる。それは完璧な生き方に思えた。波に乗り、落下して、またボードによじのぼる。ほとんどの人生は、上にのぼること、何かを築き上げることをベースにしていると思う。収入や地位や権力において、より上の暮らしを、超高層ビルのようにまっすぐ上を目指す。けど、オマイの存在は海そのもののように自然で、水平線のように広々と開けている。オマイはまたボードに乗り、腹這いになって、うねる波を両手で掻いていた。

「かならず納得させます」

「もちろん、そうなるとわかっているとも。われわれ全員のためにも。敵はベルリンだけではない。北京のバイオ技術研究企業が――」

そういう話は百年以上聞かされてきた。心配すべきだということはわかっている――とくに、マリオンの行方がわからない今は――が、世の中にあふれる雑音のひとつにすぎない。砂浜に打ち寄せる波のようなものだ。

「はい。聞いてください、ヘンドリック、もう行かなくては。彼が海から上がってきます」

「プランA。それが君だ、トム。常にプランBがあることを忘れるな」

「はい」

「もう行ったほうがいい」

電話の後、ぼくはそのまま砂浜にすわっていた。ここからだと、波の音が呼吸のように聞こえる。吸って。吐いて。

二十分後、オマイが海から上がってきた。ぼくが見えているのに、サーフボードを抱えてそのまま歩いていく。

「おい！」ぼくは彼を追う。「聞いてくれ、友だちじやないか。ぼくは君を守ろうとしているんだぞ」

「守ってもらう必要はない」

「あのおばあさんは誰なんだ、オマイ？　君の家にいたおばあさんは？」

「おまえには関係ない。それと俺の家に近づくな」

「オマイ、頼むよ、オマイ。いいかげんにしろ。大事なことなんだ」

　砂浜のはずれの草むらで、オマイは足を止めた。

「俺はこの生活に満足している。もう、こそこそ隠れるのはごめんだ。本当の自分でいたい。正直な人生を送りたいんだ」

「世界のどこにでも移住できる。ハワイ。インドネシア。どこでも君の好きなところに。サーフィンに適した場所はたくさんある。海はすべてつながっている。どこだって、同じ広大な水たまりだ」ぼくは頭を働かせる。彼の強情な心の壁を突破できそうな、共通の思い出を探す。「ドクター・ジョンソンに言われたこと、覚えているか？　航海が終わった最初の週だよ。王立協会で君のために開かれた食事の席で、〝正直さ〟について言われたことを？」

　オマイは肩をすくめた。「そんな昔のこと」

「なあ、覚えてないのか？　ぼくたちはウズラを食べていた。ドクター・ジョンソンはぼくたちに、人は常に新たな知識を吸収できる状態でいるべきだって言ったんだ。〝正直さのない知識は危険だが、知識のない正直さは脆弱で役に立たない〟ぼくは君に知識をあたえようとしているのに、君がぼくに返そうとしているのは正直さだけ。その正直さが君の命を奪おうとしているんだぞ、すべてを危険にさらそうとしているんだぞ」

「おまえは知識がほしいのか、トム？」

　ぼくは身ぶりで先をうながした。

　オマイは足からガラスの破片を引き抜こうとするかのように、目を閉じる。「わかった、いくつか情報をやろう。俺もおまえと同じだった。あちこち転々としていた。太平洋上のあらゆる島を。あれこれ訊かれないところならどこでも行った。サモア。ソロモン諸島。フィジーのラウトカ——通称シュガーシティ。ニュージーランド。タヒチへ戻ったことさえある。転々としていた。必要なら、うまく関係を結んだ。地下組織にちょっとした伝手を見つけた。書類を偽造した。毎回、新しく出直した。十年間に二回、過去を消していた。そのうち、状況が変わってきた」

「どんなふうに？」

ひとりの男が通りかかった。年齢は五、六十代、服装は色あせた〈クイックシルバー〉のTシャツに裾のほつれたカットオフジーンズ、足元はビーチサンダルだ。ビーチの散歩道を砂浜へ向かって、マリファナ煙草と缶コーラを持って歩いてくる。小声で悲しそうな歌を口ずさんでいるが、よく聞こえない。敵意はなく、マリファナですっかりぼうっとしていて、ぼくたちにはなんの関心もなさそうだ。煙草を吸いながら波を眺めようと砂浜にどっかりと腰を下ろす。これだけ離れていれば、ぼくたちの声が聞こえる心配はない。

オマイもすわった。ぬれたサーフボードを砂地の草むらに置き、その上にあぐらをかく。ぼくもすわる。

オマイは悲しさと懐かしさのこもった目で海を見つめている。まるで、思い出を見つめているようだ。何もないまま、ひとときが過ぎた。「恋に落ちたんだ」

もちろん、その言葉に訊きたいことがいくつも浮かんできたが、ぼくはもう少し黙っていることにした。

「おまえは昔、よく愛について語っていたよな？　好きになった女の子のことを、よく聞かせてくれただろ。おまえが結婚した相手だよ。マリオンの母親。なんて名前だったっけ？」

「ローズ」二十一世紀のオーストラリアの海岸で彼女の名前を口にすると、奇妙なくらくらする感覚に襲われた。時空の隔たりが、感情の近さと融合する。ぼくは草の生える砂地に両手をついた。確かなものに触れずにいられないかのように、そこに彼女の痕跡があるかのように。

「俺のローズを見つけたんだ。美人だった。名前はホク。最近は、彼女のことを考えると、頭痛がする」

ぼくはうなずく。「記憶からくる頭痛だよ。ぼくも最近は、しょっちゅう頭が痛くなる」

ぼくは一瞬思った。ホクというのは、さっきの家で会った、電動缶切りを持ったおばあさんのことではないだろうか。だが、この推測はすぐ否定された。

「俺たちは七年しか一緒にいられなかった。彼女は戦争で亡くなった……」

どの戦争だろう？　どこの戦いだろう？　たぶん第二次世界大戦だろう。ぼくの推測は当たっていた。

「それで、ニュージーランドに引っ越したんだ。偽の書類を作って軍隊に入った。身分を偽るのに楽な時代なんかない。当時は誰でも軍に入れたんだ。当局はあまり深く詮索しなかった。といっても、俺はたいして戦ってない。シリアに派遣され、そこでしばらく待機させられ、日に焼けた。次にチュニジアへ行き、また日に焼けて、少しばかり実戦に投入された。ひどいものを見た。強烈だった。おまえは？　あの戦争で戦ったか？」

ぼくはため息をついた。「許可してもらえなかった。ヘンドリックが、科学とイデオロギーの組み合わせは、ぼくたちアルバにとってもっとも危険なものだと考えていたから。実際、そのとおりだった。完璧な人種を作るという誤った妄想にとりつかれたナチスが現れた。やつらの下で偽科学的優生学を研究する連中が、ぼくたちに気づいたんだ。彼らはベルリンの実験的研究所を乗っ取り、そこで行われていたぼくたちアルバに関する研究を発見し、可能なかぎり多くのアルバを探しだそうと……。ヘンドリックはもう、ノイローゼみたいになっていた。彼はぼくたちの誰にも戦争に巻きこまれてほしくないと思っていたから。だから、うん、君が文明世界を救おうとしていたとき、ぼくはボストンで近視と喘息持ちの司書になっていた。そんな自分を、今でも嫌悪している。ぼくが愛を避けようとしてきたのは、ヘンドリックがぼくたちを戦争に関わらせようとしなかったことに似ていると思う。これ以上苦痛を味わわずに生きていこうとしていたんだろう」

どこかの道路で、遠いサイレンが響いている。

オマイはサーフボードの水を手で払った。「いや、俺にはそれはないな。愛には価値がある。彼女とすごした七年間は、何物にも代えがたい価値があった。わかるか？　あの七年間の以前と以後のすべての歳月を合わせても、あの七年間には勝てないんだ。時間ってのはそういうもんだろ？　すべて同じわけじゃない。数日間――あるいは数年間、数十年間――空っぽなときもある。なんの価値もない時間。波のない日みたいなものさ。するとそのうち、特別な一年――あるいは一日とか、午後のひとときとか――に出会う。すごく大切な時間。何物にも代えがたい時間だ」ぼくはカミーユのことを考えた。公園のベンチにすわって、『夜はやさし』を読んでいたカミーユ。すると、オマイはつづけた。「俺はそういうことすべての核心をずっと探している。昔はマナという考え方を信じていた。当時、あの島々に住んでいた人はみんな信じていた。ある意味、今でも信じていると思う。迷信を信じているわけじゃなく、ひとつの考え方として。俺たちのなかにある何かのとらえ方として。まだ説明はつかないけど、空や雲や天国の宮殿か何かから来るものじゃなく、ここ」彼は自分の胸を叩いた。「から来るもの。恋に落ちたら、俺たちを支配する何か大きな存在があると考えずにはいられないものだ。俺たちじゃない何か。俺たちのなかに住んでいる何かだ。俺たちのなかに閉じこめられていて、いつでも俺たちを助けたり壊したりできる何か。俺たちのことは自分自身にもわからない。それくらい、科学だって知っている。俺たちは自分の心の仕組みもわかっちゃいない」

そこで、沈黙が訪れた。

酔った男はいつのまにか寝そべって星を見上げている。彼は煙草を砂に押しつけて消した。

一分がすぎた。二分かもしれない。そこで、オマイは打ち明ける心の準備ができたようだった。

「俺たちには子どもがいた」その声は海のようにやさしい。「名前はアナ」

ぼくはその言葉を、その重大さを理解しようとする。マリオンのことを思い、すぐぴんときた。

「あれがアナだったんだね？　君の家にいたあの女性が……」

かすかにうなずく。

「アナはおまえの娘とは違った。年を取った。普通の速度で。結婚したが、夫は——俺の義理の息子は——三十年前にガンで亡くなった。それ以来、娘は俺と暮らしている」

「じゃあ、娘さんは君のことを知っているんだね？」

オマイは笑った。確かに馬鹿げた質問だが、ぼくにはやはりひどく異質なことに思えるのだ。普通の人《カゲロウ》が愛する人のこういう秘密を知ってもなお、それを気にすることなく、危険を感じてもいないなんて。もちろん、ローズはぼくのことを知っていたし、母も知っていた。だが、そのことでひどく苦しんだし、ぼくはふたりから離れなければならなかった。

「知ってるよ。

娘は知っている。娘の夫も知っていた」

「それで、秘密がもれることはなかったのか？」

「そんな秘密、誰が信じるっていうんだよ？」

「信じる人はいる。危険な連中とか」

そのときのぼくを見るオマイの目に、ぼくは自分が弱く憐れな人間になった気がした。逃げる臆病者。

「波は人を殺すことがある。けど、人は波に乗ることもできる。場合によっては、逃げるほうが危険なときもある。恐怖のなかでは生きていけやしないぞ、トム。自分のサーフボードに乗って、自分の足で立つ覚悟を決めろ。波のトンネルにいるときは、恐怖を無視しなきゃならない。その瞬間を生きなきゃならない。トンネルを抜けるまで突き進むしかない。怖いと思った次の瞬間、サーフボードから投げ出され、岩に頭をぶつけることになる。俺は、恐怖のなかで生きるようなことは絶対にしない。おまえのためでもそれはできない、トム、俺にはできないんだ。これまでさんざん逃げてきた。だけど今は、ここで居心地よく暮らしている。おまえのことは好きだ、いいやつだと思ってる。だけど、俺はフルノー指揮官の亡霊が砂浜を歩いてきたって気にしない。俺はおまえとよそへ行くつもりはない」

そしてオマイは立ち上がり、サーフボードを持った。「この件は、ぼくがなんとかする」気づくと、ぼくはそう言っていた。「この件は、ぼくが、なんとかする」

オマイはうなずいたが、そのまま歩きつづける。彼の何も履いていない足がコンクリートの小道に踏み入れると、ぼくはさっきの酔った男をふり向いた。砂浜からこっちに向かって片手を上げている彼に、ぼくは小さく手をふり返す。ぼくは砂浜に寝転び、オマイが戦った戦争のことを考えた。ぼくはヘンドリックに禁じられて戦えなかった。ふたたび戦うべきときが近づいている気がする。携帯電話が震えだした。ぼくの太腿に当たって生き物のようにブーンとなっているが、放置する。ぼくはいったい何をしようとしているのだろう。

砂浜で眠りこんでいた。目が覚めると、朝日が空を赤く染めていた。ぼくはホテルに戻り、食事をして、留守電をチェックした。奇妙なことに、ヘンドリックが電話をかけてきたのは一度だけだった。ぼくは部屋に帰り、ワイファイの接続に少し苦労してなんとかつなげると、フェイスブックを開いた。カミーユは更新していない。彼女と話したい。メッセージを送りたい。けど、できないことはわかっている。ぼくは危険人物だ。アルバトロス・ソサエティのメンバーであるかぎり、ぼくは彼女に危険をもたらす可能性がある。ぼくから彼女を守らなくてはならない。

ぼくはベッドの上で胎児のように体を丸め、震えながら涙を流して泣いた。神経がまいっているのだろうか。

「くたばれ、ヘンドリック」ぼくは天井に向かってつぶやく。「こんなこと、やってられるか」

徒歩でホテルを出ると、涙をふり払おうとひたすら歩き回った。そして考えた。考えなくてはならない。崖ぞいを歩き、海岸ぞいを歩いていく。ぼくはバイロン岬の灯台へ向かい、海を見つめた。

アドヴェンチャー号の甲板から南氷洋を眺めたことを思い出す。オーストラリアより大きい土地を探すという、クック船長の欲深い馬鹿げた探検に巻きこまれたときのことだ。

どんな人生にも、氷の向こうに土地などないとわかる瞬間が来る。そこには、さらなる氷があるだけだ。そしてふたたび、ぼくたちの知る世界がつづいていく。

ときには、そこにあると知っているものを目で見て、それがちゃんと目の前にあることを発見しなくてはならない場合がある。例えば、自分の愛する人たち。

ぼくはカミーユのことを思う。彼女の声を思い出す。太陽を見上げるカミーユ。カミーユが椅子から落ちたときに感じた恐怖。

そんなことは重要じゃない。ぼくははたと気づいた。年を取る速度の違いなんか、どうだっていい。時間の法則に抵抗するすべがないことなんか、問題じゃない。自分の先にある時間は、氷の向こうにある土地のようなものだ。どんなものか想像することはできるが、知ることはできない。わかるのは、今自分がいるこの瞬間だけだ。

海に背を向けて歩いていくと、小さな沼が見つかった。爽やかな深緑色の水が、岩と豊かな緑に囲まれている。ぼくはずいぶん長く生きているが、そこに茂る植物の名前はほとんど知らない。この沼の名前も知らない。知らない場所にいるのは、とても気分がいい。世界を知りすぎてすっかり新鮮味がなくなった頃に、初めての場所に来るのはいい気分だ。沼に注ぎこむふたつの小さな滝が、ほかの物音をすべてかき消している。落ちる水を見つめているうちに、花嫁のヴェールに見えてきた。

ぼくはワイファイを持っていない。受信状態は圏外。ここは静かだ。空気は香《かぐわ》しい。水の音さえ、世界に〝しーっ、静かに〟と言っているように聞こえる。ぼくは丸太に腰を下ろし、あることに気づいた。このところ、頭痛がしない。

ひとつ確かなことがある。

オマイの考えを変える方法はない。ぼくに彼を殺すつもりはない。ぼくは花の香りのする新鮮な空気を吸いこんで、目を閉じた。

そのとき、水以外の物音がした。

後ろにある細い道のそばの茂みから、カサコソ音がする。たぶん、何かの動物だろう。いや、違う、誰かが近づいてくる気配がする。人間だ。旅行者だろうか。

ぼくはふり向いた。

女性だった。銃を構え、ぼくに狙いをつけている。

ぼくは衝撃を受けた。

銃を見た衝撃じゃない。

彼女を見た衝撃だ。

外見がすっかり変わっていた。例えば、髪をブルーに染めている。背が高い。これくらいになっているだろうと予想していたより、高くなっている。両腕にはタトゥー。完全に二十一世紀の人間に見える。（〝人が怖い〟と書かれた）Tシャツとジーンズを身に着け、唇にはリング形のピアスをして、オレンジ色のプラスティック製の腕時計をはめ、怒りをたたえている。外見は三十代後半の女性で、ぼくが四百年前にさよならを言った女の子ではない。それでも、確かに彼女だ。目を見ればわかる。

「マリオン」

「その名前を呼ばないで」

「ぼくだよ」

「沼のほうを向いて」

「いやだ、マリオン、断る」

ぼくは娘を見つめたまま、立ち上がった。途轍もない衝撃だった。顔から十センチほどのところにある銃のことや、数秒後に訪れるかもしれない死のことは、懸命に考えないようにする。娘以外は何も見ないようにする。

「ぼくがまだ生きているのは、おまえに会いたかったからだ。おまえのお母さんから、おまえを見つけるように言われたんだ。おまえはどこかにいるとわかっていた。ずっとわかっていた」

「あたしたちを捨てたくせに」

「確かに、ぼくは出ていった。君たちを置いて出ていったことを、後悔している。けど、ぼくが出ていったのは、おまえの命を救うためだ。おまえのお母さんの命を救うためだった。お母さんはぼくが出ていくことを望んでいた。それしか方法がなかったんだ。ぼくたちはロンドンから逃げたが、現実からは逃げられなかった。ぼくは、自分の母親がぼくのせいで溺死させられるのを見た。それがどういうものかわかるか？　そんな罪を抱えて生きることがどんなものかわかるか、マリオン？　おまえはそんな思いをしたくないはずだ。同じ理由で、ぼくを殺したくはないはずだ。これはヘンドリックの仕業か？　彼にこうしろと言われたのか？　おまえは組織に加入させられたのか？　洗脳されたのか？　それがヘンドリックのしていることなんだ、マリオン、彼は人を洗脳する。説得力のある話ができる。千年近く生きている彼は、人の操り方を心得ているんだ」

「あんたはあたしなんかいらなかった。そうヘンドリックに言ったんでしょ。そもそも父親になんかなりたくなかったって」

これはさらなる衝撃だった。ヘンドリックはマリオンを見つけだしていたのに、ぼくに言わなかったのだ。ぼくが娘の居所を猛烈に知りたがっているのを知りながら、彼は隠していたのだ。ぼくの知らないうちに、ぼくたち親子はどれくらい同じ組織にいたのだろう？

しゃべるのに必要な空気を吸いこむのが難しい。

「違う、違う、それは真実じゃない、マリオン、聞きなさい、ぼくはずっとおまえを探していた。わかってくれ。いったいいつ……いつ入ったんだ？」

銃口は相変わらずこっちを向いている。ぼくは娘の腕をつかんで銃を奪おうかと考えた。けど、目の前にいるのはぼくの娘だ、マリオンだ、そばにいない寂しさをずっと感じてきた相手なのだ。娘を説得することはできるはずだ。ヘンドリックができたなら、ぼくにだってできないはずはない。

「あんたがあたしを見つけたかった理由は、あたしがこの世でただひとり、あんたの秘密を知っている信用できない人間だったからでしょ。あたしのことなんか気にもしてなかったくせに。何百年も会いにこなかったじゃない。あんたはただ、自分の身を守りたかっただけ。それでアルバトロス・ソサエティに、わたしを見つけて始末するように頼んだのよ」

「真相は、まったく逆だ」

「あんたが数十年前にヘンドリックに書いた手紙を見たわ」

「どんな手紙？」

「とにかく見たの。あれはあんたの筆跡だった。封筒も見たし、あんたの書いた内容も見た。あんたが組織に加入する条件も見た。あのとき、あたしの心は死んだ。頭がおかしくなった。鬱。パニック障害。精神病。全部、経験したわ。世界で誰よりも愛していた実の父親が、あたしの死を望んでると知ったんだもの。わかる？　あたしもあんたを探してたのよ。あたしが生き抜いてきた原動力は、あんただった。自分が生き抜く原動力となった人が、自分を殺したがってたとわかって、あたしは崩壊した。あんたにはなんの借りもないわ、父さん」

マリオンは泣いていた。表情は硬いままだが、泣いている。ぼくは娘を心から愛している。その愛の力が、永遠に流れつづける滝のようにわいてきて、ぼくはすべてを正したいと思った。それは可能だと娘にわかってもらいたい。

「ヘンドリックは嘘をつく。彼は物事を偽る。他人を使って物事をでっち上げるんだ。それがぼくたちのためになることもあるが、害になることもある。彼には人脈と金があるんだ、マリオン。彼はチューリップの球根の取引を過熱させて富を築き、その後も財産を失っていない」

「アグネスが証言したわ。ヘンドリックの話は本当だって教えてくれた。あんたはあたしのために家を出ていかなきゃならなかったから、あたしのことを憎んでるってアグネスが言ってた。ふざけないでよ」

「おまえを憎んでいるなんて言ったことは、一度もない。アグネスは完全に彼に取りこまれていて、真実が見えなくなっているんだ。マリオン、愛している。ぼくは完璧な人間じゃない。完璧な父親でもなかった。けど、おまえのことはずっと愛している。ずっとおまえを探していた。ずっとだ、マリオン。おまえはじつに素晴らしい子どもだった。ずっとおまえを探していた。来る日も来る日も、おまえが恋しかった」

ぼくは娘の姿を思い浮かべた。窓辺に近づき、夕暮れの弱い光で『妖精の女王』を読み終えようとしていたマリオン。ベッドの上に起き上がり、音を間違えないように真剣にティンホイッスルを吹いていたマリオン。

娘はまだ泣いているが、銃はこちらに向けられたままだ。「帰ってくるって言ったくせに。結局、帰ってこなかったじゃない」

「わかっている、わかっている。それはぼくが一緒にいたら危険だったからだ、覚えているだろ？　玄関のドアにいやな言葉やしるしを刻みつけられたこと、魔女狩り人のこと、噂話のことを？　何が起きていたか、おまえもわかっていた。ぼくの母親に起きたことも知っていた。ぼくが問題だったんだ。だから、ぼくは家を出なければならなかった。おまえが家を出なければならなかったのと同じように」

ぎゅっと目を閉じているマリオンは、まるで顔で握り拳を作ろうとしているかのようだ。「馬鹿野郎」マリオンは言った。

今なら簡単に銃を奪えるが、ぼくはそうしない。

何百年ものあいだ、マリオンはぼくが生きつづける唯一の理由だった。けど今は、生きたい、と積極的に思っている自分に気づいた。生きる目的は、人生そのもの。可能性と、未来と、新たな何かに出会う可能性を目的として、生きていきたい。

「おまえが『緑の森の木の下で』を演奏していたことを覚えている。あの小さなティンホイッスルで。ぼくがイーストチープの市場で買ってきたものだ。覚えているか？　ぼくがティンホイッスルの吹き方を教えたときのことを覚えているか？　最初、おまえは苦労していた。指で穴を完全にはふさげないようだったが、そのうち、ちゃんとふさげる日がやってきた。おまえは通りでティンホイッスルを演奏するようになった。お母さんはやめてほしがっていたが……。お母さんは人に注目されるようなことをしてほしくなかったんだ。その理由は、今ならおまえもわかるだろう」

マリオンは何も言わない。ぼくは沼を見つめ、向こう側の木々を見つめた。娘の息遣いが聞こえる。

ぼくはポケットに手を入れた。

「何してるの？」マリオンの声は小さすぎて、水の音にほとんどかき消されそうだ。

ぼくは財布を出した。「ちょっと待ってくれ」密封できる小さなポリ袋を引っぱり出して、高くかかげて見せる。マリオンは袋のなかの薄くてもろい黒ずんだコインを見た。

「何それ？」

「覚えてないか、カンタベリでのあの日のことを？太陽が輝いていた。おまえがティンホイッスルを演奏すると、誰かがおまえの手にこれを載せてくれた。そして別れの日、おまえはそれをぼくにくれたんだ。これを見ておまえを思い出すようにって。これが、このペニー硬貨が、ぼくに希望をくれた。ぼくを生かしてくれた。いつか、これをおまえに返したいと思っていた。だから、ほら。どうぞ」

ぼくはコインをマリオンに差し出した。娘は銃を持っていないほうの手をゆっくり上げる。その手のひらに、ぼくはコインを置いた。娘はためらいながらも銃を下ろした。蓮の花がゆっくりと閉じるように、娘の手がゆっくりとコインを握る。

マリオンは茫然としている。ぼくには聞こえない声で何か言いながら、身を乗り出してきたかと思うと、いつのまにかぼくの肩にもたれて体を震わせて泣いていた。ぼくは娘を抱きしめながら、ふたりのあいだの失われた数世紀を押しやってしまいたいと思った。

何もかも知りたい。これからの四百年は、娘のこれまでの人生を、実際にかかった時間と同じだけの時間をかけて聞くことに費やしたい。ところが、体を離して涙をふいた娘は、不安そうな顔をしていた。

「彼がここに来てるの」マリオンは母親と同じグリーンの瞳でぼくを見つめる。「ヘンドリックが。ここにいる」

ヘンドリックはオーストラリアまでマリオンに同行することにしたのだった。マリオンと同じホテル〈バイロン・サンズ〉を予約していた。彼は最初にぼくに頼んだときから、ぼくがオマイの仕事をしくじるのではないかと心配していたのだ。彼はこのところ、ぼくを心配していた――実際、それはぼくも知っていた。スリランカでの仕事以来ずっと、ぼくがロンドンへ戻りたいと決意した瞬間からずっと、彼は心配していた。

マリオンは、見つからないようにぼくを追跡しろと言われていた。ぼくを殺せという指示はなく、その点はぼくたちにとって運がよかった。

「心配いらないよ、マリオン」ぼくは娘にまたひとつ嘘をついていることにこわばりつつ、言い聞かせた。「何もかも大丈夫。すべてうまくいくさ」

もう日が暮れかかっていた。マリオンとヘンドリックは〈バイロン・サンズ〉で一緒に夕食を食べている。「少しも動揺を見せるんじゃないぞ」ぼくは娘に言っておいた。「一時間前のおまえでいなくちゃならない。彼の前では、本気で父親に死んでほしいと思っていなさい」

ぼくは外にいる。〈バイロン・サンズ〉に近い海岸通りを歩いている。万が一、マリオンにぼくが必要になったときのためだ。夕暮れの穏やかな砂浜と草と海のそばで、ざわめく心を抱え、並ぶ街灯の向こうの闇へ歩いていく。

電話をかける。カミーユに連絡を取りたい。ぼくが酔って公園にいたあの日、ヘンドリックはカミーユの声を聞いた。ぼくの知るかぎり、彼は今頃、アルバに仕事を依頼し、ロンドンへ向かわせている可能性がある。アグネスか誰かを送りこんで、カミーユを殺して自殺に見せかけようとするはずだ。

「頼む、出てくれ」ぼくは無駄につぶやいた。「出てくれ、出てくれ……」

だが、カミーユは出ない。ぼくはメールを送ることにした。

「あんな態度を取ってすまない。説明すべきことがまだある。ちゃんと話す。ただ君に逃げてほしいと知らせたかったんだ。君は危険に見舞われるかもしれない。君の住んでいるフラットから出てくれ。どこかへ逃げるんだ。人目のあるところに」

メールを送る。

心臓がどきどきしている。

生まれてからずっと、ぼくは恐怖につきまとわれてきた。ヘンドリックはそんな恐怖に終止符を打つと約束してくれた。だが、彼のしてきたことは、恐怖をさらに強化することだけだった。彼は恐怖で人を操った。恐怖でぼくを操り、恐怖でマリオンを操った。ぼくだけのときは、気づくのが難しかった。だが、彼がマリオンを操ったやり方を見て、その過程で娘とぼくに嘘をついていたことを知り、ぼくはアルバトロス・ソサエティが秘密主義とメンバーの操作のうえに成り立っていると気づいた。すべては、外部の脅威に対するヘンドリックのひどくなるばかりの妄想に付き合わされていただけだったのだ。バイオ技術企業が加齢を止めることを目指しているというのが、彼の最近の心配事だった――ひとつは〈遺伝子制御セラピー〉という企業、もうひとつは〈ストップ・タイム社〉で、どちらもいつか人間の老化をふせげるようになるかもしれない幹細胞技術の開発に投資していた。

ヘンドリックは、ベルリンの研究機関の科学者たちが人を殺していたという考えにしがみつき、さらにいつも新たな陰謀説をそれに連動させてきた。アルバたちはありのままの自分でいることは難しいと知っていて、ぼくのように恐ろしい悪事に見舞われた思い出を持つ者も多い。だが、ぼくはもう、魔女狩り人ウィリアム・マニングの長い影に自分の目――判断力――をおおわせるつもりはなかった。脅威について考えれば考えるほど、脅威とはヘンドリック自身だとわかってくる。

彼はすべてを汚《けが》してきた。マリオンとの再会さえも。

カミーユから返信が来た。メッセージの中身は〝?????〟。

一台のタクシーが通りすぎていく。路上で唯一の車だ。

すると、携帯電話が震えた。

カミーユからではなく、マリオンからだ。

「彼がオマイに会いにいった」

「なんだって?」

「今、レストランを出ていったところ。彼はもう向かってる。ついさっき、タクシーに乗ったわ。十分後にはオマイの家に着く」

黄色い縞模様の大きなトカゲが一匹、並ぶヤシの木のあいだをすばやく走る。

「さっき、タクシーを見かけた。彼は何をするつもりだ?」

「言わなかった。あたしは待てと言われただけ。よけいなことは言えなかった。彼はすでに怪しんでる」

「マリオン、彼は銃を持っているのか?」

「わからない。でも——」

娘が言い終わらないうちに、ぼくはすでにブロークンヘッド通りに向かって北へ走りだしていた。

一六二七年　英国　カンタベリ

「父さん」

　枕に頭を預けたマリオンがぼくを見上げていた。その目はひどく心配そうだ。娘はため息をついた。ぼくは娘に、小鳥のお話を聞かせていたのだった。月へ飛んでいって、ぼくたちには見えない月の裏側で暮らした小鳥の話だ。

「なんだい、マリオン？」

「あたしたちも月にいたらよかったのに」

「どうして、マリオン？」

　マリオンはぎゅっと顔をしかめた。子どもながらに精一杯顔にしわを寄せている。「誰かが母さんに唾を吐いたんだよ。男の人が屋台に近づいてきて、そこで立ち止まったの。上等な手袋をはめてた。でも、ガーゴイルみたいな怖い顔をして、ガーゴイルと同じくらい無口で、母さんにものすごく怖い目を向けると、今度はあたしにも同じ目を向けてきた。母さんはその男があたしに向けた目つきが気に入らなかったから、こう言ったの。『お花がご入り用ですか、ミスター？』ちょっときつい言い方だったけど、母さんは不安だったんだと思う」

「そしたら、その男が母さんに唾を吐いたのか？」

　マリオンはうなずいた。「うん。少したってから、母さんの顔に唾を吐いたの」顔の下で筋肉がこわばるのがわかるほど、きつく歯を食いしばる。

　ぼくは事態を把握した。「それで、男は何か言っていたか？　自分が何者か説明したか？」

　マリオンは眉をひそめた。目に浮かぶ苦悩で、実際より年上に見える。娘がどんな女性になるか、簡単に想像がつく。「なんにも言わなかった。顔をふいてる母さんを残して、行っちゃった。ほかのお店の人や街から来たお客さんたちが、みんなあたしたちをじろじろ見てた」

「その男はほかの人にも奇妙なことをした？」

「ううん。あたしたちだけ」

ぼくはマリオンの額にキスをして、毛布を引き上げてやった。

「ときどき、世の中はぼくたちの望むようになってくれないことがある。ときには、他人にがっかりさせられることもある。人は他人に恐ろしいことをすることもあるんだ。こういう世の中では、気をつけなくちゃいけないよ。ほら、父さんは人と違うだろ。それは知っているね？　父さん以外の人たちはみんなまっすぐ年を取り、父さんは道草しながらゆっくり年を取る。外見はそんなふうに見える」

マリオンの顔が険しくなった。恐ろしい想像にふけっている。「あんなやつ、病気になればいい。母さんをあんなふうに侮辱したんだから、うんと苦しんで死ねばいい。あいつが絞首刑になって、足をばたばたさせるところを見てみたい。それから体を四つに切られて、内臓をずるりと引き出されるところを見てみたい。あいつの目玉をくり抜いて、犬に食べさせてやりたい」

ぼくは娘を見た。その怒りは、気配を感じとれるほどすさまじい。

「マリオン、おまえはまだ子どもだ。そんなふうに考えるもんじゃない」

娘は少し落ち着いた。「あたし、怖かった」

「けど、モンテーニュの教えはなんだった？　恐怖についてどう言っていた？」

娘はゆっくりうなずいた。まるでモンテーニュ本人もこの部屋にいるかのようだ。「〝苦しむことを恐れる者は、すでにその恐怖に苦しんでいる〟」

ぼくはうなずく。「そうだね。聞いてくれ、マリオン。もしおまえの身に何かが起きたら、もしおまえも父さんのようになってしまったら、もしおまえも人とは違う年の取り方をする人間だったら、自分を守る殻を作ることを覚えなくてはいけない。クルミみたいに硬い殻。ほかの人には見えないが、自分にはちゃんとあるとわかる殻を。父さんの言っていることがわかるかい？」

「たぶん」

「硬いクルミになるんだ」

「でも、人はクルミを割るよ。そして食べちゃう」

ぼくは笑いそうになるのをこらえる。ときどき、娘には言ってやれることが何もないことがある。

それから少しして、エールを一杯飲んでから、ぼくはローズの隣に横たわった。未来が怖い。ぼくたちの未来は、すでに厳しいものになるとわかっている。それに、妻と娘のもとを去らなくてはならないときが近づいていることを考えると、気分が悪くなる。また逃げなくてはならないときが来る。この先どんなに長い人生が待っているかは知らないが、逃げつづけるしかないのだ。カンタベリから逃げ、ローズのもとを離れ、マリオンから離れ、自分自身から逃げる。ぼくはすでに、今いる現在に対して、ホームシックのような感情を覚えていた。そして横たわったまま、はるか遠い未来への道筋を見つけようとしていた。今より良くなっているかもしれない未来への道筋を。ぼくの人生の経路がなんとか変更され、ふたたび家に向かっている未来への道筋を。

現在　オーストラリア　バイロンベイ

ブロークンヘッド通りでは、打ち寄せる波の音がとてもよく聞こえる。ちょうど、波が崖にぶつかる場所なのだ。家にガソリンを浴びせる音をごまかすのは、たやすい。彼がしていることを目にする前に、ぼくは臭いでわかった。

「ヘンドリック」ぼくは言った。「やめろ！」

暗がりのなかで、ヘンドリックはほぼ年齢相応に見えた。腰が曲がり、痩せ細ってしなびている。まるでジャコメッティの彫刻がジーンズとアロハシャツを着ているようだ。いっぽうの腕を下に垂らし、肘を曲げ、ガソリン缶の重みと不器用に格闘している。だが、彼の動きには差し迫った勢いがある。

ヘンドリックは一瞬止まり、虚ろな目でぼくを見た。笑みがない。ぼくがそう気づいたのは、笑みを浮かべていないヘンドリックをほとんど見たことがなかったからだ。

「君はタヒチで原住民の家を焼くことができなかったと言っていた。君はとどめを刺せないんだろ、トム？　まあ、いい。歴史はみずからの過ちを正す力を持っている」

「こんなことはやめてください。オマイは危険人物じゃありません」

「年を取るにつれて身に着くものは、人を見抜く目だけではないのだよ、トム、時間そのものに対する洞察力も身に着いてくる。おそらく、君はまだそこまで到達してはいないだろうが、理解が相当なところまで深まると、時間が両側から見えるようになるのだ。先を見ることも、過去をさかのぼることもできる。〝未来を理解するには、過去を理解しなくてはならない〟と言われるが、そう言っている連中が本当の意味を知っているとは、わたしには思えないのだよ、トム。君は実際に未来を見ることができる。全体ではない。部分的なものだ。瞬間的な場面が見える。記憶を逆回転させるようなものだ。われわれは自分の過去をいくらか忘れるように、自分の未来もいくらか忘れてしまう。それでも、わたしはじゅうぶん見てきた。仕事の遂行に関しては、もう君は信頼できないとわかっていた。ここしばらく、そう感じていた。この仕事がどういう方向へ行くか、わたしにはすでにわかっていたのだ」

「どうでもいい。そんなことはどうだっていい」

「いやいや、重要なことだ。われわれは自分たちの身を守らなくてはならん」

「いいかげんにしてください、ヘンドリック。そんなのは戯言《たわごと》です。あなたは自分自身を守りたいだけだ。ずっと、自分を守ることしか考えていなかったんだ。アルバトロス・ソサエティは、たったひとりの組織だ。目を覚ましてください、ヘンドリック。もう一八〇〇年代じゃないんですよ。あなたはマリオンのことを知っていた。そしてぼくに嘘をついていたんです」

ヘンドリックは首をふる。「わたしは、君には困難なことをしてやったのだ。約束は守った。娘を見つけてやると約束し、実際に見つけだした。君には不可能だったことだ。わたしは仲間の安全を守っている」

「彼らの家に火をつけてですか?」

「君はキャンヴァスに鼻がつくほど近くから絵を見ているのだ、トム。一歩下がって、絵の全体像を見てみろ。われわれはかつてないほどの脅威にさらされている。ベルリンの研究機関、バイオ技術企業、あらゆるもの。状況は良くなっていない。世の中を見ろ、トム。めちゃくちゃだ。カゲロウどもの寿命では、ものを学ぶには足りない。彼らは生まれ、大人になり、同じ過ちを何度も何度もくり返す。回転する大きな円と同じだ。回転するたびに、さらに周囲を破壊していく。アメリカを見ろ。ヨーロッパを見ろ。インターネットを見ろ。文明は長く存在しつづけることはなく、ローマ帝国はふたたび没落しようとしている。迷信が戻ってきた。嘘も戻ってきた。魔女狩りも戻ってきた。われわれは、ふたたび暗黒時代に沈もうとしているのだ、トム。われわれは、そういうものから本当に逃れられたわけではない。これからも、われわれの存在は秘密でなければならんのだ」

「けど、あなたのしてきたことは、迷信をさらなる迷信に置き換えることだけです。あなたは嘘をつく。ぼくの娘を見つけたら、娘を送りこんでぼくを殺させようとした」

「嘘をつくのは、わたしだけではない。そうじゃないか、トム？」

ヘンドリックはポケットからクロム製ライターを出した。ダコタハウスで初めて出会ったときに持っていたのと同じライターだ。「煙草は何年も前にやめた。ロサンゼルスでは、もっとつまらない理由でもリンチにあう。だが、これは記念にとってあるんだ。ほら、君のあの馬鹿馬鹿しいコインと一緒だよ。しかし、ガソリン。ガソリンは買わなくてはならなかった」

彼がライターを点火し、ぼくは急に気づいた――これは現実なんだ。実際のところ、彼がオマイやぼくを殺そうとしていることや、マリオンの居所を知っていながら隠していたことには、なんの驚きもない。組織に入って以来、彼にどんなことができるかはよく知っている。驚いたのは、彼がこんなふうに進んで自分の身をさらしていることだった。物騒な現場にこんなにも近づいて、自分の身を危険にさらしていることだ。

「オマイ！」ぼくは叫んだ。「オマイ！　オマイ！　家から出ろ！」

そのとき、それは起こった。

クレッシェンドの最高潮。すべてがつながる。ぼくの人生のすべての道が、この一点で交差する。

ぼくがヘンドリックに向かって走りだしたとき、ある声が夜を切り裂いた。「動くな！」

声の主は、もちろん、マリオンだ。

すると、ヘンドリックが一瞬動きを止め、その姿は急に弱々しく見えた。森で迷子になった子どものようだ。彼の視線がマリオンからぼくに移り、またマリオンに戻る。同時に、オマイが老いた娘を抱えて裸足で家から出てきた。

「見たまえ。じつに美しい光景じゃないか？　父と娘が寄り添う姿。それが君たちの弱さだ。それが、君たちとわたしとの違いだ。彼ら――カゲロウども――と同じようになりたいという望み。わたしにそんな欲望はない。わたしは初めて富を手に入れる前から、初めてチューリップの球根を売る何年も前から、自由になる唯一の方法は誰も愛さないことだと知っていた」

　銃声が響いた。その残響が空から降ってくる。マリオンの表情は硬い――そう、クルミのように硬い――が、目には涙がたまり、両手は震えている。

　マリオンの弾は標的に命中していた。黒い血が彼の肩から腕へ幾筋も流れている。それでも彼はガソリン缶を高く持ち上げ、傾けて、その液体を自分にかけた。

「結局のところ、イカロスはわたしだったということだな」

　ヘンドリックは缶を放り、炎を自分の胸に近づける。そのとき、小さな笑顔が見えた気がした。あるいは、ぼくの想像かもしれないが、激しい炎に包まれる直前、彼が満足そうに運命を受け入れたかすかなしるしが見えた。燃える体はよろよろと家から離れ、そのまま歩きつづけて草むらを横切り、海へ向かう。崖へ向かう。

　彼は崖の縁へ向かっている。足がかき分けていく草むらは、縁へ近づくほど深くなっていく。草は煙を上げ、焼け焦げて、先端が赤く光っている。まるで、たくさんの小さなホタルがいるかのようだ。ヘンドリックは歩きつづける。立ち止まることも、ふり返ることもなく、痛みに叫ぶこともない。ただ、よろよろと歩きつづける。そこにあるのは決意、最後の自己コントロールだ。

「ヘンドリック？」ぼくは呼びかけた。彼の名前を口にしたとき、なぜ質問のようになってしまったのかは、わからない。おそらく、彼は死を前にしてもなお、謎の塊だからだろう。ぼくはずいぶん長く生きているが、何を見ても驚かなくなるまでにはいたっていない。

「うわ、マジかよ」オマイはずっとそう言っている。

「うわ、マジかよ、うわ……」

善良なオマイは、とっさにヘンドリックのところへ駆けつけようと、抱えていた娘を草地に下ろした。

「だめ！」マリオンが言った。手にはまだ銃を持っている。ぼくは今、気づいた。マリオンにぼくを殺させたいと思っていた人間は、ヘンドリックだけではなかった。マリオンの母親の顔に唾を吐いた男――マリオンが彼のはらわたを見てみたいと言っていた男もそうだ。彼はまだ復讐されていないウィリアム・マニングだ。これまでマリオンを傷つけてきた人々のひとりひとりが、マニングなのだ。しかも、マニングはたくさんいたのだろう。「ほっときなさい。あんな馬鹿野郎。下がって。そこから動かないで。あいつのことはほっといて」

こうして、ぼくたちはヘンドリックを放置した。あたりはしんとしている。車は一台も通らず、誰も見ていない。唯一の目撃者であるぽかんと口を開けた月は、いつものようにぼくたちの味方だ。火柱と化したヘンドリックは歩きつづけ、やがてもう歩かなくなった。消えていた。さっきまで揺れる炎に照らされていた場所は、突然の闇に包まれている。彼は崖から落下したのだ。彼が歩いていたときと消えたときの時間の差はごくわずかで、ほとんどわからなかった。

彼が生きている世界があり、彼が死んでいる世界がある。そのふたつの推移に大きな影響はなく、遠くで波が岩にぶつかるかすかな音と変わらなかった。

死ぬのに一瞬しかかからないように、生きるのも一瞬でしかない。ただ目を閉じ、無駄な恐怖はひとつ残らず手放す。そして、この新たな状態——恐怖から解放された状態——で〝自分は何者か？〟と問いかける。疑われることなく生きられるとしたら、自分は何をするだろう？　ひどい目に遭わされる心配がなく親切になれるとしたら？　傷つく恐れがなく愛せるとしたら？　今日という日の素晴らしさを、明日になったら懐かしくてたまらなくなるだろうなどと考えることなく味わえるとしたら？　時間の経過と、それによって人々がいなくなっていくことを恐れずに生きられるとしたら？　うん。ぼくはどうするだろうか？　誰を気にかけるだろう？　どんな戦いに参加するだろう？　どんな道を歩むだろう？　どんな楽しみを選ぶだろう？　どんな心の謎を解こうとするだろう？　ずばり、ぼくはどう生きるのだろう？

というわけで、ぼくはたった四百三十七年で、ついにこうしたすべての問いに取り組む方法に気づいた。答えそのものを知っているわけではないが、そこにいたるまでの方法はわかった。ある意味、方法は答えを知っているわけではないが、それで問題はない。ぼくは、これまでずっと恐怖に止められてきた。だから、今度は生きる番だ。ぼくはスタート地点にたどりついた。スタート地点でもあり、これまでの人生のエンディングでもあるところで——あのオーストラリアの夜、オマイに別れを告げて空港に向かったとき——ぼくはこれまでなら感じていたはずの恐怖を感じなかった。自分のことも、マリオン——測り知れないぼくの娘——のことも、まったく心配じゃなかった。ぼくたちはこれまで生き抜いてきたし、これからもそうして生き抜いていく。知っている世界は消え、未知の世界が待っている。物語が終わり、べつの物語が始まる。そのくり返しで、ぼくたちは永遠に現在にぶらさがっていく。これ以上、つけたすことはない。とはいえ、いつでももう少し先の話があるものだ。人生は広がっていく。

現在　ロンドン

測り知れないマリオン。

ぼくの娘。ローズの娘。

小、さい頃と変わらない。

世間ではそう言うんだよな？　大きくなった子どもたちのことを。じつは、マリオンの場合、そうは言えない。娘はあの頃の少女とは違う。

確かに、激しさは昔から変わっていない。感受性豊かな知性も。本好きなところも。かつては子どもの空想でしかなかったものの、自分を不当に扱った者に対するかなり残忍な復讐心も。

だが、今の娘には新しい部分がたくさんある。

結局、今ある自分は、こう生まれついたのではなく、こうなってきたのだ。人は人生につくられる。ぼくの娘は——四百年前に生まれ——たくさんの経験をして、たくさんの人生を歩んできた。

例えば、娘は犬のエイブラハムを怖がる。今の娘は〝犬恐怖症〟だ。何があったのか、ぼくには訊く勇気がない。

エイブラハムはすぐにマリオンを気に入った。ぼくたちがドッグシッターに引き取りに行った瞬間から、犬は娘が大好きになったが、娘のほうは犬からなるべく離れてすわり、緊張気味にちらちらと犬を見ている。

マリオンは自分のしてきたことについては、じつに率直に話してくれる。

ロンドンとハイデルベルクとロサンゼルス以外に、これまで住んだことのある場所について、いくつか話してくれた。ルーアンは、娘にとって初めての海外旅行先だった。次はボルドー。娘はフランス語を知っていたし、二カ所ともモンテーニュと強いつながりのある街だったので、その知識が助けになった。もっと最近では、ほかにもいろいろな土地で暮らしてきた——アムステルダム、ヴァンクーヴァー、スコットランド。マリオンはスコットランドで約百年暮らしていた。おそらく一八四〇年代以降のことだろう。娘は各地を転々とした。スコットランド高地。ファイフ。シェットランド。エディンバラ。機織りの仕事をしていて、織機を持っていた。「旅する織機よ」と娘は少し笑った。珍しいことだ。

マリオンは抗鬱剤のシタロプラムをのんでいる。「これをのむとぼうっとするんだけど、手放せないの」いつも奇妙な夢を見て、よくパニック発作に襲われるという。ときには、パニック発作に襲われるかもしれないという恐怖でパニック発作を起こす。悪循環だ。オーストラリアから戻る飛行機のなかでも一度発作を起こしたと言うが、ぼくは娘が身じろぎもしなくなったと思っただけで、ほとんど気づかなかった。

ぼくたちはなんの問題もなく、オーストラリアを出国した。マリオンはヘンドリックと一緒にオーストラリアに来たわけではなかったし、彼の遺体はまだ見つかっていなかったので、何も訊かれることはなかった。もちろん、ヘンドリックはオーストラリアに来るために身分を変えていた。つまり、ある意味、彼はそもそも存在していなかったことになる。ヘンドリックは自分の生活を偽るのがじつに巧みだったから、その死は、彼に関するほかのすべての情報と同じく、もうひとつの秘密になった。

ぼくはオマイに別れを告げた。そして、ある程度の時間がたったら引っ越すことも考えたほうがいいと話し、オマイは考えてみると答えた。それでおしまい。彼に引っ越すつもりはなかった。彼はそこに留まるつもりだが、それがどう出るかは、未来しかわからない。

ぼくは電子メールを書く。文章を打ちこみ、〝送信〟を押す寸前で手を止める。宛先はクリステン・キュリアル。彼女の率いる〈ストップ・タイム社〉は、政府の資金援助を受ける一流のバイオ技術企業で、病気や加齢の原因となる細胞の損傷を止める方法を研究している。ヘンドリックが被害妄想にとりつかれるほど気にしていたもののひとつだ。

クリステンさま

ぼくは四百三十七歳です。それは証明できます。ぼくなら、かならずや、あなたがたの研究のお役に立てると思います。

トム

そして〈シロ〉の写真と、今の自分の自撮り写真を添付する。ふたつの写真の腕の傷が一致している。ぼくはメールを見つめ、どうにも馬鹿げて見えることに気づき、下書きトレイに保存した。いずれ、送るときが来るかもしれない。

マリオンはあまりしゃべらない。だがしゃべるときは、罵り言葉がかなり多い。娘は楽しそうに悪態をつくので、もしかしたら叔母のグレースに似たのかもしれない。とくにお気に入りの言葉は、（グレースの時代にはまだ使われていなかった言葉だが）〝馬鹿野郎《マザーファッカー》〟だ。あらゆるものが馬鹿野郎。例えば、テレビは馬鹿野郎。（〝馬鹿野郎〟で面白い番組がやっていることはない）自分の靴も馬鹿野郎だし、アメリカの大統領も馬鹿野郎。織機に糸を通すのも馬鹿野郎で、バートランド・ラッセルの『西洋哲学史』も馬鹿野郎だ。

娘はこんなことも話してくれた。一九六三年から一九九九年まで、一時的に麻薬をやっていたことがある。

「えっ」ぼくは父親らしくふるまうコツを失ってしまった気がした。「それは……うーん……」

娘はしばらくのあいだ、ぼくとすごしてくれる。ちょうど今、娘は椅子にすわっている。犬のエイブラハムから離れたところで、電子タバコを吸いながら、古い曲をハミングしている。かなり古い曲だ。ジョン・ダウランドの『流れよ、わが涙』。娘が小さい頃、まだティンホイッスルを吹くようになる前、ぼくがリュートでよく演奏していた曲だ。そのことについて娘は何も言わず、ぼくも言わない。娘の声には感情がこもっている。やさしい気持ちが。硬い殻の下には、まだ柔らかい実が存在しているのだ。

「母さんのこと、恋しくなる？」マリオンが訊ねた。

「毎日、恋しいと思っているよ。こんなに長い年月がたっても、まだ。おかしいだろ？」

娘は悲しそうにほほえむと、電子タバコを吸った。

「ほかに誰かいた？」

「いいや、ひとりだったよ……ほとんど」

「ほとんど？」

「いいや、誰もいなかった。何百年も。けど、学校に気になる人がいる。カミーユっていうんだ。彼女が好きだ。といっても、ぼくが関係をぶち壊してしまったようだけど」

「愛は馬鹿野郎よ」

ぼくはため息をつく。「そのとおりだ」

「父さんは愛に向かって頑張るべきだってば。ぼくがぶち壊してしまったって、彼女に言いなさい。なぜぶち壊してしまったのか、説明するの。正直になって。正直になれば、うまくいく。まあ、あんまり正直になると、精神科に入院させられちゃうけど。でも、うまくいく場合もある」

「正直は馬鹿野郎だ」ぼくが言うと、娘は笑った。

マリオンは少しのあいだ、静かになった。何か思い出しているようだ。「〝わたしは真実を話す。そう何もかも話すわけではないが、思いきって言おうと思った程度のことは話すし、年を取るにつれて思いきりは良くなっている〟」

「それは……？」

「モンテーニュ自身の言葉」

「へえ。まだモンテーニュが好きなのかい？」

「現代ではちょっと信用できない言葉もあるけれど、うん、好き。モンテーニュは賢明な人だったと思う」

「おまえはどうなんだ？　誰かいい人はいたのか？」

「いたわ。ええ。二、三人。でも、あたしはひとりでやっていける。ひとりのほうが幸せ。相手がいると、かならず面倒なことになるんだもの。わかるでしょ、年齢のこと。男の人には、たいていかなりがっかりさせられてきた。モンテーニュは、人生で大事なこととして、自分にしか自分をあたえてはいけないと言っている。あたしはそれを実践してるの。本を読んだり、絵を描いたり、ピアノを弾いたり。九百歳の老人を撃ったり」

「ピアノを弾くのか？」

「ティンホイッスルより表現の幅が広いってわかったから」

「ぼくもピアノを弾くんだよ」ぼくはこの会話を楽し

んでいる。オーストラリアの一件以来、初めてのちゃんとした本当の会話だ。「いつ、唇にピアスをあけたんだ?」

「三十年くらい前。まだ、誰もがやっていることじゃなかった頃に」

「相当痛いんじゃないか?」

「そんなことない。あたしのこと、非難してるの?」

「ぼくはおまえの父親だ。父親として、ここにいるんだぞ」

「タトゥーもあるわよ」

「うん。見えている」

「肩にもひとつあるの。見る?」マリオンはセーターを引き下げ、木のタトゥーを見せた。木の下には〝緑の森の木の下で〟と刻まれている。「父さんのことを忘れないように、このタトゥーを入れたの。あたしにこの歌を教えてくれたでしょ、覚えてる?」

ぼくはほほえんだ。「覚えているとも」

マリオンはまだ少し時差ぼけが残っている。ぼくもだ。ぼくは娘にここにいてほしかったが、娘はこう言った。ロンドンにいるとパニック発作になるし、また入院させられるのはいや。シェットランド諸島のフェトラー島に一九二〇年代に住んでいた家があって、今も空き家として残っているから、そこに帰りたい。多少のお金は持っている。だから、次の週末——父さんが学校に戻って一週間したら——出ていく。ぼくは悲しくなったが、娘の意思を受け入れ、できるだけ早く会いにいくと約束した。

「あそこでは、時間が動いてないの」マリオンは言う。「シェットランド諸島では。あそこにいた頃は、自分は普通だと思えた。ずっと変わらない自然に囲まれていると、そう感じるの。ロンドンは大変だわ。都会ではいろんなことが起こる」

娘の手がかすかに震えている。これまで、どれだけ恐ろしいことを経験してきたのだろうか。思い出したくないほどのどんなことがあったのだろう。ぼくは未来に思いをはせた。この先、どんなことが娘やぼくを待っているのだろう。ぼくたちアルバの秘密は、いずれ表に出るだろう。秘密を明かす人物になるのは、ぼくたちかオマイかもしれない。

とはいえ、人は未来を知ることはできない。ニュースを見ていると、未来は恐ろしいものに感じる。だが、確信は持てない。未来とはそういうものだ。人にはわからない。ある時点で、わからないということを受け入れなければならない。先のページをぱらぱらめくるのをやめ、今自分のいるページに集中しなければならない。

犬のエイブラハムがソファから滑り下り、こっそりキッチンへ出ていく。マリオンが来て、ぼくの隣にすわった。父親らしく娘に腕を回したいが、娘がそれを望んでいるとは思えない。ところがそのとき、娘が黙ってぼくの肩に頭を預けてきた。あの夜、ソファで同じ頭が同じ肩に預けられたときのことを思い出す。あのとき、娘は十歳だった。当時は、すべての終わりのように感じていた。けどこれは、今は、始まりのように感じる。

時間はときどき人を驚かす。

ぼくは自転車で学校へ向かった。

アントンがひとりで校舎に入っていくのが見える。ヘッドフォンをつけ、本を読んでいる。なんの本かは見えないが、本であることは確かだ。誰かが本を読んでいるのを見ると、とくに意外な人が読んでいたりすると、文明が以前より少し安全になってきたといつも思う。アントンが顔を上げた。ぼくに気づく。そして片手を上げる。

ぼくはこの仕事が好きだ。今のところ、人生の目的として教師の仕事よりいいものは思いつかない。教えていると、自分が時の守護者になった気分になる。自分の考えを形成しようとしている子どもたちを通して、世界の未来の幸福を守っているような気分だ。シェイクスピアの芝居でリュートを演奏することとも、〈シロ〉でピアノを弾くことと違うが、同じくらい良い仕事だ。そして良いことには、良いことと特有のハーモニーがある。

確かに、自分の正体が公になったら、ぼくはどれくらい教師でいられるかわからない。この仕事をできるのは、あと一週間かもしれないし、一カ月かもしれないし、十年かもしれない。ぼくにはわからない。けど、べつにかまわない。人生に確かなものは何もない。不確かだからこそ、自分がこの世に存在しているとわかるのだ。もちろん、だからこそ、ときどき過去に戻りたくなる。過去のことは知っているから、あるいは、知っていると思っているからだ。過去は聞いたことのある歌のようなものだ。

それに、過去について考えるのはいいことだ。過去を覚えていない人は――一九〇五年に哲学者ジョージ・サンタヤーナが述べたように――同じことをくり返す。その恐ろしいくり返しや忘れられた教訓の数々を見たければ、ニュースを見るだけでいい。二十一世紀が次第に、二十世紀のざっくりとしたカバージョンになっていくのがわかるだろう。

しかし、過去を見つめることはできても、過去を訪れることはできない。実際に訪れるのは不可能だ。ぼくはもう、森で木のそばにすわり、母親に歌をうたってもらうことはできない。フェアフィールド通りを歩いていって、籠の果物を売るローズとグレースの姉妹に会うことはできない。昔のロンドン橋を渡ってエリザベス朝時代のサザークに入ることもできない。チャペル通りのあの暗い家に戻って、ローズにもっと慰めの言葉をかけてやることはできない。もう一度、少女時代のマリオンに会うことはけっしてできない。世界地図が知られていない時代に戻ることはできない。ヴィクトリア様式の街灯が並ぶ雪の積もる通りを歩いて、ドクター・ハッチンソンを訪ねるのをやめる選択をすることもできない。一八九一年に戻って、当時の自分に、アグネスとエトルリア号に乗るのはやめろと教えることもできない。

黄色い小鳥が窓枠にとまり、しばらくして飛んでいった。それが自然だ。すでに経験していて、二度と初めてを味わえない物事がある——愛、キス、チャイコフスキー、タヒチの夕暮れ、ジャズ、ホットドッグ、ブラッディメアリー。それが物事の本質だ。歴史は一方通行だ。人は前へ進みつづけるしかない。だが、いつも前を見ている必要はない。ときにはまわりを見ることもできるし、今いるところで幸せになることもできる。

もう頭痛は感じない。オーストラリアから帰って以来、一度も出ていない。けど、まだ心配ではある。

職員室の窓の向こうから、カミーユがぼくを見つめているのが見える。ほほえんでいるが、ぼくに気づいたとたん、不機嫌な顔になった。あるいは怖がっている顔なのか、見分けがつかない。ぼくはその場に立って待つ。カミーユに話しかけよう。事情を説明しよう。あの日、ぼくが電話で話していた相手のことを話そう。ヘンドリックのことを。マリオンのことも話そう。たぶん、いつか早いうちに、またふたりで公園のベンチにすわって話ができるだろう。わからないけど。先のことは知りようがない。

けど、これからは堂々と生きていくつもりだ。これ以上、自分の抱える秘密で人を傷つけるつもりはない。

うん。

そろそろだ。

そろそろ、ちゃんと生きよう。

というわけで、ぼくはイーストロンドンの空気を吸いこんで——いつもよりきれいに感じる——十代の生徒たちのあいだを歩き、あまり見栄えのしない一九六〇年代に建てられた校舎へ、奇妙な懐かしい気分で入っていった。

何かの始まりを感じる。

生きていくうえで、気にかけ、傷つき、危険を冒す覚悟ができている気がする。

そして二分以内に彼女に会う。カミーユに。

「こんにちは」カミーユが事務的に、礼儀正しく挨拶する。

今のぼくには、彼女の目を見て、彼女がぼくに何か言ってほしいと思っているのがわかる。そうするつもりだった。ぼくはこの後、これまでとても難しかったことをやってみようと思っている。

自分のことを説明しようと思う。カミーユの目の前に来ると、奇妙な感覚がわいてきた。全体を理解している感覚、まるでこの一瞬のうちに、ほかのすべての瞬間が見えるような感覚だ。これまでにあった瞬間だけでなく、この先に待っている瞬間も見える。宇宙全体がひとつの砂粒のなかに入っているようなものだ。

これが、約一世紀前に、パリでアグネスが言っていたことだ。メアリー・ピーターズも。ぼくもようやく、時間を全体的に理解するという経験ができたのだ。今あること、かつてあったこと、これからあること。ほんの一瞬の経験だったが、ぼくはそのなかで、カミーユの目を見つめながら、永遠が見える気がした。

未来　フランス　フォレ・ド・ポン

学校の廊下で経験したあの一瞬から、二年。

ここはフランス。

橋の近くにまだ残っている森。ぼくが昔、知っていた場所だ。

エイブラハムは、もうかなりの老犬だ。先月、腎臓結石を摘出したが、体調はまだ万全とは言えない。それでも今日は、無数の新しい匂いにうれしそうに鼻をくんくんさせている。

「まだ怖いんだ」ブナの森のなかでエイブラハムを散歩させながら、ぼくは言う。

「何が？」カミーユが訊く。

「時間」

「どうしてあなたが時間を怖がるの？　ほとんど永遠に生きられるのに」

「だからだよ。いつか、君はぼくのそばからいなくなる」

カミーユは足を止める。「それは変よ」

「何が変なんだ？」

「あなたが未来の心配に使っている時間」

「なぜ？　常に何か起きているんだぞ。未来とはそういうものだ」

「ええ、いつも何かが起きているわ。でも、ひどいことばかりじゃないでしょ。見て。今を見て。わたしたちを。この場所を。これが未来よ」

カミーユはぼくの手首をつかみ、ぼくの手を彼女のお腹に当てる。「ほら。赤ちゃんがいるでしょ。わかる？」

ぼくの手に――不思議な動きが――君が蹴っているのが伝わってくる。君。マリオンの妹。「わかる」

「でしょ」

「この子もいつか、ぼくより年上に見えるようになるかもしれない」

ちょうどそのとき、カミーユがぴたりと止まる。木々の奥を指さしている。一頭の鹿がいる。鹿はふり返り、少しのあいだ、ぼくたちの目をじっと見つめてから、駆けていく。犬のエイブラハムがリードを引っぱるが、本気の勢いではない。

「わたしには何が起こるかはわからない」カミーユはさっきまで鹿のいたあたりを見つめている。「今日の午後を、癲癇の発作を起こさずにすごせるかどうかもわからない。誰にも先のことなんて、わかりっこないでしょ？」

「うん、わかりっこないね」

木々のあいだの鹿がいた空間をずっと見つめていると、ぼくもそのとおりだとわかってくる。そこにもう鹿はいないが、ぼくはそこに鹿がいたことを知っている。だからその空間は、鹿がいなかった場合とは違う。記憶がその空間を違うものにするのだ。

「〝あなたはもう隔離されているわけじゃない。人生から飛び出すためには、人生に触れなきゃいけないのよ〟」

「それは何？　何かの引用？」ぼくは訊ねる。

「フィッツジェラルドよ」

ぼくたちは散歩をつづける。「ぼくはフィッツジェラルドに会ったことがある。知ってるよね」

「ええ」

「シェイクスピアとも知り合いだったし、ドクター・ジョンソンにも会った。ジョセフィン・ベーカーが踊っているところも見たことがある」

「有名人の名前を並べて自慢しちゃって」

「全部、本当のことだよ」

「名前と言えば」カミーユはゆっくりと言う。このでこぼこ道を歩く足取りと同じくらい、慎重に言葉を選んでいるようだ。「ずっと考えてることがあるの。あなたがなんて言うかわからないけど。お腹の赤ちゃんは女の子ってわかってるでしょ。だから、この子のこと、ソフィって呼んだらいいと思うの。わたしの祖母の名前をもらって。ソフィ・ローズ」

「ローズ？」

カミーユはぼくの手を握り、それから説明した。

「ずっと好きな名前だったの。花の名前だけれど、再起《ローズ》したっていう意味もあるでしょ……。今のあなたみたい。あなたはもう、ありのままの自分でいられるようになった。もちろん、自分たちの子どもにそういう人……わかるでしょ……の名前をつけるのは、変なことだってことはわかってる。でも、四百年前の人に焼きもちをやくのは、さすがに難しいわ。それにわたし、彼女のこと、好きだもの。彼女は、あなたがあなたになるのを助けてくれた。それって素敵だと思う。彼女という糸につないでもらうの」

「そうだね、考えてみよう」

ぼくたちはキスをする。そこに立ったまま、森のなかで。ぼくはカミーユを心から愛している。これ以上愛しようがないくらいに。彼女を愛することを許さないという恐怖が、彼女を失う恐怖を凌駕している。オマイの言うとおりだ。人は生きることを選ばなくてはいけない。

「何もかもうまくいくわ。そうはいかなかったとしても、なるようになる。だから、心配するのはやめましょう」

彼女がいかに正しいか、今のぼくにはわかる。ぼくにはときどき、これより先の未来が見える。ぼくが目の前にいるのに、ぼくの顔を思い出そうとしては失敗するカミーユの姿。人生の最期に病気で青ざめ、ローズのときのように、ぼくの手を握るカミーユの姿。カミーユの死後、いつかぼくを圧倒することになる痛みの片鱗を感じる。ぼくがこういうことを知っているのを、カミーユは知っている。だが、ぼくにそれ以上教えてほしいとは言わない。彼女は正しい。すべてはなるようになる。そしてすべての一瞬は永遠に消えない。いつまでも生きつづける。どこかで。なんらかの形で。だから、ぼくたちは小道を来たほうへ引き返しながらも、ある意味ではその場に残ってキスをしている。同じように、ぼくはテストでいい点を取ったアントンにおめでとうと言いながらも、シェットランド諸島のマリオンの家で娘とウィスキーを飲んでいて、砲撃の音に震えていて、雨のなかでフルノー指揮官と話をしていて、ラッキーコインを握りしめていて、ローズと馬小屋の前を歩いていて、セイヨウカジカエデの種がくるくる回りながら落ちてくるこの同じ森で、母の歌を聴いているのだ。

あるのは、今現在だけ。ちょうど地球上のすべての物質が相互に入れ替わることのできる似たような原子でできているのと同じように、すべての一瞬はほかのすべての一瞬と同じものでできている。

そうだ。

はっきりしている。現在に生き生きと充満している無数の瞬間は、永遠に消えることはないし、無数の現在が存在していることもぼくは知っている。ぼくにはわかる。人は自由になれる。時間を止める方法は、時間に支配されるのをやめることだ。ぼくはもう過去に溺れることも、未来におびえることもない。そんなこと、できるわけがない。

未来とは自分のことだ。

謝辞

この本を読んでくださり、ありがとうございます。まず、そのことに感謝したいと思います。本は読まれて初めて現実のものになります。ぼくの白昼夢を現実のものにしてくださって、本当にありがとう。ぼくが書きたかったのは、楽しく読んでもらえて、自分も書くことを楽しめる作品ですが、少なくとも後者は達成できたと確信しています。ぼくはこれまで、本を書いていて、それほど楽しいと思ったことはありませんでした。本を書く作業は、タイムトラベルと心理セラピーを足して、デロリアンと精神科医への診療費を引いたようなものなのです。

最初にこの作品のアイデアが浮かんだのは、べつの小説『今日から地球人』を書いているときでした。その本は、小さいけれども素晴らしい人間の人生を、宇宙という広大な背景のなかに置くことをテーマにしていました。ですからその作品の全体像は宇宙でしたが、本書の全体像は時間にしたかったのです。時間が人を慰めたり怖がらせたりするところや、人生の尺度と尊い本質を理解させてくれるところを書きたいと思いました。

ともあれ、何かを書きたいと思うことと、実際に書くことは、まったくべつのことです。ですが非常に幸運なことに、ぼくにはフランシス・ビックモアのような編集者がついています。彼は常にぼくのしようとしていることの本質を理解し、ぼくがそこに到達できるように力を貸してくれます。さらにジェイミー・ビングとキャノンゲート社の皆さまに、お礼を申し上げます。彼らはぼくに書きたい作品を書く自由をくれ、立派に出版してくれました。とくに次の方々に感謝します。ジェニー・トッド、ジェニー・フライ、ピート・アドリントン、クレア・マクスウェル、ジョー・ディングリー、ニール・プライス、アンドリア・ジョイス、キャロライン・クラーク、ジェシカ・ニール、アリス・ショートランド、アラン・トロッター、ローナ・ウィリアムスン、ミーガン・リード。

また、最高に素晴らしいエージェントにも恵まれました。クレア・コンヴィルの協力で、ぼくはこれまで書いたさまざまなものを、どうにかキャリアに似たものに変身させることができました。

それから、キャスリン・ボイル、カーク・マッケルハーン、ジョアン・ハリスは、ぼくのフランス語をもう少し自然なものにするのを助けてくれました。グレッグ・ジェナーは歴史の知識を満載した電子メールで、ぼくの思考をさまざまな時代へ飛ばしてくれました。もちろん、映画化の可能性を見出してくれたベネディクト・カンバーバッチと、スタジオカナルおよびサニーマーチの皆さまにも感謝しなくてはなりません。

そしてなにより、妻であり親友でもあるアンドリア・センプルに感謝を捧げます。彼女はわたしの作品の最初の読者であり、どこがよくてどこがよくないかを最初に教えてくれ、日々励ましてくれます。ぼくが時間を止めたいと思うのは、いつも彼女のためです。

ありがとうございました。

歴史のなかに身を潜めつづける人生、孤独と愛をめぐる痛切な物語

SF研究家
牧眞司

本書はマット・ヘイグ *How to Stop Time* の全訳である。加齢が極度に遅く進む遅老症《アナジェリア》のため、歴史のなかに身を潜めるように生きつづけるトム・ハザードの愛と孤独をめぐる物語だ。描かれる時代はトムが生まれた一五八一年から現代までに及ぶが、時系列に語られるのではなく、現在と過去とを往き来しながらモザイク状に構成されている。

『トム・ハザードの止まらない時間』の原著は、英国エディンバラに本拠を置くキャノンゲート・ブックスから二〇一七年七月に上梓されたが、刊行前からベネディクト・カンバーバッチ主演で映画化が決定していた。映画化権を取得したのは、英国のサニーマーチとフランスのスタジオカナルである。本書はお読みいただければおわかりのように、キャラクターといいストーリーといい場面構成といい、じつに映像映えしそうな内容なのだ。ちなみにマット・ヘイグ作品は本書以外にも、『英国の最後の家族』（ランダムハウス講談社）、『今日から地球人』（ハヤカワ・ミステリ文庫）、*The Radleys* の

映画化企画が進行中で、ヘイグ自身も脚本に関わっているそうだ。ヘイグは小説家として、またジャーナリストとして活躍しているが、映画界ともつながりがあるのだろう。二〇一四年公開の『パディントン』では、いくつかのシーンの脚本を担当している。

原著のレビューや映画化のニュースでは、過去の映画作品を引きあいに出した紹介もあった。たとえば、『『きみがぼくを見つけた日』と『ベンジャミン・バトン 数奇な人生』を併せ、より風変わりにした作品」(HelloGiggles)。「二〇一三年公開の恋愛映画『アバウト・タイム〜愛おしい時間について〜』と二〇一二年公開のトム・ハンクス主演SF映画『クラウド アトラス』を足して2で割ったような」(アートコンサルタント)。

レビュアーはおそらく知っていてそのタイトルを挙げたのだろうが、『ベンジャミン・バトン 数奇な人生』はF・スコット・フィッツジェラルドの短篇「ベンジャミン・バトン」(『ベンジャミン・バトン 数奇な人生』[角川文庫]所収)の映画化であり、フィッツジェラルドは『トム・ハザードの止まらない時間』のなかで、脇役ではあるものの、重要なアクセントの役割を担うのである。主人公トムは一九二八年のパリでピアノ弾きとして暮らし、孤独な時間を埋めるため〈ハリーズ・バー〉に立ちよる。そこでフィッツジェラルドとその妻ゼルダと出逢い、ふたりから新しいカクテル、ブラッディメアリーを勧められる。このくだり、文芸愛好家なら堪らない演出だろう。一九二〇年代のパリは芸術のメッカであり、各国から作家がやってきた。フィッツジェラルド夫妻はこの町でヘミングウェイと知りあい、三人のもつれあう関係がはじまる。三人が足繁く通ったのが〈ハリーズ・バー〉だ。

『トム・ハザードの止まらない時間』では、ゼルダがトムに「スコットは書評が怖いの。それからヘミングウェイ。あと、孤独も」と言う。もちろん、トムは事情を知らないで聞いているのだが、読者はニヤリとする場面である。トムは「ぼくは時間が怖いです」と答え、それに対しゼルダは「わたしたちには年を取る予定はないの。ねえ、スコット?」と嘯《うそぶ》く。

何歳になっても子どものまま自由奔放に生きるゼルダ(フィッツジェラルド曰く「アメリカで最初のフラッパー」)。とっくに子ども時代など過ぎ(そもそも子どもらしく生きることなど許されなかった)、しかし若い風貌のままで何百年もの時を過ごしてきた、そしてそれがこれからもつづくトム。

フィッツジェラルド夫妻とのやりとりに限らない。トムはその長すぎる人生のなかで、居場所を変えながら歴史のさまざまな局面に立ちあう。フランスにおけるプロテスタント迫害、イギリスでの魔女狩り、シェイクスピアのグローブ座、ペスト大流行、ウォリス船長やキャプテン・クックの航海、太平洋の島における大英帝国の植民地支配、……。

とりわけシェイクスピアとの関わりは、トムの人生にとっては先述したフィッツジェラルド夫妻との会話以上に重要だ。トムはリュート奏者としてシェイクスピアに認められ、グローブ座に加わる。シェイクスピアはエールを愛飲しており、ビールと比べてこんなことを言う。「エールは日持ちがしない。一週間もすれば、騎士のズボンくらいすっぱくなる。ビールはいつまでも持つ。保存性が高いのはホップの作用だと言われている。エールのほうが、人生勉強として価値が高い。長く待ちすぎると、『こんにちは』を言う前に『さようなら』を言うはめになる」。シェイクスピアはトムがフランス出身と知って、ビールのほうが好きだろうと問うが、トムもエールを選ぶ。

さりげないやりとりだが、ここにこの物語のテーマがくっきりと映しだされている。

冒頭で述べたように、物語はモザイク状に構成され、進行中の現在と追想のなかの過去とを往き来する。また、過去は古い順に語られるのではなく、主人公が現代で遭遇するできごとが記憶に作用して、連想的に呼び覚まされるようだ。プルースト『失われた時を求めて』（集英社文庫ほか）のマドレーヌのように明白なきっかけがあるとは限らないが、読者が違和感を覚えることのないよう、作者は巧みに物語の流れをつくりだしている。

歴史上のできごととは別に、トム・ハザードの人生においてきわめて重要な節目となったことが、ふたつある。

ひとつは一五九九年、恋人との出逢い。母を亡くし、住んでいた村にも居られず放浪していたトムは、ロンドン近郊の村に住む娘ローズと知りあう。それまで自分の長寿を他人に知られないように注意を払ってきたトムだが、ローズには心を許し、すべてを打ちあける。ふたりは結婚し、娘マリオンが生まれた。マリオンにはトムの長寿形質が遺伝していた。ローズがペストで亡くなる前後のどさくさで、マリオンの行方がわからなくなり、トムは彼女を探しつづけることになる。「マリオンを見つけだす」――これが本書の物語を貫く大きな柱だ。

もうひとつの節目は、一八九一年、組織「アルバトロス・ソサエティ」への参加だ。組織の重鎮であるアグネスがトムを見つけだし、加入するよう呼びかけてきた。きっかけは、トムが歳を取らない自分の体質に悩み、それとは逆の早老症を研究しているドクター・ハッチンソンに相談したことだ。ドクターがトムの症例を学会で発表しようと準備している段階で、それを察知した組織がドクターの口を塞ぎ、トムにコンタクトを取ってきた。トムには選択肢はない。組織に加入しなければ、殺されるのだ。組織は遅老症《アナジェリア》に罹った者で構成され、自分たちをアルバトロスと称し（寿命が長いとされるアホウドリに由来）、通常の人間をカゲロウと呼ぶ。組織の目的は自分たちの安寧の確保であり、そのため、世間に遅老症《アナジェリア》の存在が知られぬよう注意を払っている。その徹底ぶりは偏執的なほどだ。組織の中心にいるヘンドリックはあらゆる方面に伝手《つて》を持つ実力者で、トムが組織の義務を果たせば、じゅうぶんな庇護を与え、マリオンの捜索にも手を貸そうと約束する。

義務とは、新しいアルバトロスが見つかった際、組織への加入をうながすこと。そして加入を拒否したときに殺すことだ。トムはこの義務に疑問を感じながら、いままで自分がカゲロウの社会のなかで味わった苦痛を思い、またマリオンとの再会を信じて、ヘンドリックに従っている。

ヘンドリックはまたアルバトロスたちに、世間に素性を悟られぬよう、八年ごとに居場所を変えることを強制する。そして、カゲロウを愛したり気にかけたりするなと忠告する。「それは〝われわれの優位性を損なう〟」行為だ。

しかし、それまで住んでいたアイスランドからロンドンへ移住したトムは、そこで魅力的な女性を見つけてしまう。素性を隠して（そんな操作はヘンドリックが万端整えてくれる）高校の歴史教師となったのだが、そこで教養あるフランス語の教師カミーユと意気投合したのだ（彼女はＳＦのマニアでもあった！）。もちろん、トムは自分がアルバトロスであることを隠して、それなりに距離を置いてつきあっていたが、だんだんとそれが辛くなってくる。また、カミーユはトムのことを、以前どこかで見たことがあると言いだす。あるいは歴史のどこかですれちがっていたのだろうか？　だとするとカミーユは……。

また、トムが担当するクラスの生徒アントンは不良少年だが、向上心や知識欲の片鱗をのぞかせる。この交流を通じて、トムの胸にそれまで封印していた人間らしい感情が去来する。こうした感情の抑揚が巧みに描かれているあたりも、この作品の持ち味だろう。

これまで長寿を扱ったＳＦはいくつもあった。たとえば、ロバート・Ａ・ハインライン『メトセラの子ら』（ハヤカワ文庫ＳＦ）では、身を隠して暮らしてきた長命族が、自由に暮らせる別天地を求めて宇宙へ旅立つ。その続篇『愛に時間を』（ハヤカワ文庫ＳＦ）では、宇宙に広く植民がおこなわれたのち、長命族と短命族との確執、さらには長命族同士の権力闘争を背景に、長命族の長老たるラザルス・ロングが時空を超えた冒険につく。物語はさらに『獣の数字』『ウロボロス・サークル』『落日の彼方に向けて』（すべてハヤカワ文庫ＳＦ）へと引きつがれ、複数の歴史線が相互乗り入れする、きわめて壮大なスケールの一大サーガとなる。本書とは対極にあるシリーズといえるだろう。

ポール・アンダースン『百万年の船』（ハヤカワ文庫ＳＦ）では、紀元前から生きつづけるフェニキア人ハンノが、歴史のなかで別の不死人と出逢っていく過程と、社会の表舞台に立たぬように注意しながら自分たちが平和に生きる方法を探りつづける奮闘が描かれる。ハンノの立場は『トム・ハザードの止まらない時間』でいえばヘンドリックに相当するが、あくまで穏健・寛容で、理性的なリーダーシップの持ち主だ。

ハインライン作品もアンダースン作品もどちらかといえば巨視的な観点に立って描かれていたが、レイ・ブラッドベリ「歓迎と別離」（『太陽の黄金《きん》の林檎』［ハヤカワ文庫ＳＦ］所収）では、この作者らしくきわめて身近なところに視点が据えられている。少年のまま成長が止まっている主人公ウィリーが、世間の不審の目を避けるため、里親と別れて新しい家族をさがす物語だ。ウィリーはこれまで何度も、そうした別離を繰り返し、違う町で自分を歓迎してくれるひとと出逢ってきた。短篇ではあるが、本書と共通する風韻がある。

日本の作品でいえば、梶尾真治の《エマノン》シリーズ（徳間文庫）が思い浮かぶ。ただし、エマノンは長寿というよりも、地母神的な存在であり、本書のトムのような苦悩とは無縁である。

本書で語られるのは、アルバトロスならずとも誰もが共感する孤独と愛のドラマだ。正直に言えば、グレッグ・イーガンやジーン・ウルフといった強面の作品がひしめく《新☆ハヤカワ・ＳＦ・シリーズ》で刊行されるのは、読者にとってのハードルを上げやしないか、少々心配でもある。素直に心に染みる物語なので、身構えずにお読みください。

最後にひとつ付け加えるなら、主人公トムの人生にはつねに音楽があることに、重要な意味があると思う。多くのＳＦでは時間を機械論的に扱うが、トムに寄りそう音楽はあくまで「生きつつある時間」だ。現在のなかに過去の印象があり、現在のなかに未来の予感がある。それが作品全体の基調ともつながっている。

A HAYAKAWA SCIENCE FICTION SERIES No. 5041

大《おお》谷《たに》真《ま》弓《ゆみ》

1970年生
愛知県立大学外国語学部フランス学科卒
英米文学翻訳家
訳書
『黒猫オルドウィンの冒険』
アダム・ジェイ・エプスタイン&アンドリュー・ジェイコブスン
『秘密同盟アライアンス』マーク・フロスト
『折りたたみ北京　現代中国SFアンソロジー』（共訳）
ケン・リュウ編
（以上早川書房刊）他多数

この本の型は，縦18.4センチ，横10.6センチのポケット・ブック判です.

〔トム・ハザードの止《と》まらない時《じ》間《かん》〕

2018年10月20日印刷　2018年10月25日発行

著者　マット・ヘイグ
訳者　大谷真弓
発行者　早川浩
印刷所　精文堂印刷株式会社
表紙印刷　株式会社文化カラー印刷
製本所　株式会社川島製本所

発行所 株式会社 **早川書房**
東京都千代田区神田多町2－2
電話　03-3252-3111（大代表）
振替　00160-3-47799
http://www.hayakawa-online.co.jp

（乱丁・落丁本は小社制作部宛お送り下さい
送料小社負担にてお取りかえいたします）

ISBN978-4-15-335041-0 C0297
Printed and bound in Japan

メカ・サムライ・エンパイア

MECHA SAMURAI EMPIRE (2018)

ピーター・トライアス

中原尚哉／訳

日本統治下のアメリカで、皇国軍のメカパイロットをめざす不《ふ》二《じ》本誠《もとまこと》は、士官学校入試に失敗してしまう。だが、民間の警備用メカパイロット訓練生への推薦を受けることに——衝撃の改変歴史ＳＦシリーズ第二作

新☆ハヤカワ・ＳＦ・シリーズ